Les anges de verre

DÉJÀ PARUS DU MÊME AUTEUR

La griffe du mal
Cauchemar
Le secret écarlate
Le tueur d'anges
Mortelle signature
La blessure du passé
Le silence du mal
Le fruit défendu
Rapt
L'ombre pourpre
Et vous serez châtiés
Black Rose
L'innocence volée
Pulsion meurtrière
Collection macabre
Les couleurs de l'aube
Un parfum de magnolia
Parfum de Louisiane
Pulsion meurtrière

ERICA SPINDLER

Les anges de verre

BestSellers

Collection : BEST-SELLERS

Titre original : WATCH ME DIE

Traduction française de JEANNE DESCHAMP

Photo de couverture
Vitre cassée : © DAVID RIDLEY / ARCANGEL IMAGES
Réalisation graphique couverture : E. COURTECUISSE (Harlequin SA)

83-85, boulevard Vincent-Auriol, 75646 PARIS CEDEX 13.
Service Lectrices — Tél. : 01 45 82 47 47
www.harlequin.fr
ISBN 978-2-2802-8460-8 — ISSN 1248-511X

1

Mardi 9 août 2011, 1 h 48
La Nouvelle-Orléans, Louisiane

Il était seul depuis si longtemps… Présent parmi les vivants sans en être.

Jusqu'à maintenant.

Car Marie, enfin, lui était revenue. Ils avaient été unis, par le passé, puis séparés. A la fois par la volonté de son père et sous la pression d'un monde meurtri et perverti.

Mais ces épreuves appartenaient au passé. Marie était de nouveau à sa portée et, cette fois, il ferait le nécessaire pour la garder.

Le processus était à présent en cours.

Il gravit l'escalier qui menait à la chambre de sa grand-mère, allégeant son pas pour ne pas troubler son sommeil. L'éclat de la lune filtrait à travers les rideaux tirés, dessinant sur les marches des échardes d'argent, aiguës comme des lames de couteau.

Ces marches, il aurait pu les négocier les yeux fermés. Combien de centaines, de milliers de fois n'avait-il pas monté un plateau avec de la nourriture ou une boisson — pour sa mère d'abord, foudroyée si jeune, et maintenant pour sa grand-mère alitée ?

Il contempla la forme endormie sur le lit. Elle était couchée tranquillement, la tête relevée par ses oreillers, le dessus-de-lit soigneusement tiré sur ses maigres épaules. Il plissa les narines, assailli par l'odeur fétide de la vieillesse et de la maladie. Elle était devenue si frêle, ces derniers mois, qu'il ne lui restait plus guère que la peau et les os. Et sa faiblesse était telle qu'elle avait peine à soulever la tête.

Qu'elle aurait peine, aussi, à se défendre contre lui.

Il fronça les sourcils. Tiens, pourquoi cette pensée ? Il aimait sa grand-mère ; il lui devait la vie. Lorsque sa mère était décédée, elle avait tout sacrifié pour l'élever. Il y avait vingt-deux ans maintenant qu'elle était son soutien et son guide. Elle avait cru en lui. En ce qu'il était, et en ce qu'il avait vocation de devenir.

Il secoua la tête pour se clarifier l'esprit. Lorsqu'il lui avait annoncé le retour de Marie, sa grand-mère et lui s'étaient disputés. Elle avait dit des choses terribles au sujet de « cette créature ». Ses paroles avaient été imprégnées de laideur et de haine. Et chacun de ses mots lui avait poignardé le cœur.

Mais, dans son amour pour Marie, il ne se laisserait pas fléchir.

Il s'avança vers le lit jusqu'à ce que le rayon de lune qui tombait sur le torse frêle de son aïeule l'éclaire à son tour. Il leva les mains en pleine lumière, écartant les doigts.

Le sang s'étalait sur ses mains.

Le sang de l'agneau. Qui avait giclé sous l'impact.

Ton âme est troublée.

Il cilla en entendant les mots clairement articulés. Derrière lui, la chambre était vide. Il baissa les yeux sur sa grand-mère endormie.

— Qui me parle ?

Tu sais qui je suis — celui qui toujours est auprès de toi.

— Père ? chuchota-t-il. Est-ce toi ?

Oui, mon fils. Qu'est-ce qui te tourmente, ce soir ? Ta mission a commencé. Tu devrais te réjouir et ne plus vivre dans la peur car, à travers le Père, le Fils sera glorifié.

— C'était l'un des tiens, Père. Je n'ai pas pu faire autrement. Il m'a surpris.

Un martyr. Il restera inscrit dans les mémoires. Il sera sanctifié pour le rôle qu'il aura joué dans ton avènement.

A l'écoute des paroles de son Père, ses doutes se dissipèrent. Il sentit une détermination renouvelée s'installer paisiblement en lui.

— Oui, Père. Il en va comme tu me l'avais annoncé. Le jour que j'attendais est arrivé. Je suis entre tes mains.

Il inclina humblement la tête.

— Je suis ton serviteur. Instruis-moi, et je ferai selon ta volonté.

Laisse la vieille femme, maintenant. Souviens-toi : une seule peut se tenir à ton côté.

— Marie.

Oui, Marie. Le moment est venu pour elle aussi.

Il ôta l'un des oreillers qui soutenaient la nuque de sa grand-mère et la fixa intensément, buvant ses traits des yeux, submergé par l'émotion. Que ferait-il sans elle ?

Les larmes aux yeux, il tapota l'oreiller et se pencha pour le remettre en place, tout doucement, sans la réveiller.

Il posa un baiser sur son front.

— Bonne nuit, grand-maman. Dors en paix.

2

Mardi 9 août 2011, 8 h 35

Spencer Malone, inspecteur de la brigade des homicides, enfila sa vieille Chevrolet rouge cerise entre le break du coroner et la fourgonnette des techniciens de la police scientifique. Il freina si brusquement que le café que son équipier tenait à la main gicla sur sa chemise bariolée.

— Aïe ! C'est brûlant, merde ! Apprends à conduire, Malone !

Son collègue Tony Sciame épongea la tache de café avec le côté pile de sa cravate.

— Et moi qui voulais être beau pour mon pot de départ !

Malone coupa le contact avec un sourire en coin.

— Pas de souci, Tony. La tache se marie plutôt bien avec l'ensemble. Ça passera comme une lettre à la poste.

Tony et lui étaient équipiers depuis plus de six ans. Leur collaboration fonctionnait remarquablement bien, malgré leurs différences d'âge, de techniques d'investigation et — Dieu merci — de goûts vestimentaires.

Avait remarquablement bien fonctionné, du moins. Car c'était le dernier jour de service, pour Tony.

— Serait-ce une critique, Malone ?

— Jamais de la vie. Juste un constat détaché.

Spencer ouvrit sa portière, puis se retourna vers son équipier.

— Tu seras quand même bien mignon pour ta fête, Toto.

— Va te faire foutre, Malone.

Ils descendirent de voiture et firent claquer leurs portières à l'unisson. Deux policiers en uniforme tournèrent la tête à leur approche. Situées à l'angle de la Carrollton Avenue et de Fig Street, l'église et l'école catholiques des Sœurs de la Miséricorde chevauchaient deux parties de la ville bien distinctes : le centre-ville, populaire, et les quartiers chic. Avec le passage des années, cependant, les nantis avaient déserté les lieux, laissant les Sœurs de la Miséricorde aux classes moyennes et aux travailleurs pauvres.

L'ensemble n'en restait pas moins magnifique et occupait une surface de terrain particulièrement importante pour une situation en pleine ville. Les bâtiments, avec leurs épais murs en pierre et leurs voûtes en berceau, relevaient plus de l'architecture romane que du style créole fantaisiste que l'on associait normalement à La Nouvelle-Orléans.

— Je me suis toujours demandé à quoi le complexe des Sœurs de la Miséricorde ressemblait de l'intérieur, observa Tony. C'est étonnant, non ? Le dernier jour de turbin, et hop ! J'ai l'occasion de faire un tour dans ces bâtiments.

Spencer lui jeta un regard ironique.

— Parce que tu le vaux bien, Tony.

Ils avaient atteint le périmètre de sécurité de la scène d'investigation. Spencer reconnut au premier coup d'œil l'officier de police chargé de consigner les entrées et les sorties. Son frère Percy et lui avaient fait les quatre cents coups ensemble, dans le temps.

Tel était son sort en tant que Malone : avec trois frères, une sœur et divers autres membres de sa famille étendue employés par la police de La Nouvelle-Orléans, il avait sans cesse affaire à des proches de ses proches. Chacune de ces rencontres faisant remonter des souvenirs auxquels il n'avait pas forcément envie d'être rappelé.

— Tiens, salut, Tache de Vin ! lança-t-il, utilisant le surnom que le copain de Percy devait à la marque de naissance sur sa fesse gauche. Comment ça va, mec ?

— Bien, bien.

Il leur tendit le registre pour qu'ils s'identifient et signent.

— J'ai appris que tu allais te marier, Malone. Qui l'aurait cru ? C'est la fin d'une grande époque.

Tony partit d'un gros éclat de rire.

— Crois-moi, gamin, il n'y a que dans sa tête que Malone est une légende. Ça se présente comment, ce crime ?

— La victime est dans le chœur. Faut vraiment être malade dans sa tête pour dégommer un prêtre. J'aimerais bien savoir qui est le con qui a fait ça.

— C'est ce que nous sommes venus découvrir.

Ils se baissèrent pour passer sous le cordon de sécurité et remontèrent l'allée jusqu'à la porte massive qui ouvrait sur le narthex de l'église. L'intérieur était frais et silencieux. Au fond, le sanctuaire baignait dans une lumière doucement colorée.

Malone s'avança. Les deux collatéraux étaient ornés d'une superbe série de vitraux. Ce ne fut pas leur beauté, cependant, qui lui coupa le souffle, mais le fait qu'ils avaient été vandalisés à grands coups de bombe à taguer.

— Jésus, Marie, Mère de Dieu…, marmonna pieusement Tony.

Malone souscrivit en silence à ce commentaire. Il compta douze panneaux de verre. Les hautes fenêtres étroites mesuraient environ trois mètres et demi sur un mètre et demi ; chaque vitrail dépeignait une scène de la vie du Christ.

Il recula pour déchiffrer les graffitis sur le premier panneau puis pivota légèrement pour lire le second, son regard glissant de vitrail en vitrail jusqu'à ce qu'il ait visuellement fait le tour de la nef centrale. Tracé sur chacun des onze premiers vitraux, entre un magma de traits et de marques informes, apparaissait un mot. Sur le douzième, le vandale avait dessiné un visage souriant. Un *smiley*.

— Regarde, Tony. Il nous a laissé un message. *Il reviendra en gloire pour juger les vivants et les morts.*

— Hé ! Je rêve ou quoi ? lança une voix. Encore un fils Malone ?

Spencer se retourna. L'inspecteur Landry se tenait juste derrière lui avec un sourire jusqu'aux oreilles. Un ex-équipier de son frère Quentin, cette fois.

— Ça roule, Landry ?

Son collègue lui assena une claque dans le dos.

— Pour rouler, ça roule, oui… Et toi, Tony ? Qu'est-ce que tu fous là ? Je croyais que tu partais à la retraite.

— C'est mon dernier acte de bravoure. Et je ne pouvais pas laisser Malone tout seul sur cette enquête. Le chef aimerait bien qu'elle aboutisse.

Landry salua l'humour de Tony d'un petit rire avant de laisser transparaître sa curiosité.

— Alors, Malone ? Qui a tiré la courte paille ?

Spencer comprit que la question portait sur le futur remplaçant de Tony. Il savait que le bruit courait dans le service qu'il n'avait pas décroché le gros lot.

— Bayle.

Landry ne cacha pas sa stupéfaction.

— Karin Bayle ?

— Elle-même, oui.

L'expression de Landry était éloquente.

— Je ne savais pas qu'elle était revenue de son congé longue maladie.

— Elle reprend officiellement le boulot demain.

Landry voulut dire quelque chose mais Malone le coupa.

— Merci d'avoir fait appel à nous, au fait. C'est clairement l'œuvre d'un détraqué.

— L'appel ne vient pas de moi mais de ton capitaine.

Landry porta son regard sur le fond de l'église.

— Vous avez vu la victime ?

— On y allait, justement.

Landry hocha la tête et leur emboîta le pas.

— Le corps a été trouvé il y a deux heures par l'une des religieuses.

Le transept formait un T au niveau de l'autel. La dépouille gisait à côté d'une porte latérale, sur la droite. Tout en s'approchant de la victime, Malone chercha à faire abstraction de l'activité autour de lui — des déclics répétés de l'appareil du photographe de scène de crime aux commentaires échangés par les techniciens — pour se concentrer sur la victime, la scène et ce qu'elles avaient à lui dire.

Chaque scène de crime avait une histoire à raconter. Mais elle ne parlait que si on voulait bien l'entendre. Et elle devait être écoutée avec attention. Sachant que certaines restaient définitivement muettes, en dépit de tous leurs efforts.

Malone était curieux de ce qu'il allait découvrir cette fois-ci.

La victime gisait sur le ventre, le crâne enfoncé. Du sang avait coulé, plaquant et emmêlant la fine couronne de cheveux blancs du prêtre. Une tache sombre circulaire s'était formée sur le tapis lie de vin. Ses bras étaient écartés devant lui, comme s'il avait essayé d'amortir sa chute.

Malone s'accroupit à côté du corps. L'homme n'était plus tout jeune, à en juger par les taches de vieillesse sur le dos de ses mains. Dans les soixante-dix ans, peut-être. Il portait un pyjama et une pantoufle à droite. La gauche était tombée au moment de la chute.

Malone porta son attention sur la sortie latérale.

— Comment expliques-tu le pyjama ? questionna Tony.

Spencer se releva.

— Je parie qu'il vivait ici, dans le presbytère. Mon hypothèse, c'est qu'il s'est levé pendant la nuit pour aller aux toilettes, qu'il a vu ou entendu quelque chose et qu'il est allé voir ce qui se passait.

— Et il a surpris le vandale en pleine action.

Malone hocha la tête.

— A priori, il a tenté de s'enfuir. Regarde comme il est positionné, les mains en avant, les pieds vers l'arrière.

— Et à ton avis, avec quoi a-t-il été…

— Messieurs les inspecteurs ? appela un jeune agent en uniforme qui se tenait dans l'encadrement de la porte latérale.

Ils levèrent la tête et il leur fit signe d'approcher.

— Il semble que nous ayons retrouvé l'arme du crime.

3

Mardi 9 août 2011, 9 h 40

A tout moment et sans crier gare, les démons pouvaient fondre sur Mira Gallier. Parfois, elle rassemblait ses forces et parvenait à les terrasser, en repoussant leurs visions noires et tourmentées, leur harcèlement vicieux, leurs accusations impitoyables.

Mais il arrivait aussi que ses mauvais génies prennent le dessus, la laissant sans autre recours que celui de s'étourdir. Pour tenir la souffrance à distance.

La veille au soir, les démons avaient attaqué en masse. Et elle avait trouvé le moyen de se soustraire à leur emprise.

Allongée sur le côté dans son lit, Mira contemplait d'un œil absent le vitrail à motif de roses qu'elle avait créé en secret pour l'offrir à l'homme qu'elle allait épouser. Dans la belle tradition des verrières gothiques, elle avait choisi les couleurs brillantes des pierres précieuses. Et un motif très élaboré combinant des images peintes dans les différents blocs de couleur. Pour elle, le vitrail avait été le symbole du parfait amour qui les unissait, Jeff et elle. Et de la vie neuve, magnifique, qu'ils construiraient ensemble.

Pas un instant elle n'avait imaginé que cette vie s'interromprait de façon aussi brutale et prématurée.

Regarder le vitrail lui faisait maintenant mal. Mira

roula sur le dos. Sa tête pesait comme du plomb et sa bouche semblait remplie de coton.

Onze mois, trois semaines et quatre jours fichus en l'air par un seul petit cachet bleu ovale.

Que penserait Jeff s'il la voyait maintenant ? La réponse s'imposa avant même qu'elle ait fini de se poser la question. Sa déception serait profonde.

Mais il ne pourrait pas être plus déçu à son sujet qu'elle ne l'était elle-même.

Sur sa table de chevet, son téléphone portable émit sa petite musique. Elle l'attrapa et prit la communication.

— Oui, allô ? Ici le second étage de l'enfer. Les tourmentés en ligne.

Un silence perplexe. Puis :

— C'est toi, Mira ?

Deni. Son assistante et amie.

— C'est moi, oui. Tu pensais que c'était qui ? Mon mari ?

— Ce n'est pas drôle, Mira.

Pas drôle, non, en effet. Ce n'était pas de l'humour mais de la révolte. Du chagrin. De la colère. Jeff était mort et elle avait replongé. Deux désastres auxquels Deni n'avait aucune part.

— Désolée. J'ai passé une sale nuit.

— Tu as envie d'en parler ?

Le rugissement de l'eau, comme un mur compact. Froid et noir comme la mort. Brutal et impitoyable. Le cri de Jeff résonnant dans sa tête. Son ultime appel au secours où il hurlait son nom.

Mais elle n'avait pas été là pour lui répondre. Elle ne saurait jamais comment son mari avait vécu ses derniers instants. Ignorait même s'il avait eu le temps d'appeler, d'éprouver la peur, de se rendre compte qu'il allait mourir.

Mourir par sa faute.

— Je n'ai rien à en dire, non. Mais merci quand même.

Le remerciement était mécanique. Machinal. Alors que son état intérieur était très éloigné de la gratitude.

— Tu t'es assommée à coups de médicaments, Mira ?

Aucun jugement dans la voix de Deni. Juste de la pitié. Des excuses, pourtant, montaient aux lèvres de Mira. Tellement familières qu'elle aurait pu les prononcer dans son sommeil. Des excuses qui la rendaient malade.

Assez. Elle en avait assez de raconter des histoires.

— Oui. J'ai rechuté hier soir.

Deni resta silencieuse un long moment.

— Bon. J'imagine qu'il vaut mieux que je reporte l'interview ?

— L'interview ?

— Avec Libby Gardner, de Channel 12. La chaîne locale de PBS. Au sujet du vitrail de Marie-Madeleine. Libby vient juste d'arriver.

Oh non… Le rendez-vous avec la journaliste télé. Son travail de restauration sur le vitrail serait un des sujets d'une série d'émissions que préparait la station en vue du sixième anniversaire du passage du cyclone Katrina.

— Mince, ça m'était sorti de la tête. Désolée.

— Qu'est-ce que je lui dis ?

— Pourquoi pas la vérité ? Que ta patronne est une épave qui se défonce au Xanax ?

— Arrête, Mira. C'est absolument faux.

— Ah oui ?

— Tu as subi une perte effroyablement douloureuse. Et tu as eu besoin d'un petit soutien médicamen…

— Cite-moi quelqu'un dans cette ville qui n'en a pas subi une, de perte douloureuse ! La vie continue, ma chérie.

Elle prononça les mots d'une voix dure, avec une brutalité entièrement dirigée contre elle-même.

— Les forts remontent la pente ; les faibles gobent des cachets.

— Arrête, c'est nul ce que tu dis !

Mira entendit comme une blessure dans la voix de Deni.

— Je vais reprogrammer l'interview.

— Non. Occupe la journaliste un moment. Explique-lui comment le vitrail est arrivé entre nos mains, décris-lui le processus de restauration, montre-lui l'atelier. Le temps que tu lui fournisses tous ces éléments, je serai avec vous.

— Mira…

Elle coupa la parole à son assistante.

— J'arrive tout de suite. Nous en reparlerons tout à l'heure.

Mira raccrocha, se prépara en hâte un café serré dans la cuisine puis passa dans la salle de bains. Elle se figea en découvrant son reflet dans le miroir au-dessus de la vasque. *Tu as une sale tête, ma fille.* Et pire que cela, même. Les cernes, sous ses yeux noisette, étaient si noirs que sa peau paraissait blafarde par contraste. Elle était maigre, fantomatique, et ses cheveux d'une chaude teinte cuivrée faisaient penser à une flamme au sommet d'une allumette.

En guise de chemise de nuit, elle portait un des T-shirts de son mari aux couleurs des *New Orleans Saints*. Du bout des doigts, elle effleura l'inscription aux couleurs passées. Jeff n'avait pas vécu suffisamment longtemps pour voir son équipe de foot préférée remporter le Super Bowl.

C'est ta faute s'il est mort, Mira, chuchota la voix familière dans sa tête. *Tu l'as convaincu de rester pendant l'ouragan. Tu te souviens de ce que tu lui as dit ? Allez, Jeff, ce sera une aventure. Une histoire à raconter plus tard à nos enfants et petits-enfants.*

La climatisation se mit en marche et l'air froid tombant du ventilateur au-dessus de sa tête hérissa sa nuque et ses bras de chair de poule. *Arrête de te persécuter ainsi.* N'était-ce pas ce que lui répétait sa psy, le Dr Jasper ? Jeff avait été partie prenante à cinquante pour cent dans la décision. S'il avait éprouvé un besoin urgent de quitter la ville, il aurait fait valoir ses arguments.

La famille de Jeff la condamnait, pourtant. Et leurs

anciens amis communs ne la regardaient plus comme avant. La subtile désapprobation était là, lisible dans leurs regards.

Avec un sentiment d'impuissance, Mira affronta son propre regard dans le miroir. Elle se jugeait responsable de la mort de Jeff, là était le problème. Et ni les faits en eux-mêmes ni les affirmations de sa psy ne parvenaient à atténuer son sentiment de culpabilité.

Elle porta son attention sur le chaos qui régnait dans la salle de bains : tiroirs retournés, le contenu de ses trousses de toilette et de maquillage répandu partout.

Comme si des cambrioleurs étaient entrés pour lui dérober ce qu'elle avait de plus précieux. Mais il n'y avait pas eu effraction. Le malfaiteur, c'était elle. Et les onze mois, trois semaines et quatre jours qu'elle s'était volés à elle-même ne seraient jamais remplacés.

Son portable refit entendre sa rengaine familière. Encore Deni. Qui devait appeler pour lui annoncer que la journaliste avait pris la mouche et que l'interview était fichue.

— J'ai encore tout gâché et elle est partie en claquant la porte ?

— Ce n'est pas ça. Il s'est passé quelque chose de vraiment affreux, Mira.

Sa main se crispa sur le téléphone.

— Quoi ?

— C'est le père Girod. Il… il est mort. Il a été assassiné.

Une vision de l'adorable vieux prêtre se forma dans son esprit. Il avait fait appel à elle après le passage de Katrina pour les vitraux de son église que le cyclone avait ravagés. Pendant les longs mois qu'avait duré la restauration des douze panneaux, le père Girod et elle s'étaient liés d'une belle et profonde amitié.

Le chagrin la prit à la gorge.

— Oh ! mon Dieu ! Qui a bien pu… Quand cela s'est-il produit ? Pourquoi…

Deni l'interrompit d'une voix tremblante.

— Ce n'est pas tout, Mira. L'assassin a également vandalisé les vitraux.

4

Mardi 9 août 2011, 13 heures

Malone et Tony étaient venus au rapport dans le bureau de leur supérieur. Le capitaine Patti O'Shay avait toujours été une femme rude, avisée et perspicace. Mais au cours des années passées, elle avait également fait montre de ressources psychiques peu communes. Elle s'était relevée du meurtre de son mari, du chaos semé par Katrina et de la trahison de sa plus ancienne amie.

Malone avait le plus profond respect pour ce qu'elle avait accompli en tant qu'officier de police et en tant que femme, et pour la façon dont elle avait affronté ses épreuves — avec une intégrité sans faille et toujours la tête haute. Il admirait sa détermination et son dévouement, l'une et l'autre se reflétant sur ses traits en cet instant.

Et il pouvait affirmer en toute sincérité que la haute considération dans laquelle il tenait Patti O'Shay était indépendante du fait qu'elle était sa tante et sa marraine.

Leur capitaine ne les avait pas convoqués dans son bureau pour un rapport de routine sur une enquête. Il y avait autre chose. Et Malone demanda tout de suite quoi.

— Dites-moi d'abord où vous en êtes de vos investigations, inspecteurs.

Spencer se lança le premier.

— Tout semble indiquer que la victime a surpris un ou des vandales en plein boulot et qu'ils l'ont tuée.

Tony enchaîna.

— Ils lui ont fracassé l'arrière du crâne avec un bougeoir en cuivre pris sur l'autel. Nous avons retrouvé l'arme du crime sur la scène d'investigation, ainsi que deux bombes de peinture vides. Les trois éléments de preuve matérielle sont en cours d'analyse.

— L'auteur du crime nous a laissé un message sous forme de graffitis tagués sur les vitraux. « Il reviendra en gloire pour juger les vivants et les morts. » Et un visage souriant en guise de point final. C'est tout ce que nous avons. Rien n'a été volé ni abîmé, à part les vitraux.

— Et ça signifie quoi, à votre avis ? Pourquoi s'introduire dans une église pour le simple plaisir de taguer des vitraux ?

Cette fois, Tony fut le premier à énoncer sa théorie.

— Le prêtre l'aura interrompu avant qu'il ait eu le temps de voler ce qu'il voulait prendre. Tuer n'était pas prévu au programme. Affolés, le ou les cambrioleurs se sauvent.

— Ce n'est pas l'impression que j'ai eue, intervint Malone. Je pense qu'il a vandalisé ces vitraux par conviction — parce que c'était important pour lui.

Un silence tomba dans la pièce. Un fanatique était plus redoutable qu'un criminel, même endurci. Malone préférait de loin poursuivre cent meurtriers classiques qu'un seul exalté mystique. Rien n'égalait la détermination du fanatique, à la fois porté par sa croyance et par son sentiment d'accomplir un destin.

— Ne brûlons pas les étapes, intervint le capitaine O'Shay. Au vu des éléments dont nous disposons pour l'instant, cela ressemble à un simple cas de vandalisme qui a mal tourné, avec un scénario de meurtre de type : mauvais endroit, mauvais moment.

Elle se tourna vers Tony.

— Vous avez droit à la carte « Vous sortez de prison

sans payer » pour cette fois, inspecteur. Je crois qu'une réception vous attend.

Mais Tony resta vissé sur sa chaise.

— Je vous remercie. Mais, si cela ne vous ennuie pas, j'aimerais poursuivre avec le blanc-bec jusqu'à ce que son nouvel équipier entre en scène.

Elle lui sourit avec affection.

— Disparaissez donc d'ici et en vitesse, inspecteur. Je pense que le « blanc-bec » saura mettre l'inspecteur Bayle dans le bain rapidement. Sans compter qu'il y a une foule de gens, là-bas, qui vous attendent pour lever un verre à votre santé.

— Bon, dans ce cas…

Tony s'éclaircit la voix et se leva.

— Il ne te reste plus qu'à continuer sans moi, Coco la Frime.

Malone se mit sur pied et le prit dans ses bras. En serrant Tony contre lui, il sentit monter un flux d'émotions sincères mais un peu trop démonstratives. Il aurait voulu parler d'amitié, de solidarité, d'admiration et de gratitude. Mais il se contenta de lui appliquer une grande claque dans le dos.

— Je te rejoins à ton pot d'adieu dès que je peux. Garde-moi une grosse part de gâteau.

Lorsque la porte se fut refermée derrière Tony, Spencer fit taire sa nostalgie et ses regrets, et se tourna vers son capitaine. Le regard qu'il trouva rivé sur lui n'était pas celui de son supérieur. C'était sa tante préférée et marraine qui lui souriait avec affection.

— Il va te manquer.

— Pour ça, oui. Il m'a toujours soutenu. Toujours.

— Et vice versa. C'est la confiance qui fait qu'une paire d'équipiers fonctionne.

Spencer croisa les bras sur la poitrine.

— Faut-il entendre un message là-dessous ?

— Tu es vraiment certain de vouloir prendre Bayle sous ton aile ? Je suis prête à te laisser une porte de sortie.

Surpris, il haussa les sourcils.

— Je croyais que c'était réglé.

— Là, je te parle en tant que capitaine *et* en tant que tante. Je lui trouverai un autre équipier. Tu as de gros soucis en ce moment avec Stacy qui a un lourd traumatisme à surmonter. Sans parler de vos projets de mariage à concrétiser.

— J'ai dit que je le ferai et je n'ai qu'une parole.

— Karin Bayle a craqué dans l'exercice de ses fonctions. Elle s'est mise à débloquer complètement.

— Je sais. Mais je sais aussi qu'elle a eu un comportement héroïque pendant et après Katrina. Elle a rendu des services admirables au risque de sa vie.

— Elle a fait preuve d'un rare courage, oui. Mais je ne suis pas complètement convaincue qu'elle soit tirée d'affaire. Et pour être tout à fait franche, je ne te sens pas non plus très solide en ce moment.

— On se coltine tous des symptômes de stress post-traumatique, dans cette ville, depuis Katrina. Ajoute à cela cette saloperie de marée noire dans le golfe, suivie d'une nouvelle série d'ouragans. Bayle a craqué. C'est humain.

Il baissa les yeux sur ses mains puis releva la tête.

— Quant à moi, je suis complètement opérationnel.

— Stacy est passée très près de la mort, Spencer. Il s'en est fallu d'un cheveu.

Entendre énoncer froidement cette vérité lui coupa tout net la respiration. Il détourna les yeux pour dissimuler sa réaction à sa tante. Impossible de repousser l'image de Stacy dans son lit d'hôpital, d'une pâleur cadavérique sur ses oreillers, luttant pour sa survie.

Patti O'Shay ne fut pas dupe. La connaissant, il se demanda comment il avait pu espérer donner le change. La compassion adoucit les traits de sa tante.

— Parlant d'héroïsme, le chef de police a l'intention de décerner une médaille d'honneur à Stacy.

La fureur monta en lui. Stacy n'était même pas en service lorsque le drame avait eu lieu. Elle se baladait dans le quartier français avec sa sœur Jane, venue en visite. Stacy avait vu un inconnu s'emparer d'un enfant et ses réflexes professionnels avaient joué. Elle s'était ruée sur le kidnappeur et l'avait jeté à terre. Armé, celui-ci avait tiré à bout portant et la balle avait pénétré dans un poumon.

Les médecins avaient qualifié la blessure de « plaie aspirante au thorax ». A chaque inspiration, la victime aspirait du sang supplémentaire dans ses poumons, à chaque expiration, elle rejetait une écume rougeâtre. Chaque respiration accroissant le danger de s'asphyxier avec son propre sang.

— Tu crois que c'est une consolation pour moi ?

— Peut-être pas pour toi, non. Mais pour Stacy, cela peut en être une. Et elle la mérite, cette médaille. Elle a probablement sauvé la vie de cette petite fille. S'il avait réussi à l'embarquer dans sa voiture… Tu connais les statistiques. Les chances de la récupérer en vie auraient été minimes.

Il le savait, oui. Et il était fier de Stacy au-delà de tout ce que les mots pouvaient exprimer. Fier de ses réflexes et de son courage. Mais il ne savait pas ce qu'il aurait fait s'il l'avait perdue.

— Je crois en Bayle. Je maintiens ma proposition.

— Si elle donne le moindre signe de pétage de plombs, tu sais où se situe ta loyauté, n'est-ce pas ? Envers moi, envers le service et envers ta propre sécurité. C'est clair ?

— Absolument, capitaine.

Sa tante posa les deux mains à plat sur son bureau.

— Le père Girod était très aimé, dans sa paroisse et dans sa communauté. Il a été une figure majeure du quartier pendant un demi-siècle. Les médias commencent déjà à se déchaîner. On peut s'attendre à une forte pression venue d'en haut pour que nous élucidions cette affaire très vite.

Spencer hocha la tête. Il avait déjà pu se faire une idée de l'un et l'autre phénomène. Lorsqu'il avait quitté les Sœurs de la Miséricorde, des journalistes avaient envahi les abords de l'église. Ils avaient également retrouvé les reporters devant le siège du NOPD — le New Orleans Police Department. Et le porte-parole de la police, Serpas, avait dû organiser rapidement un point presse.

Patti O'Shay poursuivit.

— Je me sens personnellement concernée par cette enquête. Je connaissais le père Girod.

Elle marqua un temps de silence.

— J'ai grandi dans la paroisse des Sœurs de la Miséricorde et j'y ai fait une partie de ma scolarité. Le père Girod m'a baptisée. Il a célébré mon mariage et m'a accompagnée après la mort de Sammy. L'enfant de salaud qui l'a tué, je le veux arrêté, en cellule et jugé. Je compte sur toi pour ne pas le laisser filer.

— Nous l'aurons, tante Patti. Je m'y engage.

5

Mercredi 10 août, 7 h 30

Mira avait déjà ameuté tous ses contacts à la paroisse des Sœurs de la Miséricorde et à l'archevêché. Mais elle n'en avait guère appris plus que ce qu'on lisait ou entendait dans les médias : le père Girod avait interrompu un vandale qui lui avait porté un coup mortel. L'accès de l'église lui ayant été refusé, elle n'avait pu se faire une idée de l'étendue des dommages. Devenu scène de crime, le lieu de culte devait être « gelé », lui avait-on expliqué. Et l'accès resterait interdit au public tant que la police y serait occupée.

Mira avait tenté de faire valoir que plus vite elle aurait accès aux vitraux, plus elle aurait de chances de limiter les dégâts. Mais ses arguments n'avaient paru intéresser personne.

Le père Girod, lui, aurait été plus réceptif. Il avait été très attaché à ces vitraux — peut-être même était-il mort pour eux —, et elle n'avait pas l'intention de rester les bras croisés face au désastre.

Elle avait fait de son mieux pour s'occuper l'esprit en attendant : le report de l'interview avec la chaîne de télévision, une nouvelle restauration de vitrail à Hammond, des commandes de fournitures pour son atelier.

Mais la patience n'étant pas sa principale vertu, elle avait fini par prendre le taureau par les cornes et débarquer d'autorité au bureau de police principal. Là, on l'avait adressée à l'inspecteur Spencer Malone, de la brigade des homicides.

— J'ai besoin de lui parler, avait-elle expliqué au brigadier à l'accueil. C'est au sujet du meurtre du père Girod.

Quelques instants plus tard, on lui avait fait franchir la sécurité et elle prenait la direction du troisième étage. Un type brun, en jean et en chemise, l'accueillit à la sortie de l'ascenseur. Il était extrêmement bel homme, et échappait au physique de magazine par son nez qui semblait avoir été cassé une fois ou deux de trop.

Il sourit et lui tendit la main.

— Inspecteur Spencer Malone.

Elle la serra, consciente qu'elle l'avait déjà croisé quelque part.

— Mira Gallier, dit-elle, cherchant en vain à remettre l'officier.

Ses souvenirs se mélangeaient dans une sorte d'indistinction, depuis six ans. Il lui indiqua une porte à sa droite.

— Par ici, s'il vous plaît. Puis-je vous apporter un café ou un…

— Merci, non. Rien du tout.

Son bureau n'était guère plus qu'un box avec une table de travail encombrée, un meuble de classement et deux chaises. Il lui fit signe de s'asseoir, prit place à son bureau et l'examina, la tête légèrement penchée sur le côté.

— Je crois que nous nous sommes déjà rencontrés ?

— Je me disais la même chose. Mais où ?

— Vous avez souvent affaire aux autorités, peut-être ?

Il le disait en manière de plaisanterie. Mais des démêlés avec la police, elle en avait effectivement eu plus que sa part.

— En rapport avec l'ouragan, oui.

Elle croisa les mains sur ses genoux.

— Mon mari a disparu suite à Katrina.

— Vous l'avez retrouvé, j'espère ?

— A Saint-Gabriel, oui.

Elle faisait allusion à l'immense morgue temporaire qui avait été mise en place après le cyclone.

— Je suis désolé.

— Moi aussi.

Il lui jeta un regard légèrement perplexe puis ouvrit un carnet de notes.

— Vous dites que vous avez des informations à me fournir concernant le meurtre du père Girod ?

— Pas exactement, non. J'ai expliqué au brigadier à l'accueil que j'avais besoin de vous voir pour en parler.

Il reposa son stylo, visiblement contrarié.

— Bon, d'accord. Que puis-je pour vous ?

— Je sais que l'église est sous scellés et interdite au public en tant que scène de crime. Mais j'aurais besoin d'y entrer.

— Puis-je vous demander pour quelle raison ?

— A cause des vitraux. Je les ai restaurés après Katrina. Je sais qu'ils ont été vandalisés et je voudrais examiner les dommages.

Il hocha la tête et fit pivoter sa chaise pour attraper une pile de dossiers sur le côté droit de son bureau. Il prit une chemise cartonnée, l'ouvrit et en sortit un paquet de photos qu'il plaça devant elle.

Elle laissa échapper une exclamation sourde. C'était pire encore que ce qu'elle avait imaginé. Sur certains des vitraux, les graffitis couvraient plus de trente pour cent de la surface du verre. Le visage souriant, sur le dernier panneau, lui fit l'effet d'un coup de poing dans l'estomac.

Des larmes d'impuissance lui montèrent aux yeux.

Lorsqu'elle releva la tête, le regard attentif du policier était rivé sur elle.

— Vous avez l'air d'y tenir, à ces vitraux.

— C'est difficile à expliquer.

Elle renifla et il lui tendit une boîte de mouchoirs. Elle en prit un et le porta à son visage.

— Après l'ouragan, tout n'était plus que ruines… La ville entière était engloutie, défaite. Et je ne parle pas seulement des bâtiments, des maisons, des jardins, mais de nos vies — de ma vie. D'une manière étrange, surprenante, chaque fenêtre que je restaurais était comme un morceau de moi-même que je reconsolidais. J'ai mis dans chacune d'entre elles ma sueur, mon sang et mes larmes.

Elle tira un nouveau mouchoir de la boîte et se tamponna les yeux.

— Faire une chose pareille, commettre cette profanation… C'est obscène, pour moi.

— Vous soupçonnez quelqu'un de particulier ?

Elle cligna des yeux, luttant contre les larmes.

— Non.

— « Il reviendra en gloire pour juger les vivants et les morts. » Ça vous dit quelque chose ?

— Le Credo de Nicée, répondit-elle sans hésiter. Il s'agit d'une profession de foi.

— Regardez attentivement les photos. Les graffitis. Vous le voyez ?

Mira s'apprêtait à demander ce qu'elle était censée voir lorsque le texte émergea.

— Oh ! mon Dieu…

— Une idée de ce que ce vandale a voulu nous signifier par ce message ?

Elle secoua la tête.

— Aucune, non.

— Où étiez-vous la nuit dernière, madame Gallier ?

— Pardon ? La nuit dernière ? Pourquoi me demandez-vous cela ?

— Un crime a été commis, madame Gallier. Et pour être franc, je trouve surprenant que vous soyez focalisée à ce point sur les vitraux. Alors que la perte brutale d'une vie humaine ne semble pas vous affecter plus que cela.

Le rouge de la colère lui monta aux joues.

— C'est totalement faux. Vous n'avez rien compris.

Il se renversa avec désinvolture contre son dossier.

— Alors, éclairez-moi.

— Je suis anéantie par le meurtre du père Girod. C'était quelqu'un de magnifique. Mais je ne peux plus rien pour lui.

Elle se pencha par-dessus le bureau, les poings crispés sur les genoux.

— Mais je peux sauver les vitraux. Les vitraux qu'il aimait. La restauration de son église, c'était toute sa vie !

Mira lutta pour maîtriser ses émotions.

— Avec de la peinture à taguer sur du verre, il est important d'agir vite. La chaleur cuit la peinture et, au cas où vous ne l'auriez pas remarqué, nous sommes en plein mois d'août.

Elle se leva.

— J'étais chez moi, incidemment. Seule. Absolument aucun alibi.

— Dernière question : quelqu'un vous hait-il suffisamment pour chercher à vous nuire par un acte de ce type ?

Le père de Jeff ? Non. Même lui n'irait pas jusque-là.

— Non.

— Je ferai libérer la scène dans quelques heures. Vous pourrez entrer dans l'église.

— Merci, inspecteur.

Mira se retourna. Une femme se tenait dans l'encadrement de la porte. Elle était grande et blonde, avec des cheveux mi-longs tirés en arrière. L'arrivante la regarda comme si elle avait affaire à un vil insecte. Pire, même, à une de ces moisissures infâmes qu'on étudie en classe de sciences sous un microscope.

— Bonjour, dit la blonde.

— Madame Gallier, je vous présente mon équipière, l'inspecteur Karin Bayle.

Mira se déclara enchantée et la femme sourit mécaniquement.

— Ravie de faire votre connaissance, madame Gallier.

Mira tourna la tête vers l'inspecteur Malone.

— Merci pour votre aide.

— Prenez ma carte.

Il se leva et contourna son bureau.

— S'il vous revient quoi que ce soit, appelez-moi sans faute.

6

Mercredi 10 août, 8 heures

— Ah, voilà mon équipière ! commenta Spencer en faisant signe à Bayle d'entrer. Super timing.

— Je serais arrivée plus tôt, mais le capitaine O'Shay a tenu à me voir d'abord. Elle n'a pas l'air vraiment convaincue que j'aie récupéré mes capacités à cent pour cent.

— Mais toi, tu penses que si ?

Elle affronta son regard calmement.

— Je suis complètement rétablie, Malone.

— Parfait. Ça tombe bien, car nous avons du boulot.

— Avant que nous… Je voudrais d'abord te remercier, Spencer. D'avoir accepté de faire équipe avec moi.

Il balaya ses remerciements d'un geste de la main.

— C'est tout naturel. J'ai bien besoin d'un équipier. Surtout en ce moment.

Elle baissa les yeux, le visage contracté par les regrets.

— Je suis vraiment désolée d'avoir déconné à ce point dans le boulot.

— Tu n'es pas obligée d'en parler.

— Si, je préfère. C'est là, gros comme une maison, de toute façon. J'ai pété les plombs. Trahi la confiance de mon équipier et failli à mes responsabilités.

Elle leva son regard vers le sien.

— Je m'estime heureuse d'avoir pu garder mon grade et mon poste.

— Tu retrouves ta place parce que tu es un très bon flic. Mais tu es également un être humain, ajouta-t-il doucement.

— Merci.

Elle émit un rire sans joie.

— J'espère que tu réussiras à faire passer le message dans le reste de la brigade. Les autres ne m'ont pas vue revenir avec plaisir. Et je pense qu'on ne se privera pas de te faire des observations.

— Les remarques ne me font pas peur.

— Tant mieux.

Karen désigna du pouce le couloir désormais vide.

— Qu'est-ce qu'elle voulait, cette femme ?

— Il s'agit d'une certaine Mira Gallier. Elle est venue me parler du meurtre des Sœurs de la Miséricorde. Enfin… des vitraux, plus précisément. C'est elle qui les a restaurés après l'ouragan. Et elle était inquiète à leur sujet.

— Au sujet des vitraux et pas du père Girod ? C'est curieux.

— J'ai réagi comme toi. Elle m'a dit que je ne comprenais rien à rien.

— Tu crois qu'elle est mêlée à cette affaire ?

Il serra les lèvres et secoua la tête.

— Je n'en ai pas l'impression. Mais je n'exclus rien.

— O.K. Mets-moi au courant.

Elle prit la chaise en face de la sienne et il lui tendit le dossier. Pendant qu'il parlait, elle feuilleta ses notes ainsi que celles de Tony. Quand il eut fini de lui exposer les faits, Bayle releva les yeux.

— Je doute que cette église ait été vandalisée par hasard.

— Entièrement d'accord avec toi. Nous avons déjà entendu les premiers témoins. Mais je pense que nous devrions élargir le champ d'investigation.

Bayle acquiesça d'un signe de tête.

— Il pourrait s'agir d'un parent d'élève en colère. Ou d'un paroissien qui avait un compte à régler. Ou même d'un élève, pourquoi pas ? Les cours vont jusqu'à la terminale. Peut-être un jeune qui a raté son bac et qui juge l'établissement responsable de son échec. A force de ressasser, il décide de se venger sérieusement en taguant leurs précieux vitraux.

— Mais ne s'attend pas à être surpris en pleine action par le père Girod.

— Sa situation est d'autant plus précaire qu'il sait que le prêtre l'a reconnu. Fuir ne lui servirait à rien.

— Donc il panique, prend le bougeoir et frappe sans réfléchir.

— C'est exactement ainsi que je vois les choses, commenta-t-elle en souriant. Finalement, notre collaboration pourrait fonctionner, qu'est-ce que tu en dis ?

Spencer se leva.

— Je n'en ai jamais douté. Puisque nous supportons Stacy l'un et l'autre, il n'y a aucune raison pour que nous ne nous supportions pas mutuellement.

— Tu es sûr que tu ne prends pas le raisonnement à l'envers, Malone ? Ne serait-ce pas plutôt Stacy qui nous supporte, nous ?

Il eut une moue amusée.

— C'est bien possible.

Dans la salle commune, un silence tomba à leur entrée. Spencer trouva mesquine la réaction de leurs collègues. Comme s'il ne leur arrivait pas à tous de craquer par moments. Il s'immobilisa pour les regarder.

— Quoi ? Vous avez un problème ?

N'attendant pas de réponse, il se détourna et poursuivit vers l'ascenseur.

— Tu n'avais pas besoin d'en faire autant, commenta Bayle.

— Pourquoi ? Ça m'a soulagé de l'ouvrir.

— Ce n'est pas étonnant que Stacy soit si heureuse, observa-t-elle d'un ton léger. Comment va-t-elle ? Je suis passée chez vous, hier. Mais ta mère m'a dit qu'elle dormait.

Il sentit monter la tension familière ; le nœud habituel se forma dans son estomac.

— Stacy récupère petit à petit. Sinon je ne serais pas ici.

— Elle a déjà sa date de reprise ?

— Les médecins ne peuvent pas encore la fixer avec certitude. A la fin du mois, normalement. S'il ne tenait qu'à Stacy, elle reprendrait plus tôt.

Bayle sourit.

— C'est la Stacy que je connais et que j'aime.

Celle qu'il aimait aussi. Même si son côté têtu le rendait fou, il l'adorait pour son obstination même.

— Je vois que ça n'a pas été facile pour toi, murmura Bayle. Désolée d'avoir abordé le sujet.

— T'inquiète, c'est O.K. J'ai eu une sacrée putain de trouille, c'est tout… Si elle n'avait pas survécu, je crois que mon équilibre mental aurait été sérieusement menacé.

Ils pénétrèrent dans la cabine d'ascenseur vide. Lorsque les portes se refermèrent, elle croisa son regard.

— S'il y a une chose que je peux comprendre, c'est bien ça.

7

Jeudi 11 août, 9 h 5

Ils commencèrent par la secrétaire de la communauté religieuse. Malone avait souvent constaté que la personne qui gérait l'accueil était la mieux informée, dans une entreprise. Peut-être pas des stratégies ni des entrées et sorties financières. Mais la réceptionniste était généralement très au fait des personnalités, des conflits et des drames.

Les institutions religieuses, ironiquement, étaient rarement exemptes des deux dernières composantes. C'était souvent pire qu'ailleurs, même. Malone en avait conclu qu'une paroisse était plus ou moins l'équivalent d'une grande famille. Et il n'y avait rien de pire qu'une fratrie pour lui taper sur le système.

Sur le front paroissial, Vicky Gravier occupait une position en première ligne. Tout ce qui s'y déroulait passait entre ses mains à un stade ou à un autre. Mais à l'arrivée de Malone et de Bayle, son bureau était momentanément désert.

Elle leva la tête à leur entrée, les yeux gonflés et rougis par les larmes.

— Mademoiselle Gravier ? Je suis l'inspecteur Malone. Voici mon équipière, l'inspecteur Bayle.

Elle hocha la tête.

— Je me souviens de vous avoir vu hier, inspecteur.

Ses yeux se remplirent de larmes et elle attrapa sa boîte de mouchoirs.

— Excusez-moi. Je n'arrête pas de pleurer. C'est plus fort que moi.

— Nous sommes désolés pour la perte que vous avez subie.

— C'est une perte qui touche beaucoup de monde.

Vicky se moucha bruyamment.

— C'était pratiquement un saint. Tout le monde l'aimait.

— Mademoiselle Gravier…

— Vicky, s'il vous plaît. C'est comme ça que tout le monde m'appelle. Sauf les enfants qui disent « miss Vicky ».

Malone sourit.

— Entendu, Vicky… Comme vous le savez, nous essayons de retrouver le ou les coupables afin qu'ils soient jugés et punis. Nous espérons que vous pourrez nous aider.

Elle se tamponna les yeux.

— Je vais essayer. Qu'est-ce que je peux faire ?

— De par vos fonctions, vous connaissez probablement tous ceux qui viennent assister à l'office à l'église des Sœurs de la Miséricorde ?

— La paroisse est immense. Mais vous avez raison. Je connais la plupart des fidèles de nom. Tous ceux qui viennent régulièrement, en tout cas.

— De même que vous êtes probablement informée des histoires, des conflits, des soucis de chacun ?

Elle hocha la tête.

— Plus ou moins, oui. Ça fait partie de mon travail. Sauf en ce qui concerne l'école et le lycée. Ils ont leur propre « miss Vicky », là-bas.

— Elle s'appelle Vicky aussi ?

Vicky rougit.

— Non, elle s'appelle Anna Hebert. Je voulais dire : quelqu'un comme moi.

— D'accord, pigé. Vous savez sans doute également

quand les gens râlent ou font un drame, et pour quelle raison. Je me trompe ?

Elle parut soudain mal à l'aise.

— Ce n'est pas par goût du commérage. C'est juste parce que je me trouve être là pour les entendre.

— Exactement. C'est pourquoi nous nous sommes adressés à vous, l'inspecteur Bayle et moi. Voilà ce que nous pensons : il ne s'agit pas d'un crime de hasard.

La voyant perplexe, il précisa :

— Je veux dire que la personne qui a fait ça a choisi délibérément de vandaliser cette église particulière.

Bayle intervint.

— Nous pensons que l'auteur du crime pourrait avoir des comptes à régler avec l'Eglise catholique ou avec le père Girod. Est-ce qu'un nom, un visage vous vient à l'esprit ?

— Euh…

Elle secoua la tête.

— Il y a toujours des gens pour critiquer la façon dont on gère les choses. Ça arrive dans toutes les communautés.

— Quel genre de critique, par exemple ?

— La gestion financière, déjà. Ça, c'est un gros sujet de conflit. Et puis, des plaintes : qui est nommé dans quel comité, quels ministères sont favorisés, etc. Certains, même, étaient jaloux d'apprendre que le père acceptait de prier pour telle ou telle personne plutôt qu'une autre. D'autres se plaignaient du délai d'attente pour ses visites à domicile. Les gens sont terribles, parfois.

— Commençons par l'argent, alors. Il y a eu des protestations, lorsque la décision a été prise de restaurer les vitraux après l'ouragan ?

Elle réfléchit un instant.

— L'assurance a payé la part du lion. Et un bienfaiteur a financé le reste. Je crois qu'il y en a eu quelques-uns, au conseil pastoral, qui ont essayé de pousser le père Girod à utiliser l'argent de l'assurance pour d'autres améliorations, mais ils n'ont pas eu la majorité. Ça a créé du ressentiment chez certains.

— Au point, vous pensez, de vouloir se venger en vandalisant les vitraux ?

— Je n'ai pas le droit de médire sur mon prochain. C'est un péché, vous le savez ?

— Dire la vérité, ce n'est pas médire, rectifia fermement Malone. Je ne peux pas parler à la place de Dieu, mais il me semble que le fait de partager des informations pour aider à confondre un assassin ne saurait être considéré comme amoral.

Vicky parut soulagée.

— Deux de nos fidèles ont été particulièrement véhéments. Et l'un d'eux a quitté la paroisse en signe de protestation. Mais franchement, les connaissant, je ne les vois ni l'un ni l'autre faire une chose pareille.

— Cela s'est passé quand ?

— Il y a au moins trois ans.

— Pourriez-vous nous confier leur nom, ainsi qu'une adresse ou un numéro de téléphone ?

— Bien sûr. Juste un instant.

Elle chercha dans ses dossiers, et inscrivit les informations sur un morceau de papier qu'elle fit glisser dans leur direction.

— Paul Snyder est le monsieur qui a quitté les Sœurs de la Miséricorde. C'est la dernière adresse que nous ayons de lui.

Malone la remercia et poursuivit :

— Réfléchissons de façon plus générale, maintenant. Y a-t-il eu récemment des conflits entre l'Eglise ou le père Girod et des paroissiens ? Un malentendu, une vexation ou tout autre épisode de cet ordre ? N'importe quoi qui puisse être relié aux actes de vandalisme et au meurtre ?

Elle réfléchit un instant.

— Nous avons eu une situation un peu douloureuse, récemment. Un de nos paroissiens de longue date qui vient très régulièrement à l'église était furieux contre le père Girod parce qu'il trouvait qu'il n'avait pas fait le nécessaire pour aider son fils.

— Vous pouvez nous en dire un peu plus sur ce qui s'est passé ? demanda Bayle.

Vicky se signa.

— Son fils est mort dans un accident de voiture, le malheureux. C'est une tragique histoire qui nous a brisé le cœur à tous.

— Et pourquoi en vouloir au père Girod pour cet accident ?

— Tim — c'était le nom du fils — avait des problèmes d'alcool et de drogue. Une toxicomanie qui durait depuis des années. Un après-midi, son père a appelé ici et a demandé à parler au père Girod. C'était urgent, disait-il. Il était très inquiet, Timmy avait avalé une de ses drogues, et son état oscillait entre des phases d'agressivité et des accès de sentimentalité éperdue. Le père Girod parvenait presque toujours à le calmer.

Les larmes recommencèrent à couler.

— Il était comme ça, le père Girod. Une paix émanait de lui, qui se communiquait à ceux qui l'approchaient.

Elle s'éclaircit la voix.

— Le père Girod n'est pas arrivé assez vite. Tim est parti au volant de sa voiture, a perdu le contrôle de son véhicule, qui s'est écrasé contre un arbre. Il est mort sur le coup.

Malone échangea un regard avec Bayle. D'un très léger signe de tête, elle lui signifia qu'elle était de son avis : ils auraient quelques questions à poser au père de Tim. Le plus tôt serait le mieux.

— C'est arrivé quand ? demanda Malone.

— Il y a quelques mois. Voyons… Le jour de l'enterrement est tombé en même temps que la cérémonie de remise de diplômes. Et ça n'a pas arrangé les choses. On voyait tous ces jeunes diplômés à l'orée d'une vie nouvelle… Et le pauvre Tim Thibault, mort sans avoir eu le temps de vivre la sienne.

— Il nous faudra les noms de ses parents. Et des frères et sœurs, s'il y en a. Leur adresse.

— Earl et Joy. Tim était enfant unique.

Le visage de Vicky se crispa.

— Faut-il vraiment que je vous donne leurs coordonnées ? Ils sont encore dans une telle détresse… Cela paraît cruel de contribuer à l'aggraver.

— Oui, Vicky. Il le faut. Mais nous procéderons avec tact, je vous le promets.

8

Jeudi 11 août, 10 h 10

Avant de quitter la congrégation des Sœurs de la Miséricorde, ils passèrent voir l'homologue de Vicky au niveau de l'établissement scolaire. Anna Hebert se montra tout aussi bien disposée que « miss Vicky » et leur procura les noms de plusieurs parents mécontents, ainsi que d'une demi-douzaine d'élèves à problèmes.

De toutes les pistes possibles, Earl Thibault semblait la plus prometteuse. Spencer et Karin tombèrent d'accord pour aller lui rendre une petite visite, ainsi qu'à sa femme.

La famille vivait sur Carrollton Avenue, près de City Park. Construit dans le style du quartier, le bungalow surélevé avait des fenêtres cintrées et une jolie galerie en façade. La villa n'avait rien de grandiose ni d'ostentatoire, mais affichait la solidité typique des habitations des classes moyennes.

Ils grimpèrent lentement les marches menant à la porte d'entrée. Malone se préparait mentalement à l'épreuve. Avoir à questionner un parent fraîchement endeuillé était un des aspects les plus lourds de son métier. Il n'était pas père lui-même, mais il imaginait sans peine les abîmes de souffrance dans lesquels la perte d'un enfant pouvait plonger quelqu'un. Avec l'amertume en plus, dans ce cas particulier.

Il jeta un coup d'œil à Karin.

— Toi ou moi ?

— Toi, répondit-elle, laconique.

Il soupira et appuya sur la sonnette. Une femme leur ouvrit. Elle portait un short maculé de taches de peinture, un grand T-shirt et des sabots de jardin.

— Madame Thibault ?

— Oui ?

— Inspecteurs Bayle et Malone, du NOPD.

Il montra son insigne et Karin suivit son exemple.

— Nous aimerions vous poser quelques questions ainsi qu'à votre mari.

Joyce Thibault les regarda l'un et l'autre sans baisser les yeux.

— A quel sujet ?

— Le meurtre du père Girod.

— Entrez. Il fait trop chaud pour parler dehors.

Elle s'effaça pour leur laisser le passage, puis referma la porte derrière eux. A l'intérieur du bungalow, l'odeur de peinture fraîche les fit presque tomber à la renverse. Malone sourit.

— Vous faites une grande remise à neuf ?

— Nous avons besoin de nous occuper. L'un et l'autre.

Elle leur fit signe de la suivre et les précéda jusqu'à une grande cuisine lumineuse.

— Asseyez-vous. Je peux vous servir un thé glacé ou un verre d'eau ?

Ils déclinèrent d'un signe de tête. Elle se versa de la citronnade et leur fit face.

— Pauvre père Girod… C'était un homme si doux, si aimant. Un véritable homme de foi.

Elle marqua un temps de silence.

— Je ne suis pas vraiment surprise que vous soyez venus.

— Vous pouvez préciser votre pensée, madame Thibault ?

— Sont suspects, à vos yeux, les gens révoltés contre

l'Eglise ou contre le père Girod. Et ces critères s'appliquent à mon mari.

— Et vous, madame Thibault ? Ce n'est pas votre cas ?

— Non. Il y avait quelque temps déjà que je m'étais réconciliée avec la direction que notre fils avait choisie. Je ne l'ai ni excusée ni vraiment acceptée, mais il est venu un moment où j'ai cessé de lutter et où j'ai lâché prise.

Sa voix s'étrangla et elle s'excusa pour aller chercher un mouchoir.

— Cela ne signifie pas que j'aie cessé de l'aimer ou que je me sois éloignée de lui. Mais je m'en suis simplement remise à Dieu.

— Je suis désolé pour la perte terrible que vous avez subie.

— Merci.

Elle porta le mouchoir à son visage.

— Earl, lui, ne s'est pas incliné comme moi. Il n'a jamais renoncé. Et il continue de se reprocher amèrement ce qui s'est passé.

— Votre mari est à la maison ?

— Oui.

Elle prit une gorgée de thé et la glace tinta dans le verre.

— Il vient de perdre son emploi. Une partie de moi est en colère contre ce nouveau coup du sort. Il a travaillé pendant seize ans pour cette société. Et après tous les services rendus, alors qu'il vient de perdre son unique enfant, ils le jettent à la porte…

Elle secoua la tête.

— Mais si Dieu en a décidé ainsi, il doit savoir ce qu'il fait. Et j'imagine que ses desseins sont justes et qu'il finira par en sortir quelque chose de positif.

Elle émit un rire gêné.

— Je lis dans vos yeux que vous pensez que le chagrin me trouble le cerveau. Ou alors que je suis terriblement naïve.

Malone secoua la tête.

— Bien au contraire. La vérité, c'est que j'aimerais pouvoir croire comme vous le faites. Avec cette confiance sereine.

Un sourire fragile glissa sur ses traits.

— Je vous le souhaite. C'est un sentiment merveilleux. Je prierai pour vous, inspecteur.

Malone jeta un coup d'œil à Karin et la surprit à regarder Mme Thibault comme s'il s'agissait d'une créature irréelle : totalement étrangère à elle et néanmoins captivante. Il se demanda à quel deuil, à quelle blessure secrète sa collègue restait accrochée, tout en souhaitant désespérément pouvoir lâcher prise.

— Votre mari, lui rappela Malone. Nous devons lui poser quelques questions.

— Bien sûr. Je vais le chercher.

Elle revint au bout de quelques minutes. Seule. Et leur fit signe.

— Suivez-moi.

Earl Thibault était assis sur une chaise de bureau dans ce qui, à l'évidence, avait été la chambre de leur fils. Tous les meubles avaient été rassemblés au centre de la pièce et recouverts de draps, ainsi que la moquette. Une première couche de peinture d'un jaune pâle, couleur de beurre frais, brillait sur les murs.

— Elle a repeint la chambre, observa-t-il d'une voix éteinte. Je ne retrouve plus son odeur.

— Monsieur Thibault, je suis l'inspecteur Malone. Et voici l'inspecteur Bayle. Nous sommes du NOPD.

— Je sais qui vous êtes. Joy m'a dit.

— Nous avons quelques questions à vous poser.

Comme Earl Thibault ne réagissait pas, Malone poursuivit :

— Savez-vous que, très tôt mardi matin, quelqu'un a vandalisé les vitraux du sanctuaire de l'église des Sœurs de la Miséricorde ? Et que cette personne a également assassiné le père Girod ?

— J'ai appris la nouvelle, oui.

— Où étiez-vous cette nuit-là, monsieur Thibault ?

— Ici.

— Chez vous ?

— Non, ici, rectifia-t-il. Dans la chambre de Timmy.

— Puis-je voir vos mains, monsieur Thibault ?

Il les lui tendit. Elles tremblaient légèrement. La quantité de peinture en bombe utilisée sur les vitraux aurait forcément laissé des résidus sur ses doigts, sous les ongles et dans les lits unguéaux. Même avec un solvant, il aurait été quasiment impossible de tout faire disparaître.

Malone inspecta ses mains avec attention. Elles étaient parfaitement propres.

— Ce n'est pas moi. Mais je le regrette presque. Cela m'aurait sans doute fait du bien..

— Tu ne penses pas ce que tu dis, Earl.

Il tourna la tête vers sa femme, le visage comme dénudé par la souffrance.

— Que sais-tu, toi, de ce que je pense ou ne pense pas ? Tu n'imagines même pas ce que je vis.

Malone vit l'expression peinée de Joy. Elle n'imaginait que trop bien, si. Et elle vivait son propre enfer.

— Nous avons cru comprendre que vous accusiez le père Girod d'être responsable de la mort de votre fils ?

Earl poussa un long soupir tremblant.

— Cela m'aide parfois, d'en vouloir à quelqu'un d'autre.

— En quoi le ressentiment constitue-t-il une aide pour vous, monsieur Thibault ?

— Pendant que je suis en guerre avec les autres, je ne le suis pas contre moi-même. Ça soulage momentanément.

Il commença à pleurer en silence, les épaules secouées par des sanglots muets. Malone échangea un regard avec Bayle et secoua la tête. Aucune rage meurtrière n'émanait de cet homme. Rien qu'une immense douleur.

— Merci pour vos réponses, monsieur Thibault. Nous sommes désolés de vous avoir dérangé.

Earl Thibault ne réagit pas, et ce fut sa femme qui les raccompagna jusqu'à la porte. Malone se tourna vers elle.

— Je suis désolé d'avoir à vous le demander, mais pourriez-vous me montrer vos mains, vous aussi ?

Elle les lui tendit en silence. A part le pointillé de taches couleur citron qui émaillait les doigts, poignets et avant-bras, elles étaient parfaitement nettes.

— Accepteriez-vous que nous prenions vos empreintes digitales ? Cela nous permettrait de vous rayer définitivement de notre liste de suspects, vous et votre mari.

Elle parut étonnée mais accepta sans broncher.

— Si cela peut vous être utile.

Malone la remercia. Ils se dirigèrent vers la voiture sans échanger un mot. Bayle démarra et lui jeta un regard en coin.

— Vous avez l'intention d'avoir des enfants, Stacy et toi ?

— Après ce que je viens d'entendre, je ne sais plus trop.

— Le monde est un putain de merdier, Malone.

— Tu es un vrai rayon de soleil, toi, dis donc.

— Tu n'es pas d'accord ?

— Je préfère garder un minimum d'espoir.

— A la manière de Joy Thibault ?

Malone tourna les yeux vers Bayle, surpris par la colère qui faisait vibrer sa voix.

— Elle a adopté une philosophie qui fonctionne pour elle. Et honnêtement, si je devais choisir entre son attitude à elle et son attitude à lui, je préfère de loin celle de madame.

Presque aussitôt, elle changea de sujet.

— Bon, et maintenant ? Où on va ?

— Voir le suivant sur la liste.

9

Jeudi 11 août 2011, 23 h 45

Debout dans le sanctuaire des Sœurs de la Miséricorde, Mira inspectait ses vitraux. Son assistante et elle, efficacement secondées par Chris, le petit ami de Deni, avaient passé trente-six heures d'affilée à les remettre en état. Et il ne restait plus d'autre trace de l'acte commis par le vandale que les légers relents de l'acétone dont ils s'étaient servis pour le nettoyage.

Mira tourna les yeux vers Deni.

— Nous avons gagné, fillette. J'ai l'impression d'avoir lutté contre une armée de démons et d'être sortie victorieuse du combat.

Deni sourit.

— C'est plutôt génial comme sensation, non ?

— Absolument. Et si je n'étais pas aussi moulue, je crois même que je vous aurais improvisé une petite danse de la joie.

— Tu es trop fatiguée pour le Bar du Coin ?

Le nettoyage des vitraux avait été éreintant — un tour de force au mental comme au physique. Porter des masques respiratoires était encombrant et peu naturel, et le haut de son corps était perclus de douleurs dues aux gestes répétitifs de frottage et d'essuyage. Elle avait le dos et les pieds en compote, à force d'être restée perchée sur une échelle durant une journée et demie ; et scruter le verre en essayant de ne pas manquer une seule tache avait provoqué une forte fatigue oculaire. Mais Mira savait aussi que si elle se couchait directement, elle ne fermerait pas l'œil de la nuit.

— Trop fatiguée ? Jamais de la vie. Dans l'état où je suis, il me faut un coup à boire.

— Ils sont vraiment magnifiques ! commenta Chris à voix basse en venant se placer à côté d'elles. Le père Girod aurait été content.

Mira lui sourit.

— Je préfère penser qu'il *est* content.

Deni glissa son bras sous celui de Chris.

— Nous, les filles, avons des idées d'alcool en tête.

— Je suis partant. Au Bar du Coin ?

— Tu as un autre endroit ?

— Le camion est chargé. J'ai tout sauf vos combinaisons.

— Allez, c'est parti, trancha Mira.

Elle laissa sortir le jeune couple avant elle, mit l'alarme, vérifia que la porte était bien fermée et les rejoignit devant le pick-up. Ils ôtèrent leurs combinaisons, les casèrent à l'arrière du véhicule et grimpèrent dans la cabine. Chris prit le volant et Deni se casa au milieu. Le Bar du Coin, prosaïquement nommé car il se trouvait à l'angle de deux rues, était le bistrot de quartier par excellence. Tous les habitués vivaient ou travaillaient à proximité, Mira et son équipe y compris. Son atelier de vitrailliste était situé à deux pas.

Le patron les salua par leur nom à leur entrée. Ils répondirent de même et s'avancèrent jusqu'au comptoir.

— Alors Sam ? Ça boume ?

— Ça peut aller, oui. Les affaires sont stables.

Il passa un chiffon sur le bar.

— Qu'est-ce que vous faites ici à une heure pareille, tous les trois ?

Chris se percha sur un tabouret.

— On vient de faire du bon boulot. Ça se fête.

— Nous avons remis en état les vitraux des Sœurs de la Miséricorde, précisa Deni.

Le visage de Sam s'assombrit.

— Pauvre père Girod… Il était drôlement bien, cet homme.

Mira prit le tabouret à côté de celui de Deni.

— Ce n'est pas moi qui te dirais le contraire. Tu le connaissais ?

— J'ai fréquenté les Sœurs de la Miséricorde toute ma vie. Il a baptisé mes deux gamins et enterré ma Maggie. Qu'elle repose en paix.

Il se signa, puis reprit son air de tous les jours.

— Alors, qu'est-ce que je vous sers, les jeunes ? Comme d'habitude ?

Tous trois acquiescèrent et Sam entreprit de préparer des cosmopolitans pour Mira et Deni. Il sortit ensuite une bouteille de bière Abita pour Chris, et posa les boissons devant eux avec des bretzels dans une coupe.

— Il n'était plus tout jeune, le père Girod, hein ? Eh bien, après Katrina, il passait ses journées dans la rue, dehors, en pleine chaleur, pour aider à réparer les maisons ravagées par le cyclone. Vous y croyez, vous ?

Ils convinrent que c'était incroyable, en effet. Puis Sam dut les quitter pour servir d'autres clients. Mira leva son verre.

— A vous deux, pour avoir fourni une dose de travail peu commune. Je n'aurais jamais pu y arriver sans votre aide.

— Ça, c'est sûr, bougonna Deni. Esclavagiste !

Mira se mit à rire.

— Je suis un peu excessive quand il s'agit de mes vitraux.

— Cela m'a vraiment plu de faire ça, observa Chris. J'ai eu l'impression d'accomplir quelque chose d'utile.

Deni tourna la tête vers lui avec un sourire jusqu'aux oreilles.

— Cool ! Je savais que tu adorerais ça.

Chris était une superbe recrue, et c'était Deni qui l'avait découvert. Alors qu'elle faisait des travaux préparatoires pour un vitrail à Sainte-Rita, son assistante avait croisé le chemin de ce menuisier et homme à tout faire qui travaillait pour l'évêché. Ils s'étaient appréciés d'emblée et sortaient ensemble depuis.

Mira réitéra ses remerciements.

— Ta contribution a été vraiment précieuse, Chris.

— Puis-je en conclure que nous avons droit à une grasse mat', demain ? demanda Deni d'un air d'espoir.

— Absolument. Prenez la journée entière si vous voulez.

— Sûrement pas la journée entière, non. Mais quelques heures de sommeil en plus, ce serait top.

Chris et Deni parlèrent alors de leurs projets pour le week-end. Mira se tut et écouta leurs échanges en sirotant son cocktail. Elle se souvenait que Jeff et elle avaient été ainsi : totalement absorbés l'un par l'autre, grisés par le vertige de former un couple. Elle se demanda si elle retrouverait un jour ces sensations.

— Ça va, Mira ?

Elle tourna les yeux vers Chris et prit conscience du mutisme prolongé où elle s'était repliée. Et de l'épuisement qui se faisait sentir.

— Je n'aime pas jouer les rabat-joie, mais j'ai du mal à garder les yeux ouverts. Et à la différence de vous deux, je dois me lever demain matin. J'ai rendez-vous avec le Dr Jasper.

C'est-à-dire avec la thérapeute qui l'avait accompagnée dans son épreuve et avait partagé les moments les plus noirs, les plongées les plus amères. Celle qui avait connu avec elle le bon comme le mauvais, le beau comme le moche.

— Tu veux que je te raccompagne chez toi ? proposa Chris. Je pourrais revenir te chercher demain matin ?

— Et te priver d'heures de sommeil amplement méritées ? Pas question. Pose-moi juste à l'atelier. De là, ma voiture connaît le chemin.

Chris parut sur le point de protester mais il finit par hocher la tête. Ils lancèrent chacun un au revoir à Sam et ressortirent. En passant la porte, Mira repéra un des nombreux sans-abri de la ville, tassé sur le trottoir à l'angle du bâtiment. Il lui apparut comme l'image même de la désolation. Assis, la tête reposant sur ses genoux relevés, il se balançait lentement d'avant en arrière, comme pour bercer son désespoir.

— Le malheureux…, chuchota-t-elle. Il a peut-être besoin d'aide ?

Deni la retint par le bras.

— Ne t'approche pas trop. Il pourrait être dangereux.

Mira se dégagea doucement.

— Mais enfin, Deni, que voudrais-tu qu'il me fasse ?

— Il est peut-être malade et contagieux.

— Elle a raison, intervint Chris.

— Hé, mais qu'est-ce qui vous prend, à tous les deux ?

Elle se dirigea vers le sans-abri. Deni resta sur place mais Chris la suivit. L'homme assis sur le trottoir ne parut même pas remarquer sa présence lorsqu'elle s'immobilisa devant lui. Il avait de longs cheveux noirs d'aspect graisseux qui dissimulaient son visage baissé. Malgré la chaleur d'août, il portait une veste militaire et des bottes. Mira se demanda s'il s'agissait d'un vétéran. Et son cœur se serra encore un peu plus à cette pensée.

— Bonjour. Vous avez besoin d'aide ?

Il leva la tête. La lumière du lampadaire l'éclairait par-derrière, créant un contre-jour. Mais elle discerna des traits taillés à la serpe et un regard intense et sombre.

— Le Seigneur est notre berger. Ses agneaux ne manqueront de rien.

— C'est vrai, répondit-elle doucement. Mais Il souhaite aussi que nous nous aidions les uns les autres. Avez-vous mangé ce soir ?

Il fixa sur elle un regard muet. Glissant la main dans son sac, elle en sortit un billet de vingt dollars qu'elle lui tendit.

— Promettez-moi de vous en servir pour vous acheter quelque chose à manger.

— Même vos cheveux sont comptés. Vous valez mieux aux yeux de votre Seigneur qu'une multitude de passereaux.

Elle sentit Chris lui effleurer le bras.

— Viens, Mira, maintenant.

Mais elle s'obstina.

— S'il vous plaît, prenez cet argent. Vous en avez besoin et je ne partirai que lorsque vous l'aurez accepté.

L'homme scruta son visage en silence quelques instants. Puis il tendit la main et prit le billet, qu'il fourra dans la poche de sa veste avant de reposer la tête sur ses genoux.

— Il ne t'a même pas dit merci, commenta Deni dans un murmure alors qu'ils s'éloignaient tous trois le long du trottoir. C'est malpoli, quand même.

— Je ne l'ai pas fait pour qu'il me remercie. Si j'étais dans une situation telle que la sienne, j'aimerais que quelqu'un fasse la même chose pour moi. Mais je n'aurais pas forcément envie de le remercier pour autant.

Elle *avait* été dans une position semblable à celle du sans-abri, comprit-elle tout à coup. Isolée dans sa souffrance. Tenant le monde entier à distance, refusant tout secours.

Se retournant pour jeter un dernier coup d'œil en arrière, elle vit que l'homme avait relevé la tête et qu'il les suivait des yeux. Elle sentit émaner de lui le désir profond de retrouver une place dans le monde. La nostalgie d'être de nouveau inclus, vivant, intégré.

Un nœud se forma dans sa gorge et elle détourna la tête. Etait-ce vraiment la nostalgie de cet homme qu'elle percevait ? Ou venait-elle de mettre le doigt sur la sienne ?

10

Vendredi 12 août, 1 h 30

Le cri de Stacy réveilla Malone en sursaut. Il la trouva dressée sur son séant, à frissonner si violemment que le lit entier en tremblait. Il s'assit et la prit dans ses bras.

Elle se cramponna à lui. Appuyant la joue contre ses cheveux, il la berça doucement.

— Tout va bien. Je suis là. Tu n'as plus besoin d'avoir peur.

A mesure que les minutes s'égrenaient, la respiration de Stacy se régularisa et les tremblements cessèrent. Mais, même alors, il ne desserra pas son étreinte.

Il ne pouvait tout simplement pas la lâcher. Lorsqu'elle revivait le cauchemar, il le retraversait avec elle. Emporté par le train fantôme de l'angoisse, il s'engouffrait dans le spectre complet de la gamme émotionnelle, ballotté de la reconnaissance à la terreur, et vice versa. Fermant les yeux, il prit une inspiration profonde pour se stabiliser un peu. Mais il se sentait inquiet. Les cauchemars de Stacy semblaient s'intensifier, et leur fréquence s'accroissait au lieu de diminuer.

Stacy se glissa hors de son étreinte, tira le drap sous son menton et détourna la tête.

— Ne fais pas ça, murmura-t-il. Ne me mets pas à distance.

Elle le regarda avec des yeux brillants de larmes retenues.

— Tu dois te sentir trompé sur la marchandise. Tu es tombé amoureux d'une dure à cuire qui assurait un max. Et tu te retrouves avec un tas gélatineux de… nunuche décomposée.

Il rit doucement en la ramenant contre son torse.

— Une nunuche décomposée !

— Tu appellerais ça comment, toi ? Je pleure pour un rien, je me colle à toi comme de la super-glue et il m'arrive d'avoir peur de mon ombre.

Il lui prit le menton pour l'obliger à le regarder.

— Ecoute-moi, Stacy. C'est vrai que j'ai flashé sur ta bravoure et ta démarche chaloupée. Mais je suis aussi tombé amoureux de la partie de toi qui veut sauver le monde. La part de toi qui fond en larmes en regardant des séries télé pour nanas. Je suis tombé amoureux de ton honnêteté sans faille, de ton sens de l'équité, de ton dévouement à ta famille et de ton combat quotidien pour être juste dans tes actes et tes pensées.

Il laissa reposer son front contre le sien.

— En bref, j'aime tout chez toi, Stacy Killian.

— Même mon côté fifille ?

— Même ton côté fifille.

Elle frotta son nez contre le sien.

— Finalement, je suis une nana assez formidable, non ?

Il rit de nouveau.

— Ai-je oublié de mentionner ton sens de l'humour ?

— Je ne cherchais pas à être drôle.

— Mais tu l'es.

Malone se rallongea en l'entraînant avec lui. Il embrassa tendrement la méchante cicatrice rouge sous sa clavicule droite. Stacy se raidit.

— Je vais être charmante, non, dans ma robe de mariée sans brides ?

— Je la trouve belle, cette marque.

Il laissa courir un doigt caressant sur sa peau couturée.

— Tu devrais l'aimer, toi aussi. La montrer au grand

jour quand nous nous marierons. L'immortaliser sur les photos.

— Tu es cinglé.

Il se redressa sur un coude pour la regarder.

— Tu as probablement sauvé la vie de cette enfant. Tu n'as pas hésité. Tu as compris ce qui se passait et tu as agi en conséquence. Cette fillette a retrouvé une vie de famille normale, grâce à toi. Je ne pourrais être plus fier de cette cicatrice. Et de toi.

Le regard de Stacy chercha le sien. Il vit qu'elle luttait pour garder le contrôle de ses émotions.

— Je n'arrête pas de penser à cette journée, à ce moment. En me disant que j'aurais peut-être pu m'y prendre mieux. Autrement.

— Comment ça, autrement ? Tu as sauvé la vie d'un enfant, Stacy.

— Mais je n'ai pas su me protéger. J'ai failli en mourir. Et j'ai été obligée de le descendre devant tous ces gens… des familles avec des enfants. Si j'avais demandé des renforts plus tôt…

— Ils ne seraient pas arrivés à temps et il aurait embarqué la môme dans sa camionnette. Tu sais comme moi qu'une fois qu'un enfant est à bord du véhicule d'un criminel pédophile, les chances de le retrouver vivant deviennent minimes.

— Je sais. Et je…

Elle frissonna.

— Mais Jane a été tellement traumatisée qu'elle n'ose plus quitter ses enfants des yeux un seul instant, et qu'elle se lève six fois par nuit pour s'assurer qu'ils sont encore dans leur chambre. Les enfants font des cauchemars où ils voient leur tante Stacy se vider de son sang sur le trottoir. Avais-je le droit de leur imposer ce spectacle ?

Il passa la main dans ses cheveux. Les mèches blondes qui glissaient entre ses doigts lui faisaient toujours penser à l'été.

— Tu ne leur as rien imposé du tout, Stacy. C'est ce pervers malade qui a créé la situation. Toi, tu étais le chevalier blanc.

Elle resta silencieuse un moment. Lorsqu'elle reprit la parole, sa voix était nouée par l'angoisse.

— Mais pourquoi moi, Spencer ? Pourquoi a-t-il fallu que ce soit *moi* qui sois présente à ce moment précis ? Pourquoi, avec tant de gens autour, ai-je été la seule à le voir s'emparer de l'enfant ? Même ses parents ne se sont rendu compte de rien !

— Je ne sais pas. Ce que je sais, en revanche, c'est que ses parents remercient le ciel que tu aies été là au bon moment.

Quelques instants s'écoulèrent, avec juste le roulement sonore du cœur de Stacy cognant contre le sien. Il rompit le silence.

— Peut-être que ta présence là-bas, à ce moment précis, n'avait rien à voir avec toi. Tu y as déjà songé ?

— Comment ça ?

— Elle a peut-être tout à voir avec la petite fille, simplement ? Avec son destin à elle ?

Elle roula sur le côté et lui fit face.

— Merci, murmura-t-elle d'une voix étranglée en posant les deux mains à plat sur son torse.

— Merci pour quoi ?

— D'être là. De m'aimer.

Il l'attira plus près, plus serré, et sentit les mots se solidifier dans sa poitrine. Des mots qui disaient son impossibilité de vivre sans elle, ainsi que l'intensité terrifiante de l'amour qu'elle lui inspirait.

Faute de pouvoir les prononcer, il la pressa plus fort encore contre son cœur.

11

Vendredi 12 août, 8 h 35

Mira était assise face à sa thérapeute, anéantie par la fatigue et néanmoins étrangement revivifiée. Les mots se bousculaient sur ses lèvres tandis qu'elle expliquait au Dr Jasper comment, pendant deux jours, sans discontinuer, Chris, Deni et elle avaient travaillé pour rendre aux vitraux des Sœurs de la Miséricorde leurs couleurs et leur beauté.

Le Dr Jasper avait entendu parler de l'acte de vandalisme et du meurtre. Comme tout le monde à La Nouvelle-Orléans, d'ailleurs. La nouvelle était sur toutes les lèvres. Le père Girod avait été une figure très aimée, et pas seulement dans sa paroisse. Les habitants de la ville étaient outrés et ses funérailles avaient attiré autant de monde qu'un concert de rock. A cause des vitraux saccagés, la cérémonie s'était déroulée à la cathédrale Saint-Louis, sur Jackson Square, dans le Vieux Carré. Mais même la grande cathédrale n'avait pu contenir la foule qui avait débordé jusque sur la place.

— L'inspecteur à qui j'ai eu affaire a trouvé suspect mon empressement à vouloir sauver les vitraux.

— Ah, vraiment ?

Mira se frotta les paumes sur les cuisses. Le tissu léger de son jean d'été lui parut rêche sous ses doigts.

— Cela lui a paru bizarre, oui. Mais le père Girod

adorait cette série de vitraux. Ils étaient sacrés, pour lui, et s'il avait été encore en vie, il aurait souhaité que j'agisse comme je l'ai fait.

— C'est une certitude pour vous ?

— Oui.

Elle hocha la tête pour renforcer son propos.

— Une certitude profonde, même.

Mira se tut un instant avant de reprendre.

— L'inspecteur a été jusqu'à me demander où je me trouvais la nuit du meurtre. Il a également voulu savoir si quelqu'un avait pu abîmer ces verrières uniquement dans l'intention de me nuire.

— Et vous pensez que c'est une possibilité ?

— Il n'y a qu'une personne ici, dans cette ville, pour me haïr à ce point. Mais même lui ne serait pas tombé aussi bas.

— Votre beau-père.

Mira acquiesça.

— Je vois mal le riche et puissant Anton Gallier entrer par effraction dans une église avec une collection de bombes à graffitis sous le bras. Cela dit, il a pu embaucher quelqu'un pour s'en charger.

Elle avait déjà réfléchi à cette éventualité. Mais ce n'était pas non plus le style d'Anton de déléguer. Il aurait préféré exercer sa cruauté lui-même. La marquer personnellement au fer rouge de sa « vengeance ».

— Quel plaisir en aurait-il retiré, honnêtement ? Il aurait voulu voir lui-même ma réaction. S'assurer de ses propres yeux qu'il avait réussi à me faire mal.

— Et vous êtes restée sobre au cœur de cette tempête d'événements ?

— Oui.

Mira se surprit à détourner un regard coupable. Le souvenir des heures précédant le drame lui revenait à l'esprit. Elle s'était réveillée au milieu de la nuit avec la sensation qu'un fleuve de désespoir coulait en elle pour l'engloutir. Face à l'horreur de l'abîme, elle s'était ruée hors de son lit pour chercher un soulagement pharmacologique.

Elle serra les mains sur ses genoux et se sentit tomber d'un coup du statut de héros à celui de zéro. Alors que la semaine précédente, le Dr Jasper et elle avaient parlé de clôturer la thérapie. L'une et l'autre avaient estimé qu'elle était mûre pour franchir le pas.

Et maintenant, elle devait avouer à sa psy qu'elle avait démérité. Alors même que la tentation familière d'éluder la vérité se faisait sentir, elle soutint le regard d'Adèle Jasper.

— J'ai rechuté lundi dans la nuit. Juste avant les événements.

Le Dr Jasper ne manifesta ni surprise ni désapprobation. Depuis la disparition de Jeff, sa thérapeute était la personne qui la connaissait le mieux au monde. Mira savait qu'elle ne lui chercherait pas d'excuses. Mais qu'elle ne l'accablerait pas non plus.

— Où avez-vous trouvé le Xanax, Mira ?

— Pas dans la rue, si c'est à ça que vous pensez. Et je ne l'ai pas volé non plus à une amie.

Elle avait déjà eu recours à ces expédients par le passé. Tout comme elle avait jonglé avec les médecins et fréquenté les laboratoires pharmaceutiques illégaux.

— J'ai retourné toute la maison. Et j'ai retrouvé un comprimé au fond d'un bagage à main.

— Et qu'auriez-vous fait si vos recherches étaient restées infructueuses ?

Mira hésita. Aurait-elle repris contact avec l'un de ses fournisseurs d'antan ? Serait-elle sortie au beau milieu de la nuit, indifférente à sa sécurité, indifférente à tout sauf à son besoin d'oublier ? Elle aurait aimé répondre qu'elle ne serait pas allée jusque-là.

Mais elle ne pouvait l'affirmer en toute conscience. Et elle méprisait sa propre faiblesse.

Le Dr Jasper se pencha vers elle.

— Vous êtes en phase de convalescence, Mira. C'est un processus. Avec des hauts et des bas.

— Rien à foutre. Je veux être en colère contre moi-même.

— Vous avez parcouru du chemin. Cela fait presque un an.

Le Dr Jasper croisa les jambes et le tissu de sa jupe crissa dans le silence tendu du cabinet. Sa thérapeute était un modèle de raffinement et d'opulente élégance. A trente-trois ans, Mira savait que la date de naissance de la psychiatre précédait la sienne d'une bonne décennie. Mais elles paraissaient proches en âge.

— Qu'est-ce qui a déclenché la rechute, d'après vous ?

— A vous de me le dire. C'est votre boulot, non ?

Le Dr Jasper ne répondit pas, mais Mira ne s'était pas attendue à ce qu'elle le fasse. Sa provocation était absurde et elles le savaient l'une et l'autre. Elle soupira.

— Je me suis réveillée et c'était comme… comme s'il était là. Comme s'il *avait* été là, plutôt, debout près du lit, à me regarder. Une perception imaginaire, mais avec une telle apparence de véracité…

Elle baissa les yeux sur ses mains crispées, puis les releva pour regarder sa thérapeute.

— J'ai pensé pendant une fraction de seconde que la mort de Jeff, le cyclone, tout ça n'avait été qu'un mauvais rêve.

— Continuez.

— Et tout m'est retombé dessus avec fracas, admit-elle simplement.

— Le jour où vous l'avez perdu ?

— Oui. Et tout ce qui s'est passé depuis.

— Et ensuite ?

Elle haussa les épaules.

— J'ai couru aux abris.

— A l'abri de la tempête.

La tempête de ses émotions. La vérité.

— Pourquoi précisément maintenant, docteur Jasper ? Pourquoi après tout ce temps ?

— Le sixième anniversaire de Katrina approche. Et notre inconscient tient un calendrier très précis des dates traumatiques.

Six ans déjà que Katrina avait pulvérisé sa vie en mille morceaux.

— C'est possible, oui. C'est juste que…

— Juste que quoi ?

Elle soutint le regard de sa thérapeute.

— Que je le ressens comme un mensonge. Et je ne veux plus me mentir à moi-même.

Comme le Dr Jasper ne répondait pas, Mira sentit la chaleur lui monter au visage.

— S'abrutir comme ça n'apporte rien de bon. Cela ne change rien et j'en ai tellement ras le bol de…

Impassible, la thérapeute la poussa à poursuivre.

— Ras le bol de quoi ?

— De tout. De ça.

Elle se leva d'un mouvement brusque.

— Marre de penser à Jeff. Marre de revivre *ad nauseam* chaque seconde de cette journée de cauchemar. Je veux retrouver *ma* vie.

Elle posa sur sa thérapeute un regard de défi.

— C'est la mienne, merde. Et je veux qu'on me la rende.

— Il ne tient qu'à vous de la reprendre. Et personne ne peut le faire à votre place.

— Oui, bon, d'accord, mais comment ? Jeff est mort. Je ne le retrouverai pas. Ni lui ni ce que nous avions en commun.

— Le passé ne reviendra jamais, en effet. Mais vous pouvez rebâtir autre chose.

— C'est bien ce que j'ai fait, non ?

— Sanctifier le passé et s'étourdir pour noyer la douleur du présent, cela ne s'appelle pas vivre.

Le Dr Jasper la regarda fixement.

— Laissez-moi vous poser une question. A quel point l'année écoulée a-t-elle été difficile pour vous ?

— Je ne vous suis pas.

— Le fait de rester « clean ». Jusqu'à lundi dernier, cela a été dur comment, pour vous ? Sur une échelle où un serait du gâteau, dix l'enfer sur terre ?

— Je ne dis pas que c'était du gâteau, mais je n'ai pas vécu l'enfer non plus, finalement. Je noterais la difficulté à quatre. Parfois même trois.

— Et pourquoi, à votre avis ?

Lorsqu'elle fronça les sourcils sans comprendre, le Dr Jasper précisa :

— D'après ce que vous m'avez rapporté en séance, vous avez revécu les événements de cette nuit traumatique à plusieurs reprises déjà, cette année.

— C'est vrai.

— En quoi était-ce différent lundi soir ?

Le vitrail de Marie-Madeleine. La réponse s'imposa, venue d'on ne sait où, la prenant par surprise. Déconcertée, elle secoua la tête.

— En quoi mon travail de restauration sur ce vitrail aurait-il eu une influence sur ma capacité à tenir sans Xanax ?

— Ce ne serait pas la première fois qu'une addiction viendrait en remplacer une autre. Certaines études montrent même qu'il s'agit d'un phénomène fréquent.

Elle secoua la tête.

— Ce vitrail a été une quête pour moi. Pas une béquille.

Le Dr Jasper croisa les doigts sur ses genoux.

— Une quête qui vous a littéralement possédée, ces derniers mois. Vous avez investi toute votre énergie dans ce projet. Non seulement vous y avez mis votre temps et votre talent, mais vous vous êtes démenée pour solliciter des dons un peu partout. Vous aviez tellement le feu sacré pour ce vitrail que vous vous êtes même aliéné certaines personnes proches. Je me trompe ?

— Non.

— Ce sont des signes classiques d'addiction.

— Vous voulez dire que pendant l'année écoulée, le vitrail de Marie-Madeleine a été ma drogue de substitution ?

— C'est une possibilité. Et il se peut que votre rechute soit liée à l'achèvement du vitrail. Il est encore dans votre atelier mais il ne devrait pas tarder à être installé. Autrement dit, vous le perdez, lui aussi.

— Super, commenta-t-elle hargneusement. Je reviens enfin au point où je parviens à m'investir dans mon art et à me sentir un peu plus en lien avec le monde. Et vous me laissez entendre que je souffre d'une espèce d'obsession malsaine.

— Je n'ai pas dit qu'il en était ainsi. J'ai juste émis une supposition.

Le Dr Jasper pencha la tête sur le côté.

— Quant au mot « obsession », il est de vous, pas de moi.

Mira lui jeta un regard noir.

— Ça m'exaspère quand vous faites ça : me renvoyer mes propres mots à la figure.

Un léger sourire joua sur les lèvres de la psychiatre.

— Parfait. Les interprétations que je vous livre doivent être un minimum inconfortables, sinon je ferais mal mon boulot.

Elle jeta un coup d'œil à sa montre.

— Et là-dessus, Mira, nous arrivons à la fin de votre séance.

12

Vendredi 12 août, 10 heures

Mira souleva une gerbe de gravillons en garant sa Ford Focus sur le parking privé derrière son atelier. Sa séance l'avait laissée à cran et dans un état qui oscillait entre le découragement et la colère. Pas contre le Dr Jasper. Contre elle-même.

Contre la situation. Contre le fait qu'elle ait pu utiliser son art non pas comme élément réparateur, mais comme moyen pour rester anesthésiée, coupée du monde.

Elle descendit de voiture et fit claquer sa portière avant de contourner le bâtiment. L'atelier était aménagé dans une chapelle reconvertie, située sur River Road, à quelques kilomètres du coude formé par le fleuve Mississippi. Vieille de quatre-vingt-dix ans, la construction en cyprès d'Amérique était divisée en trois pièces dont l'une offrait un espace suffisant pour lui servir d'atelier. Les nombreuses fenêtres lui permettaient de travailler en lumière naturelle. Mais le plus important, à ses yeux, c'est que l'ex-chapelle, construite en hauteur, n'avait pas été inondée après le cyclone.

La première chose qui l'accueillit à l'intérieur fut l'odeur de boue et d'acétone. Puis elle prit conscience de la lumière, de la façon dont elle se diffractait à travers le verre de ses vitraux pour tapisser les sols et les murs de motifs de couleur. Au cours de la journée, suivant la courbe du soleil, les formes et les nuances se modifieraient, créant un kaléidoscope en mouvement permanent.

Pendant les mois qui avaient suivi le décès de Jeff, elle avait travaillé uniquement parce qu'il fallait pallier les destructions massives qui avaient ravagé la ville. Elle n'avait pas ressenti la magie du verre et du plomb, elle avait été incapable de voir, de sentir, de comprendre la beauté des verrières qu'elle recréait de ses mains. Le sentiment d'accomplissement que lui avait toujours donné son art avait disparu, remplacé par des sensations froides et mécaniques. Comme si elle évoluait dans un lieu nu et déprimant, préférable, cependant, à l'euphorie chimiquement induite où elle avait cherché refuge par ailleurs.

Mira traversa ce qui avait été à l'origine le narthex de l'église et qui servait à présent de devanture. Elle passa dans la petite cuisine, mit une dose de son café préféré dans la machine, puis repartit avec sa tasse fumante à la main.

Des portes coulissantes séparaient l'atelier proprement dit du magasin. Elle les fit glisser, entra dans son lieu de création, puis referma derrière elle. Le chaos organisé régnait jusque dans le moindre recoin. La salle ne comportait pas moins de dix grandes tables, dont certaines servaient de support pour des verrières en cours de restauration. D'autres, encombrées par des outils, des maquettes, des catalogues, des piles de magazines et quelques bouteilles d'eau abandonnées, formaient deux rangées de part et d'autre de la chapelle. Chaque centimètre de mur était occupé par ce qui apparaissait comme un ramassis indistinct d'esquisses, de dessins, de posters, de photos et d'articles, plus ou moins ensevelis sous une couche de poussière de silice.

Qu'un art aussi précis puisse naître dans un pareil désordre ne cessait jamais d'étonner Mira.

Buvant son café à petites gorgées, elle passa devant les casiers de stockage des feuilles de verre colorées, enjambant de grands seaux pleins d'étain, de zinc et de cuivre. Dans le fond de l'atelier, se dressait le cœur du vitrail de Marie-Madeleine. Le grand panneau central représentait Marie de Magdala éplorée au pied de la croix.

Les quatre autres panneaux étaient emballés et rangés sur des étagères, prêts à être emportés vers leur destination. Mais Mira n'avait pu se résoudre à laisser partir celui-ci.

Preuve de plus que sa psy avait vu juste.

Elle s'immobilisa devant le vitrail. Il avait été exécuté selon la technique des maîtres verriers bavarois, et l'artiste avait réussi à introduire une quantité impressionnante de détails. Elle s'était essayée à la technique, une superposition complexe de peinture émaillée et de cuisson au four, et la trouvait si exigeante qu'elle avait cru par moments en devenir folle. Qualifier son produit fini de « travail d'apprenti » serait encore lui faire trop d'honneur.

L'artisan avait réussi à représenter la profonde affliction de Marie-Madeleine alors qu'elle venait de perdre son aimé. La douleur de la sainte, Mira pouvait s'y identifier ; elle s'était d'emblée sentie en lien avec sa souffrance.

Elle aussi avait perdu l'amour de sa vie.

— Salut, Maggie, lança-t-elle en se perchant sur le coin d'une table pour contempler l'expression douloureuse de la sainte. Je vais te décevoir : j'ai rechuté.

Mira se tut un instant, comme si elle s'attendait à une réponse. Puis elle reprit :

— Le Dr Jasper pense que c'est parce que nous allons devoir nous séparer, toi et moi. Je n'ai pas envie de lui donner raison, mais je me questionne quand même.

Mira entendit la porte d'entrée s'ouvrir. Deni n'avait pas vraiment profité de sa grasse matinée, finalement, songea-t-elle en regardant sa montre. Elle avait espéré passer quelques minutes de plus seule avec le vitrail, mais elle n'était pas autrement surprise que son assistante zélée soit déjà arrivée.

Ses pensées retournèrent au Dr Jasper et à ce qu'elle

lui avait dit au sujet de l'addiction substitutive : un drogué tend à troquer sa dépendance contre une autre. Le phénomène était courant.

Etait-ce là ce qui s'était passé pour elle ? Sa passion pour ce vitrail avait-elle opéré comme une drogue et s'était-elle muée en aliénation ? Et à présent que l'œuvre était achevée, allait-elle s'effondrer de plus belle ?

Même si tout en elle se rebellait à cette idée, elle dut admettre que c'était vrai et que, pis encore, la dégringolade avait déjà commencé…

Non. Ses doigts se crispèrent sur l'anse de sa tasse. *Elle refusait de retomber dans ce lieu de désolation. Et elle n'y retournerait pas. C'était hors de question.*

Elle entendit Deni dans l'aire de vente.

— Je suis là ! appela-t-elle.

Derrière elle, la porte coulissante glissa. Mira se leva lentement et inscrivit un sourire accueillant sur ses traits.

— Tu étais censée dormir, ce matin. Je devrais te renvoyer chez…

Les mots comme le sourire moururent sur ses lèvres. Le sans-abri à qui elle avait donné de l'argent devant le Bar du Coin se tenait dans l'encadrement de la porte. Mais ce matin, contrairement à la veille au soir, elle distinguait clairement son visage. Et son expression lui donna la chair de poule. L'éclat intense de son regard n'avait rien de naturel.

— Je vous ai vu hier soir, affirma-t-elle aussi fermement que possible. Juste devant le Bar du Coin. Je vous ai donné de l'argent, vous vous rappelez ?

Il ne répondit pas mais continua de la regarder fixement. Elle s'éclaircit la voix.

— Il n'y a pas de drogue, ici. Et je ne garde pas d'argent liquide dans l'atelier. Si vous avez faim, il y a une mission sur Baronne Street.

Il fit un pas en avant.

— Le Seigneur dit : quand viendra la moisson, le

bon grain sera séparé de l'ivraie. Et l'ivraie sera liée et plongée dans un feu inextinguible.

— Je ne veux pas de problèmes, dit-elle doucement. Et je suis certaine que vous n'en souhaitez pas non plus. Partez simplement et on n'en parlera plus.

La lumière tomba sur un objet qu'il tenait à la main. Quelque chose de brillant. Un couteau, comprit-elle, la gorge nouée par la peur.

Elle jeta un rapide coup d'œil autour d'elle. Aucun moyen de lui échapper, à part la porte de secours incendie. Elle commença à reculer lentement dans cette direction.

— Au jour dernier, le Berger rassemblera son troupeau, lança-t-il en élevant la voix. Et le châtiment qui attend les faux prophètes sera plus terrible encore que la damnation éternelle !

Il fit un second pas vers elle. Puis un autre encore, en levant la main. Ce n'était pas un couteau, non. Mais un long morceau de verre pointu provenant de l'atelier. Une chute qu'il avait dû trouver en fouillant dans ses poubelles. Du sang coulait de sa main.

Il s'immobilisa lorsqu'elle fut à portée de frappe. Les yeux écarquillés, elle vit qu'une petite croix avait été grossièrement tatouée entre ses sourcils.

— Leur chair leur sera arrachée jusqu'à l'os, rôtie et offerte en pâture aux démons.

Un son de conversations se fit entendre à l'extérieur. Puis des rires. *Deni*. Pour de bon, cette fois-ci. Avec Chris.

L'homme aussi perçut le son de leurs voix. Elle le vit à son changement d'expression. Une fraction de seconde plus tard, il se jetait sur elle en visant la gorge. Elle hurla. Ses doigts gluants de sang lui encerclèrent le cou et se refermèrent comme des serres. Elle tomba en arrière contre une de ses tables de travail. Un seau plein d'outils bascula et tomba au sol avec fracas.

Mira n'eut pas le temps de réfléchir et encore moins celui de se défendre. Déjà, il la lâchait et se précipitait vers l'issue de secours. Au moment où il l'ouvrit, l'alarme se déclencha. Mira s'effondra à terre. Ses jambes tremblaient si violemment qu'elles ne la soutenaient plus.

Deni et Chris se précipitèrent dans l'atelier. Chris fut le premier à l'atteindre et s'accroupit devant elle.

— Qu'est-il arrivé ? Tu es blessée ?

— Mira ! cria Deni. Tu saignes !

— Appelle le 911, le numéro d'urgence ! ordonna Chris.

Mira baissa les yeux sur les taches rouges qui maculaient sa chemise. Et revit le sang qui coulait des mains de l'homme, sentit de nouveau ses doigts humides et collants se refermer sur sa gorge.

— Non, je ne saigne pas.

Elle réussit à se remettre sur pied.

— Il tenait un morceau de verre pointu mais il ne m'a pas coupée. Il m'a saisie à la gorge mais…

Alors seulement, elle comprit ce qui s'était passé. Portant la main à sa poitrine, elle ne sentit pas sous ses doigts la présence familière de sa croix en cloisonné. Jeff la lui avait offerte au cours de leur voyage de noces au Portugal, et le fou la lui avait arrachée.

Encore un morceau de Jeff qu'on lui enlevait.

— C'était le type d'hier soir. Il m'a pris mon collier.

— Quel type ? Pas le clodo à qui tu as donné de l'argent, tout de même ?

Elle fit « si » de la tête et Chris fronça les sourcils.

— Comment t'a-t-il retrouvée ?

— Je ne sais pas.

Assaillie par le chagrin, elle porta de nouveau la main à son cou.

— Pourquoi a-t-il fait ça ? Je ne comprends pas.

Chris et Deni paraissaient effondrés pour elle. Ils savaient que la croix n'était pas qu'un simple collier, mais un morceau de son passé perdu.

— La police pourra peut-être récupérer la croix, déclara

Chris en guise de consolation. Si nous les appelons dès maintenant…

La police. Les vitraux.

— Oh ! mon Dieu…, murmura-t-elle. Serait-ce possible ?

— Qu'est-ce qui pourrait être possible ? demanda Deni.

— « Il reviendra en gloire pour juger les vivants et les morts. »

Le message égrené sur les vitraux des Sœurs de la Miséricorde. Tout comme la veille, le type avait cité les Evangiles. Mais ce qu'il avait dit aujourd'hui équivalait presque à l'annonce taguée sur les verrières. Et l'inspecteur s'était demandé si l'acte de vandalisme avait un rapport avec elle.

Chris fut le premier à parler.

— Appelons le 911.

— Non, j'ai un autre numéro. Je vais aller le chercher.

13

Vendredi 12 août, 10 h 50

— C'est de là que je la connais, murmura Malone alors que Bayle se garait sur le petit parking derrière les Verreries d'Art Gallier.

Stacy et lui habitaient tout près, au coin de la rue, à un pâté de maisons de l'atelier de la vitrailliste. Bayle lui jeta un regard interrogateur.

— C'est de là que tu connais qui ?

— Mira Gallier. Lorsque je l'ai reçue, l'autre matin, nous nous sommes reconnus l'un et l'autre, mais sans savoir où nous nous étions déjà rencontrés. Stacy et moi sommes ses clients, en fait. Nous sommes venus visiter l'atelier et lui avons acheté un petit vitrail de sa fabrication.

Bayle ne coupa pas immédiatement le contact.

— A présent que je vois son enseigne, je la reconnais aussi. Après Katrina, Gallier a été sous les projecteurs de l'actualité.

— Elle m'a dit que son mari était mort pendant le cyclone.

Bayle haussa les épaules.

— Quelque chose comme ça, oui. Je ne me souviens plus exactement.

Malone hocha la tête. Il y avait eu tant d'histoires bizarres, étonnantes ou tragiques, après Katrina — tant d'accusations, aussi, qu'il était impossible de tout mémoriser.

Ils descendirent simultanément de voiture et firent claquer leur portière à l'unisson. Sans échanger un mot, ils se dirigèrent vers l'entrée. Mira Gallier leur ouvrit elle-même.

— Merci d'être venu, inspecteur Malone.

Si sa voix ne tremblait pas, son expression portait la marque de la peur. Sa chemise blanche en tricot était tachée du sang qui maculait aussi son cou et sa gorge.

— Il vous a blessée ?

— Non, pas une égratignure. J'ai eu plus de peur que de mal.

— Je crois que vous avez déjà fait la connaissance de mon équipière, l'inspecteur Bayle ?

Mira Gallier fit oui de la tête et s'écarta pour qu'ils puissent franchir le seuil. Malone fixa son attention sur les deux personnes qui se trouvaient avec elle dans l'aire de vente : un homme et une femme. La fille était jeune, dans les vingt-cinq ans, a priori. Elle était menue, un peu garçonne, avec ses cheveux noirs coupés très court et son visage en forme de cœur. L'homme paraissait un peu plus âgé. De taille et de stature moyennes, il était blond aux yeux bruns.

Notant qu'il les regardait, Mira Gallier se chargea des présentations.

— Inspecteur, voici mon assistante Deni Watts et son petit ami, Chris Johns.

Il les salua d'un bref hochement de tête, puis s'intéressa de nouveau à elle.

— Racontez-nous précisément ce qui s'est passé, madame Gallier.

— Je suis arrivée la première ce matin…

— Quand ?

— Vers 10 heures.

Elle se tut, comme si elle avait du mal à rassembler ses pensées.

— J'avais accordé une matinée de congé à Deni.

Nous avons travaillé non-stop pour récupérer mes vitraux couverts de graffitis, aux Sœurs de la Miséricorde.

— Vous vous en sortez, au fait ?

— Nous avons terminé. Hier soir.

— J'irai faire un saut pour voir ce que ça donne.

Il regarda le carnet à spirale dans sa main puis releva les yeux sur elle.

— Ainsi vous étiez la première à arriver, ce matin, aux alentours de 10 heures ?

— Voilà. J'ai fait du café et je suis passée dans l'atelier.

— Qui se trouve ?

Elle pointa le doigt sur sa gauche. Des portes coulissantes étaient restées ouvertes. Bayle s'avança pour jeter un coup d'œil dans la pièce voisine.

— Continuez.

— J'ai fermé les portes derrière moi et…

— Pourquoi ?

La question était venue de Bayle. Mira se tourna vers elle.

— Excusez-moi. Pourquoi quoi ?

— Vous étiez seule. Pourquoi fermer les portes ?

Elle dévisagea Karin un instant avant de répondre.

— L'habitude. Nous maintenons la séparation entre les deux aires, car le travail du vitrailliste est une activité salissante.

Malone prit le relais.

— Que s'est-il passé ensuite ?

— J'ai entendu bouger dans le magasin. J'ai pensé que c'était Deni et je l'ai appelée.

— Vous venez de dire que vous lui aviez accordé sa matinée.

— Je connais Deni.

Mira Gallier gratifia son assistante d'un sourire affectueux.

— C'est une bosseuse. Très motivée.

— Poursuivez.

— Je n'ai pas fermé la porte d'entrée. En principe, nous sommes ouverts à la clientèle, même si nous n'avons que très peu de clients spontanés.

— Mais ce n'était pas votre assistante que vous entendiez ?

— Non. Il s'agissait d'un sans-abri à qui j'avais donné un peu d'argent hier soir.

Malone jeta un coup d'œil à Bayle et vit qu'elle observait intensément Mira Gallier.

— Où et à quelle heure avez-vous eu affaire à lui, hier soir ?

— Au Bar du Coin. Vers 1 heure du matin. Il m'avait fait de la peine.

— Le Bar du Coin n'est qu'à quelques minutes à pied d'ici, observa Malone. Il s'est probablement installé pour la nuit dans un jardin ou une remise à outils du quartier. Continuez.

— Il tenait à la main ce que j'ai cru d'abord être un couteau.

— Mais ce n'en était pas un ?

Elle secoua la tête.

— Un morceau de verre effilé qu'il a dû trouver dans nos poubelles. Il saignait.

Bayle intervint.

— C'est son sang sur votre chemise ?

Mira porta la main à sa poitrine.

— Oui. Il…

Elle s'éclaircit la voix.

— Il se tenait là, debout, à me regarder. En débitant des trucs sans queue ni tête sur Jésus et le Jugement dernier, les faux prophètes et les rôtissoires de l'enfer. C'est pour ça que je vous ai appelé directement, inspecteur Malone. Cela m'a paru tellement bizarre qu'après le message tagué sur mes vitraux, aux Sœurs de la Miséricorde, quelqu'un vienne me tenir ces discours de fin du monde. C'est juste que…

Elle parut moins sûre d'elle-même, tout à coup.

— Je me demande s'il y a un lien entre les deux événements ? Ce type qui est entré ici pourrait-il être le meurtrier du père Girod ?

— A-t-il prononcé la phrase exacte inscrite sur les verrières ?

— Pas les mots exacts, non.

— Qu'a-t-il dit, précisément ? Vous vous souvenez ?

Elle serra les mains l'une contre l'autre.

— Je ne crois pas pouvoir l'oublier de sitôt. Il a dit : « Au jour dernier, le Berger rassemblera son troupeau. Ce qui attend les faux prophètes est pire encore que la damnation éternelle. »

Elle frissonna.

— Ses derniers mots m'ont carrément terrorisée. Il était question d'arracher la chair de leurs os, de la rôtir et d'en nourrir les démons.

— Les os de qui ?

— Des faux prophètes. Il disait que le pire attendait les faux prophètes.

Chris se mêla à la conversation.

— Hier soir aussi, il citait les Ecritures. Mais pas au sujet du Jugement dernier. C'était plutôt du style « Vous êtes entre les mains de votre Seigneur et vous ne manquerez de rien ».

Malone prit des notes.

— Vous avez bien fait de m'appeler, dit-il. Ne vous inquiétez pas de savoir si les deux événements sont liés ou non. Ça, c'est à nous de nous en assurer.

Il lui adressa un sourire rassurant.

— C'est notre boulot. Contentez-vous de nous décrire ce qui s'est passé ensuite.

Elle acquiesça d'un signe de tête.

— Quand Chris et Deni sont arrivés, il a dû les entendre aussi, car tout à coup, il… il m'a sauté dessus. Ses mains se sont agrippées à mon cou et j'ai cru…

Sa voix s'étrangla et Deni lui passa un bras autour des épaules.

— J'ai cru qu'il allait me tuer. Mais il a juste arraché mon collier avant de s'enfuir.

— Cela vous ennuie si je jette un coup d'œil dans votre atelier ? demanda Bayle.

— Pas du tout, non. Deni, tu peux montrer… ?

— Je m'en charge, intervint Chris en faisant signe à Karin. Par ici.

Ils disparurent dans la salle voisine et Malone reprit :

— Sauriez-vous me le décrire ?

— Des vêtements sales, trop grands. Une veste de treillis. Des bottes… Il était de taille moyenne, précisa-t-elle après un temps de silence.

— Son âge approximatif ?

Elle serra les lèvres d'un air pensif.

— C'est toujours un peu difficile à dire pour des gens qui vivent dans la rue. Ce n'est pas un gamin mais pas un vieillard non plus.

— Couleur de cheveux ? De peau ?

— Peau blanche. Cheveux noirs. Longs.

D'un geste, elle montra qu'ils lui arrivaient jusqu'au bas de la mâchoire.

— Mais c'étaient ses yeux surtout qui…

Elle frissonna et se frotta les bras.

— Des yeux de fou. Perçants, même dans le noir. Comme s'ils étaient éclairés de l'intérieur.

— Autre chose encore ? Une marque distinctive ?

— Un tatouage entre les sourcils. Une croix.

— Une croix entre les sourcils ! Cela ressemble au Prêcheur. Il sévit souvent dans le secteur, en effet.

— Le Prêcheur ?

— Un illuminé mystique. Cela fait des années qu'il traîne par ici. On ne lui connaît pas d'antécédents de violence jusqu'à présent, mais il est possible qu'il ait soudain basculé plus avant dans la folie. Je propose que vous veniez avec nous au bureau pour que nous vous soumettions une série de photos. Peut-être pourrez-vous identifier votre agresseur.

— Je peux me changer d'abord ?

Malone regarda sa montre.

— Bien sûr. Combien de temps vous faudra-t-il ?

— Pas très longtemps. J'ai des affaires de rechange, ici.

Bayle passa la tête dans l'encadrement de la porte.

— Malone ? Je pense que tu devrais venir jeter un coup d'œil.

Il la rejoignit dans l'atelier et nota que Gallier et son assistante lui emboîtaient le pas. Bayle indiqua d'un geste le pointillé de taches de sang qui s'achevait sur une flaque minuscule. L'agresseur était entré dans l'atelier en saignant et s'était immobilisé au centre de la pièce.

— Et là, aussi.

Bayle désigna un tas informe d'outils mêlés à du verre brisé sur le sol.

— C'est là que je me tenais, expliqua Mira Gallier. Lorsqu'il s'est jeté sur moi, je suis tombée contre la table et j'ai renversé tout ce qu'il y avait dessus.

Malone alla s'accroupir devant le petit monticule de débris et d'instruments, et désigna un long morceau de verre triangulaire maculé de sang.

— C'est ce qu'il avait dans la main lorsqu'il est entré ?

— Oui, c'est ça.

Spencer chercha le regard de Bayle.

— D'après la description de Mme Gallier, il pourrait s'agir du Prêcheur. Il lui arrive de prendre des inconnus à partie.

— Tous les moyens sont bons pour faire passer son message, en effet. Je transmets l'info par radio pour qu'on lance une alerte.

— Comment je fais ? demanda l'assistante. Je nettoie ou on attend le passage des techniciens de scène de crime ?

Malone soupira intérieurement. Avec les séries télé de

maintenant, la population tout entière s'était transformée en « Experts ».

— Désolé de vous décevoir, mais l'équipe de techniciens en scène de crime, vous l'avez sous les yeux, en l'occurrence.

Il sourit devant l'expression déconfite de la jeune femme.

— Soyez rassurée, mademoiselle. Nous sommes tous formés au prélèvement scientifique des indices.

Finalement, ils récupérèrent le morceau de verre maculé ainsi que quelques gouttes de sang, pour le cas où il existerait un lien entre cette affaire et le meurtre du vieux prêtre.

Mira Gallier les raccompagna jusqu'à la porte.

— Vous avez toujours besoin de moi pour regarder les photos ?

— Laissez-nous d'abord une heure. Nous allons tourner un peu dans le secteur, vérifier les endroits où il se tient habituellement. Avec un peu de chance, nous le trouverons.

— Merci à vous deux. Je serais vraiment très heureuse si je pouvais récupérer mon collier. C'était un cadeau de mon mari décédé.

— De quelle valeur ? voulut savoir Bayle.

— Pour moi, il n'a pas de prix.

— Je vous parle de la valeur marchande.

Mira se crispa.

— En quoi aurait-elle de l'importance ? Ne suffit-il pas de savoir qu'il m'a été volé et que je souhaite le retrouver ?

Songeant que Bayle avait les compétences relationnelles d'un pitbull, Malone mit sa diplomatie en œuvre.

— Bien sûr que seule sa valeur sentimentale compte. Mais connaître sa valeur objective peut nous aider dans notre enquête. Si le collier vaut de l'argent, il pourra essayer de le mettre au clou, par exemple.

Pour la première fois depuis leur arrivée, Mira Gallier parut sur le point de fondre en larmes.

— Moins de cinquante dollars, murmura-t-elle.

Karin Bayle reprit le volant de la Taurus et mit le contact.

— Tu crois qu'elle dit la vérité, cette femme ?

Il lui jeta un regard surpris.

— Il me semble, oui. Pourquoi ?

— Pour moi, il y a quelque chose chez elle qui ne sonne pas tout à fait juste.

— Ah bon ? Je n'ai rien capté de particulier. Même si j'ai trouvé intéressant qu'elle ait parlé de manière possessive des vitraux des Sœurs de la Miséricorde. « Mes vitraux », a-t-elle dit.

Elle haussa les épaules.

— Tu crois que c'est le Prêcheur qui a tué le prêtre ?

— Ce n'est pas impossible. Géographiquement, ça collerait assez bien. Et le jargon apocalyptique colle aussi. De tous les suspects potentiels que nous avons vus jusqu'ici, c'est lui qui correspond le mieux à nos critères de recherche. Il y a un détail qui me dérange, cependant. C'est qu'il n'a pas cherché à blesser ou à tuer.

— Et alors ?

— Pourquoi un type qui aurait assassiné le père Girod se serait-il enfui en laissant Mme Gallier indemne ? Les situations étaient similaires.

— Je ne sais pas. Se pourrait-il que Gallier mente ?

— C'est une possibilité, oui. Mais pourquoi le ferait-elle ? Tout ce qu'il lui a pris, c'est son collier. Et elle a admis elle-même que le bijou était sans valeur. Pour cinquante dollars, elle ne fera pas intervenir son assurance. Et son histoire tient debout. Nous avons même le morceau de verre ensanglanté.

— C'est vrai. Mais elle a pu tout mettre en scène elle-même.

Il regarda son équipière avec curiosité.

— Pourquoi pas, en effet ? Mais encore une fois : quel avantage pour elle ?

— C'est fou ce que les gens arrivent à inventer parfois pour attirer l'attention sur eux…

Karin avait raison, mais dans ce cas précis, l'explication lui paraissait tirée par les cheveux. Malone le lui dit.

Elle se mit à rire et sortit du parking.

— Tu m'obliges à garder les pieds sur terre, Malone. Ça me plaît.

— Ravi de pouvoir t'être utile.

Il désigna l'avenue Carrollton.

— Et si nous faisions un petit détour par Riverbend ? On sait que le Prêcheur y tient volontiers ses harangues. En route, j'appellerai notre miss Vicky, des Sœurs de la Miséricorde. Elle saura me dire s'il est connu à la congrégation et s'ils ont déjà eu des soucis avec lui ou non.

14

Vendredi 12 août, midi

Le Prêcheur aimait se poster à l'angle d'une rue pour faire profiter le public de la parole du Seigneur. Ou en tout cas de sa propre version apocalyptique du message biblique. Mais personne ne l'avait vu sur Riverbend ce matin. Malone et Bayle posèrent la question dans tous les magasins. L'évangélisateur de rue était bien connu des commerçants, qui avaient eu maintes fois l'occasion de le chasser de leur devanture.

Rien de moins stimulant, pour le chiffre d'affaires, qu'un fou de Dieu faisant miroiter au consommateur un avenir de rôtissage éternel dans la grande cuve à friture infernale.

Une autre habitude du Prêcheur consistait à monter dans le tram de Carrollton Avenue et à régaler de ses prédictions féroces les malheureux passagers prisonniers entre deux arrêts. Invariablement, le chauffeur l'obligeait à descendre. Mais le Prêcheur ne se laissait pas démonter et se contentait d'attendre le tram suivant pour clamer son message de plus belle.

Encore et encore jusqu'à l'arrivée du NOPD.

Mais dans le tram non plus, personne ne l'avait aperçu ce matin.

***

Mira Gallier l'attendait dans le couloir lorsque Malone arriva au bureau. Il nota qu'elle s'était lavée et changée, et qu'elle était venue seule.

— Désolé de vous avoir fait patienter. Vous êtes là depuis longtemps ?

Elle secoua la tête.

— Quelques minutes seulement. Vous l'avez trouvé ?

Il lui fit signe de le suivre.

— Pas pour l'instant. Mais si c'est bien du Prêcheur qu'il s'agit, il resurgira. Vous vous sentez mieux, on dirait ?

Elle tendit les mains devant elle.

— Je ne tremble plus. Vous voyez ? Solide comme le roc.

— Bravo. Vous avez été rapide à vous ressaisir… Je peux vous offrir un thé, un café ? Une boisson fraîche ?

— Non merci, répondit-elle en prenant le siège qu'il lui désignait. Ça va durer combien de temps ?

— Cela dépendra de vous. Du temps qu'il vous faudra pour l'identifier.

Malone avait déjà passé un coup de fil et fait préparer une série de photos à son intention. Sur une seule feuille apparaissaient les photos d'identité judiciaire de six individus d'aspect semblable, trois d'entre eux étant tatoués sur le visage.

Il posa les portraits devant elle.

— Prenez tout le temps dont vous aurez besoin.

Mais il lui fallut à peine une seconde.

— C'est lui, dit-elle en désignant une des photos granuleuses.

— Vous en êtes certaine ?

— Complètement. C'est le Prêcheur ?

Lorsqu'il acquiesça d'un signe de tête, elle se pencha de nouveau sur la photo.

— Il donne la chair de poule.

Malone pencha la tête.

— Le paradoxe, c'est qu'il passe sa vie à mettre le bon peuple en garde pour que les brebis du Seigneur se repentent et soient sauvées de l'enfer. Mais il est tellement terrifiant que la plupart des gens préfèrent encore les feux éternels de la Géhenne plutôt que de passer une minute au paradis avec lui.

Elle sourit.

— Il n'était pas tout à fait aussi inquiétant lorsque je lui ai donné vingt balles hier soir.

Le sourire qu'il lui voyait pour la première fois éclairait son visage, modifiait ses traits anguleux, la rendait belle.

— J'imagine que nous en avons fini ? dit-elle en se levant.

— C'est tout pour le moment, oui. Nous vous appellerons quand nous l'aurons arrêté. Je vous raccompagne jusqu'à l'ascenseur.

Dans le couloir, elle lui tendit la main.

— Merci, inspecteur.

— De rien. Tiens, à propos, je sais où nous nous sommes déjà vus. Ma compagne et moi vivons dans le quartier de Riverbend. Stacy vous a acheté un vitrail avec un motif de fleur de lys, pour la fenêtre de notre séjour.

Elle sourit.

— Celui avec le tournesol ?

Il appuya sur le bouton de l'ascenseur derrière elle.

— Celui-là même.

— Je me souviens de Stacy. Comment va-t-elle ?

— Très bien. Merci.

— Dites-lui bonjour de ma part.

— Je n'y manquerai pas.

La cabine de l'ascenseur s'ouvrit et il maintint la porte ouverte.

— Si vous apercevez le Prêcheur ou s'il revient à votre atelier, appelez-moi. Jour et nuit. N'hésitez pas.

Elle ouvrit la bouche, puis la referma, comme si

elle avait voulu dire quelque chose puis s'était ravisée. Finalement, la curiosité l'emporta.

— Quels motifs d'arrestation a-t-il eus jusqu'ici ?

— Troubles de l'ordre public. Refus d'obtempérer. Violation de la propriété privée. Petits larcins.

Elle prit le temps de digérer l'information.

— Vous croyez qu'il avait l'intention de me faire du mal ? Qu'il m'a suivie parce que je lui avais donné de l'argent ? J'ai du mal à comprendre. Et si vous dites qu'il n'a jamais été violent, pourquoi le morceau de verre ? Et que peut-il bien vouloir faire avec ma croix ?

— Si seulement je le savais, madame Gallier… Un acte impulsif, peut-être. Il a pu penser que le verre de couleur était beau, et il l'aura pris. Et la croix a sans doute attiré son regard. Les malades mentaux agissent souvent selon une logique qu'ils sont seuls à entendre.

Lorsque les portes de l'ascenseur se refermèrent, Spencer ne put s'empêcher de penser à la remarque de Bayle au sujet des gens qui inventaient les choses les plus insensées dans le seul but d'attirer l'attention sur eux. Tiré par les cheveux, avait-il objecté. Pourquoi, il n'aurait su le dire, mais il ne trouvait plus la suggestion de sa collègue si improbable que cela, à présent.

Il se mit à la recherche de son équipière. Il n'avait pas réussi à joindre la secrétaire de la congrégation des Sœurs de la Miséricorde, et il espérait que Bayle aurait eu des nouvelles dans l'intervalle.

Il trouva Karin à son bureau, en train de raccrocher son téléphone. Elle lui adressa un large sourire.

— Bonne nouvelle, cher collègue. Le Prêcheur est connu, aux Sœurs de la Miséricorde. Il lui arrivait de débouler le dimanche matin à la messe et de créer un malaise chez les paroissiens. Mais il était toujours respectueux et relativement discret dans ses allées et venues. Sauf la dernière fois, où il a fait un peu de chahut.

— De quel genre ?

— Il s'est levé pendant l'homélie et a annoncé que la fin était proche. C'est tout juste si l'écume ne lui sortait pas de la bouche. Si bien qu'ils ont dû le tirer hors de l'église de force. Vicky a dit que les enfants étaient en pleurs. Le gros drame.

Il siffla entre ses dents.

— J'imagine le spectacle.

— Avant qu'ils le jettent à la porte, il a crié ce qu'il a dit aussi à Gallier, au sujet de la chair arrachée des os et livrée à la voracité des démons.

— Appétissant.

— Il a promis qu'il y aurait des représailles et a traité le père Girod d'émissaire du diable.

— Tiens, tiens… Et ça s'est passé quand ?

— Le dimanche qui a précédé le meurtre, révéla Bayle avec un second sourire, tout aussi large que le précédent. Je viens d'avoir le labo. On a une magnifique série d'empreintes sur le bougeoir d'église.

— … et nous disposons de celles du Prêcheur, relevées lors de ses arrestations précédentes.

— J'ai déjà demandé qu'on procède à la comparaison, déclara Bayle avec jubilation.

— Ho ho ! Je sens que ça se précise.

— Et moi donc !

Elle se renversa contre son dossier, avec l'air d'une chatte qui vient de flairer un pot de crème.

— La vie est belle.

La vie, apprirent-ils vingt minutes plus tard, était moins souriante qu'ils ne l'avaient espéré. Car les résultats, hélas, étaient formels : les empreintes sur le bougeoir ne correspondaient pas à celles du Prêcheur.

15

Vendredi 12 août, 13 heures

Mira arriva à l'atelier juste au moment où Deni laissait sortir sa classe de débutants. Elle regarda défiler la demi-douzaine d'élèves féminines en réfléchissant à ce que lui avait dit l'inspecteur Malone au sujet du Prêcheur.

Pour une raison difficile à élucider, elle avait tiré un certain réconfort de ses paroles. Peut-être parce qu'elles étaient du même ordre d'idées que « Même les gens bien traversent parfois des mauvaises passes » ou « Même les gens bien font parfois des trucs pas très chouettes ».

Les élèves sortaient de la classe en parlant de leurs créations et attendaient déjà avec impatience le prochain stage, de niveau intermédiaire. Mira les regarda passer en souriant. Plusieurs jeunes femmes lui firent signe au passage, et quelques-unes la saluèrent par son nom.

L'idée de proposer des stages venait de Deni. Elle avait préparé les programmes, envoyé des publicités un peu partout et assurait l'enseignement. Les cours marchaient si bien que Mira avait décidé de transformer l'appentis derrière la chapelle en salle de cours pour les élèves. Elle entendait le marteau de Chris marteler la toiture. Le fait que Chris ait été disponible pour prendre les travaux en charge avait joué un rôle non négligeable dans sa décision.

Elle entra dans la partie magasin.

— Deni ? Je suis de retour.

— Par ici ! cria son assistante. Viens voir.

Deni n'était pas seule. L'homme qui se tenait à côté d'elle faisait face au vitrail de Marie-Madeleine. Mira identifia le visiteur de dos et s'immobilisa net, refusant d'en croire ses yeux. Connor Scott, le meilleur ami de Jeff.

— Connor ? Je rêve ? Oh ! mon Dieu, c'est vraiment toi !

Il se retourna.

— Salut, Mira.

Avec un petit cri de joie, elle courut vers lui et se retrouva enserrée dans ses bras. Elle se cramponna à lui de toutes ses forces et sentit deux larmes rouler sur ses joues.

— Où étais-tu passé, Connor ? Tu as disparu d'un coup, sans crier gare. Sans un mot pour Jeff ni pour moi.

— Je suis désolé, Mira.

Il la relâcha, fit un pas en arrière et vit ses joues humides.

— Ne pleure pas.

Elle les essuya avec les talons des mains.

— Ce sont des larmes de joie. Mais où étais-tu ?

— En Irak, d'abord. En Afghanistan ensuite.

Alors seulement elle les vit, les ombres dans ses yeux gris-vert, les rides nouvelles qui les entouraient. C'était le même homme et, néanmoins, il avait vieilli d'une éternité. Et il devait avoir exactement la même impression en la regardant. Ils étaient passés l'un et l'autre de la jeunesse à la maturité en six ans.

Elle secoua la tête.

— Je n'ai rien compris à ce qui se passait, Connor. Un jour, tu étais là, et le lendemain, plus personne. Pourquoi ne nous as-tu rien dit ?

— J'avais des problèmes personnels que j'étais incapable de résoudre. Alors, j'ai fui. Soit j'entrais dans un cirque, soit c'était les marines.

L'ombre d'un sourire joua sur ses lèvres.

— J'ai pensé que les marines m'endurciraient plus.

Il avait pensé juste. Dur, il l'était, oui. Et pas seulement son corps, qu'elle sentait d'acier contre le sien. Dans sa tête aussi, il s'était aguerri. Il ne restait plus rien du jeune homme gâté pour qui le summum de la privation était de ne pas obtenir de billets de premier rang pour un match. Ou d'avoir à choisir entre le homard et le tournedos.

— Cela explique la coupe skinhead.

Se dressant sur la pointe des pieds, elle lui passa la main dans les cheveux.

— Il ne te reste plus qu'à les faire pousser derrière, et ça te fera un superbe look iroquois.

Il rit, lui prit la main et la porta à ses lèvres.

— Toi et Jeff, vous avez toujours su me faire rire.

Mira se figea.

— Il a été emporté suite à Katrina. Tu le sais, n'est-ce pas ?

Il serra ses doigts entre les siens.

— Oui, je sais. Je m'en veux de ne pas avoir été là pour toi. Pour vous deux. Je suis désolé.

Il l'était, de toute évidence. Elle vit le remords dans ses yeux. Et des secrets, aussi. Des secrets qu'il ne souhaitait pas partager. Elle s'écarta et glissa une main dans la sienne.

— Je te fais visiter ?

Son regard glissa sur l'atelier puis se fixa de nouveau sur son visage.

— Volontiers, oui.

— L'ancien atelier a été détruit. Il n'en reste rien.

— Je m'en doutais. Quand j'ai vu des images télévisées du canal de la 17e Rue, j'ai compris que l'atelier avait forcément été englouti.

Il croisa les bras sur la poitrine.

— Mais tu es quand même restée à La Nouvelle-Orléans. Pourquoi ? Tu aurais pu recommencer ailleurs. N'importe où.

— J'ai envisagé de m'en aller. Mais je n'ai pas pu.

Tous mes souvenirs — mes souvenirs avec Jeff — sont ici. Et les vitraux ont besoin de moi.

Il pencha la tête, les yeux pétillants d'humour.

— Les vitraux ont besoin de toi ?

— Katrina les a détruits. Tout ce que la ville comptait en verrières est parti en miettes. Tu n'étais pas là. Tu n'as pas vu ce qui s'est passé.

— Des photos ont circulé. Nous…

— Ce n'est pas la même chose. Une photo ne peut pas donner une idée réelle de… de l'immensité de la destruction. Partout où portait le regard, les ravages s'étendaient sur des kilomètres et des kilomètres.

Elle se dirigea vers le vitrail de Marie-Madeleine.

— Les verrières ne représentaient qu'une part minuscule des dommages. Mais je considère qu'elles relevaient de ma responsabilité dans la mesure où j'avais les aptitudes nécessaires pour les faire revivre. Comment aurais-je pu les abandonner ?

La question était rhétorique, et Connor la prit comme telle.

— Tu as retrouvé un lieu adéquat pour tes restaurations, en tout cas.

Elle sourit.

— C'est ce que je me dis aussi. Même si c'est un hasard plus qu'autre chose. Mon premier critère, c'était : terrain *non inondable.* Ce qui restreignait le champ au Garden District, au Vieux Carré et au secteur de Riverbend…

Elle le conduisit à l'extérieur. Chris était perché en haut de son échelle et clouait du contreplaqué sur l'avancée du toit nouvellement refaite.

— Les stages de Deni connaissent un tel succès que nous avons décidé d'agrandir. Une fois les travaux terminés, nous inclurons des cours pour enfants.

Chris tourna la tête dans leur direction et elle lui fit signe.

— Viens que je te présente un vieil ami, Chris.

Le jeune menuisier descendit de l'échelle et attrapa une serviette pour s'essuyer le visage et le cou, avant de les rejoindre d'un pas tranquille.

— Enchanté. Je vous serrerais bien la main, mais les miennes ne sont pas très présentables.

Connor tendit la sienne.

— Pas de souci. Je reviens d'Afghanistan. Il en faut plus que de la sueur et de la poussière pour m'effrayer... Connor Scottt.

— Chris Johns. Ravi de faire votre connaissance.

Mira sourit à Chris. Il ne cessait de la surprendre. Pour un jeune d'une vingtaine d'années, il paraissait tellement sensé, tellement mûr et confiant en lui. Comme s'il avait déjà sa vie solidement en main. Rien d'étonnant si Deni était si attachée à ce garçon : elle était faite de la même étoffe que lui.

— Ça va ? Tu es dans les temps ? demanda-t-elle à Chris.

— Impeccable, oui. J'attends l'inspection électrique.

— Je suis désolée qu'il fasse une chaleur pareille.

Chris sourit.

— Aux dernières nouvelles, tu n'étais pas personnellement responsable des conditions météo.

Elle s'éventa avec la main.

— Si seulement... Mais j'aurais pu choisir un autre moment de l'année pour lancer les travaux.

— Je suis content d'avoir du boulot.

— N'oublie pas de t'hydrater régulièrement, lança-t-elle, alors qu'il s'éloignait déjà.

Il se retourna et fit un salut militaire.

— Oui, m'dame.

— Il a l'air bien, ce type, commenta Connor.

— Il l'est. Je m'estime chanceuse de l'avoir. Katrina remonte à presque six ans, mais maintenant, trouver des travailleurs qualifiés dans le bâtiment reste une gageure.

Ils terminèrent leur visite devant le vitrail de Marie-

Madeleine. Deni travaillait sur une verrière à motif de roses pour une riche propriété du centre-ville.

— Ton assistante m'a dit que ce vitrail a été ton projet fétiche ?

— On peut appeler ça comme ça, oui.

Elle fourra les mains dans ses poches en songeant à la théorie du Dr Jasper.

— Ce vitrail m'a absorbée corps et âme pendant un an.

Connor chercha son regard.

— Je veux que tu me racontes tout ce qui s'est passé pendant mon absence. Tout.

— Nous avons beaucoup de nouvelles à échanger, l'un et l'autre.

Son expression se fit solennelle.

— Tu auras des explications. Mais pas maintenant. Pas ici. Ce soir, si tu veux ?

— Parfait.

— Tu vis encore dans la maison sur Frenchmen Street ?

— Je suis restée, oui.

— Si tu fournis le vin, j'apporterai de quoi nous restaurer. Tu es toujours accro aux sandwichs cubains de chez Fefa ?

— Fefa n'existe plus. Depuis la tempête, beaucoup de cafés comme celui-là ont disparu. Mais je ne suis plus aussi portée qu'avant sur la nourriture.

Un coin de la bouche de Connor se souleva. Il eut ce même sourire oblique qui rappelait les vieux jours.

— Tu n'avais pas besoin de le préciser. Au premier souffle de vent, tu décolles et on ne te revoit plus.

Elle se mit à rire.

— Cela fait cinq ans que je n'ai plus faim.

— Je suis désolé.

— Dis-le encore une fois et j'annule le dîner.

— Alors, je ne le dirai plus jamais.

Un silence tomba entre eux. Le regard de Connor demeura rivé au sien sans vaciller.

— Tu m'as vraiment beaucoup manqué, tu sais. Toi et…

Il ravala le mot qu'il s'apprêtait à prononcer, mais la simple syllabe resta suspendue entre eux.

Jeff.

Connor et Jeff avaient été voisins de chambrée en internat privé, puis avaient partagé les mêmes cercles d'étudiants. C'était à Connor que Jeff avait demandé d'être témoin de leur mariage. Leur amitié s'était poursuivie à trois, et ils avaient formé un trio d'inséparables. Que de fois, le soir, ils s'étaient retrouvés autour de leur table de cuisine, dans la maison de Frenchmen Street, à partager une bouteille de vin et à refaire le monde jusqu'aux petites heures du matin !

Et ces souvenirs, entre tous, restaient chers à Mira.

— Je suis vraiment heureuse que tu sois de retour, Connor.

— Moi aussi.

Il détourna les yeux un instant, puis replongea son regard dans le sien.

— A ce soir, alors ? 18 heures ?

— Trente.

La poitrine nouée, Mira le raccompagna jusqu'à la porte et suivit sa voiture des yeux jusqu'à ce qu'elle disparaisse. Deni la rejoignit en un éclair.

— Ouah ! C'est *qui* ? C'est *qui* ?

— Ce que je t'ai dit. Un vieil ami que je connaissais avant Katrina.

— Un de tes ex ?

— Mais non, pas du tout. Un ami de Jeff. C'est par lui que j'ai connu Connor. Nous étions très liés, tous les trois.

Deni parut déçue.

— Je pensais qu'il était amoureux de toi.

— Jamais de la vie. Nous sommes comme frère et sœur, précisa Mira en riant.

— Dommage. Il est mignon.

— Il est beau, oui. Et c'est quelqu'un de bien.

— Alors, peut-être que vous pourriez dépasser le truc fraternel et passer à quelque chose d'un peu plus…

Mira ne la laissa pas finir.

— C'était le meilleur ami de Jeff.

— Et le tien. De bonnes conditions pour tomber amoureuse.

— Arrête, Deni, l'interrompit-elle, plus sèchement qu'elle ne l'aurait voulu.

Son amie parut peinée et elle lui posa la main sur le bras.

— Désolée, reprit Mira. Mais je ne suis pas prête. Il s'en faut de beaucoup, même.

— Je comprends. C'est juste que…

Deni hésita un instant, puis se décida à terminer sa phrase.

— … juste que ça fait déjà presque six ans, ma belle.

— Je sais. Mais…

Elle batailla un instant pour trouver les mots justes.

— La vérité, Deni, c'est que même quatre décennies de plus pourraient ne pas suffire.

16

Vendredi 12 août, 18 h 30

La maison sur Frenchmen Street figurait au patrimoine de la famille de Jeff depuis les années 1950. Située à l'angle d'Esplanade Avenue, à un jet de pierre du Mississippi, elle était aussi près qu'on pouvait l'imaginer d'une propriété du Vieux Carré, tout en étant située en dehors de la cohue.

Le faubourg Marigny avait été créé durant la première décennie du XIXe siècle par le milliardaire créole du même nom. L'architecture du quartier reflétait à la fois son histoire particulière et ses ascendances françaises. La maison où Mira vivait depuis son mariage avec Jeff était du plus pur style créole, haute de deux étages, avec une cour centrale et des balcons en fer forgé.

Jeff l'avait héritée de sa grand-mère maternelle. Même si la famille Gallier avait tout mis en œuvre, après le décès de Jeff, pour la jeter dehors, elle s'était battue pied à pied pour ne pas se laisser évincer.

La valeur marchande astronomique de la maison ne l'avait jamais préoccupée, puisqu'elle refuserait toujours de la vendre. Ces lieux étaient investis pour elle des souvenirs nés de ses cinq années de vie commune avec Jeff. C'était le seul endroit où son mari et elle avaient vécu ensemble.

D'autres souvenirs — de la grande Histoire, ceux-là — étaient liés à ces murs. On disait que Marie

Laveau, la célèbre reine vaudoue, avait été la « conseillère » et invitée régulière de la première dame des lieux. Et son premier propriétaire aurait par ailleurs participé au complot monté par le maire de La Nouvelle-Orléans et le bonapartiste Nicolas Girod pour sauver l'Empereur exilé à l'île d'Elbe et l'installer dans ce qui était à présent le restaurant Maison de Napoléon, dans le Vieux Carré. Jeff affirmait que le pirate Jean Laffite, très impliqué dans l'intrigue, avait passé une nuit dans une des chambres à coucher à l'arrière de la maison.

Toutes ces marques du passé lui avaient paru très exaltantes au début. A présent, la maison était tout simplement… sa maison.

Connor arriva à 18 h 30 précises. En apportant des sandwichs *po'boys* ainsi qu'un grand bouquet de lys.

— Je me suis souvenu que tu les aimais, commenta-t-il en les lui tendant.

Elle enfouit le visage dans le bouquet odorant, prit une profonde inspiration, puis releva les yeux.

— Tu sais qu'il y a très longtemps que personne ne m'a plus apporté de fleurs ?

— Je suis content qu'il me revienne de remédier à cette triste situation. Je peux ?

Elle s'écarta pour le laisser entrer.

— Dis-moi que c'est bien un sac de chez Mother's que je vois là ?

— Evidemment. Y a-t-il un autre endroit dans toute cette ville où ils servent un *Debris Po'boy* digne de ce nom ?

Elle sourit.

— Pas vraiment, non.

— J'en ai rêvé, quand j'étais en Irak. Rêvé d'être ici, aussi. Avec toi et Jeff.

Des larmes lui montèrent soudain aux yeux.

— J'imagine que ce n'est pas si mal, que nous soyons encore deux sur trois à être en vie.

Il serra un instant sa main dans la sienne, puis la relâcha.

— La maison n'a pas souffert, apparemment ?

— Non. Elle a bien résisté à l'ouragan. Nous avons eu de la chance.

Elle entendit le tremblement familier dans sa voix et se demanda s'il viendrait un jour à disparaître. Ils se dirigèrent vers la cuisine avec ses vieux murs de brique, les grandes baies qui ouvraient sur l'abondante végétation du patio, et s'assirent à la table de boucher vieille d'un siècle.

— Toujours amateur de cabernet, Connor ?

Il confirma qu'il l'était resté et elle déboucha une bouteille pendant qu'il déballait leurs sandwichs. Connor alla chercher deux assiettes qu'il retrouva de mémoire et posa un rouleau d'essuie-tout sur la table. Sa présence était si douloureusement familière que Mira sentit ses mains trembler en versant le vin.

Il sortit son sandwich.

— J'espère qu'ils sont bien gras et dégoulinants ! Sinon, je vais être vexé.

Connor ne fut pas déçu. Les baguettes à la française étaient imbibées du jus de la viande de bœuf, et garnies en plus avec de la mayonnaise, de la laitue et de la tomate.

— Je refuse de m'attaquer à ce truc-là sans couverts, décréta Mira en se levant. Tu en veux aussi ?

— Tu plaisantes ? Espèce d'amateur, va !

Amateur, elle l'était, en effet. Lorsqu'elle revint vers la table, il avait déjà englouti le tiers de son sandwich sans perdre une goutte de jus de viande. Il mangeait comme un homme qui a connu la faim.

— Tu es rentré quand, d'Afghanistan ? demanda-t-elle en prélevant une petite portion de viande avec sa fourchette.

— Depuis deux jours.

Elle haussa les sourcils.

— D'où ta façon de te tenir à table… La civilisation va reprendre ses droits, tu crois ?

Il eut un large sourire.

— Elle essaie. Sans grand succès.

— Je vois ça.

Il se mit à rire.

— Il faut dire que j'ai passé les premières vingt-quatre heures à dormir, et les secondes à ne pas réussir à me réveiller. Je n'ai pas eu le temps de réassimiler grand-chose.

— C'était comment, là-bas ?

— Brutal.

Il ne donna pas plus de précisions et elle prit une seconde bouchée de son sandwich.

— Pourquoi es-tu entré dans l'armée du jour au lendemain, Connor ? Pourquoi nous avoir quittés sans un mot ?

— J'avais besoin d'un endroit où me cacher.

Mira fronça les sourcils.

— Je ne comprends pas…

Sans répondre à sa question, il fit tourner le vin dans son verre, le huma et savoura une gorgée.

— Mon Dieu, quel bonheur ! L'un des nombreux plaisirs d'ici qui me hantaient.

Mira se pencha vers lui.

— Pourquoi t'être caché de nous, Connor ? Jeff était ton meilleur ami.

Il la regarda comme si elle l'avait frappé.

— Vous étiez *tous les deux* mes meilleurs amis.

— Lorsque tu t'es soudain évanoui dans la nature, ça lui a brisé le cœur. Et le mien aussi.

Il lui prit la main et la serra fort. Trop fort. Sa peau était dure et épaisse comme du cuir, sa paume calleuse. Mais même s'il lui faisait mal, elle ne protesta pas, et ne chercha pas à se dégager.

— Je te promets de tout te dire. Mais pas tout de suite. Je pensais que j'étais prêt, mais je ne le suis pas. J'ai besoin de temps.

Aussi soudainement qu'il lui avait saisi la main, il la reposa.

— Il serait peut-être préférable que je m'en aille, non ?

— Non.

Cette fois, ce fut elle qui lui attrapa la main. Mais sans rudesse. Juste pour donner du réconfort.

— Ne pars pas. Tu me raconteras lorsque tu seras prêt. J'ai confiance en toi. Entièrement confiance en toi.

Un silence tomba entre eux. Il but son vin pendant qu'elle picorait son sandwich.

— Cela fait une éternité que je n'ai plus mangé de *po'boys,* commenta-t-elle pensivement.

Il examina le pain mutilé.

— Manger est un grand mot.

— Tu veux le finir ?

— Bien sûr. Amène.

Il s'empara avec appétit de la moitié qui restait.

— Pas de fleurs. Pas de *po'boys*. Qu'as-tu fait de ta vie, Mira ?

— J'ai survécu.

Il reposa son sandwich en jurant tout bas.

— Ce n'était pas très malin, comme question.

— Je te répondais franchement, c'est tout… Combien de fois ne nous sommes-nous trouvés autour de cette table, comme ce soir ? Avec des plats cajuns, du vin…

— Beaucoup de vin.

— Et des débats aussi. Enflammés, parfois.

— Sur des sujets stupides.

— Mais on riait beaucoup, aussi.

Il chercha son regard. Ses yeux étaient graves.

— J'ai envie de retrouver cette ambiance, cette légèreté. Ce que nous vivons maintenant est…

— Compliqué, termina-t-elle pour lui.

Elle soupira.

— Je n'ai plus envie d'être ainsi, Connor. Je ne veux ni pitié ni compassion ; je voudrais sortir de cette nostalgie déchirante.

Elle se leva et se dirigea vers une des grandes fenêtres

donnant sur le patio. Adossée au châssis, elle contempla le jardin dans la nuit.

— C'est arrivé par ma faute, dit-elle doucement, après un temps de silence, en tournant la tête par-dessus l'épaule. C'est moi qui aurais dû mourir. Pas lui.

— Non. C'est faux. Ne dis pas ça.

— On t'a raconté comment c'est arrivé ?

— Mes parents, oui. En partie.

Ils tenaient forcément l'histoire des parents de Jeff.

— Je suis surprise que tu m'adresses encore la parole.

— Parce que tu crois vraiment que je porterais ce jugement sur toi ? Arrête, Mira.

Elle soutint son regard un instant, puis détourna les yeux.

— J'ai insisté pour qu'on reste, pendant l'ouragan. C'était mon idée.

— Jeff y a souscrit, apparemment ?

— Oui, je l'ai convaincu. On était aussi motivés, aussi excités l'un que l'autre. Le pire, pensions-nous, ce serait le vent et la pluie. Et la coupure d'électricité qui s'ensuivrait. Mais secrètement, nous espérions quelque chose de démesuré, de spectaculaire. La grande aventure de Jeff et de Mira. Nous étions tellement naïfs, tellement idiots…

— Comme tout le monde.

— Non. Beaucoup de gens ont agi avec sagesse et ont évacué la ville.

Elle débloqua la fenêtre à guillotine et la souleva. Une bouffée d'air chaud et épais la salua. Entêtant, aussi. Chargé du parfum du jasmin de nuit et des stridulations lancinantes des insectes, entrelacées à un solo de jazz qui s'élevait d'un bar proche.

— Nous avons fait nos provisions. De l'eau, des glaciaires, des lampes de poche, des piles et des bougies. De l'épicerie sèche. Une radio de la Croix-Rouge.

— Vous aviez tout prévu, apparemment.

Sauf de partir. Elle inspira l'air lourd et le relâcha en laissant les souvenirs se dérouler.

— Jeff s'est procuré un fusil.

— Voilà qui ne lui ressemble pas.

— Pas plus que les marines ne te ressemblent, Connor.

— Peut-être que nous ne nous connaissions pas aussi bien que nous le pensions, Jeff, toi et moi ?

Ce n'était pas ce qu'elle avait envie de penser d'eux et elle le lui dit. Jeff haussa les épaules.

— O.K. Jeff a donc acheté un fusil ?

— Oui. Cette arme me collait une peur bleue et je la détestais. Mais pour Jeff, c'était une condition sine qua non. Il craignait que nous puissions en avoir besoin si l'impensable se produisait.

L'impensable avait eu lieu. Mais pas comme ils l'avaient prévu.

— Nous avons aménagé un abri dans le placard sous l'escalier. Pour Ginger et pour nous. Nous avons tenu bon pendant l'ouragan, même s'il y a eu des moments où j'ai cru que nous allions y passer. Comment te décrire cet acharnement du vent pendant quatre heures d'affilée ? C'était comme une force animale, quelque chose de gigantesque, de fracassant, de déchaîné, qui cherchait à arracher la maison de ses fondations. Je me souviens d'avoir gardé les mains pressées sur les oreilles et d'avoir prié, puis hurlé pour que ça s'arrête.

Elle se tut un instant pour reprendre son souffle.

— Parfois, ça semblait se calmer, et nous nous risquions hors de notre trou à rats pour courir vers les fenêtres voir si l'horizon se dégageait. Mais chaque fois, ça repartait de plus belle.

Connor se leva pour venir se placer derrière elle. Il lui appuya doucement les paumes sur les épaules. Réconfortée, elle posa ses mains sur les siennes.

— Nous pensions que ça n'en finirait jamais, mais le vent a fini par tomber. Nous étions indemnes et la maison n'avait pratiquement pas souffert. Nous avions eu une telle… une telle chance.

Sa voix faiblit.

— Partout autour de nous, les dégâts étaient terrifiants.

Connor ne dit rien, ne fit pas un geste. Il attendait. Car il savait, évidemment, que le pire était encore à venir.

— J'étais inquiète pour mon atelier. Pour mes vitraux. Je venais de terminer un gros projet. Une église à Violet. J'avais installé les verrières une semaine avant l'ouragan… Jeff m'a proposé d'aller jeter un coup d'œil. Nous avions entendu qu'il y avait des arbres et des poteaux électriques en travers des routes et que les déplacements étaient quasiment impossibles. Il m'a dit de rester à la maison. Il pensait que je serais plus en sécurité…

Ses doigts se crispèrent sur ceux de Connor.

— Il craignait que les rues ne soient dangereuses, et jugeait aussi plus prudent que l'un de nous deux reste pour monter la garde. Il m'a laissé le fusil.

— Donc il a pris son pick-up et il est parti ?

— Nous pensions que le danger était derrière nous, qu'il n'y avait plus de risque majeur.

Elle tourna la tête pour lever vers lui un regard suppliant.

— *Jamais* je ne l'aurais laissé partir si j'avais imaginé un instant qu'il pourrait ne plus jamais revenir.

Il lui massa gentiment les épaules.

— Evidemment que tu ne l'aurais pas laissé partir.

— Tu me crois, n'est-ce pas ?

— Pourquoi est-ce que je ne te croirais pas ?

Sa question, posée à voix basse, sonna à ses oreilles comme une accusation. Elle se dégagea en sursaut.

— Parce que je suis une riche veuve et tu le sais ! N'essaie pas de me faire croire que ta famille ne t'a pas tout raconté !

— Je n'ai pas dit ça. Mais tant que je n'ai pas entendu *ta* version des faits, je considère que je ne sais rien.

Elle poursuivit, le corps secoué de petits soubresauts.

— La digue du canal s'est brisée. A un pâté de maisons de mon atelier. A en juger par l'endroit où ils ont retrouvé le véhicule de Jeff, il semble qu'il devait être à pied quand ça s'est produit. Il a dû voir un mur d'eau noire et grondante s'avancer soudain sur lui.

Les larmes commencèrent à couler mais lorsque Connor fit le geste de la prendre dans ses bras, elle se détourna.

— Tout s'est forcément passé à une vitesse terrible. Aucun refuge possible. Pas d'endroit où aller. Et pas le temps de réagir, de toute façon.

— Combien de temps as-tu attendu avant de savoir ?

— Il a fallu trois jours pour que le niveau des eaux se stabilise. Puis une semaine encore s'est écoulée avant qu'ils ne puissent récupérer les corps. C'était horrible de ne pas savoir. Pendant tout ce temps, je me suis dit qu'il était forcément vivant, que je le retrouverais. Qu'il s'était réfugié quelque part, sans moyen de communication pour me joindre.

— Il n'a jamais été retrouvé, c'est ça ?

— Si. Ou enfin, peut-être… On ne sait pas…

Elle tenta de reprendre le contrôle de ses émotions.

— Ils n'ont pas pu l'identifier avec une totale certitude. L'état du corps, tu comprends… Après tout ce temps passé dans l'eau…

Sa voix s'étrangla. Comment mettre des mots sur l'horreur ? Sur le rapport du médecin légiste, des mois plus tard, décrivant des restes humains ravagés par les éléments et par les prédateurs ?

— Et son dossier dentaire ?

— Disparu, chuchota-t-elle. C'est ce que les gens qui n'ont pas vécu Katrina ont du mal à comprendre. Il ne restait plus rien du cabinet dentaire. Plus une seule archive. Rien.

Mira alla récupérer son verre sur la table et le vida d'un trait.

— La famille de Jeff m'a accusée de l'avoir tué. En profitant du chaos créé par l'ouragan pour me débarrasser du corps.

— N'importe quoi. Je n'ai encore jamais rien entendu d'aussi absurde.

Elle soutint son regard d'un air de défi.

— Qu'est-ce qui te permet de l'affirmer ? Tu n'étais pas là.

— Je le sais parce que je te connais.

Mira fondit en larmes.

— Personne… personne d'autre ne m'a crue aussi inconditionnellement.

Il la prit dans ses bras. Se laissant couler dans son étreinte, elle appuya son visage contre sa poitrine et pleura. Il la tint sans rien dire jusqu'à ce que le flot de larmes se tarisse.

Puis elle se dégagea en douceur du cercle de ses bras.

— Super, murmura-t-elle d'une voix étranglée. J'ai fichu ta chemise en l'air.

Il jeta un coup d'œil sur les traînées de mascara puis releva les yeux et se mit à rire.

— Ma chemise n'est rien comparée à ton visage.

Mira s'essuya les yeux.

— Mmm… C'est désastreux à ce point ?

— Je dirais… un look raton laveur ravagé par le rhume des foins.

Elle trouva une boîte de mouchoirs et se moucha.

— La police a enquêté. Je ne t'apprends rien en te disant que la famille Gallier est très influente. Ils ont des appuis jusque chez le procureur général.

Connor renifla avec dédain.

— Et quelles preuves pensaient-ils détenir ?

— Avant de partir, Jeff m'avait donné une leçon de tir. Il voulait que j'apprenne à me servir du fusil, au cas où des pilleurs ou des fous débarqueraient après son départ.

— Cela paraissait en effet plus prudent.

Elle s'assit lourdement.

— Résultat : le fusil avait été déchargé et mes empreintes étaient dessus. Mais le procureur de district a refusé de poursuivre. Pas de cadavre, pas de meurtre. Et même si le médecin légiste avait pu faire une identification formelle, il n'y avait aucune blessure par balles détectable sur ce qu'il restait du corps.

— Je suis désolé qu'ils t'aient fait subir ce cauchemar.

— Ils ne se sont pas arrêtés là. Ils ont enchaîné avec des poursuites au civil, en faisant appel à un avocat spécialisé dans les affaires de décès imputables à une faute.

— Ce qui a échoué aussi ?

Elle émit un rire sans joie.

— Oui. Tu as donc devant toi une riche veuve. Prête à renoncer à toute sa fortune pour revivre ne serait-ce qu'un jour avec son mari.

— J'aurais dû être là pour te soutenir.

— Tu es là, maintenant, Connor. Merci.

Après cela, ils laissèrent leurs chagrins et leurs regrets au placard. Ils évoquèrent les jours heureux avec de grands moments de rire. Et ils parlèrent de l'avenir, de leurs espoirs et de leurs rêves.

Seulement, lorsque Connor fut parti, Mira s'aperçut qu'il n'avait pas prononcé un mot au sujet des cinq dernières années de sa vie. Ni sur les « problèmes personnels » qui l'avaient amené à disparaître sans explication du jour au lendemain.

17

Samedi 13 août, 2 h 30

— Jeff !

Mira se redressa en sursaut dans son lit, le souffle court, son cri comme suspendu dans le silence étouffant de sa chambre à coucher. Elle scruta fébrilement la pièce des yeux. Aucun rêve, jamais, ne lui avait donné une si troublante impression de réalité. Comme s'il s'était vraiment tenu juste là, debout, près du lit, et qu'il lui avait parlé.

— Mon étoile… Tu m'as tellement manqué.

Etoile. Jeff avait commencé à l'appeler ainsi lorsqu'ils avaient appris que Mira était en vérité le nom d'un astre. Personne d'autre que lui n'avait utilisé ce surnom.

Comment ce petit nom d'« étoile » avait-il soudain resurgi en songe, après toutes ces années ?

Le fait d'avoir revu Connor. Les souvenirs qu'ils avaient évoqués ensemble.

Elle tâtonna pour allumer la lampe de chevet. Sa main rencontra un objet inattendu accroché à sa lampe. Sourcils froncés, elle referma ses doigts sur ce qui semblait être une fine chaîne en métal. Comme…

Non. Ce n'était pas possible. Son imagination lui jouait des tours. Mira alluma, et un léger cri jaillit sur ses lèvres.

Ce n'était pas possible et, pourtant, l'évidence était là, sous ses yeux. *Sa croix en cloisonné était accrochée à la lampe.*

Son cœur battait à tout rompre. Le métal brillait, comme neuf. Elle tendit la main pour attraper le bijou, puis se pétrifia en songeant que ce collier n'avait pu arriver là tout seul : quelqu'un était entré chez elle. Pendant qu'elle dormait. Et ce quelqu'un était venu jusqu'à son lit. Il s'était approché au point de pouvoir la toucher.

Ma douce étoile, comme tu m'as manqué…

La voix de Jeff dans sa tête. Apportant une onde de consolation et de douceur. A part que ce n'était pas la voix de Jeff qu'elle avait perçue dans un demi-sommeil.

Mais celle du Prêcheur.

Et rien ne prouvait qu'il était ressorti de la maison.

Sur un cri de terreur, Mira bondit hors de son lit. Elle ramassa son corsaire par terre, l'enfila avec des mains tremblantes et glissa les pieds dans ses tongs. Elle attrapa son portable, commença à composer le 911, puis enfonça la main dans sa poche pour chercher la carte de visite de l'inspecteur Malone. Il répondit à la seconde sonnerie.

Elle nota vaguement que la voix de Malone était ensommeillée et songea qu'elle n'avait aucune idée de l'heure. Mais elle était trop paniquée pour s'en inquiéter.

— Inspecteur ? C'est Mira Gallier. Mon collier est revenu !

— Doucement. Vous dites que votre collier est…

— De retour. Il l'a rapporté ! Il était chez moi. Pendant que je dormais.

— Et il est parti, maintenant ?

— Je ne sais pas. Je me suis réveillée et… Vous croyez qu'il pourrait encore être ici ?

— Vous m'appelez d'où, là ?

— De ma chambre.

Elle réalisa soudain que l'intrus pouvait se trouver sous son lit. Ou dans son armoire. A écouter en silence.

— Mira ?

— Oui, chuchota-t-elle d'une voix à peine audible.

— Je vous envoie déjà une voiture de patrouille. Et j'arrive tout de suite derrière.

— S'il vous plaît, non ! Ne raccrochez pas !

— Je vais devoir vous mettre en attente une minute. Mais je vous promets de ne pas couper.

Il tint sa promesse. Après une attente qui lui parut sans fin, il revint en ligne :

— La voiture de patrouille est en route. Et moi aussi.

Elle entendit une portière claquer en arrière-plan et un moteur rugir.

— Il y avait une unité tout près de chez vous. Le bruit de leur sirène devrait déjà vous parvenir.

Le cœur battant, elle tendit l'oreille.

— Oui ! Oui, ça y est. Oh ! mon Dieu, je l'entends…

— Bon. Restez bien où vous êtes jusqu'au moment où ils sonneront à votre porte. Attendez qu'ils se présentent. Compris ?

Une minute plus tard, un véhicule de police s'immobilisa devant la maison. Elle se précipita vers la porte, le téléphone toujours pressé contre l'oreille. Les deux agents de patrouille lui ordonnèrent d'attendre dehors pendant qu'ils se ruaient à l'intérieur. Au moment où elle sortait sur la galerie, l'inspecteur Malone arrivait au volant d'une Camaro rouge, avec une lumière couleur cerise tournant follement sur le toit.

A l'instant précis où il s'élança dans son allée, elle recouvra son calme. Il la rejoignit en quelques pas et sourit en désignant son portable toujours collé contre l'oreille.

— Vous pouvez raccrocher, maintenant.

Avec le sentiment de se comporter comme une parfaite idiote, elle balbutia dans le combiné.

— Oui, bien sûr. Au revoir.

18

Samedi 13 août, 3 h 5

La fouille minutieuse de la maison ne donna aucun résultat. Il n'y avait rien d'anormal, à part la croix, suspendue à la lampe de chevet, comme elle l'avait dit. Malone remercia les officiers de patrouille, puis rejoignit Mira Gallier, qui frissonnait malgré la touffeur écrasante. Il lui tendit le collier.

— Je ne pense pas que nous en ayons besoin. Il a été essuyé et ne comporte aucune empreinte.

Elle le fixa à son cou.

— Merci.

— Il n'y a personne dans la maison. Toutes les fenêtres sont fermées. Et la porte n'a pas été forcée.

Il remarqua qu'elle gardait la main sur la croix, bien que la chaîne fût attachée.

— Vous avez fermé à clé avant de vous coucher ?

Elle fit oui de la tête.

— Vous en êtes sûre ?

— Absolument, oui.

— Alors comment est-il entré ?

Elle secoua la tête, manifestement incapable de répondre.

— Je ne sais pas.

— Tâchez de vous souvenir : lorsque vous avez laissé entrer les deux policiers, la porte était fermée ?

Elle passa la main dans ses cheveux courts, achevant

de les décoiffer. Certaines femmes tombaient du lit et avaient l'air adorable ; d'autres en sortaient chiffonnées. Gallier appartenait à la première catégorie.

— J'ai couru jusqu'à la porte, répondit-elle, les yeux mi-clos, parlant autant pour elle-même que pour lui. J'avais le téléphone collé contre mon oreille droite. J'ai tendu la main et… tourné le verrou, puis j'ai tiré la porte.

Elle le regarda droit dans les yeux.

— Elle était fermée. Je suis catégorique.

Malone scruta son expression.

— Alors comment le Prêcheur est-il entré ?

— Vous avez vérifié les fenêtres de la cuisine ? J'en avais ouvert une avant de me coucher.

— Allons jeter un œil.

Mais ils trouvèrent la fenêtre verrouillée. Malone examina la pièce, nota qu'il y avait deux verres sur l'évier et une bouteille vide.

— A quelle heure votre visiteur est-il parti ?

— Vers 10 heures.

— Pourrait-il avoir laissé le collier ?

— Non, répondit-elle sèchement. Quelqu'un que vous appelez le Prêcheur l'a arraché de mon cou. Et comment savez-vous que mon visiteur était un homme ?

— J'ai juste tenté ma chance.

Son regard se posa de nouveau sur elle.

— Une autre question, madame Gallier : êtes-vous sûre que vous portiez votre croix lorsque le Prêcheur est entré dans votre atelier ?

— Je ne l'enlève jamais.

— Et vous êtes certaine que ce bijou-ci est bien le vôtre ?

— Oui ! Mon mari l'a acheté lorsque nous étions en voyage de noces au Portugal. Je n'en ai jamais vu d'identique. Pourquoi refusez-vous de me croire ?

— Je ne refuse pas de vous croire. J'examine juste la situation sous tous les angles.

— Y compris sous l'angle « elle est complètement tarée » ?

— Cela arrive.

— Je ne suis pas délirante, inspecteur. Je porte cette croix en permanence. Même sous la douche.

— O.K. Je ne peux pas vous dire grand-chose, à ce stade. Nous allons continuer à rechercher le Prêcheur, et nous le garderons en cellule pour le moment. Je vous conseille d'être vigilante sur votre sécurité. Enclenchez votre alarme. Vérifiez vos portes et fenêtres, ici et à l'atelier. Si le Prêcheur vous a prise pour cible pour une raison ou une autre…

— M'a prise pour cible ? Mais pourquoi ?

— Aucune idée. Mais s'il est venu vous voir deux fois, ce n'est plus un hasard. Vous avez un chien ?

— J'*avais* un chien. Un golden retriever. Je l'ai perdu pendant l'ouragan.

Son téléphone vibra à sa ceinture. Le nom de son frère Percy s'affichait à l'écran.

— Excusez-moi, un instant… Allô ?

— Salut, frérot. Tu es occupé, là ?

— J'allais partir.

— Bon. J'ai quelque chose pour toi.

— C'est quoi ?

— Pas un « quoi », un « qui ». Nous avons trouvé le Prêcheur. Raide mort, malheureusement.

— Où ?

— Le Vieux Carré. Dans des WC publics sur Decatur.

— Ceux qui sont juste à côté du Café du Monde ?

— Ceux-là mêmes. A tout de suite.

Malone coupa et se tourna vers Mira. Il vit la question dans ses yeux, mais la laissa sans réponse.

— Je dois vous laisser. Je ne crois pas que vous ayez quelque chose à craindre, mais s'il arrive quoi que ce soit, appelez-moi ou faites le 911.

19

Samedi 13 août, 4 h 15

L'élan missionnaire du Prêcheur avait brutalement pris fin dans un urinoir public. Ces derniers étaient rares dans le Vieux Carré, ce qui expliquait sans doute pourquoi tant d'ivrognes se servaient de la rue pour se soulager.

Quelques noctambules convaincus finissaient leur nuit, croisant le chemin de ceux, moins chanceux, qui partaient déjà au travail. Les uns comme les autres regardaient la scène bouche bée : des unités de patrouille, des gyrophares, le véhicule du coroner et du ruban jaune de scène de crime, traçant dans l'entrée de l'allée comme un sourire d'ivrogne.

Malone salua l'officier de police chargé de tenir le registre des entrées.

— Mon frère est par là ?

— Dans les chiottes avec la victime. Tu vas avoir besoin de chaussons.

Malone acquiesça d'un signe de tête. Il en obtint une paire d'un technicien, les enfila et se dirigea vers la vespasienne. Le fait que ces protections soient nécessaires pouvait signifier deux choses : soit on voulait éviter de contaminer la scène, soit le but était, au contraire, de protéger les intervenants. Au premier coup d'œil, Malone vit qu'il se trouvait dans le second cas de figure. Un être humain adulte contenait environ cinq litres de sang. Et celui du Prêcheur semblait s'être déversé dans son intégralité autour de son cadavre exsangue.

Debout dans un coin, Percy attendait que le photographe du bureau du coroner finisse de mitrailler la victime sous tous les angles. Malone salua son frère d'un coup de poing sur l'épaule.

— Salut, Rebond.

De quatre ans son cadet, Percy était plus beau que lui, plus athlétique et beaucoup plus élancé. Sa haute taille, son passé de basketteur et son talent pour attraper « au rebond » des femmes fraîchement sorties d'une séparation lui avaient valu son surnom.

Malone était proche de ses six frères et sœurs, mais son lien avec Percy était d'une nature plus particulière. Ils avaient toujours été comme les deux doigts de la main.

Percy se retourna et sourit.

— Content de te voir là, frangin.

— Merci de m'avoir fait signe.

— Tu sais que j'adore me rendre utile.

Malone désigna du menton le cadavre effondré devant le dernier urinoir.

— Pauvre fou… Apparemment, il a dû prédire les feux de l'enfer à encore plus cinglé que lui.

— Ça a l'air, oui. Va voir le petit mot doux. De l'autre côté du corps.

Malone contourna le cadavre. Griffonnés en lettres de sang, apparaissaient les mots « Le jour du Jujement ». Il tourna la tête vers son frère.

— Il a des petits problèmes d'orthographe.

— Cela nous donne une première information sur l'auteur du crime. Il n'est pas sorti de Harvard et ce n'est pas un professeur de lettres.

— Qu'entend-il par « jour du Jugement », exactement ? réfléchit Malone à voix haute.

— Le jour de la rétribution. A la fin des temps, quand le verdict divin tombera sur les pécheurs que nous sommes.

— C'était l'obsession du Prêcheur. Il passait son temps à menacer ses frères humains des affres de la damnation.

— Peut-être que quelqu'un s'est lassé de ses sermons.

Le photographe remballa son matériel et Ray Hollister, le coroner, prit la relève auprès du corps. Spencer et Percy se rapprochèrent.

— Il a été poignardé à la gorge, observa Hollister. Et frappé à la carotide. C'est ce qui explique les flots de sang.

Comme Hollister poursuivait son travail en silence, Percy se tourna vers Malone.

— Tu as l'air un peu défait, mon vieux. Comment va Stacy ?

— Physiquement, elle se remet. Et cafouille encore un peu sur d'autres plans.

Percy hocha la tête.

— Ce n'est pas vraiment étonnant, non ?

— Je m'inquiète un peu. J'ai l'impression que ça empire.

— Elle s'en sortira. C'est une fille solide.

Spencer songea à la crainte de Stacy de devenir « fifille » ou « nunuche ». C'était assez ironique, compte tenu de l'héroïsme dont elle avait fait preuve.

— Tu as raison. Elle reprendra le dessus.

Son ton manquait de conviction. Percy fronça les sourcils.

— Hé ! Ne fais pas cette tête. Tu oublies de qui on parle ? Une fille qui a accepté tout le tralala — terrifiant à ses yeux — de la robe blanche et du mariage grande tradition. Rien que pour rassurer maman, qui aurait fait une syncope si vous aviez décidé de vous marier à la sauvette avec juste deux témoins.

Il lui assena une grande claque dans le dos.

— Fais-lui confiance, merde !

— Merci, Percy. Tu as raison. Mais ça me fout en l'air de la voir mal comme ça.

Hollister, toujours accroupi devant le cadavre, leva la tête pour leur jeter un regard exaspéré.

— Ho hé, Malone Un et Malone Deux, ça vous ennuierait de concentrer votre attention sur notre ami le Prêcheur ? Plus vite j'en aurai terminé ici, plus vite je retrouverai mon lit.

— Tu rêves, Hollister, commenta Spencer. Et au cas où tu ne l'aurais pas remarqué, nous étions en pleine réunion de famille, Percy et moi.

Le coroner sourit.

— Il n'y a pas une seule scène de crime dans cette ville qui ne tourne pas à la réunion de famille, avec les Malone. Et le Prêcheur s'impatiente. Depuis le temps que je vous supporte, je compte sur une invitation en bonne et due forme à ton mariage, Spencer. Je veux un repas gratuit et de l'alcool à volonté.

Spencer émit un grognement de désespoir qui fit beaucoup rire Percy alors qu'il enfilait des gants en latex.

— Alors ? Qu'est-ce que ça donne ?

Hollister examina la blessure.

— A priori, notre victime se tenait devant l'urinoir et a été attaquée par-derrière. La blessure est profonde. Et les bords sont irréguliers.

Avec un instrument en métal, il écarta les lèvres de la plaie.

— Le fait de retirer l'arme du crime a provoqué presque autant de dommages que le coup en lui-même.

Percy regarda autour de lui.

— Le sang a éclaboussé l'urinoir, le mur, le miroir. Son assaillant n'a pas pu ressortir de là sans porter les marques de son acte.

C'était vraisemblable, à en juger par les traces de pas sanglantes qui se dirigeaient vers l'extérieur.

— Donc, le meurtre se produit au beau milieu du quartier le plus animé de la ville, et le gars ressort sans se démonter. Il ne manque pas d'air.

— Nous parlons du Vieux Carré, commenta Percy, sourcils froncés. Et il ne devait pas être si tard que ça.

Un vendredi soir, ça grouille de monde à toute heure. Quelqu'un devrait normalement avoir vu quelque chose.

— Le meurtrier a pu utiliser la foule à son avantage, suggéra Hollister. Et s'y fondre sans se faire remarquer.

— Et s'il s'était dégommé lui-même ? intervint Spencer. Le Prêcheur a pu s'immoler symboliquement pour prouver je ne sais quoi de sombre, de biblique et de désespéré.

— Et comment aurait-il rédigé son message ?

— Avec son sang ?

Ils tournèrent tous deux un regard interrogateur vers Hollister.

— Je ne pense pas, non. Avec une blessure comme celle-ci, il aura perdu presque d'emblée le contrôle de ses fonctions volontaires. Et d'ailleurs, où serait passée l'arme ?

— Sans compter que nous avons des traces de pas quittant la scène de crime.

— Qui a découvert le corps ?

— Un punk à chien. Il y a environ quarante minutes. Il est ressorti des pissotières en hurlant comme un possédé. Ce qui a attiré l'attention d'un barman qui rentrait de son boulot. Il a prévenu la police.

— Et le punk ?

— Il a filé.

— Les marques de pas pourraient être les siennes.

— Je n'exclus aucune hypothèse pour le moment, dit Percy. Se donner la mort de cette façon est inhumain. Mais avec le Prêcheur, tout est possible. Il était obsédé par des visions atroces. L'horreur était pour ainsi dire sa tasse de thé.

Malone reporta son attention sur Hollister.

— La mort remonte à combien de temps, tu crois ?

— Quelques heures. La rigidité cadavérique commence et on voit bien les lividités. Nous prendrons sa température interne à la morgue.

Malone regarda sa montre.

— Il est 4 heures passées. Est-il techniquement possible qu'il ait pu se trouver sur Frenchmen Street, disons vers 1 heure ou 1 h 30 ?

— Il y a trois heures et demie ?

Hollister haussa les épaules.

— Ce n'est pas complètement impossible. Mais ça paraît un peu juste.

— Pourquoi est-ce que tu demandes ça ? voulut savoir Percy.

Spencer répondit par une question.

— Vous avez inventorié le contenu de ses poches ?

— L'officier de police qui est arrivé sur les lieux en premier a regardé s'il avait une pièce d'identité. Mais nous n'avons pas fait de fouille complète, non. Qu'est-ce que tu cherches ?

— Une chaîne avec un bijou féminin en forme de croix. Le Prêcheur l'a volée hier, à l'arraché. D'après la victime, il l'a rapportée cette nuit entre 1 heure et 1 h 30 dans le quartier de Marigny. J'essaie juste de vérifier les données.

Son frère hocha la tête.

— Je t'appellerai dès que j'aurai plus d'éléments.

20

Samedi 13 août, 8 h 40

— J'ai à te parler, Malone.

Surpris, Spencer leva le nez de son ordinateur. Bayle se tenait dans l'encadrement de la porte, avec un gobelet de café à la main et un regard qui lançait des flammes.

— Ah, tiens, mon équipière ! Que se passe-t-il ?

— Donc, ce matin, je suis ton équipière ? Très drôle.

— Je ne comprends pas.

— On retrouve le Prêcheur mort et tu ne me préviens pas ? Tu te rends sur la scène de crime sans me le faire savoir ? C'est quoi ce bordel, Malone ?

— Je n'ai pas jugé utile de te réveiller en pleine nuit pour aller jeter un œil sur un clodo nageant dans son sang.

Elle franchit la distance jusqu'à son bureau, posa bruyamment son café et approcha son visage du sien.

— Je ne suis pas une petite princesse qui tourne de l'œil si elle n'a pas ses huit heures de sommeil. Je suis ton équipière. Et ce n'est pas *ton* enquête, mais *notre* enquête. C'est clair ?

Elle avait raison. Mais sa façon de le lui balancer en pleine figure lui hérissait le poil.

— O.K. C'est noté.

— A quoi tu pensais, merde ?

— Je n'ai pas réfléchi, d'accord ? Désolé.

Elle se ressaisit. Pour la première fois, il vit qu'elle

n'était pas seulement en colère mais blessée. Et non sans raison, d'ailleurs. Jamais il n'aurait agi ainsi avec Tony. Son irritation s'évanouit.

— Je regrette. Cela ne se reproduira pas.

— Merci.

L'agressivité de Bayle était retombée. Elle prit son café et se laissa choir sur l'unique chaise de son bureau.

— Je parie que c'est un de tes frères qui t'a prévenu. Lequel ?

— Percy.

— Mets-moi au courant.

Il s'exécuta, commençant par la cause du décès et terminant par la promesse de Percy de rappeler.

— Le jour du Jugement ?

— Ecrit comme « jujement », avec un j.

— Des théories ?

— Deux. Soit quelqu'un en a eu assez des prédictions du Prêcheur et l'a suivi dans les WC pour le réduire définitivement au silence. Soit notre prédicateur s'est dessoudé lui-même dans un objectif militant. Farfelu mais pourquoi pas ?

— Il avait la croix sur lui, alors ?

— C'est ça, le truc. Gallier l'a récupérée durant la nuit.

Karin en oublia de porter son café à ses lèvres.

— Pardon ?

— Gallier m'a appelé hier soir dans un état de panique. Le collier était de retour, accroché à sa lampe de chevet. Elle en a conclu que le Prêcheur s'était introduit chez elle d'une façon ou d'une autre et qu'il le lui avait restitué.

— Ouah ! De mieux en mieux. Et moi qui pensais n'avoir manqué qu'un seul appel. Je te suis vraiment redevable pour une excellente nuit de sommeil.

— Sarcasme mérité.

Elle sourit et but une gorgée de café.

— Tu n'as pas l'air convaincu par le récit de Gallier.

— Sa terreur paraissait sincère. Mais la maison était fermée, verrouillée. Et il n'y avait pas trace d'effraction.

— Alors comment serait-il entré ?

— Là est la question. J'attends le rapport de police et celui du coroner. Mais le Prêcheur à 1 h 30 sur Frenchmen Street, puis mort quelques heures plus tard dans une pissotière du Vieux Carré, cela me paraît un peu étrange… Peut-être croit-elle à tort avoir eu sa croix sur elle lorsque le Prêcheur est entré dans son atelier. Il est possible qu'il l'ait prise à la gorge pour la tuer, puis qu'il se soit enfui en entendant les deux autres arriver. Ou alors elle nous raconte des histoires.

Bayle parut pensive.

— Mais pour en retirer quel avantage ?

— J'aime bien ta théorie à l'origine : un besoin maladif d'attirer l'attention. Peut-être une forme de maladie mentale ?

— J'ai un autre scénario : elle a trouvé le Prêcheur et l'a tué pour récupérer sa croix.

— C'était un meurtre de sauvage, Bayle. Une blessure profonde, des litres de sang.

— Elle se lave en toute hâte, ainsi que le collier, et t'appelle « dans un état de panique ».

— Pourquoi la grosse ruse ?

— Il faut bien qu'elle justifie le fait qu'elle porte de nouveau le collier.

Il avait beaucoup de mal à concilier l'image du petit brin de femme aux grands yeux blessés avec la personne qui avait plongé de sang-froid une lame dans le cou d'un homme de dos. Mais il y avait une logique dans le scénario de Bayle. Une logique tordue, mais une logique quand même.

— Elle a eu un visiteur masculin hier soir, observa-t-il pensivement. Elle n'a pas donné son nom. J'ai juste demandé si ce n'était pas lui qui avait laissé le collier.

— Tu l'as ici, au fait ?

— Le collier ? Non, je le lui ai laissé. A ce stade, je ne voyais aucune raison de le garder. On était encore dans le cas de figure d'un simple vol à l'arraché. Et il avait manifestement été essuyé.

Malone vit que sa décision n'était pas du goût de Bayle. Mais elle garda son opinion pour elle.

Son téléphone sonna. C'était Percy.

— Bon, alors : le Prêcheur n'avait rien sur lui. Ni collier, ni argent, ni pièce d'identité.

— Scénario n° 3 : vol simple qui aurait mal tourné ?

— Possible, oui. Mais je vois mal *qui* aurait pu penser trouver quelque chose à voler chez le Prêcheur.

Malone convint que l'idée paraissait improbable, remercia et reposa le combiné.

— Pas de croix sur le Prêcheur, annonça-t-il à Bayle.

— Je ne suis pas vraiment surprise.

— Je propose qu'on se renseigne sur le visiteur de Gallier. Quelque chose ne tourne pas rond dans son histoire.

Bayle acquiesça.

— Je te laisse l'appeler. Elle semble te faire confiance. Ou pense qu'elle peut te manipuler.

Il sourit.

— Je préfère la confiance, si tu veux bien.

Il trouva le numéro de Gallier dans son journal d'appels. Elle répondit posément, comme s'il avait affaire à une autre femme que la créature affolée qu'il avait croisée durant la nuit. Quelques minutes plus tard, avec un peu de baratin, il obtenait le nom qu'ils cherchaient.

— Connor Scott, dit-il en rempochant le téléphone. Un vieil ami et un vétéran, de retour d'Afghanistan depuis peu.

21

Samedi 13 août, 9 h 20

La maison des Scott faisait partie des quelques résidences célèbres que l'on désignait aux touristes en visite dans le Garden District. Les guides attiraient l'attention sur les motifs très particuliers de la clôture en fer forgé et racontaient l'anecdote romantique qui y était associée. La villa de style néoclassique occupait avec hauteur son avantageuse position d'angle.

Malone observa les magnifiques jardins avec le vieux chêne central. Qu'un vieil ami de Mira Gallier vive dans une maison telle que celle-ci n'avait rien d'étonnant. Les grandes familles de La Nouvelle-Orléans formaient un cercle très fermé. Cet élitisme était profondément enraciné dans les traditions de la ville, nourri par les écoles privées, les rituels du Mardi Gras, les country-club select et les accords politiques scellés à coups de cognac centenaire. Un gouffre séparait les immensément riches des tragiquement pauvres. Un écart protégé par l'armée des classes intermédiaires qui faisaient tourner la boutique.

Des gens comme lui. Ou Bayle.

En franchissant la grille pour suivre l'allée pavée de briques, Malone repéra une caméra de sécurité dans un chêne et une autre près de la porte d'entrée. Ils sonnèrent.

— Connor Scott, s'il vous plaît ? C'est le NOPD.

— Une seconde, je vous prie.

L'homme qui leur ouvrit la porte quelques instants plus tard portait un short kaki, un T-shirt blanc et des plaques d'identité militaires à une chaîne autour du cou. Il sourit et son visage se plissa aux endroits voulus, façon acteur de cinéma.

Dès le premier coup d'œil, Scott déplut à Malone. Et, à en juger par les vibrations qui émanaient de Bayle, il ne trouvait pas grâce à ses yeux non plus.

— Connor Scott ?

— C'est moi, oui.

Malone montra sa plaque.

— Inspecteurs Spencer Malone et Karin…

— … Bayle, compléta Scott en la regardant.

Spencer jeta un regard surpris à son équipière.

— Vous vous connaissez ?

— Par un ami d'amis, expliqua Connor. Cela remonte à des années. Comment allez-vous, Karin ?

— Ça va. Et vous ?

— Parfaitement bien, je vous remercie.

Sous l'échange poli bouillonnaient des émotions intenses. De quelle nature, Malone n'aurait su le dire avec certitude. Mais il avait la ferme intention de se renseigner. Pour le moment, il garda sa question sous le coude.

— En quoi puis-je vous être utile, ce matin ? demanda Scott en reportant son attention sur lui.

Malone nota que ses yeux étaient d'une couleur étonnante, hésitant à mi-chemin entre le vert clair et le gris.

— Nous sommes venus au sujet d'une de vos amies, Mira Gallier.

Une évidente inquiétude assombrit les yeux en question.

— Il lui est arrivé quelque chose ?

— Elle va bien. Pouvons-nous entrer ?

— Mais naturellement.

Il s'effaça pour leur laisser le passage. Malone découvrit les marbres du vestibule, le lustre étincelant, la belle table ancienne placée au centre avec un spectaculaire bouquet de fleurs fraîches. Le décor lui fit penser au hall d'entrée d'un hôtel de luxe.

— C'est sympathique, chez vous.

— Pas chez moi, non. Chez mes parents. Je séjourne ici en attendant de trouver à me loger.

— Vous étiez absent de La Nouvelle-Orléans ?

— J'ai combattu en Irak. Puis en Afghanistan, où je viens de terminer mon affectation. Je suis de retour depuis peu.

— A quelle branche de l'armée apparteniez-vous ?

— Les marines.

Spencer hocha la tête. Scott aurait eu la force physique nécessaire pour éliminer le Prêcheur. En tant que marine, il avait bénéficié de l'entraînement ad hoc.

— Merci pour le service rendu à notre pays, monsieur Scott. Votre courage est apprécié, même si l'opinion publique est changeante.

Il eut un petit sourire.

— Merci pour le service que vous rendez, vous.

Bayle intervint.

— Où étiez-vous hier soir, monsieur Scott ?

— Considérant la raison de votre visite, je pense que vous le savez déjà. J'ai dîné avec Mira Gallier.

— Où ? questionna Malone.

— Chez elle.

— Quel type de relation entretenez-vous avec elle ?

Il se raidit.

— Nous sommes amis. De vieux amis.

— A quelle heure êtes-vous arrivé chez elle ?

— 18 h 30.

— Et vous êtes reparti à… ?

— 22 heures.

— Vous en êtes sûr ?

Il fronça les sourcils.

— J'en suis sûr, oui. Pourquoi ?

— Simple vérification.

L'expression de Scott disait clairement que sa réponse ne le satisfaisait pas. Malone précisa :

— Il y a eu un cambriolage chez Mme Gallier, cette nuit. Nous procédons juste à notre enquête.

Scott manifesta une surprise qui paraissait sincère.

— Elle a été cambriolée ! Mais elle n'a pas été agressée ?

— Je l'ai eue au téléphone ce matin, et elle paraissait très calme. Qu'avez-vous fait en partant de chez Mme Gallier ?

— Je suis rentré regarder la télé. Puis je me suis couché.

— Il y avait quelqu'un d'autre que vous, ici ?

Scott inclina la tête sur le côté.

— Non, personne. Cela fait beaucoup de questions pour une simple histoire de vol, il me semble ?

— Vous connaissez les flics.

— Pas vraiment, non.

Son ton le disait clairement : il avait compris qu'il n'y avait pas qu'un cambriolage en jeu, et il ne répondrait à aucune autre question. Ils le remercièrent brièvement et regagnèrent leur véhicule. Malone se tourna vers son équipière.

— Tu ne m'avais pas dit que tu connaissais Connor Scott ?

Karin attacha sa ceinture.

— Je n'avais pas reconnu son nom. Il faut dire que nous nous sommes juste croisés à une ou deux reprises. C'était « bonjour », « au revoir », c'est tout.

Spencer démarra.

— Et tu l'as connu comment ?

— Il te l'a dit. Un ami d'amis.

— Je n'en crois rien.

— Pardon ?

— La tension que j'ai perçue entre vous était trop violente pour coller avec une explication aussi bénigne. Tu as eu une histoire avec lui ?

— Non. Même si ça ne te regarde pas, merde !

— Qui était l'ami ?

— Pourquoi cet interrogatoire ?

— *Qui* était l'ami ? insista-t-il froidement.

— Quelqu'un avec qui je suis sortie.

Il attendit sans rien dire. Elle finit par soupirer avec impatience.

— Bon d'accord, quelqu'un dont j'étais amoureuse. Il ne partageait pas mes sentiments et ça s'est mal terminé.

— Et Scott ?

— Il était mêlé à tout ça. Ils travaillaient ensemble. C'est quelqu'un que je me serais passée de revoir.

D'où la tension électrique entre Scott et elle. Il hocha la tête et passa une vitesse.

— J'aimerais autant que tu gardes cela pour toi, O.K. ?

Il lui jeta un regard en coin et s'engagea sur la chaussée.

— Pas de problème. Tu peux avoir confiance en moi, tu sais.

— La confiance, ça marche dans les deux sens, Malone. Alors revenons-en à toi, maintenant.

22

Samedi 13 août, 11 heures

En arrivant à l'atelier, le lendemain matin, Mira trouva Connor qui l'attendait. Il se tenait debout à côté de sa voiture, sous l'ombre d'un cornouiller. Pendant qu'elle se garait, il s'avança à sa rencontre.

— Tiens, salut. Qu'est-ce qui t'amène, Connor ?

— Tu ne sais vraiment pas pourquoi je suis là ?

Il avait l'air tendu comme un ressort.

— Non, je ne sais pas. Est-ce que… ? Ah, mais oui, les inspecteurs t'ont appelé, c'est ça ? Ils ont dit qu'ils le feraient peut-être.

— Ils n'ont pas appelé. Ils se sont déplacés pour venir me voir.

Elle referma sa portière.

— Ah, carrément. Ça paraît un peu exagéré, mais bon…

— Je dirais que c'est *très* exagéré, Mira. Il faut qu'on parle.

— Si tu veux, mais à l'intérieur. Il fait trop chaud, ici.

Il hocha la tête. Côte à côte, ils pénétrèrent dans l'ancienne chapelle. Deni les entendit entrer et appela.

— Mira ? Nous sommes dans l'atelier !

Elle tourna les yeux vers Connor.

— Il faut que j'aille leur dire bonjour. Tu viens avec moi ?

De nouveau, il acquiesça et lui emboîta le pas. Deni

et Chris étaient assis en tailleur par terre devant le vitrail de Marie-Madeleine. Ils partageaient une bière Abita et des crackers. Le soleil du matin était orienté de telle manière que le vitrail inondé de lumière rutilait, jetant mille feux de couleur.

— Hé, vous deux ! Qu'est-ce qui vous arrive ? s'exclama Mira en entrant.

Deni leva la tête en souriant.

— On prend une pause. Bonjour, Connor ! Il m'avait semblé vous reconnaître, dehors, mais je n'étais pas sûre.

— C'était bien moi, en effet.

Chris tourna la tête par-dessus l'épaule.

— On parlait justement de toi, Mira.

— Ah oui ?

Deni donna un coup de coude à son ami, comme pour lui dire de se taire. Chris fit la grimace et se frotta le bras.

— Quoi ? Qu'est-ce que j'ai dit ?

Mira se mit à rire et les rejoignit près du vitrail.

— Allez, dites-moi tout. Vous avez éveillé ma curiosité.

— On trouvait juste que tu lui ressemblais, en fait, admit Deni. Il n'y a pas de quoi en faire un fromage.

— Que je ressemblais à qui ?

Chris désigna le vitrail.

— A Maggie. Vous avez un petit air de famille, elle et toi.

— Vous êtes fous, vous deux.

Connor se rapprocha du vitrail.

— Pas si fous que ça. Je le vois aussi. Dans les yeux, peut-être.

— Vraiment ?

La tête penchée sur le côté, elle examina le personnage peint sur le verre.

— Je ne perçois pas vraiment la ressemblance. Peut-être que…

Deni la coupa soudain en se levant d'un bond.

— Oh ! mon Dieu, ta croix ! Tu l'as retrouvée !

— La nuit dernière, oui. Mais…

Son assistante l'embrassa.

— Je suis tellement heureuse pour toi !

— Et moi donc.

A son tour, Chris la serra maladroitement dans ses bras.

— Comment l'as-tu récupérée ? voulut savoir Deni.

— Il l'a rapportée.

Deni fronça les sourcils.

— Ce type, là ? Le Prêcheur ?

— Je pense, oui. Je me suis réveillée et ma croix était là. Accrochée à ma lampe de chevet.

Chris et Deni la regardèrent, visiblement interloqués.

— Je suppose que cela ne peut être que le Prêcheur. Mais je n'ai aucune idée de la façon dont il a pu entrer. Et la police non plus, d'ailleurs.

— Qui est entré chez toi ? demanda Connor.

Deni répondit pour elle.

— Un dingue que la police appelle le Prêcheur. Il s'est pointé ici alors que Mira était seule et s'est jeté sur elle pour lui arracher sa croix.

— J'ai eu la peur de ma vie, mais il ne m'a fait aucun mal.

— Mais nous avons cru qu'il l'avait blessée, intervint Deni en cherchant une confirmation dans le regard de Chris. Il avait un grand morceau de verre à la main qu'il a dû sortir de nos poubelles. Et il y avait du sang partout.

— Son sang à lui, se hâta de préciser Mira. Pas le mien.

Connor fronça les sourcils.

— Et tu dis que cet individu s'est introduit chez toi cette nuit ?

— Je ne vois pas d'autre explication à la soudaine présence de ma croix.

— Tu en parles avec beaucoup de calme.

— J'ai connu pire.

— Tout est bien qui finit bien, commenta Chris. Mais

tu devrais peut-être penser à changer tes serrures, ou un truc comme ça.

— Je suis d'accord avec lui, renchérit Deni. Ce type est malade. Et il est entré chez toi en pleine nuit.

Mira leva les mains en signe de reddition.

— Assez, assez. Je m'en occuperai, c'est promis. Si vous avez besoin de nous, vous nous trouverez dans la cuisine.

Elle jeta un regard d'avertissement à Connor, qui semblait sur le point d'ajouter quelque chose, puis elle se détourna et partit vers la kitchenette, se dirigeant tout droit vers la machine à café.

— Tu en veux une tasse ?

Comme il secouait la tête, elle n'en fit couler qu'une seule.

— Alors, de quoi voulais-tu me parler ?

— Atterris, Mira. Deux inspecteurs sont venus me voir ce matin et m'ont posé des tas de questions au sujet de notre dîner, hier soir, et de ce que j'ai fait ensuite.

— Je ne vois pas ce que cela a de si étrange. L'inspecteur Malone avait dit qu'il t'appellerait peut-être pour vérifier l'heure de ton départ.

— Il a vérifié bien plus que cela. Ça ne tient pas debout.

Elle porta sa tasse à ses lèvres.

— Je ne comprends pas.

— Dis-moi exactement ce qui s'est passé l'autre matin. En détail.

Elle lui raconta la scène, depuis le moment où elle avait entendu le Prêcheur fourrager dans l'aire de vente jusqu'à sa fuite par l'issue de secours.

— Il m'a sorti des trucs délirants. Des histoires de faux prophète et de damnation éternelle.

Elle frissonna au souvenir de la scène.

— Il y avait quelque chose de vraiment terrifiant dans ses yeux. Il m'a fichu une peur bleue.

— Et cette nuit ?

— J'avais rêvé de Jeff, qu'il était à côté de mon lit et m'appelait son étoile… Ça m'a réveillée.

— Continue.

— J'étais troublée et j'ai voulu allumer. Et là, j'ai senti le contact de ma chaîne sous mes doigts…

Elle porta la main à sa gorge et effleura la croix.

— Au début, je n'ai pas trop réalisé. Mais quand j'ai compris qu'il s'était approché de moi pendant que je dormais, j'ai paniqué.

— C'est pour ça que tu as appelé la police.

— Oui. J'avais la carte de visite que l'inspecteur Malone m'avait donnée. Quelques minutes plus tard, une voiture de patrouille est arrivée, puis l'inspecteur lui-même. Mais ils n'ont rien trouvé. Pas même de quelle façon le Prêcheur a pu s'introduire chez moi.

Connor se leva pour se poster devant la petite fenêtre au-dessus de l'évier. Mira le suspectait de jouer avec les pièces du puzzle, d'essayer de les assembler de manière cohérente.

Au bout d'un temps de silence, il se retourna vers elle.

— Ecoute, Mira. Ce que l'inspecteur m'a demandé n'a aucun sens. Pas dans le contexte que tu viens de me décrire. Ils voulaient savoir ce que j'ai fait en partant de chez toi et si quelqu'un pouvait témoigner pour corroborer mon récit. Comme s'ils pensaient que toi ou moi étions coupables de quelque chose.

— Coupables de quoi ?

— Je n'en sais rien.

Mira refit défiler dans sa tête les questions que l'inspecteur lui avait posées et tenta de se remémorer la façon dont il avait réagi à ses réponses.

— Il m'a quand même demandé si je ne m'étais pas trompée en affirmant avoir eu le collier sur moi lorsque le Prêcheur m'a agressée. Sous-entendu : j'aurais les idées un peu confuses, et personne ne se serait introduit chez moi cette nuit. Mais je suis certaine de ce que j'avance.

Elle soutint le regard de Connor.

— Tu me crois ?

— Moi, je te crois, oui.

— Mais eux non, c'est ça ?

Il ouvrit la bouche pour lui répondre puis la referma, comme s'il avait changé d'avis. Il haussa les épaules.

— Tu as sans doute raison, ce n'est rien. Les flics font simplement leur boulot, et je vois des sous-entendus là où il n'y en a pas. C'est la guerre qui rend parano. On nous a appris à ne faire confiance à personne hormis aux nôtres. Et encore… Allez, oublie que je suis venu ce matin.

Elle lui offrit sa main tendue et entrelaça ses doigts aux siens.

— Je suis désolée. Quand tu seras prêt et que tu auras envie d'en parler, tu sais où me trouver.

Il contempla un instant leurs mains jointes avant de retirer la sienne.

— Je te laisse à ton travail. Et je suppose que je devrais songer à m'y remettre aussi.

— Tu as déjà repris une activité ?

— Mon père aimerait me reprendre avec lui.

Les Scott avaient fait fortune, entre autres, dans le secteur bancaire. Après un master en finances, Connor s'était vu attribuer directement un emploi au sein de la banque paternelle. Mais il n'avait jamais paru se passionner pour ce qu'il y faisait.

— Et toi, Connor, c'est ce dont tu as envie ?

— Non. Je ne sais pas encore ce que je veux faire, mais en tout cas pas ça. J'ai appris au front que la vie était trop courte et trop précieuse pour être gaspillée. Je ne veux pas d'un métier où je m'ennuie.

— Et si tu m'aidais à installer le vitrail de Marie-Madeleine ? J'aurai besoin d'un homme au dos solide.

— Pas de problème. Quand ?

— Dans les semaines qui viennent. Je n'ai pas encore fixé de date.

Mira sourit.

— Je te préviens que ce sera intensif. Tu verras un côté de moi que tu ne connais pas encore.

— Je le prends comme un défi personnel. Compte sur moi.

Elle passa son bras sous le sien et ils sortirent de la cuisine au moment où Deni surgissait dans l'aire de vente avec un boîtier à la main.

— C'est quoi, ce DVD, Deni ?

— Libby Gardner vient de passer.

Mira sourit.

— Ah, super. Elle a apporté notre interview ?

— Non. C'est l'émission qu'ils passent ce soir.

— Tu fais une drôle de tête. Qu'est-ce qui se passe ?

— Elle voulait nous avertir avant la diffusion.

L'estomac de Mira se noua.

— Nous avertir ? A quel sujet ?

— Le père de Jeff.

Mira sentit ses jambes se dérober sous elle. Anton Gallier avait juré de la faire payer pour la mort de son fils. La campagne acharnée qu'il menait contre elle avait d'ailleurs débuté bien avant Katrina. Il l'avait accusée d'emblée d'être une croqueuse de diamants. Clamant haut et fort que Jeff faisait une mésalliance, il avait menacé de le déshériter.

Jeff ne s'était jamais beaucoup inquiété des gesticulations de son père. « Chien qui aboie ne mord pas », disait-il toujours. Après le décès de son mari, cependant, elle avait découvert que son beau-père avait des dents très aiguisées.

Mais elle avait eu la faiblesse de penser qu'il avait renoncé au combat.

— Libby dit qu'Anton Gallier a tout manigancé. Il a

usé de son influence et pris prétexte de la commémoration. Elle n'a découvert l'interview que ce matin.

— Visionnons ce DVD pour voir de quoi il retourne, proposa Connor. Ce n'est peut-être pas si catastrophique que ça.

Mira secoua la tête.

— Il n'arrêtera jamais, n'est-ce pas ? C'est sans fin.

Les traits altérés par la compassion, Deni tendit la main vers elle.

— Oh ! Mira, ma pauvre chérie…

— Non.

Elle fit un pas en arrière, refusant de sombrer dans l'apitoiement sur soi.

— Cela fait six ans que ça dure, merde ! Tout ce qu'il a essayé a échoué. Alors maintenant, il me traîne dans la boue !

Connor prit le DVD des mains de Deni.

— Nous ne savons pas encore où il te traîne. Vous avez un ordinateur, ici ?

— Dans mon bureau.

Il partit dans cette direction et elles lui emboîtèrent le pas. Connor inséra le DVD et chercha jusqu'à trouver « Six ans après Katrina : les morts, les mourants et les disparus à ce jour ».

Le document était aussi fielleux qu'elle l'avait imaginé. Peut-être pire, même. Un père dévasté par le chagrin pleurant la disparition de son unique enfant. Déplorant l'incurie d'un système judiciaire « défaillant ». Déformant la vérité de manière à apparaître comme une victime au même titre que Jeff.

Il ne l'accusait pas ouvertement. Ne prononçait pas son nom. N'évoquait aucun fait. Mais le documentaire, habilement monté, était entrecoupé de brèves interviews d'elle. Quiconque n'avait pas vécu sur une île déserte au cours des dix dernières années pouvait faire le lien. Il suffisait d'ailleurs de faire une rapide recherche sur Google pour obtenir tous les éléments de l'histoire.

Sans un mot, Mira sortit du bureau, passa dans l'atelier et s'immobilisa devant sa Marie-Madeleine. Elle contempla le visage de la sainte, plongeant son regard dans des yeux que Connor avait dit semblables aux siens.

Cet acharnement à la briser faisait mal. Tellement mal qu'elle ne voyait plus d'autre refuge que le repli sur une euphorie chimique où plus rien n'avait d'importance. Elle se visualisa à la recherche d'un contact, se vit prendre sa dose et sombrer dans l'oubli total. Facile, agréable, sans complication. Et qui s'en soucierait ?

Mira serra les poings. *Elle* s'en soucierait. *Elle* en ferait les frais. Et ce salaud obtiendrait la victoire par K.-O.

Connor vint se placer derrière elle.

— Nous leur ferons un procès. A lui et à la chaîne.

— Pas de procès, non. Il a le bras trop long. Et une armée d'avocats à son service. Je ne fais pas le poids.

— Nous ne pouvons pas le laisser te salir ainsi.

Elle songea aux six années écoulées. A ce qu'elle avait enduré, puis surmonté.

— Il n'y a pas de « nous », Connor. C'est moi qui suis visée et c'est à moi de prendre une décision. A part ça, tu as raison. Il est hors de question de le laisser salir ma réputation sans réagir.

— Et qu'est-ce que tu comptes faire ?

— Je vais aller lui parler, pour commencer.

— Je t'accompagne.

— Non. Je veux l'affronter face à face.

— Laisse-moi au moins te conduire.

Debout dans l'encadrement de la porte, Chris à son côté, Deni les observait d'un œil préoccupé.

— Je suis d'accord avec Connor, Mira. Cette interview t'a ébranlée. Et une fois que tu lui auras parlé…

— Non.

Mira prit son sac, le balança sur une épaule et soutint le regard de Connor.

— Je suis touchée par ta proposition et je t'en remercie. Mais c'est un combat que je dois mener seule. Je vais aller voir cette ordure et lui faire savoir qu'il n'aura pas ma peau.

23

Samedi 13 août, 13 h 10

Mira trouva son beau-père à son club. Le découvrir n'avait pas été difficile. Depuis toujours, qu'il pleuve ou qu'il vente, Anton Gallier déjeunait au Crescent City Club tous les samedis midi avec ses petits camarades des hautes sphères. Elle le savait d'autant mieux qu'il était arrivé à son beau-père d'exercer une pression suffisante sur Jeff pour le contraindre à se joindre à lui.

A chacune de ces occasions, Jeff était rentré tard, soûl et empestant le cigare. Ce n'étaient pas les souvenirs les plus heureux qu'elle conservait de lui.

Il était clair que la rencontre d'aujourd'hui ne figurerait pas non plus au palmarès de ses souvenirs les plus glorieux. Rien de bon ne sortirait de cette confrontation avec Anton, mais c'était plus fort qu'elle. Plus jamais elle ne s'aplatirait en laissant cet homme l'écraser comme un rouleau compresseur.

Elle descendit de l'ascenseur au troisième étage. L'adhésion au Crescent City Club était réservée aux hommes. Ce parti pris se reflétait dans le décor, tout en acajou luisant et en cuir de luxe. Masculin, mais raffiné.

Même si les femmes étaient admises au restaurant du troisième étage, la plupart s'abstenaient d'y mettre les pieds. Mira n'était venue là qu'une seule fois, des années plus tôt, à la recherche de Jeff.

Un majordome se porta à sa rencontre.

— Madame ?

— J'aimerais m'entretenir un instant avec Anton Gallier. C'est urgent. Je suis sa belle-fille.

L'homme la dévisagea sans se laisser émouvoir par le ton pressant de sa voix. Ce n'était assurément pas la première fois qu'il se trouvait dans ce genre de situation.

— Veuillez attendre ici un instant. Je vais voir si M. Gallier est disponible.

Elle ouvrit la bouche pour insister, puis se ravisa. Elle avait décidé de dire son fait à son beau-père. Et ce n'était pas ce gorille en costume de pingouin qui l'arrêterait. Lui laissant une longueur d'avance, elle le suivit à distance. Le temps qu'il s'aperçoive qu'elle était sur ses talons, elle avait déjà Anton dans sa ligne de mire.

— J'ai deux mots à vous dire, Anton Gallier, lança-t-elle haut et fort.

Un silence de mort tomba dans la salle de restaurant. Toutes les têtes se tournèrent dans sa direction. Le majordome lui attrapa le bras, mais elle se dégagea.

— A moins que cela ne vous effraie, Anton ? Vous ne souhaitez peut-être pas vous montrer à tous ces gens sous les traits du serpent que vous êtes !

Un serveur vint à la rescousse du majordome pour l'empoigner. Mais Anton reposa sa serviette et se leva.

— Attendez. Laissez-la. Je suis curieux d'entendre ce qu'elle a à me dire.

Mira se retrouva libre.

— Je vous présente ma belle-fille, clama Anton. Ex-belle-fille, car mon fils est mort. Regardez-la, n'est-elle pas ravissante ?

Le feu lui monta aux joues. Elle savait qu'elle avait l'air d'une folle. Mais Anton avait toujours su lui donner le sentiment de sortir tout droit d'une benne à ordures, même lorsqu'elle faisait tous les efforts du monde pour être « ravissante », justement.

Lorsqu'elle s'immobilisa devant lui, il lui adressa un sourire bienveillant qui lui fit l'effet d'une morsure venimeuse.

— Je tenais juste à vous faire savoir que je ne me laisserai plus faire sans me défendre. C'est fini. Terminé.

— Vous défendre de quoi, ma chère ?

— De votre campagne de diffamation.

Il rit avec une hauteur arrogante.

— Vous avez eu un aperçu de l'interview de ce soir ?

— C'est tout juste si vous ne m'avez pas traitée publiquement de meurtrière !

— Je vous *ai* déjà traitée de meurtrière. A plusieurs reprises. Comme je ne peux pas réunir les preuves nécessaires, je me contenterai de transformer votre vie en enfer. Le même enfer que j'endure depuis que vous avez froidement assassiné mon fils.

— Je vais prendre un avocat.

La menace lui était tombée des lèvres. Mais elle savait à quel point elle était ridicule aux yeux d'un homme comme Gallier. Elle leva le menton.

— Vous ne me briserez pas, Anton Gallier.

— Si c'est un défi, je le relève très volontiers.

Une terreur bien réelle la saisit à la gorge. Il avait tout ce qu'il fallait pour la broyer : l'argent, les relations, les ressources. Le désir d'arriver à ses fins, surtout. Mais elle ne laissa rien paraître. Pendant des années, elle avait vécu dans la peur. Ce ne serait plus le cas désormais.

Et elle le lui dit. Crânement.

La bouche d'Anton se crispa en une grimace mauvaise.

— Vous êtes faible, Mira, répliqua-t-il, d'une voix toujours mielleuse. Accro aux tranquillisants, n'est-ce pas ? Incapable d'affronter la vie. Pauvre enfant ! Obligée de s'assommer pour fuir la réalité.

— La fuite, c'est terminé, espèce de salaud. Considérez que je vous aurai prévenu.

Elle se détourna pour partir, fit un pas puis se figea lorsque le rire d'Anton s'éleva dans son dos.

— Je vous interdis de rire de moi !

— Ah bon ? Qu'allez-vous me faire, petite fille ? Me tuer ?

— Ce serait sans doute une solution, oui. Je doute que vous manquiez à grand monde.

Il sourit de nouveau, affichant une satisfaction manifeste.

— Voilà qui ressemble fort à une menace. Et si je… ?

— Arrêtez votre petit jeu, Anton !

Mira se retourna. *Connor l'avait suivie.* Il la rejoignit en quelques pas et posa une main rassurante sur son bras.

— Foutez-lui la paix, vous m'entendez ?

Gallier émit un rire gras et leva son verre de cocktail.

— Ah, voici le preux chevalier accouru pour sauver sa dame. Buvons à la santé du chevalier blanc.

— Taisez-vous, Anton. Vous êtes soûl.

Mira ne s'en était pas aperçue jusqu'à présent, mais Connor avait raison. Le visage de son beau-père était empourpré par l'alcool.

— Viens, Mira, sortons d'ici.

La voix narquoise d'Anton résonna derrière eux.

— Tu lui as dit ce qu'il en était, Connor ? Elle connaît la raison véritable pour laquelle tu t'es enrôlé dans l'armée ?

Connor vacilla et se retourna lentement.

— Cela n'a rien à voir avec ça. Ni avec vous.

Gallier s'avança vers eux d'un pas mal assuré.

— Ah non ? J'ai la faiblesse de croire le contraire, pourtant.

Mira perçut la colère de Connor — elle montait de lui par vagues puissantes.

— Le *grand ami* de Jeff, n'est-ce pas ? Tu l'as été, oui. Mais maintenant tu te réjouis qu'il soit mort, je me trompe ?

Pendant une fraction de seconde, Mira crut que Connor

laisserait éclater la colère qu'il ne maîtrisait plus qu'à grand-peine. Mais il se tourna vers elle calmement.

— Sortons d'ici. Il n'en vaut pas la peine.

— Dis-lui ! hurla Gallier en leur emboîtant le pas. Dis-lui pourquoi tu es parti du jour au lendemain !

Ils poursuivirent jusqu'à l'ascenseur et pénétrèrent dans la cabine ouverte. Lorsqu'ils se retournèrent, ils virent Anton se ruer sur eux, le visage déformé par l'amertume et la rage.

Parvenus au rez-de-chaussée, ils sortirent en hâte du bâtiment. Un instant, le soleil de midi aveugla Mira. Lorsque ses yeux s'accoutumèrent, elle vit que Connor s'éloignait dans la direction opposée à celle qu'elle empruntait.

Elle courut pour le rattraper.

— Hé ! Attends-moi ! Où vas-tu comme ça ?

— Loin d'ici.

Il tremblait de rage contenue. Elle chercha son regard.

— Que signifiaient les insinuations d'Anton ? Pourquoi es-tu parti, Connor ?

— Pas maintenant, Mira.

— Pourquoi pas maintenant ?

Ils étaient sur le trottoir, au cœur de la foule qui se déversait autour d'eux. Quelques regards curieux se tournaient dans leur direction, mais la plupart des gens passaient leur chemin dans l'indifférence.

— Qu'est-ce que tu me caches, Connor ? Qu'y a-t-il de si terrible ?

Il ouvrit la bouche puis la referma lorsque le portable de Mira sonna. Elle ne prit pas l'appel.

— Tu ferais mieux de répondre, Mira. C'est peut-être important.

Elle crispa la main sur son bras.

— C'est toi qui m'importes en ce moment. Parle-moi. Qu'est-ce que tu me caches ?

Il la regarda un instant avec une expression torturée, puis appliqua un baiser sur son front.

— A plus tard, Mira.

Un frisson de peur la parcourut. Son ton, son geste avaient quelque chose de définitif. Et elle ne pourrait supporter de le perdre une seconde fois. Au moment où elle allait s'élancer à sa suite, son téléphone recommença à sonner. Devant l'obstination de son correspondant, elle se résigna à sortir l'appareil du sac.

— Quoi ?

— Mira, c'est Deni. Tu es où ?

— Je sors juste du Crescent City Club. Pourquoi ?

— Les deux inspecteurs viennent d'appeler. Ils m'ont demandé quand tu pensais rentrer. Ils veulent te parler. C'est au sujet du Prêcheur.

24

Samedi 13 août, 13 h 12

Malone reposa le combiné. Gallier ne se trouvait pas dans son atelier, mais elle devait y retourner dans l'après-midi. Si Bayle et lui faisaient un saut là-bas maintenant, ils pourraient interroger ses employés en attendant son retour.

Il était persuadé que ce serait le souhait de Bayle, une fois qu'il lui aurait annoncé la nouvelle choc. Les techniciens de scène de crime pensaient avoir trouvé l'arme qui avait coûté la vie au Prêcheur : un morceau de verre de couleur presque identique à celui qu'il avait brandi en agressant Mira Gallier.

Malone prit le rapport anatomopathologique qui venait de tomber et se dirigea vers le box de Karin.

— Hé, chère collègue ! Tu as une minute à m'accorder ?

Elle releva la tête et fit hâtivement disparaître dans un tiroir ce qu'elle était en train de contempler. S'essuyant les yeux d'un geste vif, elle lui fit signe d'entrer.

Soit elle avait une poussière dans l'œil, soit il l'avait surprise en train de pleurer.

— Ça va ?

— Oui, bien sûr. Qu'est-ce que tu m'apportes ?

— Le rapport médico-légal, dit-il en le déposant devant elle.

— La victime est morte de ses blessures, commenta-t-il pendant qu'elle sortait le rapport de l'enveloppe. Mais le Prêcheur n'en avait plus pour longtemps à vivre, de toute façon.

— Un cancer au stade 4, murmura-t-elle. Pauvre type…

Spencer s'effondra sur une chaise.

— Il avait des métastases à peu près partout sauf au cerveau.

— Tu crois qu'il le savait ?

— Il a dû le sentir, en tout cas. D'après le légiste, il souffrait forcément comme un damné.

— J'imagine que sa mort a été une délivrance. L'accès au paradis auquel il aspirait.

Bayle parcourut la suite du rapport des yeux.

— Pas de blessures défensives. Les ongles étaient propres. Pas de plaie secondaire non plus.

— Exit, donc, la théorie du suicide.

Elle replaça le rapport dans l'enveloppe.

— Maintenant que j'ai les faits, je suis prête à entendre les commentaires.

Malone sourit. Il aimait son style.

— J'ai vu Percy ce matin. Ils pensent avoir trouvé l'arme du crime. Un morceau de verre teinté. Dans la poubelle.

Bayle se redressa.

— Ho ho ! Tu as bien dit… verre teinté ?

— Absolument. D'aspect inquiétant. Effilé. Long d'une quinzaine de centimètres, en forme de carotte. Avec du ruban adhésif autour de la base pour faciliter la prise. Le sparadrap est sale. Le verre a été nettoyé.

— Le scénario se répète, non ?

— On dirait, oui, acquiesça-t-il. Et pour les traces de pas ensanglantées ? On sait quelque chose ?

— Chaussures de sport. Masculines. Taille 41.

— On est sûr que c'est une chaussure d'homme ?

— On le suppose. Mais ça pourrait être un 41 féminin. Pourquoi pas ?

— Une femme aux grands pieds. Marque ?

— Nike. Dans un jour ou deux, je devrais avoir le numéro individuel du modèle.

— J'ai pensé que compte tenu de ces nouveaux éléments, nous pourrions…

— Je suis d'accord.

— Tu sais ce que j'allais dire ?

— Que nous devons retourner aux Verreries d'Art Gallier pour reposer quelques questions.

— A l'assistante, au menuisier et à Mme Gallier ?

Bayle se leva et un sourire s'élargit lentement sur ses traits.

— Absolument. On forme une équipe de choc, tous les deux, ou quoi ?

Après un rapide arrêt sandwichs, ils roulèrent jusqu'à l'atelier de la vitrailliste. Mira Gallier n'était pas encore de retour, mais l'assistante et le menuisier étaient sur place. Ils commencèrent avec Deni Watts. Malone laissa à Bayle le soin de la questionner.

— Vous vous souvenez à quoi ressemblait le morceau de verre que le Prêcheur a sorti de vos poubelles ?

La jeune femme fit oui de la tête.

— Est-il rare d'avoir des débris de verre de cette taille ?

— Pas du tout, non. C'est notre matériau de base, inspecteur. Nous essayons d'en gaspiller le moins possible, mais les accidents sont inévitables.

— Des accidents ?

— La casse, quoi. Quand il y a moyen de réutiliser, on le fait. Mira est assez maniaque pour ça. Mais on ne peut rien faire avec une chute de verre comme celle-ci, déclara-t-elle en examinant la photo que Karin lui tendait.

Bayle griffonna des notes puis chercha de nouveau le regard de la fille.

— Quelle probabilité existe-t-il pour que l'on retrouve deux chutes identiques dans une poubelle ?

— Aucune. On ne casse jamais deux fois le verre par erreur de la même façon.

— O.K. Deux morceaux qui se ressemblent, alors ?

L'assistante hocha la tête.

— Cela arrive, oui. Pas souvent, par chance. Mais une fois, j'ai dû refaire une même coupe quatre fois de suite.

— Une coupe ?

— Je vais vous montrer.

Deni les conduisit dans l'atelier où un vitrail en cours de fabrication était posé sur une table. Ce qui apparaissait comme un calque était fixé sur le plateau de bois. Et des morceaux de verre de couleur avaient été découpés dans les dimensions du motif. Un peu comme un puzzle.

— Là, c'est une création, pas une restauration. Il s'agit d'une commande.

Malone pencha la tête pour mieux regarder. C'était un motif simple de fleur de lys, violet, vert et or, de verre biseauté transparent.

— Des amateurs de Mardi Gras, on dirait ?

— C'est notre gagne-pain, en fait. Les fleurs de lys, les aigrettes, les magnolias. C'est ce que la plupart de nos élèves préfèrent aussi.

Il perçut la fierté dans sa voix.

— C'est vous l'enseignante ?

— J'assure les cours, oui. Mira n'en donnait pas avant que je vienne travailler ici. L'activité s'est pas mal développée.

— Félicitations, dit-il.

Elle le remercia d'un sourire et choisit une pièce de verre qu'elle plaça sur le calibre. Avec un outil qui rappelait le cutter, elle raya le verre, puis le tapota et procéda au décrochage.

— Voilà ce qu'on appelle une coupe.

Bayle sourit.

— Ça a l'air simple, quand on vous voit faire.

— Vous voulez essayer ?

Bayle eut un mouvement de recul.

— Non, merci. Je suis bien trop manche. J'imagine qu'on peut se blesser facilement ?

Deni tendit des mains couvertes de coupures, de cicatrices et d'éraflures.

— Ah, ça oui. Regardez. On apprend vite à faire attention, lorsqu'on travaille avec du verre.

— Où étiez-vous la nuit dernière et tôt ce matin ?

Le regard sidéré de Deni passa de l'un à l'autre.

— Vous posez la question sérieusement ?

— Absolument.

Elle passa son poids d'un pied sur l'autre.

— Euh… Laissez-moi réfléchir…

— Après l'incident avec le Prêcheur, lorsqu'il a pris la croix de Mira.

— Je crois que je suis allée au cinéma.

— Vous croyez ? Ou vous êtes sûre ?

— Je suis sûre.

— Qu'avez-vous vu ?

Elle hésita.

— Le dernier Tom Cruise. J'ai oublié le nom… Je n'ai pas la mémoire des titres, précisa-t-elle avec un rire nerveux.

— C'était bien ? demanda Bayle.

— Moyen. Ce n'est pas l'acteur que je préfère.

— Vous y êtes allée seule ?

Serrant les mains l'une contre l'autre, elle secoua la tête.

— Avec ma sœur. C'est une fana de Cruise.

— Quelle séance ?

— Celle de 7 heures.

— Et ensuite ?

Elle avait l'air sur le point de vomir.

— Je suis allée boire un Daiquiri. Au Daiquiri&Creams sur l'avenue des Vétérans.

— Je les adore, commenta Bayle en souriant. Surtout les White Russian.

— Pour ma part, je suis très Pina Colada. C'est le cocktail que j'ai bu hier soir. Nous sommes restées un bon moment à écouter de la musique. J'ai déposé Cindy vers 23 heures.

— Il faudra nous fournir un numéro où la joindre.

— Je ne comprends pas. Pourquoi ?

— Pour confirmer que vous étiez bien avec elle, dit Malone.

La voix de Deni monta dans les aigus.

— Mais pourquoi ? Je n'ai rien fait de mal !

— Bien sûr que non, répondit-il d'un ton apaisant. Nous appliquons juste la procédure.

— C'est ainsi que nous devons procéder pour toute affaire d'homicide, précisa Bayle.

— Homicide ? glapit Deni.

— Le Prêcheur a été assassiné. Plus ou moins au moment où Mira a récupéré sa croix.

— Oh ! mon Dieu… Il faut que je m'assoie.

Au lieu d'aller chercher une chaise, elle se laissa tomber à même le sol. Spencer et Karin échangèrent un regard. Il s'accroupit devant elle.

— Tout va bien, mademoiselle Watts ?

— Oui, chuchota-t-elle.

— Vous paraissez très secouée.

— C'est… c'est juste que c'est la première fois que je rencontre quelqu'un qui se fait assassiner.

— J'ignorais que vous l'aviez rencontré.

— Pardon ?

— Vous dites vous être précipitée dans l'atelier *après* avoir entendu crier. Le Prêcheur était déjà parti.

— C'est vrai.

— Donc vous ne l'avez pas rencontré.

Ils l'avaient manifestement troublée.

— Oui, enfin, vous voyez ce que je veux dire… Quelqu'un dont j'ai croisé le chemin, quoi.

Spencer leva les yeux vers Bayle.

— Tu as encore des questions ?

— Non. Ça ira.

Il sourit en reportant son attention sur la jeune femme.

— Merci pour tout, Deni. C'est quoi, déjà, le prénom de votre ami ?

— Chris.

Malone hocha la tête comme si le prénom venait juste de lui revenir à l'esprit.

— Il était là hier, n'est-ce pas ?

— Oui. Mais il n'a rien vu de plus que moi.

— Probablement pas, non. Mais tant qu'à attendre Mira, autant bavarder avec lui un moment.

— Il est dehors, je crois ? intervint Bayle.

Deni entreprit de se remettre sur pied.

— Je… je vais vous conduire.

Malone lui tendit la main pour l'aider à se relever.

— Ne vous inquiétez pas pour nous, Deni. Vous avez à faire, et nous avons suffisamment abusé de votre temps comme ça. D'ailleurs, nous connaissons le chemin.

Elle parut sur le point de protester, mais l'expression de Bayle l'en dissuada. Ils sortirent de l'atelier par l'arrière et chaussèrent leurs lunettes de soleil d'un même mouvement. Dès qu'ils furent hors de portée de voix, Malone sourit.

— Tu m'as impressionné, là. Comment as-tu réussi à faire pression sur elle comme ça ?

— Je lui ai jeté mon célèbre regard « Déconne-pas-avec-moi, fillette ».

Il se mit à rire.

— Si je m'attendais à me trouver affublé du rôle du gentil dans notre duo de flics !

— Je suis la garce avec un G majuscule, mon cœur… En attendant, elle a réagi bizarrement, observa Karin en reprenant son sérieux. Soit elle cache quelque chose, soit elle nous ment carrément. Et elle a eu une réaction assez mélodramatique, à l'annonce du meurtre.

— Je suis d'accord. Et elle n'avait manifestement pas envie que nous posions des questions à son petit ami. J'aimerais bien savoir pourquoi.

— Il va peut-être nous en dire plus.

Chris était debout en haut d'une échelle et peignait. Ils levèrent la tête.

— Salut, Chris. On peut causer avec vous un instant ?

Il descendit les échelons et se dirigea vers le distributeur d'eau. Il but directement à la carafe.

— Vous en descendez combien par jour, des comme ça ?

— Quelques-unes. Mira me met toujours en garde contre la déshydratation.

— Elle a raison. Il y a longtemps que vous travaillez pour elle ?

— Six semaines seulement.

Il reprit une grande gorgée d'eau et replaça la carafe au frais.

— C'est le meilleur employeur que j'aie jamais eu. Douce. Prévenante. Attentive aux autres.

Malone en prit note.

— Et Deni ? Vous êtes en couple depuis longtemps ?

Il réfléchit un instant.

— Nous sortons ensemble depuis quatre ou cinq mois. Mais on peut dire que nous formons un couple, maintenant, c'est vrai.

— Vous vous êtes connus comment ?

Chris se mit à rire.

— A l'église. C'est ce qu'aime à dire ma mère, en tout cas.

— Mais ce n'est pas le cas ?

— D'une certaine façon, si. Mais pas à la messe.

Il attrapa une serviette à l'arrière de son pick-up et s'essuya le visage.

— Je bricolais pour l'évêché et Deni était venue expertiser deux vitraux.

— Vous avez des convictions religieuses, Chris ?

Le jeune homme ouvrit des yeux surpris.

— C'est inattendu, comme question ! Je ne vois pas trop le rapport avec la choucroute, mais la réponse est oui. Après Katrina, il n'y a plus que la foi qui nous reste, si vous voyez ce que je veux dire.

Malone comprenait parfaitement. L'ouragan avait eu un impact très fort sur la foi des habitants de la ville, la cimentant pour certains, la brisant pour d'autres. Chris jeta la serviette sur le hayon.

— Avec ça, ma mère m'a traîné à la messe deux fois par semaine toute ma vie. Je crois qu'elle piquerait une crise si j'avais le malheur de me proclamer athée.

Sa franchise fit rire Malone. Il connaissait bien ce type de mère. La sienne disait toujours que si l'un d'eux renonçait à la religion, cela équivaudrait à lui enfoncer un poignard dans le cœur.

— Je suis avec vous sur ce coup-là, Chris.

Il baissa les yeux sur ses notes.

— Quand Mme Gallier a été agressée, hier, avez-vous vu l'intrus ?

Chris secoua la tête.

— Celui qu'on appelle le Prêcheur ? Non. On passait juste la porte, avec Deni, quand Mira a crié.

— Vous l'aviez déjà aperçu dans le secteur ?

— Par ici ? Pas vraiment, non. Juste l'autre soir, devant le Bar du Coin.

Il tomba brièvement dans un silence pensif.

— Des types comme lui, j'en vois des fois dans le Vieux Carré. Ou aux abords du stade. Mais je ne m'en approche pas trop. Vous savez ce que c'est. On a beau être chrétien et tout, on n'a pas forcément envie de parler avec ces gars-là.

Malone savait, en effet. Et il appréciait sa sincérité.

— A propos, Chris, vous étiez où, tard hier soir ?

— Tard comment ?

— Entre 22 h 30 et 5 heures du matin.

Il rit.

— Vous plaisantez ? Je dors, moi. Généralement, je m'écroule à 9 heures du soir.

— C'est un peu tôt pour un jeune de votre âge, non ?

— Essayez de travailler en extérieur toute la journée par cette chaleur, et vous verrez. Je suis cassé, après le boulot.

— Deni était avec vous ?

— Non. Nous avons mangé un bout ensemble en sortant d'ici. Puis chacun est parti de son côté.

— Vous savez ce que faisait Deni hier soir ?

— Ça, c'est à elle qu'il faut le demander.

Chris porta les poings à ses hanches et désigna son chantier du menton.

— Si vous n'avez plus d'autres questions…

Malone entendit claquer une portière. Mira Gallier était de retour. Et il voulait l'intercepter avant que Deni ait eu le temps de lui déballer toute l'histoire.

— Pas de souci, Chris. Merci pour votre aide.

Mira Gallier était déjà entrée lorsqu'ils atteignirent la porte de l'atelier. Et elle avait l'air sur les nerfs.

— Désolée d'avoir été aussi longue. Il y avait un accident sur la I-10.

Malone se promit mentalement de vérifier l'information.

— Aucun problème. Nous en avons profité pour parler avec Deni et Chris.

— Au sujet du Prêcheur. Deni m'a dit… Il… il est mort ? C'est vrai qu'il a été assassiné ?

— Oui. Tard hier soir ou tôt ce matin.

Elle laissa son regard perplexe aller de l'un à l'autre.

— Au moment où j'ai récupéré ma croix.

— Voilà.

Elle porta la main à sa poitrine et referma les doigts sur le collier.

— Oh ! mon Dieu… Mais comment est-ce poss… ? A quelle heure, vous avez dit ?

— Plus ou moins celle à laquelle vous avez retrouvé votre bijou. Vous savez quelque chose à ce sujet ?

Il fallut un moment à Mira pour comprendre où il voulait en venir. Il vit l'instant précis où ses yeux s'agrandirent, où le sang se retira de son visage.

— Comment voudriez-vous que je sache… Bien sûr que non ! Qu'est-ce qui vous fait penser que…

Elle se laissa choir lourdement sur le tabouret près de la table la plus proche. Malone songea que sa réaction paraissait sincère et qu'elle était vraiment sous le choc. Mais, comme Bayle ne manquerait pas de le lui faire remarquer, cela ne voulait rien dire. Maints criminels patentés passaient pour de parfaits enfants de chœur.

— Comment est-ce arrivé ? finit-elle par demander en levant son regard vers le sien. Où… Quand… ?

Sa gorge parut se serrer, l'empêchant de terminer sa phrase.

Bayle répondit avec sa dureté caractéristique.

— Comment ? Sa gorge a été tranchée. Où ? Dans une pissotière du Vieux Carré.

— On a trouvé un élément intéressant sur la scène de crime, observa Malone. Un morceau de verre qui ressemble à s'y méprendre à celui dont il s'est servi pour vous agresser.

— Même la couleur est identique, précisa Bayle.

— D'où notre présence ici.

Mira Gallier les regarda, sous le choc, cherchant fébrilement à savoir où ils voulaient en venir.

— Vous… vous voulez dire que c'était l'arme du crime ?

— Il ne nous est pas permis de vous le révéler.

Comme il l'avait espéré, elle prit sa réponse pour une confirmation.

— Les mots « jour du Jugement » ont-ils un sens pour vous ?

— Jour du Jugement ? Celui qui est annoncé par la Bible, où le Christ…

Elle se mordit la lèvre et une expression étrange se peignit sur ses traits.

— … le jour où le Christ reviendra juger les vivants et les morts. Pourquoi me posez-vous cette question ?

— Les mots étaient tracés en lettres de sang à côté du corps, expliqua Bayle. Soit le tueur a voulu rendre la monnaie de sa pièce au Prêcheur qui l'aura menacé des affres de l'enfer une fois de trop…

— … soit ce meurtre est en rapport avec le père Girod et les vitraux des Sœurs de la Miséricorde, chuchota Mira Gallier.

— Exact. Et a priori, vous êtes en lien avec l'un et l'autre.

25

Lundi 15 août, 7 h 30

En poussant la porte, il vit sa grand-mère plongée dans un profond sommeil. La pauvre était devenue si faible… Rien que la peau sur les os. Et elle ne bougeait qu'à peine. Pas moyen de lui faire avaler quoi que ce soit, hélas. Elle ne touchait même plus aux plateaux-repas qu'il lui portait trois fois par jour.

Ce matin, il avait besoin de ses conseils. C'était toujours vers elle qu'il s'était tourné quand les doutes lui tourmentaient la conscience. Il ne faudrait surtout pas qu'elle meure, songea-t-il, pris de panique. Il avait besoin d'elle. De ses certitudes inébranlables.

Il fit un pas pour entrer dans la chambre.

— Grand-maman ? Tu es réveillée ?

Elle ne réagit pas. Même son expression demeura imperturbable. Il se traîna jusqu'au lit et tomba à genoux.

— J'ai le cœur et l'esprit troublés. Tu dois me venir en aide.

Mais elle ne souleva même pas les paupières. Ses yeux se remplirent de larmes et la honte le prit à la gorge. Comment pouvait-il exiger des réponses alors que sa grand-mère était si gravement malade ? Il était faible. Faible et petit.

Tête basse, il poursuivit quand même.

— Le mal est partout dans ce monde, grand-maman. Je suis dépassé.

C'est une conséquence de la chute.

La voix n'était pas celle de sa grand-mère.

— Qui me parle ?

Tu me connais. Tu sais ce qui doit être accompli.

— Non, je ne sais pas.

C'est pourquoi tu es né, mon Fils. Pour triompher du Mal.

— Guide-moi, Père. Je suis perdu. Et tellement seul.

Te souviens-tu de la tentation dans le désert ? Quand le diable ordonne : « Jette-toi du haut de cette montagne et ton Père ordonnera à l'armée des anges de te protéger » ? Te rappelles-tu ce qui s'est passé ?

— J'ai reconnu sa ruse. Car il est écrit : « Tu ne tenteras pas le Seigneur, ton Dieu. »

Et quand il t'a promis de t'offrir le pouvoir sur le monde si tu te prosternais devant lui ?

— J'ai déjoué son mensonge. « Loue ton Seigneur et ne sers que Lui. »

Et n'est-il pas écrit qu'il t'a laissé, mais qu'il reviendra en des temps plus opportuns pour lui ?

Des temps plus opportuns. Mais bien sûr… Et ce temps, c'était aujourd'hui.

— Le Malin est un fourbe et un menteur. Il peut prendre les formes les plus variées. Il déforme ton Verbe Sacré pour le retourner contre nous.

Oui. Alors, sois prudent. « Car il rôde comme un lion rugissant, cherchant qui il dévorera. »

— Pierre 5.8.

Des larmes de gratitude et de dévotion roulèrent sur ses joues.

— Je suis ton fils dévoué et ton serviteur fidèle. En ton Nom Glorieux, j'écraserai la tête du serpent.

26

Lundi 15 août, 21 h 5

Mira arpentait son salon. Ses nerfs tendus vibraient comme après un excès de caféine. Et ses pensées tournaient en surrégime. Connor avait vu juste en affirmant que la police les soupçonnait. Les deux inspecteurs se demandaient s'il avait tué le Prêcheur. Peut-être pensaient-ils qu'elle l'avait convaincu de le faire pour récupérer sa croix ? Et qu'elle s'était couverte, ensuite, en inventant l'épisode de la restitution du collier en pleine nuit ?

Une véritable histoire de fous.

Il reviendra en gloire pour juger les vivants et les morts. Et, tracé en lettres de sang : *Le jour du Jugement.* Sortant son téléphone de sa poche, elle navigua jusqu'aux photos qu'elle avait prises des vitraux vandalisés. Un nœud se logea dans son estomac, couplé à un sentiment de malaise.

Que pouvait bien signifier ce discours de fin des temps ?

Ses pensées se portèrent soudain sur son beau-père, sur ses accusations à peine voilées. Elle enfouit le visage dans ses mains. « Je ne veux pas affronter cela seule. Pas me retrouver avec mes peurs et mes pensées obsédantes pour seule compagnie. Pas maintenant, alors que tout s'effondre de nouveau. Pas une seconde fois. »

Elle avait appelé Connor. Des heures plus tôt. Et il ne s'était pas manifesté.

Tu le lui as dit, Connor ? Elle connaît la véritable raison pour laquelle tu t'es enrôlé dans l'armée ?

Que lui avait-il caché, à l'époque ? Et aujourd'hui ? Etait-ce d'elle qu'il se cachait, cette fois ? Et si c'était le cas, vers qui d'autre se tourner ? Deni ? Le Dr Jasper ?

Elle prit soudain conscience qu'elle n'avait plus personne d'autre dans sa vie. Ses parents étaient décédés. Avec l'unique sœur qu'il lui restait, le contact avait toujours été difficile. Et depuis la mort de Jeff, elle l'avait tenue à distance. Tout comme ses anciens amis, d'ailleurs. Elle s'était réfugiée dans l'univers étroit et vide qu'elle s'était forgé. Un univers où la chaleur humaine était rare et où ses vitraux, son Xanax et son chagrin occupaient tout le terrain.

Elle secoua la tête. Plus maintenant. Connor était de retour, et elle était décidée à lui faire une place. Et puis il y avait Deni, Chris, le Dr Jasper. Connor avait ses secrets, tout comme elle avait les siens. Peu lui importait le passé qu'il lui cachait. Elle avait besoin de lui.

Arrachant le téléphone de son support sur la table basse, elle composa le numéro de Connor. Cette fois-ci, il répondit.

— Connor, c'est Mira. Tu es où ? Non, ne me le dis pas. C'est sans importance. Je veux juste que tu saches que je n'ai pas besoin d'explications, que je ne suis pas obligée de connaître tes secrets. Je suis juste heureuse de t'avoir retrouvé. J'ai besoin de toi, de ta présence dans ma vie.

A mesure que les mots jaillissaient de ses lèvres, un poids se levait de ses épaules. Elle se sentait plus libre. Plus légère.

Elle se surprit même à éclater de rire :

— Tu dois penser que j'ai complètement perdu la tête. Et tu n'as peut-être pas tort. Mais je sais que…

— Je suis juste devant chez toi, Mira.

Le temps que ses paroles fassent leur chemin dans sa

tête, elle s'élança pour ouvrir la porte à la volée. Surprise, elle s'immobilisa net.

Connor n'était pas seul. A son côté se tenait une boule de fourrure blonde et une queue qui s'agitait. Le tout pourvu d'une truffe humide, découvrit-elle un instant plus tard. Elle poussa un cri de joie.

— Oh ! mon Dieu ! Qui est-ce ?

— Je te présente Nola… Dis bonjour, Nola.

Elle s'accroupit en riant devant la chienne, qui la gratifia d'un grand coup de langue.

— Elle vient de m'adopter, on dirait.

— A croire que cette chienne a du discernement.

Mira rit de nouveau et gratta Nola derrière l'oreille.

— Elle est adorable.

— J'espérais que tu serais de cet avis. Elle a deux ans et elle a du sang de retriever. Je l'ai prise à la SPA, précisa-t-il en se penchant pour caresser la douce fourrure animale.

— Comment a-t-on pu abandonner une chienne comme celle-là, franchement ? C'est un amour.

— Il y a des gens qui prennent des chiens sans se rendre compte de ce que ça implique.

— Comme d'autres font des enfants sans savoir où ils vont.

Elle caressa le dos soyeux du chien.

— Elle me rappelle Ginger.

— A moi aussi. On peut entrer un instant, Nola et moi ? Je sais qu'il est déjà tard.

— Si cela ne te dérange pas de me voir en caleçon.

Il se mit à rire.

— J'ai vu des adolescentes qui se trimballaient comme ça à l'aéroport. Je pense que ça ne heurtera pas trop ma sensibilité.

Elle referma la porte derrière lui.

— Tu veux boire quelque chose ?

— Non, merci. Ça va.

— Et ton amie ?

— Je crois que ça devrait aller pour elle aussi.

Nola ne semblait pas avoir d'autre désir, en effet, que de renifler et de fureter un peu partout pendant qu'ils se dirigeaient vers son petit salon d'été. C'était une pièce lumineuse et vitrée, sorte de compromis entre le boudoir et la véranda. Jeff lui avait donné carte blanche pour meubler la pièce à sa guise, et elle avait — sans surprise — choisi des couleurs vives, des matières très féminines et quelques meubles aux lignes épurées. Elle s'assit à une extrémité du canapé et replia les jambes sous elle. Nola attendit que Connor s'installe dans le fauteuil avant de choisir son camp : elle se coucha près du canapé.

Mira sourit en caressant le chien à ses pieds.

— Désolée, Connor. Mais elle a du discernement, tu disais ?

Il considéra Nola d'un air faussement dépité.

— Traîtresse.

— Merci d'être venu, en tout cas.

— De rien. Qu'est-ce qui se passe ?

— Tu avais raison, pour la police. Ils sont venus à l'atelier et ils nous ont tous questionnés, Deni, Chris et moi.

— Au sujet du Prêcheur ?

Elle acquiesça d'un signe de tête.

— Il a été assassiné la nuit même où il m'a rapporté la croix.

— C'est pour ça que les flics étaient bizarres.

Elle pressa ses mains crispées l'une contre l'autre.

— Ils se demandent si je ne suis pas impliquée, c'est ça ?

— Et si je ne suis pas l'auteur du meurtre. C'est ce qu'ils m'ont laissé entendre.

— Ils ont même interrogé Deni et Chris sur leurs activités de cette nuit-là. C'est incroyable, murmura-t-elle en enfonçant les doigts dans la fourrure réconfortante de Nola.

— Tu trouves que c'est si incroyable que ça ?

Elle lui jeta un regard surpris.

— Tu poses la question sérieusement ?

Croisant les doigts, il posa les coudes sur ses genoux.

— Essaie de voir la situation de leur point de vue. Ce type se fait tuer moins de vingt-quatre heures après avoir volé ta croix. Mais pas avant de te l'avoir retournée.

— Il est clair qu'il a eu le temps de me la rapporter avant de mourir puisque je la porte.

Il poursuivit sans tenir compte de sa remarque.

— L'ennui, c'est qu'ils ne trouvent aucun signe d'effraction chez toi. Et que toutes les portes et fenêtres sont hermétiquement closes. Ils n'ont aucune preuve hormis ta parole : que le Prêcheur est entré, qu'il t'a remis ta croix et qu'il est reparti bien poliment, sans rien dérober et sans t'agresser. Ça ne paraît pas très crédible, si ?

Mira dut convenir que non.

— Et c'est pourtant ce qui est arrivé.

— Je te crois parce que je te connais.

— Et que faut-il que je fasse, à ton avis ?

— Rien. Tu n'as rien à te reprocher. Ils explorent les pistes qui se présentent, c'est tout. Le jour où ils t'ont appelée pour demander mon nom et mon numéro de téléphone, ils savaient déjà que le Prêcheur avait été assassiné. Mais ils n'ont rien dit et se sont contentés de poser beaucoup de questions. Pour essayer de nous prendre en défaut.

Mira secoua la tête.

— Tu en parles comme si tu avais une longue expérience de ce genre de situations.

Il sourit.

— Je t'ai déjà dit que l'armée m'avait rendu parano.

Ils tombèrent dans un silence que Connor fut le premier à rompre.

— Et l'appel que tu viens de me passer ? Comment faut-il que je l'entende ?

Elle le regarda un instant en se demandant de quoi

il voulait parler. Puis elle se souvint de son coup de fil désespéré et se rendit compte que son angoisse, sa tension s'étaient évaporées. La simple présence de Connor avait suffi à tout effacer.

Pouvait-elle le lui dire ? Elle était tentée de lui parler ouvertement, mais éprouvait aussi une gêne à l'idée d'exposer un sentiment trop personnel. Un sentiment, d'ailleurs, qu'elle n'analysait pas encore très bien elle-même.

Tout en se reprochant d'être ridicule, elle secoua la tête.

— Désolée. Je n'étais pas dans mon état normal. Entre la police, mon beau-père et le reste… Je… j'avais vraiment besoin de quelqu'un à qui parler.

Un changement subtil affecta l'expression de Connor.

— Tant mieux si j'ai pu t'être utile. Avant de partir, il faut que je récupère un truc pour toi dans la voiture. Je reviens tout de suite.

Elle voulut se lever, mais il la retint.

— Non, ne bouge pas. Je connais le chemin.

Mira hocha la tête et tapota sa jambe. Docile, Nola se leva et posa la tête sur ses genoux. Elle caressa les oreilles soyeuses. Au bout de quelques minutes d'attente, elle fronça les sourcils.

— Il en met du temps, ton maître ! Allons voir, d'accord ?

Nola agita la queue et Mira se leva. Mais lorsqu'elle ouvrit sa porte, la voiture de Connor n'était plus dans l'allée. La sonnerie de son téléphone portable s'éleva dans le salon d'été. Elle courut répondre.

— Connor ? Ce n'est pas drôle ! Où es-tu passé ?

— Nola est pour toi. J'ai laissé une gamelle, un gros sac de nourriture et une laisse sur la galerie.

— Tu as fait *quoi* ?

— Je l'ai prise pour toi. Pour remplacer Ginger.

Mira se pétrifia, surprise d'être en proie à une si brutale montée de colère.

— Tu n'avais pas le droit de faire ça, Connor !

— Nous sommes de vieux amis. Cela ne me donne pas quelques droits ?

— Pas celui-là, non. Je ne veux plus de chien dans ma vie.

Nola gémit doucement et sa queue balaya le sol. Baissant les yeux, Mira trouva le regard de la chienne rivé sur elle.

— Bien sûr que si, tu veux un chien. Quand je t'ai vue avec Nola… Pendant quelques instants, je t'ai presque reconnue.

Ces mots l'atteignirent comme un uppercut. La douleur lui ôta le souffle.

— Super, Connor, merci. Ça fait toujours plaisir.

— Désolé. Mais il te faut un chien, Mira. Quelqu'un s'est introduit chez toi l'autre nuit. Il était dans ta chambre. Il aurait pu te tuer.

— Mais je suis vivante et il est à la morgue. C'est terminé.

— Crois-tu ?

— Que peut-il encore m'arriver ? Là où il est, le Prêcheur ne fera plus de mal à personne.

— Si l'affaire était aussi simple, la police ne nous poserait pas tant de questions. Quelque chose ne tourne pas rond dans cette histoire.

— Comme quoi ?

— La chronologie, peut-être ?

— La chronologie ?

— Peut-être ont-ils calculé que le Prêcheur n'avait pas pu entrer chez toi à l'heure dite… Pour la bonne raison qu'il était déjà mort, compléta-t-il après un temps de silence.

Il lui fallut quelques secondes pour comprendre ce que Connor laissait entendre. Un froid glacial la saisit jusqu'à la moelle. Un tueur, debout près de son lit.

Ma douce étoile… Tu me manques tellement…

Elle s'éclaircit la voix.

— C'est à dessein que tu cherches à me terrifier ?

— Oui.

— Pour que je prenne le chien ?

— Pour que tu sois vigilante.

Nola gémit de nouveau et Mira porta son attention sur elle.

— Elle est dressée à la propreté.

— Là n'est pas le problème.

— Tu ne voudrais pas qu'elle retourne à la SPA, si ? Tu sais quel sort l'attendrait, là-bas.

— Tu es injuste.

— Tu adorais Ginger. C'était *ta* chienne, Mira. Pas celle de Jeff.

Des larmes lui brûlèrent les yeux.

— Oui, elle était à moi. Mais je l'ai perdue.

— Tu te replies sur tes peurs et tu t'interdis d'aimer.

— Je ne m'interdis rien du tout. Ramène tes fesses ici, Connor Scott. Et vite !

— C'est *niet*.

— Je la mets à la rue. Et elle va se faire écraser. C'est ce que tu veux ?

— C'est ça, bien sûr. Je te connais, Mira.

Trop bien, oui. Et elle était furieuse.

— Je te revois demain, Connor. Et tu peux envisager de te réenrôler d'ici là, car je te préviens que tu vas m'entendre !

27

Mardi 16 août, 2 h 20

Mira se dressa d'un bond dans son lit. Le cœur battant, elle alluma la lampe de chevet et se trouva baignée dans un cône rassurant de lumière. *Nola*, réalisa-t-elle. Elle avait laissé la chienne dans la cour. Et l'animal poussait des aboiements déchaînés.

Ivre de sommeil et de fatigue, Mira repoussa les cheveux qui lui tombaient sur les yeux. Super idée de lui avoir fourgué cette bête ! Merci, Connor. Comme si elle n'avait pas déjà assez de mal à faire des nuits complètes.

Elle repoussa les couvertures et se glissa hors du lit. Si elle ne calmait pas Nola rapidement, Mme Latrobe, sa vieille voisine grincheuse, appellerait la police sans hésiter. Et elle en avait soupé, du NOPD, depuis quelques jours.

Le sol était frais sous ses pieds nus. Pour se maintenir dans une demi-somnolence, elle n'alluma aucune autre lumière dans la maison. Et peu à peu, ses pas ralentirent, puis se suspendirent.

Jeff. Les notes épicées de son savon et de son after-shave flottaient dans l'air.

Elle ferma les yeux, inhala profondément, ouvrant les vannes du souvenir : Jeff sortant de la douche, enveloppé d'un nuage de vapeur odorante. Jeff assis devant la télé, et elle pelotonnée contre lui, le nez dans son cou, humant amoureusement son odeur.

Son homme était de retour. Enfin.

Tout ce qui précédait n'avait été qu'un mauvais rêve.

Un petit bruit sec, comme celui d'une porte qui se referme, l'arracha à ses divagations. La réalité la frappa avec la force d'un boulet de démolition.

Les aboiements de Nola. L'odeur du gel douche. La porte.

Elle n'était pas seule.

Avec un cri de peur, Mira se précipita vers la cuisine. Et s'immobilisa d'un coup en prenant conscience que la chienne avait cessé d'aboyer. Depuis quand ? Plusieurs minutes ? Parce que le danger était passé ou parce que quelqu'un l'avait fait taire ? La main sur la bouche, elle courut jusqu'à la porte du patio.

— Nola ! Nola !

La chienne réagit en grattant la porte avec ses griffes. Tout comme la peur avait déroulé une kyrielle de désaveux dans sa tête, le soulagement suscita un jaillissement de gratitude. Elle tourna le verrou d'une main tremblante et ouvrit la porte à la volée. La chienne entra comme une fusée, la renversant presque au passage. Pas autrement affectée par l'expérience.

Elle-même s'en tirait de façon un peu moins vaillante.

Les jambes tremblantes, elle se laissa choir à même le sol et noua les bras autour du cou de Nola. L'intrus, quel qu'il fût, était reparti comme il était entré. Elle était indemne et Nola de même. Mira prit une profonde inspiration et se dit que tout était rentré dans l'ordre.

Réconfortée, elle enfouit son visage dans la douce fourrure blonde. Nola perçut son besoin et resta immobile, contenant sa nature impétueuse pour se prêter à une réconfortante séance de câlins. Une prière de louanges se leva comme une musique dans la tête de Mira. Pour Nola et ses aboiements suraigus. Pour Connor et ses ruses.

Connor… Un élan de reconnaissance et d'affection la

traversa. Que serait-il arrivé s'il ne lui avait pas imposé Nola de force ? Où serait-elle maintenant ?

Quelqu'un s'était introduit chez elle. Pour la seconde fois.

Luttant pour contenir sa terreur, Mira se concentra sur le soulagement d'être sortie saine et sauve de ce nouveau cauchemar.

Ce n'était pas ce qu'elle avait ressenti après Katrina. La culpabilité avait dominé le tableau, alors. « Culpabilité du survivant », avait diagnostiqué le Dr Jasper. Bien normale, vu les circonstances. Le syndrome avait frappé de nombreux Louisianais. Et elle avait eu plus de raisons que la moyenne d'en être affectée.

Mais aujourd'hui, elle était heureuse d'être en vie.

La prise de conscience lui coupa le souffle. Sa reconnaissance vibrait dans chaque fibre de son être, du sommet de son crâne à la pointe de ses orteils. Il y avait plus de six ans qu'elle n'avait pas éprouvé pareil sentiment d'exultation. Elle se mit à rire, se délectant des bulles de bonheur qui montaient en elle comme du champagne.

Il fallait qu'elle partage sa joie avec Connor. Qu'elle le remercie, surtout ! Bondissant sur ses pieds, elle composa son numéro. Il répondit sur-le-champ et elle ne songea même pas à s'étonner de sa voix claire et réveillée.

— Connor ? C'est Mira !

— Mira ? Tout va bien ?

Les mots lui tombèrent des lèvres dans le plus grand désordre :

— Oui… Enfin, non. Peut-être que ça ne devrait pas aller, mais je vais merveilleusement bien !

Il bâilla.

— J'ai un peu de mal à te suivre. Tu viens de te réveiller ?

Mira se mit à rire. Elle déblatérait comme une folle, mais cela n'avait plus aucune espèce d'importance.

— Oui, je me réveille. Je me réveille, enfin, Connor ! Merci. Merci pour Nola. C'est tout ce que je voulais te dire.

Elle entendit à l'autre bout du fil un bruit de couvertures déplacées, comme si Connor se redressait dans son lit.

— Je suis ravi que vous ayez fraternisé.

— C'est ce qui se produit dans des expériences de mort imminente.

— Tu as une façon mystérieuse de t'exprimer. Tu as bu, Mira ?

— Pas une goutte. Je suis juste ivre de vie.

Il eut un petit rire.

— Tu n'as aucune idée de l'heure, n'est-ce pas ?

— Non.

— 3 heures du matin.

Cette information pénétra dans sa bulle euphorique.

— Oups… Zut. Connor, je suis désolée. Je vais te laiss…

— Non. Ne coupe pas. Je ne suis pas un grand dormeur, de toute façon. Explique-moi ce qui a provoqué cette expérience nocturne de fraternisation canine sur fond de mort imminente ?

— Quelqu'un est encore entré chez moi cette nuit. Nola a aboyé et…

— Quelqu'un est entré chez toi cette nuit ?

— Oui, mais ce n'est pas pour ça que…

— Tu en es certaine ?

— Oui. Mais je ne t'appelle pas pour cette raison. Tout ce que je voulais, c'était te faire partager…

— Ce serait pourtant une excellente raison de m'appeler ! Enfin, Mira… tu as perdu la tête ou quoi ?

La bulle d'euphorie acheva de se dégonfler. Et la peur prit soudain toute la place.

— Oh ! mon Dieu… Quelqu'un est entré.

— J'arrive.

— Tu n'es pas obligé de courir ici en pleine nuit, Connor.

— J'arrive, je te dis. Comment s'appelle-t-il, déjà, ton inspecteur ?

— Malone. L'inspecteur Malone.

— Préviens-le. Je m'habille et je te rejoins.

28

Mardi 16 août, 3 h 10

Même au bout de quinze ans de métier, Malone n'était toujours pas immunisé contre les appels nocturnes. La violence, l'épouvante et le sang, il pouvait y faire face. Même chose pour la perversion, le crime, le non-respect de la vie, les comportements tordus que beaucoup considéraient comme la norme. Il avait appris à laisser la méfiance, la discrimination, la stupidité humaine glisser sur lui comme sur les plumes d'un canard. Et il n'avait pas besoin de boire ou de se droguer pour tenir.

Mais il aurait payé cher, de temps en temps, pour dormir ses six heures d'affilée sans être dérangé.

La voiture de Bayle vint se garer derrière la sienne. Elle qui avait exigé d'être de la partie à toute heure, elle était servie. Son équipière descendit de voiture et se dirigea vers lui. Le visage mangé par des cernes qui dénotaient, eux aussi, une nuit trop tôt interrompue.

— Qu'est-ce qu'il lui arrive, encore, à Gallier ?

— Apparemment, quelqu'un s'est introduit chez elle.

— C'est bien notre veine.

Vu ses traits renfrognés, Malone conclut que son équipière perdait son sens de l'humour après minuit. Un chien donna de la voix lorsqu'ils s'approchèrent de la porte d'entrée. Mira Gallier ouvrit avant qu'il ait pu sonner. Elle retenait un grand golden retriever par le collier.

— Merci d'être venu, inspecteur Malone.

— Vous vous souvenez de mon équipière, l'inspecteur Bayle, je suppose.

Une pointe discrète de contrariété marqua l'expression de Mira. Bayle, il en était certain, avait dû le remarquer aussi.

— Bien sûr. Entrez.

Malone s'accroupit et gratta le retriever derrière l'oreille.

— Je vois que vous avez suivi mon conseil et pris un chien. Comment s'appelle-t-elle ?

— Nola. Mais ce n'est pas moi qui ai suivi votre conseil, en fait. Connor…

Le Connor en question surgit au même moment de l'arrière de la maison avec deux cafés à la main. Un mélange de grands crus, à en juger par les effluves.

— Monsieur Scott…

— Appelez-moi Connor.

Il tendit un mug à Mira.

— Je peux vous en offrir une tasse ?

Il déclina, et Karin fit de même. Son équipière se tourna vers Mira.

— Vous nous racontiez comment vous aviez eu Nola.

En entendant son nom, la chienne se rapprocha de Bayle, qui lui caressa la tête.

— Connor a rusé, déclara Mira Gallier.

— Rusé ? releva Malone. Intéressant. Comment s'y est-il pris ?

Scott répondit pour elle.

— En apprenant que le Prêcheur s'était introduit dans son atelier puis chez elle, j'ai jugé qu'elle ne devait pas rester seule. Alors, je lui ai apporté Nola et l'ai persuadée de la garder au moins une nuit. Pas l'ombre d'une ruse là-dessous.

Malone observa Mira Gallier. Son visage refléta une émotion passagère qui ressemblait à de la surprise. Ou de la confusion. Scott mentait. Mais pour quelle raison ?

— Vous avez bien fait, commenta Karin.

Scott prit une gorgée de café.

— En effet, oui, vu ce qui vient d'arriver.

Malone le jaugea un instant puis revint à Mira.

— Racontez-nous plus précisément ce qui s'est passé.

— Nola m'a réveillée.

— A quelle heure ?

— Je ne suis pas sûre. Je n'ai pas regardé mon réveil. Vers 2 h 30, je crois. J'avais installé la chienne dans la cour.

— Et où se trouve votre chambre ? demanda Bayle.

Mira Gallier désigna le fond du couloir.

— Je dors en bas. C'est plus pratique.

— Et ses aboiements vous ont réveillée quand même ?

— Oui. Elle était déchaînée.

Elle se frotta les bras, comme si elle se sentait soudain glacée.

— Au début, j'ai cru qu'elle aboyait pour une broutille et je me suis inquiétée surtout pour Mme Latrobe.

— Madame qui ?

— Ma vieille voisine de droite. Elle est un peu acariâtre. Je me suis donc levée pour calmer Nola. Mais dans le couloir…

Elle s'interrompit, hésita. Malone la relança :

— Dans le couloir ?

— Cela va vous paraître idiot, mais j'ai distinctement senti une odeur d'after-shave.

— Tu ne m'en avais pas parlé, protesta Scott, les sourcils froncés.

Elle serra nerveusement les mains l'une contre l'autre.

— Ah non ? J'ai dû oublier.

— Et ensuite ?

— J'ai entendu le déclic d'une porte qui se referme. Et c'est là que j'ai réalisé…

Elle ravala le reste de sa phrase avec une expression embarrassée. De nouveau, Malone l'incita à poursuivre :

— Là que vous avez réalisé quoi ?

Mira releva légèrement le menton.

— Que l'odeur que j'avais perçue n'était pas un effet de mon imagination.

Bayle la considéra un instant, la tête inclinée sur le côté.

— Et pourquoi avoir pensé ça ?

Mira Gallier détourna les yeux, puis fixa de nouveau sur eux un regard marqué par une pointe de défi.

— Parce que la lotion après-rasage dont l'odeur flottait encore dans le couloir était celle qu'utilisait mon mari.

29

Mardi 16 août, 4 h 5

Mira ferma la porte après le départ des deux inspecteurs. Consciente de la présence de Connor dans son dos, elle garda un instant la main sur la poignée. Une fois de plus, la police n'avait rien trouvé. Aucun signe d'effraction. Portes et fenêtres verrouillées de l'intérieur.

Elle se retourna avec un soupir.

— Tout ça ne tient pas debout. Je suis sûre de ce que j'ai senti, de ce que j'ai entendu. Je ne l'ai pas imaginé.

— Il faut que je rentre.

— Non, s'il te plaît.

Elle lui attrapa le bras et sentit ses muscles comme du roc sous ses doigts.

— Reste.

— Je ne peux pas continuer ainsi, Mira. Tenir la fonction du bon copain-refuge, précisa-t-il en les englobant l'un et l'autre d'un geste dépréciateur.

Son rejet l'atteignit cruellement.

— Je ne t'ai jamais demandé de jouer ce rôle.

— Ah non ? Tu m'as appelé, souviens-toi.

Elle releva le menton.

— Pour te remercier, au sujet de Nola. Tu me l'as amené, ce chien ! Je ne t'avais rien demandé.

Il passa les doigts dans ses cheveux en brosse.

— Tu voulais que je fasse quoi ? Tu me dis qu'un

type t'a agressée puis qu'il s'est introduit chez toi. Et tu voudrais que je reste assis sans rien faire ? Je ne suis pas ce genre d'homme non plus.

— Je sais. Désolée. Je n'avais personne d'autre vers qui me tourner.

Cette fois elle lui prit la main et entrelaça ses doigts aux siens. Sa main était chaude. Solide. Et elle ne voulait plus la lâcher.

— S'il te plaît, ne sois pas fâché contre moi. Ne pars pas.

Il contempla leurs mains jointes avec une expression déchirée, avant de reporter son attention sur son visage.

— L'after-shave de Jeff, Mira ? Cela va faire six ans. Il est encore réel à ce point, pour toi ?

Elle chercha son regard.

— Tout à fait réel, oui. Pas pour toi ?

— Non. Jeff… il…

Connor jura et dégagea sa main.

— Il faut que je te laisse.

Elle se plaça de façon à lui barrer l'accès à la porte.

— C'était ton meilleur ami.

Il serra les lèvres. Elle sentit la lutte en lui, comprit que les mots qu'il voulait prononcer lui brûlaient la langue.

— Dis-le-moi, Connor. Je ne sais pas ce que c'est, mais parle-moi, bon sang !

— Ecarte-toi, Mira.

Furieuse, elle refusa de bouger d'un iota.

— Pourquoi as-tu changé l'histoire au sujet de Nola ?

— Quelle histoire ?

— La police. Tu leur as menti.

— L'anecdote était révélatrice. Elle en disait trop long sur nous. Sur toi. Je ne leur fais pas confiance.

— Tu n'as pas confiance en *eux* ? Mais ils sont flics !

— Ce qui ne constitue en rien une garantie.

— Tu n'es plus la même personne, Connor.

— La guerre, ça a tendance à te transformer un homme, ma cocotte.

La dureté de sa voix la fit se recroqueviller intérieurement. Elle lui effleura le bras.

— Fais-moi confiance, chuchota-t-elle. S'il te plaît.

— J'ai *envie* de te faire confiance. Sincèrement.

— Ce n'est pas pareil.

— Je sais. Mais c'est tout ce que j'ai à offrir.

Il l'écarta doucement de la porte.

— Au revoir, Mira.

Son au revoir sonnait comme un adieu, et elle ne pouvait supporter l'idée de le perdre. Mais elle n'avait pas les mots pour le retenir.

Il monta dans sa voiture, passa la marche arrière et sortit de son allée. Et de sa vie.

Pour la seconde fois.

30

Mardi 16 août, 6 h 40

Malone fixait l'écran de son ordinateur. Les yeux brûlés par la fatigue et l'estomac par l'excès de caféine. Le tout souligné par une faim tenace. A quelques box du sien, Bayle se livrait au même exercice que lui : un brin de recherche informatique grâce au miracle de la Toile.

Ils étaient tombés d'accord pour affirmer que quelque chose ne collait pas dans l'histoire de Gallier. Ni dans la présence de Scott, d'ailleurs. Divisant pour mieux régner, ils s'étaient réparti la tâche : lui s'était penché sur Scott et Karin se chargeait de Gallier. Il avait également fait quelques recherches sur « Il reviendra en gloire pour juger les vivants et les morts » et « Jugement dernier ».

La citation n'était pas biblique mais liturgique. Appelée « le Credo des Apôtres », elle était reprise comme profession de foi par la plupart des confessions chrétiennes. Celles-ci se référaient à la croyance en un Dieu qui appellerait à lui ses fidèles et bannirait les autres dans un enfer symbolique ou réel.

Nombreuses étaient les religions à postuler un jugement final, mais seules les confessions catholique et luthérienne utilisaient l'expression exacte. Leur criminel avait donc été élevé dans la foi chrétienne, et très probablement catholique romaine, puisque c'était la religion largement dominante en Louisiane.

Malone se promit d'en parler à Bayle et passa aux recherches sur Scott. Quelque chose le chiffonnait chez ce type. C'était quand même étrange que tout ce bazar ait commencé au moment précis où il avait été démobilisé.

Accéder à un dossier militaire était compliqué. Il y avait moyen d'obtenir une ordonnance de production de pièces, mais c'était aux militaires, ensuite, de décider s'ils communiquaient le dossier ou non. Scott, pour le reste, apparaissait blanc comme neige. S'il avait eu un casier judiciaire en tant que mineur, il avait été effacé. En passant quelques coups de fil ici et là, il avait appris que Scott avait été un peu chahuteur dans sa jeunesse. Mais rien de méchant. Juste les bêtises classiques des ados des beaux quartiers.

Pas de mariage. Pas d'enfants. Diplômé avec mention de l'université de Tulane. Ecole préparatoire en Virginie.

— Toujours devant ta bécane, Malone ?

Il leva les yeux et sourit à Bayle.

— Toujours, oui. Tu viens m'annoncer que tu as fait une découverte définitive et que l'enquête est quasiment bouclée, c'est ça ?

— Si seulement ! Je meurs de faim, surtout. Pas toi ?

— Pareil. Et je suis vraiment mûr pour une pause.

— Je connais un endroit où ils servent de sublimes crevettes au gruau.

Il se leva et s'étira.

— N'en dis pas plus. Conduis-moi. Je te suis aveuglément.

Karin prit le volant et l'emmena dans un minuscule boui-boui appelé Freddy et la Rousse. Ni plus ni moins qu'une gargote située dans les bas-fonds glauques de la ville. Mais une cuisine maison à transporter le palais tout droit au ciel. Elle prit les crevettes. Il commanda l'omelette créole avec la sauce aux haricots rouges.

— Et maintenant, dis-moi comment tu as dégoté ce resto ? demanda-t-il en finissant de saucer son assiette avec du biscuit au babeurre. Je croyais que nous autres, les Malone, nous connaissions toutes les bonnes adresses cachées de la ville.

— C'est mon ex qui m'a emmenée ici. Il avait le nez pour repérer des endroits hors des sentiers battus.

Il jeta un coup d'œil autour de lui.

— Pour être hors des sentiers battus, c'est hors des sentiers battus, oui. Ce n'est pas ici qu'il faut venir si on a envie de s'exhiber.

Il vit une émotion aussi fugitive qu'indéchiffrable briller dans les yeux de Karin.

— Cela t'ennuie que ce soit aussi retiré ?

— Sûrement pas, non. J'apprécie que tu m'aies fait connaître, au contraire. C'est le meilleur déjeuner que j'ai dégusté depuis longtemps.

Il se renversa contre son dossier lorsque la serveuse vint les resservir en café.

— Autre chose ?

— Pas pour moi, non, répondit Karin. Et toi ?

Il secoua la tête.

— Je suis rassasié, merci.

La femme hésita un instant, puis se jeta à l'eau.

— Excusez-moi de vous demander ça, mais vous ne seriez pas l'inspecteur Bayle, des fois ?

— Si, c'est moi.

Les yeux de la serveuse se remplirent de larmes.

— Pendant Katrina, vous avez sauvé la vie de ma cousine, Brittany Ann Martin. Elle était coincée dans sa voiture.

— Je me souviens, oui. Comment va-t-elle ?

Karin se souvenait vraiment, comprit Malone. Il le voyait à la façon dont son visage s'était radouci.

— Bien… Très bien. Elle vient d'être maman d'une petite fille. Et je suis la marraine.

— Félicitez-la de ma part, O.K. ?

— Pour ça, je n'oublierai pas.

La serveuse prit leur addition dans son carnet et la déchira.

— Celle-là, elle est pour moi.

— Vous n'êtes pas obligée de…

— Ah si, j'y tiens. Et drôlement, même. Merci, inspecteur.

— Ouah ! commenta Malone lorsqu'elle fut partie. C'est beau, la célébrité, quand même !

— Arrête. C'est hyper embarrassant.

Il vit qu'elle était sincère et n'insista pas.

— Tu as du nouveau au sujet de Gallier ?

— Pas grand-chose. Elle a toujours vécu à La Nouvelle-Orléans. A fait sa scolarité dans des établissements publics. Après les Arts-Déco, elle a étudié à Tulane grâce à l'octroi d'une bourse.

— Elle n'est pas d'un milieu friqué comme son mari, alors ?

— Pas du tout, non. Au contraire. Ses parents sont morts tous les deux. Le père quand elle était petite, la mère avant Katrina. Il lui reste juste une sœur qui vit à Knoxville.

Malone avait du mal à concevoir une cellule familiale aussi réduite. Lui-même venant d'une smala aussi étendue que les galettes de fioul sur une plage après la marée noire.

— Elle a déjà eu des problèmes avec les autorités ?

— Aucun, non. A part un gros morceau quand même : les accusations portées contre elle après Katrina.

— Autre chose ?

— La mort de son mari a fait d'elle une femme riche.

Elle porta sa tasse à ses lèvres.

— Et toi ? Tu as trouvé quelque chose sur Scott ?

— Quasiment rien, non. Issu de la haute bourgeoisie du cru. A été page dans le club de Rex. Quelques années plus tard, il a fait partie de la cour royale du Mardi Gras. En sortant de l'université, il est entré directement dans le groupe financier que dirige son père. J'ai questionné un peu son entourage éloigné. Scott n'était pas un ange. Il a fait les conneries d'usage : abus de boisson avant l'âge légal, conduite en état d'ivresse. Et il en est venu aux mains de temps en temps. Je vais continuer de chercher.

— Ils avaient l'air assez intimes, Gallier et lui.

— C'est vrai, admit-il. Mais c'est leur droit. Qu'est-ce que tu en penses ?

— De Gallier ? Je ne la trouve pas claire. Soit elle cache quelque chose, soit elle ment, soit elle est folle à lier.

— Possible. Mais c'est Scott qui déclenche mes signaux d'alerte. Son histoire de chien, par exemple… Il lui en apporte un pour la défendre, et toc ! Quelques heures plus tard, quelqu'un s'introduit chez elle. C'est à se demander s'il ne nous prend pas un peu pour des cons.

Il pianota du bout des doigts sur la table.

— Elle nous a appelés à deux reprises déjà. Et chaque fois, nous trouvons portes et fenêtres closes. Rien n'est touché ni dérangé, et Gallier elle-même est épargnée. C'est presque comme si quelqu'un avait une clé de chez elle et s'amusait à jouer avec ses nerfs.

— Mais dans quel but ?

— Pour la terroriser. Exercer un contrôle. La faire payer pour des torts réels ou imaginaires.

— Et le motif ?

— L'amour. La haine. La jalousie. La colère. La honte. Un mélange de tout ce qui précède. L'after-shave de son mari décédé est un signe pour moi.

Elle se renversa contre son dossier.

— Explique.

— Je me mets à sa place. Si je perdais Stacy et que quelqu'un voulait me rendre vraiment fou, il n'aurait qu'à faire ce genre de truc. Ça marcherait à tous les coups.

Bayle avança pensivement les lèvres.

— Intéressant. Et tu paries sur qui ?

— Pourquoi pas sa belle-famille ? Ils n'ont pas réussi à l'anéantir par la voie légale, alors ils essaient de la laminer autrement. On peut imaginer qu'ils aient gardé une clé de la maison. Compte tenu de leur rang et de leur statut, ils délèguent la tâche en payant un exécutant.

— Et le Prêcheur ? Ils l'assassinent aussi ?

— Hou là, non ! Le Prêcheur a été victime d'un excité qui en a eu assez de ses sermons.

— Et les vitraux vandalisés ? Le meurtre du père Girod ? Ils sont reliés à Gallier ?

— Il ne me semble pas, non. Il s'agirait juste d'une de ces fameuses coïncidences auxquelles j'ai toujours refusé de croire.

Karin croisa les bras sur la poitrine.

— Mais là, tout à coup, tu y crois ?

— Disons que ça me paraît plus plausible comme ça.

Bayle secoua la tête.

— Ce n'est pas la plausibilité qui est en jeu, mais autre chose. Tu penses qu'une frêle créature aux yeux de biche ne peut pas être au cœur d'un scénario aussi horrible.

— Hé ho, ça va ! Tu me prends pour un benêt ?

— Désolée. Mais Mira Gallier est typiquement le genre de femme pour laquelle les hommes vont faire des choses qu'ils ne feraient jamais en temps normal.

— Commettre un meurtre, par exemple ?

— C'est une possibilité que je n'éliminerais pas si vite, à ta place.

— Pour l'instant, je n'élimine rien du tout. Contente ?

— Ça me va.

Son téléphone portable sonna. C'était Percy.

— Salut, frérot. Tu as une bonne nouvelle pour moi ?

— Ça dépend de ce que tu appelles « bonne ».

Malone fit la grimace.

— Bon, d'accord. Qui s'est fait buter ?

— Anton Gallier.

— Il y a un lien de parenté avec… ?

— Ouais. C'est son beau-père.
— Où ?
— Vieux Carré. A l'angle des rues Royale et St Philippe.
— O.K. Je suis avec ma nouvelle équipière. On arrive.

31

Mardi 16 août, 9 h 45

Gallier s'était fait descendre en sortant de son appartement de la très élégante rue Royale. L'homme étant marié, Malone supposait qu'il déclarait le logement comme bien social de l'entreprise, et qu'il laissait généreusement sa société payer les frais de ce qui lui servait de garçonnière.

Karin et lui plongèrent sous le ruban de scène de crime et signèrent le registre. Il examina les lieux. Comme tous les immeubles du quartier français, celui-ci était ancien et s'élevait sur trois étages, avec des balcons en fer forgé tout autour du bâtiment. L'appartement de Gallier se trouvait au troisième étage.

Un lieu de choix pour assister aux parades du Mardi Gras.

Le photographe du coroner mitraillait à tout-va pendant que l'équipe de techniciens en scène de crime attendait patiemment qu'il ait terminé le boulot. En découvrant la victime, Malone songea à la première version du *Parrain* : boss mafieux en costard de luxe ratatiné dans l'antique cabine d'ascenseur. Du sang et des tripes. Gore à souhait.

Percy approcha et Spencer le présenta à Bayle.

— Ma nouvelle équipière, Karin Bayle.

Avec un large sourire, Percy lui serra la main.

— Mes condoléances.

Karin le regarda d'un air de confusion.

— Condoléances ? Mais, je…

— Pour avoir tiré ce mauvais numéro.

Spencer appliqua une bourrade à Percy.

— Mon petit frère vit dans l'illusion d'être drôle.

— Il y a un truc vraiment triste, dans l'affaire, c'est que le mec en avait pour deux mille dollars sur lui rien qu'en costume. Du fait sur mesure en laine d'Italie… Mais personne n'en profitera après lui. Cette merde-là ne partira jamais au lavage, précisa-t-il en sifflant entre ses dents.

Une des techniciennes de la police scientifique tourna la tête par-dessus l'épaule.

— Même si le teinturier faisait des miracles, la veste a été déchirée par les balles.

— Dommage, dit Percy avant de reporter son attention sur la victime. C'est sa petite amie qui l'a retrouvé. Il s'était levé pour assister à une réunion et elle est restée dormir. L'immeuble est uniquement composé de logements de fonction. Deux appartements par étage, six en tout. Un escalier de chaque côté du bâtiment et un ascenseur au centre.

Il prit un temps d'inspiration.

— Il s'est pris deux balles dans le buffet. Tirées à bout portant. Son portefeuille n'a pas été touché. Le policier qui est venu faire le constat l'a trouvé dans sa poche. Rempli de pognon. Gallier a également sur lui son alliance et une montre Patek Phillipe.

— Il ne s'agissait pas d'un vol, donc, conclut Karin.

Spencer songea de nouveau à son film de gangsters.

— Ça me fait plutôt penser à une exécution entre mafieux. Imaginons que le tueur savait que Gallier passait la nuit ici. Il lui suffisait d'attendre que l'ascenseur se mette en route. Les portes s'ouvrent, il tire et repart tranquillement, sans une goutte de sang sur lui.

— On va déjà se renseigner pour savoir si un des cinq autres appartements a été utilisé cette nuit. Peut-être que quelqu'un l'a aperçu ce matin. Il n'y a aucun endroit pour se cacher dans le hall d'entrée.

— Allons voir aussi l'épicerie juste en face. Je sais qu'ils ouvrent tôt.

— Je commence par là, O.K. ? proposa Percy.

Spencer acquiesça.

— Et la maîtresse de Gallier ? Elle est encore là ?

— Ouais. Elle reprend ses esprits, là-haut. J'ai délégué un gars en uniforme pour monter la garde.

— Tu l'as déjà questionnée ?

— Pas encore, non. Je te la laisse.

Spencer nota le nom de la jeune femme ainsi que les informations d'usage. Puis Karin et lui montèrent par l'escalier. La petite amie de Gallier était assise sur le canapé avec un flacon d'eau artésienne à la main. Elle n'avait pas l'air particulièrement bouleversée. La demoiselle semblait plutôt s'ennuyer ferme. A leur entrée dans l'appartement, elle leva vers eux un regard luisant d'espoir.

— Mademoiselle Jessica Zurich ? demanda Spencer.

— Jaz, rectifia-t-elle. Comme la musique. Mon second prénom est Ann.

— Très joli, dit-il.

Elle était jeune. Dans les vingt-cinq ans, estima-t-il. Majeure, certes, et largement en âge d'être consentante. Mais considérant que son bien-aimé approchait la soixantaine, il trouvait la relation peu ragoûtante. Sans doute avaient-ils eu un grand point commun, tous les deux : l'argent de Gallier.

— Inspecteurs Malone et Bayle. Nous avons quelques questions à vous poser.

— Cool. Vous pensez en avoir pour longtemps ? On m'attend pour le déjeuner.

Son amant s'était fait assassiner, et elle pensait déjà à manger ?

— Vous êtes visiblement très bouleversée, commenta

Bayle d'une voix suave. Nous n'abuserons pas de votre temps.

Si la jeune femme perçut le sarcasme, elle n'en laissa rien paraître.

— Merci. Ça vous ennuie si je fume ?

— Moi, non, dit Spencer.

Bayle acquiesça à son tour et Jaz sortit un paquet de son minuscule sac à main à paillettes.

— Merci. Anton ne m'autorisait jamais, lui.

— Je pense qu'il vous pardonnerait, vu les circonstances.

Elle pouffa. Son rire rendait un son très jeune, et surtout déplacé. Mais qu'est-ce qui n'était *pas* déplacé dans cette situation ? Jaz alluma sa cigarette et tira une bouffée. La façon dont elle aspirait et rejetait la fumée avait quelque chose de sexuel.

Malone s'éclaircit la voix.

— Où étiez-vous hier soir ? Cette nuit ? Ce matin ?

— Anton et moi avons dormi ici cette nuit. On avait passé la soirée avec des amis.

— Qu'avez-vous fait ?

Elle parut indécise, se demandant sans doute s'il voulait des précisions sur leurs activités au lit.

— Votre soirée... Où êtes-vous allés ? Avec qui étiez-vous ?

— Des relations d'affaires d'Anton. Et leurs petites amies. Nous avons dîné au Ritz où nous sommes restés un bon moment. Puis on a fait un petit tour dans deux boîtes, d'abord le Republic, puis au Club 360.

— Et vous êtes revenus ici à quelle heure ?

— Vers 1 heure. Anton devait se lever, ce matin. Il m'a autorisée à rester dormir.

— C'est gentil de sa part.

— Il était toujours très gentil.

Les regrets étaient audibles dans sa voix.

— Vous n'avez rien entendu ? Vous ne vous êtes pas réveillée en sursaut ?

— Non. Anton m'a dit au revoir avant de partir et j'ai dormi comme un bébé jusqu'à 9 heures.

— Les autres appartements étaient occupés, cette nuit ?

— Aucune idée. Je n'ai vu personne.

— Donc, vous vous êtes levée à 9 heures ?

— J'ai bu un café, j'ai mangé un fruit puis appelé ma mère. Ensuite, j'ai pris ma douche et je me suis habillée.

Elle prit une courte inspiration sifflante, comme si elle se préparait à quelque chose de pénible.

— J'ai appelé l'ascenseur et… et il y avait Anton.

Pour la première fois, Malone perçut une émotion authentique dans sa voix.

— Ce fut un choc, je suppose ?

— Horrible. La chose la plus horrible que j'aie vue de…

Elle ferma les yeux, paupières crispées, comme pour repousser les images dans sa tête.

— Qu'avez-vous fait, alors ?

— J'ai appelé la police.

— Vous l'avez touché ? Pris son pouls ? Ou je ne sais quoi d'autre ?

Elle frissonna visiblement.

— Vous plaisantez ? Je n'aurais jamais pu.

— Comment l'ascenseur est-il revenu au rez-de-chaussée ?

— Je me suis penchée à l'intérieur pour actionner le bouton. Je… je voulais que le corps soit le plus loin possible de moi.

— Intéressant. Vous auriez pu descendre par l'escalier pour aller chercher de l'aide.

Elle posa sur lui un regard vide d'expression. L'idée ne lui avait pas traversé l'esprit, apparemment. Ou alors, elle ignorait l'existence de l'escalier.

— M. Gallier était marié, n'est-ce pas ?

Elle hocha la tête.

— Depuis trente-cinq ans ou un truc comme ça… Je n'étais même pas encore née quand il a épousé sa femme. Je trouvais l'idée rigolote, précisa-t-elle avec un léger rire.

Malone l'examina avec plus d'attention. Il y avait quelque chose d'amorti, chez elle. Son regard. Ses réactions. Il ne serait pas surpris d'apprendre que la miss Jaz avait sniffé un peu de coke, ce matin. Il était prêt à parier un mois de salaire que sa pochette de soirée bling-bling contenait de quoi mettre son joli petit cul à paillettes en fort mauvaise posture.

Comme si elle lisait dans ses pensées, Karin prit le relais.

— Vous avez pris de la drogue, tous les deux, hier soir ?

Une lueur d'inquiétude s'alluma dans ses yeux.

— Pourquoi vous me demandez ça ?

— C'est juste une question. La réponse apparaîtra dans le rapport d'autopsie, de toute façon.

Elle rejeta ses longs cheveux blonds dans son dos.

— Moi, je ne touche pas à la drogue, inspecteur. De temps en temps, Anton prenait un petit cachet, vous savez… pour améliorer ses performances.

— Et il en a pris hier soir ?

Jaz alluma une seconde cigarette.

— Oui. Nous avons eu un rapport. Je me suis éclatée.

Bayle leva les yeux au ciel. Spencer fut tenté de faire de même, mais se contint.

— La femme de Gallier connaissait votre existence ?

— La mienne et celle des autres. Il y en a eu beaucoup. Ils avaient un arrangement, Anton et elle.

— Un arrangement ? répéta Malone.

Il sentait l'inimitié de Bayle pour cette fille émaner d'elle par vagues. Et il se suspectait de ne pas dégager d'ondes beaucoup plus positives. Jaz sourit.

— Leur arrangement, c'était un peu comme à l'armée, vous voyez : ne rien dire et ne pas poser de questions.

Elle parut déçue qu'ils ne réagissent pas de façon plus admirative à sa brillante comparaison. Malone en conclut qu'elle était complètement narcissique.

— Vous n'avez pas l'air très affectée, Jaz.

— Par quoi ?

— Le meurtre de votre amant.

Elle porta la main à son cœur.

— Je suis anéantie. Sincèrement.

— Anéantie, vraiment ? Vous étiez amoureuse de lui ?

— De lui, non. Mais de nous.

— De vous ?

— Tout ce qu'on faisait ensemble. On s'amusait bien, tous les deux. Et il m'achetait plein de trucs sympas.

Comme la montre en or et les boucles d'oreilles en diamant qu'elle portait, sans doute. Des petites attentions très « sympas », en effet.

— Avait-il des ennemis dont vous auriez entendu parler ?

— Anton ? C'était un amour. Tout le monde l'adorait.

Malone avait des doutes. On n'atteignait pas la position qu'occupait Gallier sans susciter des inimitiés en cours d'ascension.

— Ah si, il m'avait parlé d'une dispute avec sa belle-fille…

Il tourna les yeux vers Bayle, qui haussa les sourcils.

— Savez-vous quand la dispute a eu lieu ?

Elle eut une moue pensive.

— Il y a juste un jour ou deux, je crois. A son club. Je n'ai pas fait trop attention à ce qu'il racontait.

— Le nom du club ?

— Le Crescent City.

— Que vous a-t-il confié d'autre au sujet de cette dispute ?

Elle secoua la tête.

— Il disait que c'était de la racaille blanche, cette fille, et qu'elle n'en avait qu'après leur argent. Il la détestait, c'est clair… Il pensait même qu'elle avait flingué son fils, précisa-t-elle à mi-voix.

— Je peux voir vos mains, Jaz ?

Elle les lui tendit et Spencer les examina, cherchant des résidus de poudre. Il ne vit rien de suspect.

— Nous allons procéder à une perquisition. Si vous voulez bien nous autoriser à jeter un coup d'œil dans vos affaires, vous serez libre de partir.

Elle accepta aussitôt. Ils ne trouvèrent rien de compromettant — pas d'armes, en tout cas — dans ses sacs. Deux minutes plus tard, Jaz passait la porte. Après une première fouille rapide de l'appartement, ils quittèrent les lieux à leur tour. En bas, les employés du coroner sortaient le sac contenant le cadavre de la cabine d'ascenseur. Les techniciens prirent leur place et les portes se refermèrent.

Malone se tourna vers Karin.

— Après cette conversation édifiante avec la peu attachante miss Zurich, je dois aller interroger l'épouse. Super.

Bayle fit la grimace.

— Dire qu'il échappait à la compagnie de sa femme pour rejoindre *ça*.

Derrière eux, les portes de l'ascenseur s'écartèrent et un des techniciens de scène de crime leur fit signe.

— Vous devriez venir jeter un coup d'œil, inspecteurs.

Ils firent ce qu'on leur demandait. A l'intérieur de la porte, l'auteur avait laissé un message : *Il a chassé sept démons.*

Karin tourna vers lui un regard perplexe.

— Qu'est-ce que ça peut encore vouloir signifier ?

— Ce que ça signifie, je vais te le dire : nous avons une sale, très sale affaire sur les bras.

32

Mardi 16 août, 10 h 50

Malone et Bayle sortirent de l'ascenseur juste au moment où Percy revint. Il marqua un arrêt en voyant leur expression.

— Hé, c'est quoi, cet air lugubre ? Vous avez un nouveau mort sur les bras ?

— Commence déjà par aller voir là-dedans, suggéra Malone en désignant l'ascenseur. On parlera ensuite.

Percy pénétra dans la cabine. De l'extérieur, Spencer actionna le bouton de fermeture. Quelques secondes plus tard, il entendit jurer son frère. Trois fois d'affilée.

— Elle commence à me porter sérieusement sur le système, cette histoire, maugréa Percy en ressortant.

Le regard de Spencer se posa tour à tour sur son frère et sur son équipière.

— Je crois qu'on peut affirmer sans crainte, à ce stade, que nous avons affaire à un tueur en série. Les Sœurs de la Miséricorde, le Prêcheur, et maintenant Gallier. Tous reliés par une référence biblique.

— Et par Mira Gallier, observa Bayle.

Percy se frotta le crâne.

— « Il chassa sept démons. » C'est quoi, pour vous ?

— La référence précise ? murmura Spencer pensivement. J'avoue que je n'en sais trop rien. Et toi, Karin ?

Elle secoua la tête.

— Ma mère se pique d'être bouddhiste. Mes souvenirs religieux se bornent aux quelques offices baptistes où me traînait ma grand-mère. Mais l'allusion se veut biblique, c'est ça ?

Spencer se frotta le crâne.

— Si mes souvenirs sont bons, ça porte sur les œuvres du Christ. Donc, ça doit se trouver dans le Nouveau Testament.

— Je pourrais appeler maman, suggéra Percy avec un sourire en coin. Le seul truc, c'est qu'elle saurait qu'on ne sait pas, et qu'elle nous expédierait à la messe avec un coup de pied aux fesses.

— J'aimerais autant éviter, O.K. ? Internet a été inventé exprès pour nous éviter ce genre de mésaventure. Et l'épicerie ? Ils ont vu quelque chose, ce matin ?

— Un gamin qui livrait quelque chose. C'est tout.

— Qui livrait quoi ?

— Ils ont pensé que c'était de la nourriture. Il y avait un plateau et un sac en papier blanc.

— Logique, commenta Spencer. Ça justifie sa présence dans le vestibule.

— L'intérêt de ce genre de meurtre, c'est que c'est propre, net, rapide, observa Bayle.

Malone acquiesça.

— Nous avons affaire à quelqu'un qui est hautement organisé.

— D'après le caissier d'en face, il avait les mains pleines, observa Percy, sourcils froncés. Comment a-t-il procédé ?

— Peut-être qu'il a écrit le message avant de tuer Gallier.

Percy hocha la tête.

— Possible, oui. Gallier pénètre dans l'ascenseur, voit le message et en conclut que l'immeuble a été vandalisé.

Ils retournèrent examiner l'inscription. A la différence

du message qui accompagnait le corps du Prêcheur, celui-ci n'avait pas été tracé en lettres de sang.

— On dirait du marqueur. Noir. Epais.

Malone s'approcha pour renifler et perçut une très légère odeur d'éther.

— Un marqueur permanent. Pas à l'eau.

— Il ne l'a peut-être pas gardé sur lui ?

— Et le café qu'il faisait mine de livrer ? Une fois le meurtre accompli, il a dû vouloir se casser en vitesse.

Malone sortit de l'immeuble avec les deux autres sur les talons. Bingo ! Une poubelle juste à l'angle de la rue. Il jeta un coup d'œil à l'intérieur et vit deux tasses de café, un plateau et un sac en papier. Percy, qui arrivait juste derrière, siffla entre ses dents.

— Le jackpot.

— Les gobelets sont pleins, à l'évidence. Et le sac aussi, conclut-il après avoir écarté les bords à l'aide d'un stylo.

— Peut-être que nous avons été bons et vertueux et que le ciel nous récompensera, dit Percy. Ce serait vraiment génial que ce con ait jeté son revolver avec.

Peu plausible. Mais il n'était pas interdit de rêver.

— Ce qui m'intéresse surtout, c'est de savoir ce qu'il y a *sur* le sac. Vu la chaleur d'enfer, il n'a pas pu se trimballer avec des gants. On devrait trouver des empreintes, des marques de transpiration. D'autres traces, peut-être.

Bayle tira son téléphone de sa ceinture.

— Je vais prévenir les techniciens.

— Les gobelets et le sac sont standard. Mais grâce au contenu, nous pourrons peut-être découvrir où il a acheté tout ça. Que donnent les caméras de surveillance de l'épicerie ?

— J'ai regardé, répondit Percy. Mais ça n'a pas l'air très prometteur. Celle qui est devant la porte n'est pas orientée dans la bonne direction.

— On peut vérifier quand même.

— O.K. Je m'en occupe.

— Et dans le bâtiment lui-même ? suggéra Bayle. Les caméras sont partout, de nos jours.

— On se renseignera, mais je n'y crois pas trop.

Deux techniciens de scène de crime sortirent au petit trot de l'immeuble. Spencer leur donna des instructions puis retourna vers son frère.

— On va envoyer quelques hommes pour prospecter le quartier, faire une enquête de voisinage. Des fois que quelqu'un aurait remarqué quelque chose... Apparemment, Gallier a eu une altercation publique avec sa belle-fille récemment. Percy, j'aimerais que tu ailles faire un tour au Crescent City Club pour essayer de savoir ce qui s'est passé exactement. Bayle et moi allons porter la nouvelle à la veuve de Gallier, et nous verrons ce qu'elle a à nous raconter. Le premier d'entre nous qui sera de retour au bureau préparera une salle d'audition. Je veux voir Mira Gallier au poste. Nous avons quelques petites questions à lui poser.

33

Mardi 16 août, 11 h 30

Le Dr Jasper attendait en silence. Mira l'avait appelée en catastrophe pour la supplier de lui accorder une séance. Et sa psy avait sacrifié sa pause de midi pour la recevoir le jour même. Mais à présent qu'elle était assise en face d'elle, Mira se sentait incapable de dire un mot.

Lorsqu'elle lui exprima son dilemme, Adèle Jasper haussa deux sourcils dessinés à la perfection.

— Nous pouvons tout à fait passer l'heure entière à nous regarder en silence. Mais ce serait dommage pour ma pause déjeuner.

— C'est que tant de choses se sont passées, pendant la semaine écoulée… Je ne sais plus par où commencer.

— Intéressant. Mettez quelques événements sur le tapis et voyez ce qui se passe.

— J'ai été agressée dans mon atelier par un prêcheur de rue qui a été assassiné la nuit suivante. Mon vieil ami Connor a resurgi brusquement alors qu'il avait disparu avant Katrina. A deux reprises, quelqu'un s'est introduit chez moi. J'ai senti l'odeur de l'after-shave de Jeff chez moi au milieu de la nuit. Je me suis disputée publiquement avec mon ex-beau-père. Et puis, je me suis sentie vraiment heureuse pour la première fois depuis la mort de Jeff. Et… Ah oui ! J'ai un nouveau chien.

Le Dr Jasper la regarda avec une expression si classiquement abasourdie que Mira se mit à rire.

— Désolée, mais vous faites une tête… Vous avez l'air sous le choc.

Le Dr Jasper joignit son rire au sien.

— Quand mes patients viennent en séance en disant qu'il leur est arrivé « plein de choses », c'est généralement pour me parler de leur vie émotionnelle. Pas pour me livrer les ingrédients d'un téléfilm policier ! Ce qui me fait penser que nous devrions commencer par les affects. Une seule fois vous avez nommé un sentiment.

— Le bonheur ?

La psychothérapeute se renversa contre son dossier, aussi à l'aise qu'une chatte.

— C'est cela, oui. Dites-m'en un peu plus là-dessus.

Mira serra les mains sur ses genoux.

— J'étais heureuse d'être en vie. Pour la première fois, depuis l'ouragan, je me suis réjouie de ne pas être morte en même temps que Jeff.

Elle marqua une pause, assaillie par une montée de honte et de culpabilité qu'elle chassa d'un mouvement de tête.

— Cela ne veut pas dire que je me réjouis de la mort de Jeff, n'est-ce pas ? C'est normal, d'avoir envie de vivre ?

Sans un mot, Adèle Jasper lui tendit la boîte de mouchoirs dont elle ignorait avoir besoin. Elle en prit un et se moucha.

— Ça a été… merveilleux. Je ne suis pas certaine de pouvoir décrire ce que j'ai ressenti.

— Essayez.

Mira chercha les mots adéquats.

— C'était comme si, avant, j'avais été enveloppée dans un nuage sombre. Non… un linceul, plutôt…

Elle se tut, le temps de se laisser pénétrer par la pertinence de sa comparaison.

— Oui, voilà. C'est comme si j'avais été morte,

murmura-t-elle. Et que cet instant avait marqué mon retour à la vie.

— A l'instar du Christ ?

Mira regarda ses mains et secoua la tête.

— Non, pas comme le Christ. Comme Lazare, plutôt.

La thérapeute hocha la tête.

— Si mes souvenirs de catéchisme sont bons, c'est Jésus qui a rendu la vie à Lazare.

— Oui. Cela fait partie des miracles du Christ.

— Alors, qui vous a fait l'effet d'un « Lève-toi et marche » ?

La question la secoua de fond en comble. Quel avait été le facteur déclenchant ? Connor ? Nola ? Sa peur ? Les circonstances ? *L'ensemble de tous ces éléments ?*

— Je ne suis pas sûre. C'était peut-être simplement le bon moment.

— C'était le bon moment, oui. Mais il y a eu un catalyseur autre que le temps. Racontez-moi comment cela s'est produit.

Trop nerveuse pour rester en place, Mira se leva, se dirigea vers la fenêtre, puis se retourna vers sa thérapeute. Elle lui raconta d'abord l'agression du Prêcheur et son collier arraché. Les mots, soudain, se bousculaient sur ses lèvres. Elle enchaîna sur le retour de Connor, et le chien qu'il lui avait offert pour sa protection.

— J'étais furieuse contre lui. Je ne voulais surtout pas de cet animal. Comme il était hors de question que je m'attache à Nola, je l'ai laissée dans la cour pour la nuit. Ce sont ses aboiements qui m'ont réveillée. Lorsque je me suis levée pour aller voir ce qui se passait, l'odeur de l'after-shave de Jeff flottait dans le couloir.

— Vous en êtes sûre ?

— Polo Blue, de Ralph Lauren. Il n'en a jamais porté d'autre que celui-là. Au début, cela m'a apaisée et je me suis presque imaginé qu'il était là, vous voyez ? Comme si je me réveillais d'un mauvais rêve et que tout était rentré dans l'ordre.

— Et ensuite ?

— J'ai entendu le bruit d'une porte qui se referme et j'ai su… que je n'étais pas seule. Que quelqu'un était entré, comme l'avait fait le Prêcheur.

Le Dr Jasper prit des notes, puis leva les yeux vers elle.

— Continuez.

— J'étais terrifiée. J'ai couru vers Nola. Elle avait cessé d'aboyer, et j'avais très peur qu'il lui soit arrivé quelque chose.

Sa voix se fêla.

— Quand j'ai vu que la chienne était indemne, c'est arrivé d'un coup, comme si on avait appuyé sur un interrupteur à l'intérieur de moi. Je crois que je me comportais comme une personne psychiquement dérangée : je riais, je pleurais, j'avais le tournis. Alors même que je sortais d'un moment de pure terreur.

Le Dr Jasper reposa son carnet et son stylo et se pencha vers elle.

— Mon rôle, en tant que thérapeute, n'est pas de tirer des conclusions à votre place mais de vous aider à élaborer les vôtres. Si vous étiez la psy et moi votre patiente, comment m'aideriez-vous à le faire ?

— Je ne comprends pas.

— Toutes les pièces du puzzle dont vous avez besoin figurent dans votre récit. Imaginons un instant que rien de tout cela ne se soit passé vraiment, et qu'il s'agisse d'un rêve ou d'une création de votre inconscient. Quels seraient les éléments saillants de cette histoire ?

— L'odeur de l'after-shave de Jeff. Et son effet sur moi.

— Et ensuite ?

— Le bruit de la porte qui se referme. Ce qui m'a ramenée à la réalité en sursaut… Découvrir que je n'étais pas seule.

— Continuez.

— La peur de perdre Nola. Mon soulagement de la retrouver vivante.

Vivante. Indemne. Puis sa joie débordante d'être en vie.

— Vous dites que rien n'a disparu chez vous, Mira ? Que les portes et les fenêtres étaient closes ?

— Vous pensez que j'ai halluciné toute la scène ?

Troublée, Mira secoua la tête.

— Non, reprit-elle. C'est impossible. Nola aboyait comme une folle.

— Comme une folle ?

— Oui. C'est ce qui m'a réveillée. C'est… Je…

Sa voix se perdit dans un murmure et elle se laissa choir de nouveau sur le divan. Quand avait-elle remarqué que Nola avait cessé d'aboyer ? En sortant du lit ? En arrivant dans le couloir où flottait l'odeur de Jeff ? Ou en entendant la porte se refermer ?

— Savez-vous que, de tous nos souvenirs sensoriels, ceux liés à l'olfaction sont les plus puissants ? Une odeur peut nous transporter dans un autre lieu, un autre temps, et nous amener à revivre les sensations associées à telle ou telle période de notre vie.

Mira secoua la tête. Adèle Jasper poursuivit :

— Et le bruit de la porte qui se referme ? Que pourrait-il représenter ?

— Une fin. Un départ.

Elle laissa échapper une exclamation de frustration.

— Je vois bien où vous voulez en venir. Mais je sais ce que j'ai entendu.

La thérapeute baissa les yeux sur ses notes.

— Vous avez su, à ce moment-là, avez-vous dit, que vous n'étiez pas seule.

— Quelqu'un était entré chez moi !

— Ce sont les mots mêmes que vous avez prononcés, Mira. Et ils sont puissants. Symboliquement puissants.

Des larmes lui inondèrent les yeux et elle secoua la tête en signe de déni. Elle n'était pas prête.

— Non, murmura-t-elle. Non.

Le Dr Jasper se pencha pour saisir ses mains entre les siennes.

— Une porte était ouverte, dans votre esprit. Et Jeff était là. Vous l'avez revécu par votre mémoire sensorielle… Puis vous avez refermé la porte. Parce que vous saviez que vous n'étiez plus seule. Plus maintenant, insista-t-elle en augmentant la pression de ses doigts.

Des larmes roulaient une à une sur les joues de Mira.

— J'ai couru vers Nola.

— Et vous étiez paniquée, terrifiée à l'idée qu'il ait pu lui arriver quelque chose.

La thérapeute serra ses mains plus fort puis les lâcha.

— Vous avez choisi le présent, Mira. Vous vous êtes ouverte à quelqu'un, à quelque chose. Au désir de vivre.

Au désir de vivre, oui. C'était une telle évidence !

— Qu'avez-vous fait dans ce moment de joie ?

— J'ai appelé Connor. Je voulais partager mon bonheur avec…

Mira se mordit la lèvre et ravala le reste de sa phrase.

— Je crois que c'est significatif, vous ne pensez pas ?

Elle le pensait, oui. Mais elle n'était pas encore disposée à l'admettre. L'heure de thérapie se termina en silence. A la fin de la séance, le Dr Jasper la raccompagna jusqu'à la porte et la serra brièvement dans ses bras. Plaçant les mains sur ses épaules, elle plongea son regard dans le sien.

— Soyez prudente, Mira. Sentir de nouveau, c'est bon, c'est important. Mais il est si facile de prendre des coups au passage.

34

Mardi 16 août, 13 heures

Anton Gallier avait vécu comme un nabab. Sa propriété était dans le même style que celle des Scott, mais en plus imposant. Bayle se gara dans la rue, devant le quasi-château de l'avenue Saint-Charles. Malone descendit de voiture et se laissa pénétrer un instant par l'esprit des lieux. A La Nouvelle-Orléans, on trouvait des résidences d'un luxe démesuré, qui ne sortaient jamais du cercle choisi des grandes familles du cru à la généalogie irréprochable.

La demeure d'Anton Gallier entrait dans cette catégorie. Inutile d'espérer acquérir ce genre de propriété si on était nouveau venu ou yankee. On pouvait être étranger à cette ville et s'y installer, acheter des concessions automobiles et des équipes de sport professionnelles et même réussir à se faire élire maire. Mais il était inutile d'espérer obtenir une maison telle que celle-ci et le lignage qui allait avec. La rumeur courait que l'acteur Nicolas Cage avait tenté d'acheter une de ces anciennes demeures et que même lui s'était cassé le nez.

Malone ne doutait pas que d'autres villes fonctionnaient, elles aussi, avec leurs propres lois tacites. Mais il avait de la peine à imaginer que ces lois puissent être aussi profondément ancrées qu'ici. A La Nouvelle-Orléans, il y avait ce qui « se faisait » et ce qui « ne se faisait pas ». Les germes de cette maladie se transmettaient de génération en génération et par voie conjugale. Et on ne plaisantait pas avec les codes établis.

Monopolisant la moitié d'un pâté de maisons sur ce qui était probablement l'une des plus belles avenues des Etats-Unis, la propriété représentait le vieux Sud dans toute sa gloire. Une existence privilégiée où les classes sociales ne se mélangeaient pas, où le personnel était omniprésent mais traité de haut, où les difficultés de la réalité ordinaire restaient hors des murs.

Aujourd'hui, cependant, la « vraie vie » frappait à la porte.

Malone et Bayle s'immobilisèrent devant les grandes grilles en fer forgé. Il pressa le bouton du système sophistiqué d'Interphone vidéo.

— Inspecteurs Bayle et Malone du NOPD, pour Mme Gallier, annonça-t-il alors qu'ils levaient leurs insignes face à la caméra.

La grille s'ouvrit et ils empruntèrent l'allée bordée d'arbres. Ils furent accueillis à la porte par un majordome en livrée qui les attendait avec une enveloppe.

— Mme Gallier m'a prié de vous remettre ceci et vous remercie pour les services que vous fournissez à la ville.

Malone haussa les sourcils.

— Qu'est-ce que c'est ?

— La contribution annuelle de M. et Mme Gallier aux œuvres de la police.

Caractéristique. L'argent comme réponse à tout. Il vit la tête de Bayle et comprit qu'elle partageait sa réaction.

— Veuillez dire à Mme Gallier que nous ne sommes pas ici pour une collecte. Notre présence ici est officielle et concerne une affaire sérieuse.

Pendant une fraction de seconde, le regard du domestique s'éclaira, comme sous l'effet d'une jubilation secrète.

— Oui, bien sûr. Un instant, s'il vous plaît.

Bayle le regarda s'éloigner.

— Je crois qu'il ne serait pas mécontent de voir la journée de Madame fichue en l'air par les flics.

— Toi aussi, tu as eu cette impression ?

— Cela sautait aux yeux.

Elle regarda autour d'elle.

— Tu y crois, toi ? Ma maison, à côté, a l'air d'une masure pour trolls vivant de l'assistance publique.

Il rit doucement.

— Ce n'est pas plus brillant de mon côté.

Le majordome réapparut et leur fit signe de le suivre. Il les escorta jusqu'à une pièce consacrée aux trophées du Mardi Gras. Non pas les babioles à deux sous que l'on jette à la foule pendant les défilés de chars, mais de très belles pièces de collection placées dans des vitrines de verre : des couronnes et des sceptres, des masques ornés de joyaux, d'anciennes cartes d'invitation et des carnets de bal aux illustrations surannées.

L'élite de La Nouvelle-Orléans prenait les festivités du Mardi Gras très au sérieux. Etre nommé roi de la confrérie Rex constituait un accomplissement majeur. A la jeune femme choisie pour tenir le rôle de sa royale compagne, un grand honneur était également échu. Et tant pis si le Rex était presque toujours un vieux croûton richissime en âge d'être son père. Les parents de l'heureuse élue n'hésitaient pas à dépenser des dizaines de milliers de dollars pour la circonstance. Ils donnaient des réceptions, achetaient des votes, finançaient des robes qui valaient une fortune.

Apparemment, Charlotte Gallier avait connu la gloire d'être nommée reine en 1968. Les photos, le sceptre et la couronne étaient là pour en témoigner.

— Les inspecteurs Malone et Bayle sont ici pour vous parler, madame.

Elle leur fit signe d'entrer, mais ne releva pas la tête du mot qu'elle était apparemment en train de rédiger. Malone se racla la gorge.

— Madame Gallier, nous…

Sans un regard dans leur direction, elle leva la main pour l'arrêter.

— Un instant, s'il vous plaît.

Toujours cette même morgue aristocratique. Il décida de lui accorder l'instant demandé et en profita pour examiner les pièces exposées. Des photos de défilé vieilles de plus d'un siècle attirèrent son attention. Puis il poursuivit jusqu'à une série de sous-verre où s'alignaient des doublons en cloisonné et de vraies perles de verre. Rien à voir avec les billes en plastique *Made in China* et les doublons en aluminium d'aujourd'hui. Impressionnant.

Mme Gallier s'éclaircit la voix.

— Excusez-moi, jeune homme. Pouvez-vous me dire ce que vous faites, exactement ?

Il désigna les sous-verre.

— Je n'en avais encore jamais vu de pareil.

— Ce sont des pièces devenues très rares, en effet.

Elle plaça ses mains jointes devant elle.

— En quoi puis-je vous être utile, capitaine ?

— Inspecteur, rectifia-t-il. Nous avons une mauvaise nouvelle, je le crains.

Elle attendit d'un air d'indifférence. Il se demanda comment elle réagirait à l'annonce qu'il s'apprêtait à lui faire. Si tant est que ce genre de femme fût encore capable de manifester une émotion quelconque.

— Madame Gallier, votre mari a été assassiné ce matin. Je suis terriblement désolé.

Elle cligna trois fois des yeux. Ses lèvres tremblèrent.

— Mon Dieu… C'est en effet une mauvaise nouvelle.

Ce fut tout. Bayle et lui échangèrent un regard. Son équipière paraissait aussi estomaquée que lui.

— Nous consacrons tous nos efforts à retrouver le meurtrier, madame. Pour les besoins de l'enquête, nous avons quelques questions à vous poser.

Elle hocha la tête, s'éclaircit la voix.

— Pouvez-vous me préciser comment… comment ils s'y sont pris ?

— Il a été tué par balles. Dans un ascenseur.

— Je vois.

— Vous saviez qu'il avait une seconde résidence ?

— L'appartement sur la rue Royale ? Bien sûr. C'est un logement de fonction.

Malone sortit un carnet à spirale de sa poche de poitrine.

— Quand l'avez-vous vu pour la dernière fois, madame ?

— Hier matin, quand il est parti au travail. Il avait une soirée d'affaires, hier.

Des affaires un peu particulières. Bayle se jeta à l'eau :

— Saviez-vous que votre mari avait une maîtresse ?

— Bien sûr, répondit-elle avec un parfait détachement. Nous n'avions pas de secrets l'un pour l'autre.

— Et ce n'était pas un problème pour vous ?

— Ses amusettes ne signifiaient rien. Je suis sûre que vous ne pouvez pas comprendre, mais nous formions une paire soudée, Anton et moi. Nous faisions équipe, un peu comme vous deux. Nous nous soutenions mutuellement. Toujours.

— Vous n'aviez pas peur qu'il vous quitte ?

Bayle eut droit à un regard condescendant.

— Anton ne m'aurait jamais quittée. Pas plus que je ne l'aurais quitté.

— Où étiez-vous ce matin, madame Gallier ?

— A la maison. Je ne suis pas encore sortie, aujourd'hui. Maintenant, je vais devoir le faire.

— Quelqu'un, ici, peut témoigner de votre emploi du temps ?

— N'importe lequel de mes employés de maison.

— Nous autorisez-vous à leur poser quelques questions ?

— Mais certainement. Faites votre travail.

— Votre mari avait des ennemis ? voulut savoir Bayle.

Charlotte Gallier porta son attention glacée sur elle.

— Il était très riche, inspecteur. Très puissant. Il avait *beaucoup* d'ennemis.

Quelle différence entre sa réponse et celle de Jaz ! Malone était frappé par l'arrogance désinhibée avec laquelle cette femme affichait ses positions. L'argent était synonyme de pouvoir. Le pouvoir engendrait le mépris.

Et la terre tournait autour du soleil. Comme il se devait.

— Je vais reformuler ma question, madame : quelqu'un voulait-il le tuer ?

Le rire de Mme Gallier rendit un son fragile.

— Certains ont pu y penser, oui. Mais de là à appuyer sur la détente…

Elle pianota du bout des doigts sur le bureau.

— Si quelqu'un a pu le faire, c'est sans doute la petite putain que mon fils avait épousée. L'autre jour, encore, elle a menacé Anton. Elle a fait irruption dans son club et s'est donnée en spectacle. Un très vilain spectacle, croyez-moi. Connor Scott était là également. Tout le monde en parle.

Et maintenant, l'élite aurait un nouveau sujet de conversation.

— Vous avez qualifié votre belle-fille de « putain ». Trompait-elle votre fils ?

— Pas que je sache, non.

— Que lui reprochez-vous ?

Elle eut un geste méprisant de la main.

— Il s'est marié loin en dessous de sa condition, inspecteur. Elle ne possédait rien et elle n'est personne. Une faiseuse de vitraux, grands dieux !

— Donc, vous pensez qu'elle a tué votre fils ? insista Bayle.

— Je n'étais pas aussi convaincue qu'Anton ; Jeff et elle paraissaient heureux, ensemble. Mais maintenant… Elle s'en est tirée une première fois, alors elle recommence. C'est bien ainsi que ça marche pour ces gens-là, non ?

— Ces « gens-là », madame ?

— Les meurtriers. D'abord mon fils…

Sa voix s'étrangla.

— Et maintenant, mon mari. Je suis seule, à présent, inspecteurs. Complètement seule.

Ni Malone ni Bayle n'avaient d'autre question à poser. Avec la permission de Mme Gallier, ils interrogèrent le personnel. Et apprirent qu'elle avait dit la vérité : « Madame » n'avait pas quitté la maison depuis la veille.

— Tu crois qu'elle a un cœur, cette femme ? demanda Bayle lorsqu'ils bouclèrent leurs ceintures.

— Si elle en a un, c'est de la glace qui coule dans ses veines.

Bayle passa une vitesse.

— Tu t'imagines avec une mère pareille ?

— Impossible, non. La mienne est italienne, avec un tempérament de feu. Toute cette réserve glaciale… Ce n'est vraiment pas son style. Et si, par malheur, elle découvrait que mon père l'avait trompée, elle le tuerait de ses mains, toute menue qu'elle est.

— Exactement. Merci.

Elle se déporta sur la file de gauche pour tourner au carrefour, et laisser passer un tram qui gémit bruyamment sur ses rails.

— Ah, les riches, c'est vraiment une espèce à part…, fit-il remarquer en secouant la tête.

Il attendit un commentaire, mais son équipière était tombée dans un silence pensif. Il finit par décrocher son téléphone de sa ceinture.

— Je vais voir où en est Percy et le prévenir que nous sommes en route.

35

Mardi 16 août, 15 h 10

Mira quitta l'atelier de bonne heure. Après avoir raté une découpe quatre fois de suite et s'être entaillé un doigt à deux reprises, elle avait dû se rendre à l'évidence : il serait plus sage de déclarer forfait pour aujourd'hui. Impossible de détacher ses pensées de sa séance avec le Dr Jasper. Les mots de sa thérapeute lui tournaient dans la tête, la privant de toute capacité d'attention.

Avait-elle fermé la porte sur le passé et sur Jeff ? Et les événements de la nuit écoulée ? Pure création hallucinatoire ? Les aboiements de Nola, le bruit de la porte qui s'était refermée, l'odeur de l'after-shave de Jeff ?

Tout avait paru si réel, pourtant.

Vous choisissez le présent, Mira. Vous ouvrez la porte à quelqu'un ou à quelque chose. Vous êtes dans le désir de vivre.

L'esprit survolté, elle bifurqua sur Frenchmen Street. L'avertissement final de sa thérapeute, au sujet des coups qu'elle risquait « de prendre au passage », lui trottait dans la tête. Les mots — ou peut-être la façon dont ils avaient été assenés — lui avaient donné le sentiment d'une menace. Elle les avait reçus ainsi, en tout cas, et un frisson avait glissé le long de sa colonne vertébrale.

Mais pourquoi sa psy la menacerait-elle ?

Il n'y avait aucune raison, point final. Encore un caprice de son imagination débridée.

Elle arrivait en vue de la maison de Mme Latrobe. *Les aboiements de Nola.* Bien sûr. C'était la raison pour laquelle elle s'était levée initialement : par crainte de contrarier sa râleuse de voisine. Elle se gara devant chez Mme Latrobe et descendit sur le trottoir. Indifférente au soleil aveuglant, à la chaleur suffocante, elle remonta l'allée et sonna à la porte. Mme Latrobe vint lui ouvrir, vêtue d'un tailleur cintré et coiffée d'une élégante petite toque. Elle aurait pu sortir tout droit d'un magazine *Life,* version années 1950, n'étaient les mules bleues à ses pieds.

— Bonjour. Je suis Mira Gallier, votre voisine.

— Je suis peut-être vieille, mais je ne travaille pas encore du chapeau. Je sais qui vous êtes.

Mira s'éclaircit la voix.

— Je voulais juste vous présenter mes excuses au cas où les aboiements de ma chienne vous auraient réveillée.

Mme Latrobe fronça les sourcils.

— Une chienne ! Vous la gardez en laisse, j'espère ?

— Bien sûr. Et si elle vous a réveillée cette nuit, donc, je…

— Elle ne m'a pas réveillée, par chance. En revanche, j'ai été dérangée par les allées et venues chez vous à toute heure.

— Si vous voulez parler de la police, j'ai eu un intrus qui…

— Et toutes ces visites masculines ! Ce n'est vraiment pas convenable. Votre pauvre mari doit se retourner dans sa tombe.

Mira sentit la colère lui monter au nez. Plusieurs reparties cinglantes lui vinrent à l'esprit, mais elle les ravala alors que l'image du tailleur, du chapeau et des mules lui envahissait l'esprit. Inutile de rétorquer que c'était à Mme Latrobe d'avoir honte de l'espionner et de tirer des conclusions infamantes. Proclamer son innocence ne la mènerait nulle part. Mme Latrobe n'en croirait pas un mot, de toute façon.

Elle fit un pas en arrière.

— Je suis ravie que vous n'ayez pas été incommodée par Nola. Passez une bonne fin de journée, madame Latrobe.

Tournant les talons, elle se hâta vers sa voiture.

— S'il s'agit d'un chien qui aboie, veillez à lui acheter une muselière ! cria sa voisine dans son dos.

Mira résista de justesse à la tentation de prendre la défense de Nola. C'était étonnant comme le besoin de voler au secours de l'animal de compagnie était plus puissant que celui de se protéger elle-même. Elle remonta dans sa Focus qui, l'espace de quelques minutes, s'était déjà transformée en four. Tournant la clim à fond, elle dirigea le souffle frais sur son visage.

Mme Latrobe n'avait pas été dérangée par Nola.

Parce que la chienne n'avait pas aboyé ? Ou parce qu'elle ne l'avait pas entendue ? Difficile d'imaginer que cette vieille toupie ait pu ne pas être gênée dans son sommeil, avec ce concert canin à réveiller les morts.

A réveiller les morts… Mira se mordilla la lèvre. Voilà qui allait dans le sens des théories du Dr Jasper. Il était temps pour elle de se compter de nouveau au nombre des vivants.

Au moment où elle se gara dans son allée, une voiture de police s'engagea derrière elle. Un agent en uniforme en descendit et se dirigea vers elle. Mira baissa sa vitre.

— Bonjour. Puis-je vous aider ?

— Vous êtes bien Mira Gallier, madame ?

— Oui.

— Agent Gonzales, du NOPD, dit-il en montrant son insigne.

Mira l'examina rapidement et leva les yeux vers lui.

— En quoi puis-je vous être utile ?

— Je vais devoir vous demander de venir avec moi, madame.

Elle fronça les sourcils.

— Où ? Pourquoi ?

— Au bureau de police. Pour une audition.

— Une audition, répéta-t-elle d'une voix blanche. A quel sujet ?

— Je ne sais pas, madame.

Elle hésita.

— Il faudrait que je sorte d'abord ma chienne. Elle est enfermée depuis ce matin.

— Désolé, m'dame. Mais j'ai ordre de vous ramener directement.

Mira jeta un coup d'œil sur sa maison. Puis reporta son attention sur le policier.

— Je vous suis en voiture.

— On m'a dit de vous faire monter avec moi.

Une sensation proche de la nausée se logea au creux de sa poitrine. L'agent lui ouvrit la portière arrière puis la fit claquer derrière elle. Mira prit une inspiration profonde.

Encore une première pour elle : rouler à l'arrière d'un véhicule de police. Sans menottes, c'était déjà ça.

Le temps d'atteindre le bureau de police et ses nerfs étaient partis en vrille. Si quelqu'un s'était placé derrière elle en criant « Bouh ! », elle aurait probablement fait un arrêt cardiaque. L'agent Gonzales annonça par radio qu'ils étaient arrivés. Un inspecteur qui présentait une étonnante ressemblance avec Spencer Malone l'accueillit.

— Madame Gallier ? Je suis l'inspecteur Percy Malone.

— J'ai eu affaire à un autre inspecteur Malone. Votre frère, je suppose ?

Il sourit.

— Spencer, je pense. Un de mes quatre frères.

— Quatre ? Oh ! mon Dieu…

— Il y a pire. Nous sommes presque tous dans la police.

— Et vous vous ressemblez tous autant que Spencer et vous ?

Il sourit.

— Assez, oui. Mais c'est moi qui ai hérité du physique de choc et de la haute taille.

— Et Spencer ? Qu'a-t-il reçu en partage ?

— Un bon direct du droit.

Elle sourit faiblement.

— Très drôle.

— J'ai aussi hérité de l'humour… Tenez, venez par ici. Plus vite nous commencerons, plus vite vous serez sortie d'ici.

— Je suis sans moyen de transport. On n'a pas voulu me laisser prendre ma voiture.

— C'est la procédure standard. Ne vous inquiétez pas, nous vous reconduirons à votre domicile.

Il s'immobilisa devant une porte qui portait le numéro 2. La pièce était vide, à l'exception d'une table et de trois chaises.

— Et voilà. Mettez-vous à l'aise.

Elle déglutit.

— Pour quelle raison suis-je ici, inspecteur Malone ?

— Pour un interrogatoire.

— A quel sujet ?

— Laissez-moi d'abord tout mettre en place, puis nous pourrons bavarder gentiment.

Elle serra ses bras croisés autour de sa taille, les tempes barrées par un début de migraine. Pourquoi avait-elle le pressentiment que la conversation n'aurait rien de « gentil », justement ?

— Asseyez-vous.

Il se dirigea vers une caméra suspendue dans un coin de la pièce. Une petite lumière verte s'alluma.

— Vous êtes mariée, je crois ?

— Je l'étais. Mon mari est mort pendant Katrina.

— Oh ! je suis désolé…

— Et vous ?

— Je cherche toujours l'âme sœur. Mais Spencer, lui, va franchir le grand pas. Vous avez fait un grand mariage ?

Il se dirigea vers l'angle opposé de la pièce et réitéra son geste. De nouveau, un petit voyant vert apparut. Mira se frotta les tempes. Son pressentiment sinistre s'accentuait.

— Pas un grand mariage, non. Juste une courte cérémonie à la sauvette. Nous nous sommes mariés à Las Vegas.

— J'aurais préféré que Spencer choisisse cette option plutôt que le grand tralala. Je vais devoir m'acheter un smoking, tenir un discours officiel en levant mon verre.

Elle prit soudain conscience de ce qu'il faisait.

— Vous enregistrez la conversation ?

— Pour votre protection. Et pour la nôtre.

— Je ne suis pas en état d'arrestation, si ?

— Pas du tout. Qu'est-ce qui vous fait penser une chose pareille, madame Gallier ?

Elle haussa un sourcil dubitatif, pas dupe un instant de son attitude débonnaire.

— Voyons, laissez-moi réfléchir. Un agent en uniforme me cueille devant chez moi et m'embarque sans même me laisser le temps de sortir mon chien. Et je me retrouve assise dans une pièce sans fenêtre, avec deux caméras pointées sur moi.

— Il vous a passé les menottes et vous a fait lecture de vos droits ?

— Non.

— Et voilà. Vous n'êtes pas en état d'arrestation.

Il lui adressa un sourire dévastateur, mais elle ne se laissa pas distraire de sa question.

— Pourquoi suis-je ici, inspecteur ?

— Pour interrogatoire. Au sujet d'un meurtre.

— Un meurtre, murmura-t-elle. Le Prêcheur ?

— Non. Votre beau-père. Anton Gallier.

Elle resta un instant abasourdie.

— Vous devez vous tromper, protesta-t-elle lorsqu'elle eut enfin recouvré sa voix. Je l'ai vu pas plus tard que samedi.

— Il a été assassiné par balles ce matin.

— Mon Dieu…

— Mes condoléances, madame Gallier.

Une douzaine de souvenirs d'Anton affluèrent à sa mémoire. Pas un n'était positif. Elle soutint le regard de l'inspecteur.

— Mon beau-père et moi n'étions pas en bons termes. Mais j'imagine que vous êtes déjà au courant.

— Où étiez-vous ce matin, madame Gallier ?

Glacée, elle se frotta les bras.

— Ce matin à quelle heure ?

— Entre 6 et 10.

— Je me suis levée à 6 heures, j'ai fait une longue promenade avec ma chienne, j'ai pris mon petit déjeuner, me suis habillée et j'ai appelé ma psy pour la supplier de me caser un rendez-vous aujourd'hui.

— Elle vous l'a accordé ?

— Oui, elle a sacrifié sa pause de midi.

— Son nom ?

— Le Dr Adèle Jasper.

— Pourquoi avez-vous besoin d'une aide psychologique ?

— Cela ne vous concerne absolument pas.

— « Il a chassé sept démons. »

— Pardon ?

Percy Malone répéta la phrase et lui demanda si elle avait une signification pour elle.

— Je pense qu'il s'agit d'une citation de la Bible. Elle a trait au Christ qui a débarrassé Marie-Madeleine des sept démons qui avaient pris possession d'elle.

— Ouah, vous m'impressionnez ! Quelle culture biblique !

Il sourit.

— Vous avez dû en passer, du temps, à potasser votre catéchisme.

— En fait, j'ai surtout passé une année à restaurer les verrières de l'église catholique de Notre-Dame des

Douleurs. La pièce majeure parmi ces vitraux représente Marie-Madeleine au pied de la croix. Chaque restauration à caractère historique demande un gros travail de recherche.

— Je ne comprends pas. Si vous vous contentez de restaurer ce qui existait déjà, à quoi vous servent toutes ces recherches ?

— Le maître verrier étant considéré comme un artisan et non comme un artiste, il est très souvent anonyme. Voilà pourquoi je creuse, je cherche toutes les références sur l'église en question, sur la création des vitraux. Et je déterre toutes les photos que je peux trouver.

— Et ces recherches vous ont conduite à la Bible ?

— Oui et non. Je me suis prise d'affection pour elle.

— Elle ? Vous voulez parler de Marie de Magdala ?

Mira hocha la tête.

— J'avais envie d'en savoir plus à son sujet. Alors j'ai lu tout ce que j'ai pu trouver sur la question. Vous n'avez jamais été fasciné par une figure historique ?

— Pas à ce point, non. Sauf si Michael Jordan compte comme tel.

Il sourit de nouveau. Mais là non plus, elle n'y crut pas.

— Que savez-vous de ces sept démons ?

— Rien. La Bible ne fournit pas de détails.

— Et les autres livres que vous avez lus non plus ?

— Non. On sait seulement que ces démons la poussaient à commettre des péchés. Pourquoi le sujet vous intéresse-t-il à ce point, inspecteur ?

Il poursuivit sans répondre à sa question.

— J'ai cru comprendre que vous aviez récemment eu une explication un peu vive avec Anton Gallier ?

Ils étaient au courant, pour leur altercation. Avec un sentiment d'horreur, elle se remémora son ultime échange avec Anton. Elle ne se souvenait pas de ses propos exacts. Mais elle savait que l'épisode n'avait pas tourné à son avantage. Et même que ses paroles l'incriminaient.

Faisaient d'elle une suspecte majeure.

— Avant d'en dire plus, j'aimerais parler à mon avocat.

Il eut un mince sourire.

— Mais je vous en prie... Si vous jugez que c'est nécessaire.

La façon dont il prononça ces mots la fit se sentir en faute. Ce qui était précisément le but qu'il visait. Il la manipulait en jouant sur son sentiment de culpabilité.

Mais elle ne tomba pas dans son piège.

— C'est mon droit.

Elle lui rendit son petit sourire et parodia les mots qu'il avait lui-même prononcés un peu plus tôt.

— Pour ma protection. Et pour la vôtre.

36

Mardi 16 août, 16 h 50

— Elle n'est pas idiote, commenta Spencer en détachant les yeux du moniteur pour se tourner vers son équipière. Elle nous a vus venir, avec nos grosses ficelles.

Il entrait dans l'intérêt de Mira Gallier de faire appel à un avocat, vu les circonstances. Alors qu'ils préféraient avoir les coudées franches et l'interroger seule. Voilà pourquoi ils jouaient la carte du « Si vous croyez vraiment que c'est nécessaire… ». Un truc vieux comme le monde.

— Elle est en train d'appeler son avocat, annonça Percy en les rejoignant dans la salle vidéo. Désolé de ne pas avoir réussi à reculer le moment plus longtemps.

Malone voulut répondre, mais Bayle le devança d'une longueur.

— Je suis surprise qu'elle ait attendu aussi longtemps avant de le faire. Ce n'est pas son premier rodéo judiciaire.

— Elle a eu l'air sincèrement choquée à l'annonce du décès de Gallier, commenta Percy. Même si j'ai déjà eu l'occasion d'assister à quelques performances oscarisables.

— Il n'y a pas beaucoup d'autres suspects en vue, observa Bayle.

Spencer jeta un coup d'œil sur ses notes.

— A mon avis, ce ne sont pas les candidats au meurtre qui manquent, pour Gallier. Ce type était un enfoiré de première. Universellement détesté. Craint, mais respecté.

— Respecté ?

— Pour être un parfait salopard. Bizarre, non ? Même sa femme était fière.

Spencer se servit du café. Il but une gorgée, fit la grimace et reposa le gobelet en polystyrène.

— Et Connor Scott ? Charlotte Gallier affirme qu'il était au Crescent City Club avec Mira, et qu'il a assisté à la prise de bec avec son mari.

Percy feuilleta son carnet.

— Il a fait plus qu'assister. Anton Gallier s'en est pris aussi à Scott. D'après les témoins, Scott était visiblement furieux, mais il s'est contenu et a tourné les talons sans rien dire. La victime l'a mis au défi de dire « la vérité » à Mira. Sur la raison pour laquelle il s'était enrôlé, ou un truc comme ça.

— Scott a peut-être jugé bon de s'assurer du silence définitif de Gallier, suggéra Spencer. Cela me paraît assez plausible.

— Je propose qu'on l'amène pour interrogatoire.

Un policier en uniforme passa la tête dans l'encadrement de la porte.

— L'avocat de Gallier est arrivé. Il est avec elle, là.

— Qu'est-ce que je fais ? demanda Percy. Je continue ?

Spencer estima que ce serait la meilleure solution, et Bayle abonda dans son sens. Vingt minutes plus tard, l'interrogatoire reprenait. Malone reconnut l'avocat, Lance Arnold. Un bon criminaliste, élément solide de la communauté pénale, plus mesuré qu'ostentatoire.

— Quand avez-vous vu Anton Gallier pour la dernière fois ? demanda Percy.

— Samedi. A l'heure du déjeuner.

— Pouvez-vous décrire cette rencontre ?

— Déplaisante. Très.

— Pourquoi ?

— Toutes mes rencontres avec mon beau-père ont été détestables.

— Pour quelle raison ?

— Il s'était mis en tête que j'avais tué son fils. Et s'était donné pour mission, dans la vie, de rendre la mienne intenable.

— De quelle manière ?

— Par tous les moyens. Il a commencé par m'accuser de meurtre. Quand le non-lieu a été prononcé, il m'a intenté un procès au civil. Sa dernière attaque s'est présentée sous la forme d'un documentaire post-Katrina. Il a usé de son influence et de ses contacts auprès de la chaîne de diffusion publique pour propager des accusations à peine voilées.

— Il est propriétaire de la station, c'est juste ?

Elle se frotta la tempe.

— Oui. La journaliste qui avait tourné une séquence sur mon travail m'a remis un enregistrement pour que je sache à quoi m'en tenir. L'émission est passée le soir même.

— Vous avez donc regardé cette interview.

— Oui.

— Et vous étiez en colère. Furieuse, même.

L'avocat l'interrompit.

— Et si vous laissiez ma cliente choisir elle-même les termes pour décrire ce qu'elle ressentait ?

Percy leva les mains.

— O.K. Mea culpa. Comment vous êtes-vous sentie, madame Gallier, après avoir vu cette interview ?

— Au début, dépassée. Anéantie.

Spencer songea que le jeu des émotions de Mira se lisait à livre ouvert sur son visage. Elle était transparente. Emotionnellement, en tout cas.

— Je me disais qu'il était inutile d'essayer de le combattre. Qu'il était trop riche. Trop puissant. Puis je…

Mira ne termina pas sa phrase. Mais Percy insista.

— Vous, quoi ?

Elle prit une profonde inspiration.

— Je me suis révoltée.

Percy hocha la tête.

— Normal. Il y a longtemps qu'il vous empoisonnait la vie.

— Depuis le début.

L'avocat se racla la gorge en signe d'avertissement. Percy fit mine de ne pas entendre et mit le paquet.

— J'imagine que vous n'aviez qu'une envie : être débarrassée de lui une fois pour toutes.

— Inspecteur ! coupa sèchement Arnold Lance. Je…

Gallier l'arrêta en lui posant la main sur le bras.

— Oui, j'aurais été soulagée de ne plus jamais avoir affaire à lui. Mais pas comme ça. Pas au point de désirer sa mort.

Percy consulta ses notes.

— En êtes-vous certaine ? Vous l'avez menacé, pourtant.

— « Menacé » n'est pas le mot.

Elle tourna les yeux vers son avocat.

— Je n'ai pas le sentiment d'avoir émis des intimidations. Je lui ai juste fait savoir que je ne me laisserais plus enfoncer la tête sous l'eau.

— Non, madame Gallier. Vous l'avez bel et bien menacé. J'ai interrogé ses voisins de table, ce jour-là. Ils ont été formels.

— Qu'ai-je dit ?

Percy consulta de nouveau son carnet.

— La victime a lancé « Ah bon ? Qu'allez-vous me faire, petite fille ? Me tuer ? » Et vous avez répondu : « Ce serait sans doute une solution, oui. Je doute que vous manquiez à grand monde. » Cela ressemble beaucoup à une menace.

— J'étais juste très remontée. Il avait ri de moi et…

L'avocat la coupa.

— Ce sont des paroles en l'air que n'importe qui aurait prononcées dans le feu d'une dispute, inspecteur. Elles ne sont pas à prendre au pied de la lettre. Avez-vous des questions plus spécifiques à poser à ma cliente ?

— Parlez-moi de votre relation avec Connor Scott.

Elle parut troublée par ce brusque retournement.

— Connor ? Nous sommes de vieux amis.

— Il vient de refaire irruption dans votre vie, c'est cela ?

Malone nota qu'elle pliait et dépliait les doigts.

— Oui. Il était dans l'armée.

— Dans les marines, je crois ? J'ai cru comprendre qu'il vous accompagnait au Crescent City Club.

— Non. Il m'a suivie là-bas.

— Suivie ? Cela paraît étrange, non ?

— Pas vraiment. Il était inquiet à mon sujet. Il sait comment Anton peut être... *pouvait* être, rectifia-t-elle.

— Et comment pouvait être Anton ?

— Méchant, dit-elle simplement.

— Méchant ? Beaucoup de gens sont méchants. Même les enfants le sont. Vous avoir suivie pour si peu me paraît excessif. Vous n'êtes plus une petite fille.

Elle changea de position sur sa chaise.

— Anton avait un talent particulier pour la cruauté. Et Connor savait à quel point j'étais retournée.

— Retournée comment, madame Gallier ?

L'avocat intervint.

— Vous avez déjà questionné ma cliente sur son état émotionnel. Poursuivons.

— Etait-il inquiet à l'idée de ce que vous pourriez faire ? Est-ce la raison pour laquelle il vous a suivie ?

— Inspecteur ! s'insurgea Arnold. Cela a déjà été établi également.

Spencer sourit lorsque Percy enchaîna sans sourciller :

— Je crois que Connor et M. Gallier se sont querellés ?

— Anton l'a provoqué.

— A quel sujet ?

De nouveau, elle s'agita sur sa chaise. Malone lui trouva l'air résolument mal à l'aise.

— Je ne sais pas.

— Vous étiez présente, je crois ?

— Oui. Mais Anton était ivre et tenait des propos opaques.

Malone tourna la tête vers Bayle, qui ne détachait pas les yeux de l'écran. Il se demanda si elle partageait son impression que Gallier protégeait Scott. Mais pourquoi ? Il reporta son attention sur l'interrogatoire en cours. A l'écran, son frère s'employait à réveiller la mémoire de Mira.

— D'après les témoins, madame Gallier, votre beau-père a mis Connor Scott au défi de vous révéler la véritable raison pour laquelle il était parti à l'armée. C'est exact ?

— C'est possible, oui.

— C'est possible ou c'est sûr ?

— Oui, bon, O.K. C'est sûr. Il l'a dit à deux reprises.

— Et M. Scott a-t-il fourni l'information en question ?

— A ce moment-là ?

— Avant, après, pendant, peu importe. Vous a-t-il confié la raison ?

Elle hésita.

— Il m'a dit qu'elle était personnelle.

— Et il vous en a fait part ?

De nouveau, il y eut comme un flottement dans l'attitude de Mira. Et Malone sut, avant même qu'elle ne l'admette, que la réponse était non.

— Oui ou non ?

— Non.

— Il vous cache quelque chose, donc. Quoi ?

— Rien. Ce n'est pas ça.

— Vraiment ? Vous êtes des amis de longue date et vous ne savez pas pourquoi il s'est brusquement enrôlé dans l'armée ?

Elle leva le menton.

— Dans toute vie, il existe des sphères hautement intimes. Il y a une différence entre cacher quelque chose et ne pas avoir envie d'en parler.

— Vous le croyez, vraiment ?

— Oui ! s'écria-t-elle en se dressant sur ses pieds. Et vous le savez. Arrêtez de jouer avec moi !

— Ce n'est peut-être pas moi qui joue avec vous.

L'avocat prit le bras de Mira et la fit se rasseoir. Spencer nota que la jeune femme tremblait.

— Je pense que nous en avons terminé ici, décréta Arnold.

— Une dernière chose, si vous le voulez bien. M. Gallier a accusé votre ami Connor de se réjouir de la mort de votre mari. Vous vous en souvenez ?

Elle hocha la tête.

— Oui, mais c'est faux. Connor était le meilleur ami de Jeff.

— Pourquoi pensez-vous qu'il ait dit cela, alors ?

Elle leva les yeux et Malone vit qu'elle pleurait.

— Parce qu'il était soûl. Et amer. Et en colère. Et dangereux comme un serpent. Et parce qu'il se raccrochait à Jeff, n'acceptait pas d'avoir perdu son fils, refusait de passer à autre chose.

— Et vous, madame Gallier, avez-vous pu passer à autre chose, depuis la mort de votre mari ?

37

Mardi 16 août, 19 h 10

Lorsque l'inspecteur mit fin à l'interrogatoire, Mira dut puiser dans ses dernières réserves d'énergie pour se remettre debout et placer un pied devant l'autre. Elle avait l'impression d'avoir été fauchée par un camion-poubelle qui l'aurait frappée de plein fouet avant de lui rouler dessus.

Camion-poubelle... Comme le terme était adéquat.

Son avocat devait sentir qu'elle était à deux doigts de s'effondrer, car il ne lui lâchait pas le coude. Il la dirigea d'une main ferme dans la cabine d'ascenseur. Lance Arnold avait été son roc inébranlable pendant les deux procès que lui avait intentés Anton. Elle avait une entière confiance en lui.

— Alors ? Je suis dans la merde comment ? Un peu, beaucoup, passionnément, à la folie ?

— Ils n'ont rien de concret contre vous, à part des soupçons. Vous aviez un mobile. Un mobile puissant. C'était forcé qu'ils vous interrogent.

Un mobile puissant. Une altercation en public. Et des menaces de mort. Elle était surprise qu'ils ne l'aient pas jetée dans une cellule sur-le-champ.

— Mon Dieu, mais quel cauchemar... Je n'arrive pas à y croire.

Il luit tapota l'épaule d'un geste rassurant.

— Anton Gallier avait des quantités d'ennemis. Ils vont mettre la main sur le coupable.

Et s'ils ne le trouvaient pas ? Resterait-elle à jamais avec cette ombre accrochée à son nom, comme après les procès intentés par sa belle-famille ? Ou parviendrait-elle un jour à faire table rase de toutes les suspicions qui pesaient sur elle pour retrouver une réputation sans tache ?

— J'aurais besoin de vous voir plus longuement, dit Lance.

— Oui, bien sûr. Mais pas maintenant, O.K. ?

— Cela peut attendre demain matin. Je ne pense pas que vous soyez en danger d'être arrêtée. Reposez-vous et nous parlerons demain.

— Merci. Je suis désolée d'avoir à vous demander cela, Lance, mais je n'ai pas ma voiture et…

— Mira !

Elle se retourna. Chris traversait le hall d'entrée, se hâtant dans sa direction. Des larmes de reconnaissance lui montèrent aux yeux et elle courut se jeter dans ses bras. Elle se cramponna à lui et Chris la serra fort contre lui.

— Merci, Chris ! C'est si gentil d'être venu.

— Deni avait son cours du soir. On voulait être sûrs que tu n'avais pas d'ennuis.

Il l'écarta de lui pour plonger son regard dans le sien.

— Tout va bien, au moins ?

— « Aller bien » est un grand mot.

Voyant la panique dans ses yeux, elle sourit faiblement.

— C'est bon, ne t'inquiète pas. Tout est O.K.

Son avocat les rejoignit et Mira fit les présentations.

— Souhaitez-vous toujours que je vous reconduise chez vous ? s'enquit Lance, après avoir serré la main du jeune artisan.

Elle jeta un regard d'espoir à Chris. Malgré toute la considération qu'elle avait pour l'expertise de Lance, il était son avocat, pas son ami. Et, en cet instant, c'était du réconfort d'une présence amie qu'elle avait besoin.

— Je peux te raccompagner, si tu veux ? proposa Chris. Cela me ferait plaisir.

Quelques minutes plus tard, Chris et elle grimpaient à bord de son vieux camion Ford. Elle lui donna les indications, puis soupira en laissant aller la tête contre son dossier. Le moteur toussota, puis se mit à ronfler. Elle tourna alors les yeux vers Chris.

— Comment as-tu su où j'étais ?

— Ils ont annoncé le meurtre de ton beau-père à la télé. Deni a essayé de te joindre et ça ne répondait pas, alors elle a imaginé le pire. Elle a fini par appeler ton avocat. Lorsque sa secrétaire nous a dit qu'il était au bureau de police, on a tout de suite fait le lien.

— Je ne sais pas ce que je ferais sans vous deux.

Elle ferma les yeux un instant, puis les rouvrit.

— Merci d'être venu à la rescousse.

— C'est bien normal, Mira.

Ce qu'elle lut dans son regard montait de profondeurs qui se situaient bien au-delà de l'amitié. Elle détourna hâtivement les yeux.

— Deni a de la chance.

— Ce n'est pas toujours ce qu'elle dit.

— Ah oui ? Je n'avais pas remarqué. Elle paraît heureuse.

Il haussa une épaule.

— Ça vient de mes convictions. Tu vois cette bague ? C'est une bague de foi. Je me suis engagé à attendre le mariage.

Elle faillit lui demander « Attendre quoi ? », puis comprit qu'il avait fait vœu de chasteté. Elle avait entendu parler des bagues de pureté, portées par le groupe pop Jonas Brothers. Mais ce genre d'attitude allait tellement à l'encontre des mœurs courantes qu'elle ne sut trop comment réagir.

— Je t'ai surprise.

Comme elle ne le niait pas, il précisa :

— Deni pense que je ne la désire pas vraiment. Mais j'ai fait une promesse et j'ai tenu jusqu'à maintenant. Je ne veux pas revenir dessus.

— J'admire ta fidélité à tes convictions. C'est une qualité rare.

Il ne répondit pas et elle ferma de nouveau les yeux. Le ronronnement sourd du moteur lui paraissait mélodieux. Apaisant.

Tout comme Chris lui-même, d'ailleurs. On devinait une harmonie intérieure, en lui, qui exerçait un effet lénifiant. Il était très équilibré, pour un jeune homme de son âge. Elle ouvrit les yeux et lui demanda comment il s'y prenait.

— Tu veux vraiment le savoir ?

— Si je ne voulais pas le savoir, je ne t'aurais pas posé la question.

— Elle n'est pas vraiment jolie, mon histoire. J'ai vu des trucs pas trop reluisants, en grandissant. La mort était un style de vie. Ce sont des leçons que j'ai apprises très jeune.

— Où as-tu grandi, Chris ?

— A la limite des quartiers de Gert Town et de Mid-City. La plupart des gamins avec qui j'étais sont tombés dans les bandes et la drogue. Je n'en connais pas un qui s'en soit sorti.

— Je suis désolée.

Il haussa de nouveau les épaules.

— J'aurais pu suivre le même chemin.

— Mais tu ne l'as pas fait ?

— J'ai grandi sans père. La vie n'était pas facile. Et ma famille dépendait de moi.

— Je parie que la plupart de ceux qui ont mal fini avaient une famille plus ou moins ressemblante à la tienne. Qu'est-ce qui t'a rendu différent ?

— Je ne sais pas. La chance ? Ou un cadeau du ciel ? C'est une des raisons pour lesquelles je porte cette bague.

Son parcours faisait sens, songea Mira. Il avait eu la vie sauve en affirmant sa différence.

Chris lui sourit.

— Et toi, Mira ? Comment as-tu grandi ?

— On ne possédait pas grand-chose. On était juste toutes les trois, ma mère, ma sœur et moi. A travailler dur et à nous soutenir. Mais je n'aurais pas voulu d'autre enfance que celle-là.

Chris la considéra d'un air réjoui.

— C'est exactement ce que je ressens. C'est simple, mais beau. Katrina m'a aidé à en prendre conscience. J'ai compris que le temps nous était compté et que chaque journée était précieuse. Importante.

Les yeux de Mira se remplirent de larmes. Chris eut une grimace contrite.

— Oh ! merde, Mira… Je suis désolé.

— Ne t'inquiète pas. Katrina m'a fait comprendre la même chose. La vie est brève.

Ils se turent un moment. Puis elle lui indiqua le chemin.

— Tu tourneras à gauche à la prochaine intersection… Voilà. Ma maison est sur la droite.

Le camion pétarada une dernière fois, puis le moteur se tut. Au même moment, une lumière s'alluma chez Mme Latrobe.

— Ma voisine n'a pas très bon caractère. Parfois, je me dis qu'elle aurait préféré que je meure en même temps que Jeff.

Mira regretta ces paroles amères avant même d'avoir fini de les prononcer.

— C'est horrible, ce que je dis. La pauvre femme est âgée et très seule. Ce n'est pas très généreux de ma part de parler d'elle comme ça.

Chris descendit du pick-up.

— C'est elle, là ?

Mira tourna la tête. Et, bien entendu, Louise Latrobe se tenait à sa fenêtre. Mira agita la main en guise de salut, mais sa voisine ne réagit pas et continua de les regarder fixement.

Accorde-lui le bénéfice du doute, Mira. Peut-être qu'elle n'a plus une très bonne vue et qu'elle ne t'a pas vue lui faire signe ?

— Je te raccompagne jusqu'à ta porte.

— Ce n'est pas nécessaire, Chris. Vraiment.

— Si, si. Un homme bien élevé doit toujours veiller à la sécurité de la dame qu'il raccompagne.

Elle sourit. Encore un anachronisme. Il était vraiment surprenant, ce jeune homme. Lorsqu'ils atteignirent la porte d'entrée, elle entendit Nola gratter et gémir de l'autre côté, exprimant sa hâte de la revoir. Et sa hâte de se soulager, surtout.

Mira ouvrit et se retourna vers Chris.

— Un grand merci. Tu ne peux pas savoir ce que ça représente, pour moi, que tu sois venu me chercher.

Elle se dressa sur la pointe des pieds pour l'embrasser sur la joue.

— Remercie aussi Deni de ma part. Dis-lui que je l'adore et que j'arriverai dès que possible demain matin.

— O.K.

Il commença à s'éloigner, puis s'immobilisa.

— Mira ?

Elle se retourna d'un air interrogateur. Il ne semblait pas très sûr de ce qu'il voulait exprimer. Au bout d'un instant, il dit simplement :

— Passe une bonne nuit.

38

Mardi 16 août, 19 h 40

Malone examina Connor Scott, assis face à lui, dans la salle d'interrogatoire. Ce type avait l'air à la fois totalement relaxé et prêt à bondir, ce qui relevait de l'exploit. Il devait sans doute cette faculté à son entraînement militaire poussé.

— Vous vous demandez sans doute pourquoi nous vous avons fait venir, lança-t-il en guise de préambule.

Le regard de Scott se posa alternativement sur lui et sur Bayle.

— Pas vraiment non. Anton Gallier a été assassiné, et nous nous sommes accrochés, il y a trois jours, lui et moi. Je m'attendais à ce que vous ayez deux ou trois questions à me poser.

Malin, le type, songea aussitôt Malone.

— Je suis content que nous soyons sur la même longueur d'onde. Vous le connaissiez bien, Anton Gallier ?

— Assez, oui.

— Depuis longtemps ?

— Son fils Jeff était mon meilleur ami. Nous avons fait notre scolarité, puis nos études supérieures ensemble. J'ai passé du temps dans la famille de Jeff et lui dans la mienne.

— Quelle était votre opinion de M. Gallier ?

— C'était un fin renard. Avec un sens aigu des affaires. Je le voyais comme un animal politique de premier ordre.

— Vous pouvez préciser ?

— C'était un redoutable magnat des affaires. Et il savait quelles pattes graisser pour obtenir ce qu'il voulait.

— Donc vous aviez de l'affection pour lui ?

Scott émit un rire sans humour.

— Sûrement pas, non ! C'était un enfoiré total. Jeff le pensait aussi. Il détestait son père.

— « Détester » est un mot fort.

— C'était pourtant le cas.

Malone laissa passer quelques secondes de silence et attendit que Scott détourne les yeux ou change de position sur sa chaise.

Mais l'ex-marine resta impassible.

— Où étiez-vous, ce matin, entre 6 heures et 10 heures ?

— Je courais.

Malone haussa les sourcils.

— Pendant quatre heures ?

— Non. De 6 h 30 à 8 heures.

— Où ?

— La voie de tram de Saint-Charles. De chez moi jusqu'à Carrollton. Puis retour.

— Quelqu'un vous a vu ?

— Sans le moindre doute, inspecteur.

Malone fit un effort pour contenir son irritation.

— Une personne de connaissance ?

— Pas que j'aurais reconnue, en tout cas.

— Qu'avez-vous fait de 8 heures à 10 heures ?

— Pris ma douche. Mon petit déjeuner. Rédigé quelques mails.

— Vous avez été en contact avec d'autres personnes ?

— Le personnel de maison.

Malone prit quelques notes puis releva les yeux.

— Trois jours avant le meurtre, vous vous êtes querellés, Anton Gallier et vous, au Crescent City Club ?

— On peut dire les choses comme ça, oui.

— Comment le diriez-vous ?

Scott haussa les épaules.

— Ce sont des choses qui arrivent.

— Et lorsque ces choses « arrivent », elles se traduisent par la mort d'un des protagonistes ?

— Les deux événements sont sans rapport. C'est une évidence.

— Peut-être pas si évident que cela, monsieur Scott.

Malone compulsa ses notes, plus pour l'effet dramatique que par besoin de se rafraîchir la mémoire.

— Dites-moi, monsieur Scott : que faisiez-vous dans ce club, ce jour-là ?

Il vit Scott se raidir presque imperceptiblement.

— J'étais venu soutenir Mira.

— Et pourquoi avait-elle besoin de votre soutien ?

— Pourquoi ne lui posez-vous pas la question ?

— C'est déjà fait. Maintenant, nous aimerions avoir votre version.

— J'étais à l'atelier de Mira lorsqu'elle a appris qu'Anton s'était servi du documentaire sur Katrina pour salir sa réputation. Et elle avait décidé de lui dire sa façon de penser.

— Elle était en colère.

— Vous pensez qu'elle n'avait pas de raisons de l'être ?

— Donc, c'est oui ?

— Oui, elle était en colère, en effet. Elle a déclaré qu'elle ne se laisserait pas détruire.

— Vous l'avez entendu comme une menace à l'encontre de M. Gallier ?

— Absolument pas, non.

Il secoua la tête, comme pour appuyer son affirmation.

— Je ne voulais pas qu'elle l'affronte seule.

— Vous êtes arrivés séparément, pourtant.

— Elle a refusé ma proposition d'aide.

— Vous l'avez suivie quand même. Pourquoi ?

— Je pensais qu'elle aurait besoin de moi.

— Vous entretenez une relation forte avec Mme Gallier, n'est-ce pas ?

— Nous sommes amis. De vieux amis.

— C'est tout ?

Malone nota que, pour la première fois depuis le début de l'interrogatoire, Scott détourna les yeux.

— Oui, c'est tout.

— Que se passait-il quand vous êtes arrivé au club ?

— Anton la menaçait. Je lui ai dit d'arrêter.

— La menaçait ? Physiquement ?

Scott eut un sourire amer.

— Ce n'était pas le genre d'Anton. Il avait une façon beaucoup plus insidieuse de violenter son entourage.

— Comment la décririez-vous ?

— Comme une forme de torture émotionnelle et psychologique. Il était très doué pour ça.

— Puis Gallier a reporté ses attaques sur vous. C'est juste ?

— Il était ivre.

— Ce n'était pas ma question. Il a reporté son agressivité sur vous ?

— Oui.

Malone fouilla dans ses notes.

— D'après les témoins, Gallier vous a accusé d'être content que son fils Jeff soit mort. Que voulait-il signifier ?

— Je suis certain de ne pas avoir la réponse à cette question.

— Arrêtez vos conneries, Scott. Vous le savez très bien.

— Prouvez-le.

— Est-ce vrai ?

— Quoi ?

— Que vous êtes content que votre ami soit mort ?

— Non. C'est faux.

— Je pense que vous mentez.

— Pensez ce que vous voulez. C'est votre droit.

Malone ouvrit le dossier de l'enquête. Il prit la première page et la fit glisser vers Scott.

— A quoi cela se réfère-t-il ?

— « Il chassa sept démons » ? Aucune idée.

Scott lui repassa le papier. Malone insista :

— C'est biblique, à votre avis ?

— Je vous l'ai dit : je n'en sais rien.

— Et ces deux-là ?

Malone lui présenta deux autres feuilles.

— « Il reviendra en gloire pour juger les vivants et les morts. » Et le « jour du Jujement ».

Scott haussa les sourcils.

— A quoi cela fait référence ? Je pense que c'est assez clair.

— Dites-le-moi quand même.

— Cela renvoie à la croyance judéo-chrétienne en un paradis et un enfer, ainsi qu'en un Dieu suprême qui décide qui va où…

Il jeta un coup d'œil sur les phrases écrites à la main.

— Vous avez fait une faute d'orthographe, au fait.

— Pardon ?

— Vous avez écrit jugement avec un « j » au lieu d'un « g » à la deuxième syllabe.

Spencer leva les yeux et feignit la surprise.

— Ah oui. Merci.

Il revint à la confrontation entre Scott et Anton Gallier.

— Qu'est-ce que Gallier vous exhortait à révéler à sa belle-fille ?

— Je n'en ai aucune idée.

— Pourquoi êtes-vous entré dans les marines ?

— J'avais mes raisons.

— J'aimerais les connaître.

— Dommage pour vous. Elles ne vous regardent pas et sont sans rapport avec le décès d'Anton.

Spencer se pencha légèrement en avant.

— Je n'en suis pas si certain… Vous êtes un homme très réservé, monsieur Scott.

— Tout le monde a ses secrets.

— Mais tout le monde ne tue pas pour les garder.

— Pas tout le monde, non.

— Jusqu'où iriez-vous pour préserver les vôtres ?

Scott soutint calmement son regard.

— Je n'ai pas tué Anton Gallier, si c'est ce que vous suggérez. En avez-vous fini avec vos questions, inspecteur ? Ou dois-je me mettre en rapport avec mon avocat ?

Spencer se leva.

— Merci de nous avoir consacré votre temps.

Il prit congé de Scott à la porte.

— L'agent Armstrong vous reconduira jusqu'en bas.

Bayle le rejoignit dès que Scott fut sorti.

— Il n'a pas froid aux yeux, en tout cas.

Malone hocha la tête.

— Et il est doué en orthographe.

— Sa remarque ne signifie rien. Il est malin. Il a très bien pu dire ça exprès pour nous déstabiliser.

— C'est vrai. Mais il n'a pas prêté beaucoup d'attention à ces phrases. Si elles avaient été de lui, il s'y serait intéressé. En se faisant mousser discrètement. Quelque chose comme ça. Là, c'est à peine s'il a regardé ce qui était écrit.

Bayle acquiesça.

— Le seul moment où il s'est animé un peu, c'est quand tu l'as interrogé au sujet de Mira Gallier.

— Tu penses qu'il va faire quoi, maintenant ?

— Se précipiter chez sa grande amie…

— … la femme de son ex-copain Jeff.

39

Mardi 16 août, 22 heures

Incapable de tenir en place, Mira faisait les cent pas. Le père de Jeff était mort. Assassiné.

Elle avait haï Anton. Mille fois elle avait souhaité en secret qu'il disparaisse, frappé par la foudre ou terrassé par un infarctus. Sa colère, elle devait l'avouer, avait été violente à ce point.

Mais maintenant qu'il était mort, elle le regrettait presque. Comment pouvait-elle pleurer le départ d'un homme cruel qui n'avait eu de cesse de la détruire ? De noircir sa réputation ?

Parce qu'il avait été le père de Jeff. Ce n'était pas pour Anton Gallier qu'elle était triste. Mais parce qu'une nouvelle part de son passé avec Jeff s'était éteinte.

Il est temps de le lâcher, ce fichu passé, Mira.

Elle s'immobilisa et porta les mains à ses yeux. Elle ne pouvait pas se détacher de Jeff. Pas encore. Elle n'était pas prête.

A ce moment, on sonna à sa porte. Elle s'élança, Nola à son côté, et jeta un coup d'œil par le judas. *Connor.* Avec un cri de soulagement, elle ouvrit la porte à la volée et se jeta dans ses bras.

— Tu as entendu ? Anton est mort. Il a été assassiné ce matin !

Il la serra fort contre lui et elle le sentit trembler.

— J'ai appris la nouvelle, oui.

Elle renversa la tête pour le regarder.

— Ils pensent que je pourrais être à l'origine du meurtre, Connor. Ils sont venus me chercher et m'ont interrogée. Ils m'ont gardée là-bas pendant des heures !

— Il serait peut-être préférable de poursuivre cette conversation à l'intérieur, tu ne crois pas ?

Il avait raison. Mme Latrobe se délectait probablement déjà du spectacle. Et en tirait des conclusions sordides à sa façon.

Elle ferma la porte derrière Connor et se retourna pour trouver son regard rivé sur elle. Ses traits étaient marqués par une émotion forte qu'elle ne sut déchiffrer.

— Qu'est-ce qui se passe ?

— Ils m'ont convoqué et interrogé comme toi. Ils me suspectent, moi aussi. Peut-être nous croient-ils complices.

— C'est de la démence !

— Pas vraiment. Pas de leur point de vue. Nous avons eu une altercation publique avec Anton. Les apparences jouent contre nous.

Elle enfouit son visage dans ses mains.

— Je sais. Si seulement je pouvais revenir sur cette scène, ravaler les mots que j'ai prononcés…

— Mira ?

Au son de sa voix, elle laissa retomber ses mains pour le regarder.

— Oui ?

— Ce n'est pas pour cette raison que je suis venu ce soir. J'ai quelque chose à te dire.

Brusquement, comme une enfant, elle fut tentée de se plaquer les mains sur les oreilles. Ce qu'il venait lui révéler allait tout changer. A quoi elle le sentait, elle n'aurait su le dire. Le choix du moment, peut-être. Ou le son de sa voix. La tristesse dans son regard.

— D'accord, dit-elle doucement. Nous devrions peut-être nous asseoir ?

— Ce serait bien, oui. Mais pas dans la cuisine.

Elle hocha la tête et le conduisit dans son petit salon donnant sur le jardin. Il prit place dans un fauteuil pendant qu'elle s'installait sur le canapé.

— J'ai besoin de te dire pourquoi je me suis engagé. Je préfère que tu l'apprennes par mes soins que par d'autres biais.

Elle posa les paumes sur ses cuisses.

— O.K. Je suis prête.

— Je suis parti à cause de toi. Parce que je t'aimais.

Elle le regarda fixement, le cœur battant à un rythme effréné, consciente que chaque cellule de son être se cabrait contre les mots qu'il venait de prononcer. Elle ignorait à quoi elle s'était attendue au juste. Mais sûrement pas à un tel aveu.

Effarée, elle secoua la tête.

— Mais nous étions *amis* !

— Je vivais une torture en votre compagnie. Lui était mon meilleur ami. Et j'étais amoureux de sa femme.

Il se leva pour se placer face à la cheminée ouverte.

— J'étais rongé de l'intérieur. A bout. Etre avec toi, tout le temps, avoir envie de te toucher, maintenir la façade « amicale »... Des millions de fois, je me suis ordonné de laisser tomber, de m'éloigner, de chercher quelqu'un d'autre. Je n'ai jamais pu.

Il se retourna, et vit son expression abasourdie.

— Honnêtement, Mira, essaie de te souvenir. Comment as-tu pu ne rien remarquer ?

Elle sonda sa mémoire. Au début, ne revinrent que des scènes à trois. Rien qui aurait pu indiquer que ses sentiments pour elle étaient différents des siens pour lui. Puis, comme un flash, une image se présenta à son esprit. Un moment où elle l'avait surpris avec un désir tellement palpable dans le regard qu'elle en avait éprouvé un indicible malaise.

Elle avait chassé cet « incident » de ses pensées.

Comme elle en avait chassé d'autres. La façon dont il détournait les yeux lorsque Jeff et elle s'embrassaient. Ou ses occasionnelles réactions de colère à les voir si ostensiblement amoureux. Le 31 décembre, où il l'avait embrassée sur les lèvres, et que sa bouche s'était attardée sur la sienne plus longtemps que la « simple amitié » ne l'aurait voulu.

Pourquoi n'avait-elle rien vu, alors ?

Parce qu'elle n'avait pas voulu savoir. Pas voulu que les choses changent. Elle avait été si heureuse, avec eux deux.

Mais Connor, lui, avait terriblement souffert.

Elle le regarda, le cœur en miettes.

— Je suis désolée, je ne savais pas…

— Tu ne voulais pas savoir. C'était ton droit.

Elle se leva pour aller jusqu'à lui.

— Tu aurais pu m'en parler. Parfois, le simple fait de nommer les choses suffit à les faire bouger. Tu aurais peut-être découvert, finalement, que…

— Que quoi ? Que je n'étais pas amoureux de toi ?

Il émit un rire bref et cinglant.

— Je répète : il était mon meilleur ami, j'étais amoureux de sa femme. Qu'étais-je censé faire ? Te le dire ? Te demander de choisir ?

Elle ouvrit la bouche pour répondre que le choix ne se serait pas posé. Il l'arrêta d'un geste.

— Je sais comment ça se serait terminé. Et je n'aurais pas pu faire ce coup-là à Jeff, de toute façon.

— Mais tu n'étais pas obligé de partir ! Nous aurions trouvé des solutions.

Le corps raidi par la colère, il se détourna avec brusquerie.

— Quelles solutions ? Continuer comme avant ?

— Non. Vous auriez pu vous retrouver sans moi. Faire ce que tu faisais avec Jeff avant que je n'entre dans sa vie.

— Tu ne comprends pas, Mira. Ce n'est pas avec lui

que j'avais envie de passer du temps… Seulement avec toi, ajouta-t-il à voix plus basse.

Elle serra les bras autour de sa propre taille, regrettant de ne pas pouvoir les nouer autour de Connor. Elle n'osait pas — elle n'osait plus —, comme si c'était « mal », même après toutes ces années. Mais que pouvait-elle faire d'autre que d'accepter ?

— De là à partir comme tu es parti, Connor… Je ne parle pas pour moi, mais pour tes parents. Jeff les a appelés. Ils ignoraient où tu étais.

— Ils savaient, Mira. Naturellement, qu'ils savaient.

— Ils ont pu mentir pour toi comme ça ? Mon Dieu…

Elle se remémora la voix implorante de Jeff au téléphone lorsqu'il les avait suppliés de lui révéler où se trouvait leur fils.

Elle sentit les larmes lui brûler les yeux.

— Ta brusque disparition a terrassé Jeff. Il était pendu sans relâche au téléphone pour essayer de te retrouver. Quand je pense à tous ces appels, à ses recherches frénétiques, à…

— Jeff savait.

Elle crut d'abord avoir mal entendu. Lorsqu'elle comprit que ce n'était pas le cas, elle prit une profonde inspiration.

— Non… Non, c'est faux.

— Je le lui ai dit le jour où j'ai entamé ma formation militaire de base.

Mira secoua la tête.

— Tu te trompes, Connor. Il ne m'aurait pas caché une chose pareille. Nous n'avions pas de secrets l'un pour l'autre.

Elle porta la main à sa croix.

— Il ne m'aurait pas menti. Pas comme ça. Jamais.

— Je lui ai expliqué pourquoi je partais. Je pensais que c'était ce que je pouvais faire de plus chevaleresque.

Il marqua un temps de silence.

— Je lui ai laissé le choix de décider s'il voulait t'en parler ou non.

Elle frissonna.

— A quel jeu joues-tu, Connor ?

Son expression se durcit.

— Tu voulais la vérité.

— La vérité, chuchota-t-elle d'une voix acide. Mais pas ça. Il ne m'aurait pas caché une chose pareille ! Il n'aurait pas… pas fait semblant de ne pas savoir où tu avais disparu. Ni joué la comédie de l'inquiétude.

— Tu en es sûre ?

— Arrête !

— Tu ne le connaissais peut-être pas aussi bien que tu l'imagines.

Tremblante de rage, elle se dirigea vers la porte au pas de charge et l'ouvrit en grand.

— Sors d'ici. Fous-moi la paix.

— Il n'était pas parfait, Mira.

Connor lui saisit les épaules, l'obligeant à soutenir son regard.

— Ce n'était qu'un homme.

— Un homme, oui. Et ton meilleur ami. Pourquoi cherches-tu à salir son souvenir ?

Le visage déformé par la souffrance, il l'écarta de lui.

— Je ne cherche pas à salir son souvenir. Juste à rétablir la vérité. Parce que je t'aime toujours, bon sang ! Non seulement tu es encore amoureuse de Jeff, mais tu l'as érigé en statue, tu en as fait l'archétype du mari exemplaire, sanctifié pour l'éternité ! Mais Jeff n'était pas transparent, loin de là. Les gens ont des secrets qu'ils cachent à leurs conjoints. Jeff comme les autres.

— Je n'arrive pas à croire que tu t'acharnes comme ça sur moi ! Que tu t'escrimes à casser son image. A détruire la seule chose que je garde encore de lui !

— Je ne suis pas venu ici pour ficher en l'air tes

souvenirs de Jeff. La dernière chose que je souhaite, c'est te faire du mal. Pourquoi serais-je parti, sinon ?

— Va-t'en, Connor. S'il te plaît.

— Je voulais juste que tu apprennes la vérité par ma bouche. Et pas par l'intermédiaire de la police.

Elle comprit alors pourquoi il avait été si pressé de faire ses aveux.

— C'est pour ça que tu es venu. La police t'a interrogé. Il fallait que tu viennes m'en parler, car eux savent déjà, c'est ça ?

— Non, pas encore. Mais je vais être obligé de le leur dire.

Elle écarquilla les yeux.

— A cause d'Anton, c'est ça ? Car c'était là-dessus que portaient ses allusions, je suppose ? C'est pour cela qu'il a dit que tu te réjouissais de la mort de Jeff ?

— Je ne me réjouis pas de sa mort. Cela ne m'amuse pas que son décès t'ait conduite à te raccrocher à une image mensongère et idéalisée de lui.

— Sors de chez moi, Connor. Tout de suite. Je ne veux plus te voir ni t'entendre. Notre amitié est finie.

40

Mardi 16 août, 22 h 55

Les secondes s'enroulèrent sur elles-mêmes, se solidifièrent en minutes. Et Mira restait pétrifiée, avec le son de leurs voix mêlées qui hurlaient dans sa tête. *Je t'aimais… Je t'aime toujours, bon sang… Jeff savait… Je le lui ai dit le jour où je suis parti… Jeff avait des secrets…*

Je ne veux plus te voir ni t'entendre. Notre amitié est finie.

Elle porta la main à sa bouche pour réprimer un cri. Elle ne pouvait pas le perdre. Pas une seconde fois. Elle voulait absolument que Connor reste présent dans sa vie.

Comment ils pouvaient demeurer amis après ce qui s'était passé, elle n'en avait aucune idée. Mais elle était prête à essayer.

Elle ouvrit la porte à la volée. L'allée était vide, la rue plongée dans le noir. Plus de voiture. Plus de Connor.

Parti.

La gorge serrée à en suffoquer, elle s'affaissa contre le battant. Peut-être était-ce préférable ainsi. Elle pouvait lui pardonner ce qu'il lui avait dit au sujet de Jeff. Mais s'il l'aimait et qu'elle était incapable de lui retourner ses sentiments, comment pourraient-ils construire une relation viable ?

Impossible, admit-elle. C'était la raison pour laquelle il avait disparu une première fois de sa vie. Des profondeurs de la maison, son téléphone mobile chanta. *Connor* ! Connor qui appelait pour qu'ils aient une vraie explication. Pour qu'ils repartent sur un bon pied.

Elle courut prendre l'appel.

— Connor ? Je suis tellement contente que tu…

— Salut, ma biche, c'est moi. Encore un peu de patience, j'arrive.

La voix roula sur elle comme un coup de tonnerre. Un coup de théâtre. Elle ne pouvait plus respirer, et toutes ses pensées étaient à l'arrêt.

La voix de Jeff.

Le téléphone lui glissa des mains et atterrit bruyamment sur le carrelage. Arrachée à son état de pétrification, elle tomba à genoux en sanglotant et porta l'appareil à son oreille.

— Jeff ? Jeff, je suis là !

Rien.

Elle scruta l'écran muet. Oh non… Non. Ce n'était pas possible qu'il se soit brisé maintenant ! Il fallait qu'elle rappelle Jeff. Vite. *Vite.* Tremblant comme une feuille, elle remit le mobile en marche. Au même moment son fixe sonna. Elle bondit sur ses pieds pour arracher le combiné de son socle.

— Jeff ? Ne raccroche pas, surtout ! Tu es où ?

— Mira ? Ici le Dr Jasper ! Tout va bien ?

Elle retomba de haut. Ce n'était pas Jeff. Et ce ne serait peut-être plus jamais lui.

— Mira ? reprit sa thérapeute d'un ton plus impérieux. Parlez-moi.

Elle sentit un vide aspirant se creuser dans sa tête et se raccrocha au plan de travail.

— Je crois que je vais m'évanouir.

— Trouvez une chaise ou asseyez-vous par terre.

Elle se laissa choir à même le sol.

— C'est fait ?

— Oui.

— Prenez des respirations profondes. Inspirez et expirez. Si ça tourne encore, allongez-vous ou placez la tête entre les genoux.

Mira se laissa aller en arrière sur le parquet, en continuant les respirations forcées. Ses pensées s'emballaient. Que s'était-il réellement passé ? Jeff l'avait-il appelée ? Ou avait-elle halluciné sa voix au téléphone ?

— Mira ? Vous êtes encore là ?

— Je suis désolée… Quoi ?

— Parlez-moi, Mira. Que se passe-t-il ? Que vous est-il arrivé ?

La sollicitude dans la voix de sa thérapeute la tira partiellement hors de son état de choc.

— Je me sens mieux déjà. C'est juste que… Pourquoi me téléphonez-vous, docteur Jasper ?

— J'ai vu aux actualités, pour Anton. Vous étiez au courant ?

— Il est mort, oui. La police m'a fait subir un interrogatoire.

— Un interrogatoire ! Mais pour quelle raison ?

— Mon altercation de samedi avec lui. Sans parler des conflits qui ont précédé. Je suis leur principal suspect.

— C'est ce qu'ils vous ont dit ?

— Ils n'ont pas eu besoin de me le dire. J'ai fait appel à mon avocat.

— Mais vous n'êtes pas mise en examen ?

— Non. Je ne l'ai pas tué.

— Evidemment, que vous ne l'avez pas tué !

La psychiatre observa un court silence avant de demander :

— Pourquoi m'avez-vous appelée Jeff en répondant au téléphone ?

Mira ouvrit la bouche pour lui expliquer, puis changea d'avis.

— Je dormais, mentit-elle. Et je rêvais que Jeff cherchait à me joindre. Le rêve était si réaliste… Je peux vous demander quelque chose ?

— Bien sûr.

— Comment savons-nous que Jeff est vraiment mort ?

Le long silence à l'autre bout du fil en disait long sur ce que pensait Adèle Jasper. Lorsqu'elle répondit enfin, sa voix était douce et circonspecte.

— Mira, cela fait presque six ans, maintenant.

— Mais nous n'avons pas de preuves.

— Vous conservez encore un espoir qu'il soit en vie ?

— Pas vraiment, non. Jusqu'à ce que…

Jusqu'à ce soir. Quand j'ai entendu sa voix. Mais elle ne put se résoudre à le dire tout haut. Même pas à sa thérapeute avec qui elle avait tout partagé : ses moments d'espoir les plus insensés, ses gouffres les plus obscurs.

Pourquoi ? Par crainte de paraître démente ? Ou pour préserver la faible lueur d'espoir qui venait de se rallumer ?

— Ce serait vraiment si pathologique que ça, de croire qu'il est peut-être encore en vie ?

— A vous de me le dire, Mira.

— Son corps n'a jamais été identifié formellement.

— C'est exact. Mais s'il est vivant, où était-il passé, durant toutes ces années ?

— Je ne sais pas…

Mira noua les bras autour de Nola, qui s'était approchée pour la renifler avec inquiétude.

— Un choc a pu le rendre amnésique, peut-être ?

L'idée même semblait pathétique. Le genre d'ingrédient à peine digne d'un polar de seconde zone ou d'une mauvaise série télévisée. Mais elle insista quand même.

— Il existe des amnésies à long terme, non ?

— Oui. L'amnésie rétrograde sévère. Mais elle est très rare. Et vu la couverture médiatique sur Katrina, je suis persuadée que les autorités auraient été prévenues, si quelqu'un avait trouvé un homme blessé incapable de se rappeler son nom.

Mira ne répondit pas, et la psychiatre poursuivit :

— D'ailleurs, si la mémoire lui était brusquement revenue, il se serait manifesté, non ?

— Et s'il m'avait appelée, justement ?

— Vous dites que vous avez eu Jeff au téléphone ?

Mira fixa la pendule accrochée au mur au-dessus de l'évier, les yeux rivés sur l'aiguille des minutes.

— Puisqu'il n'y a pas eu identification formelle, est-il si absurde que ça d'espérer ? s'enquit-elle sans répondre.

— Garder un espoir n'est pas un problème, à condition que cela ne vous empêche pas de vivre. Et de nouer une nouvelle relation.

Une nouvelle relation… Connor ?

— Que s'est-il passé d'autre ce soir, Mira ?

Connor m'a dit qu'il m'aimait. Et que c'était pour cette raison qu'il s'était engagé dans les marines. Il m'a dit aussi que Jeff savait. Et qu'il m'a caché la vérité.

— Mira ?

— Je ne suis pas encore prête à en parler.

— Si vous ne me dites pas les choses, je ne peux pas vous aider.

— Ai-je idéalisé mes années avec Jeff ? Edulcoré mes souvenirs pour en faire une espèce de saint ?

— Une tendance à l'idéalisation du défunt est normale. Humaine. Mais si cela devient excessif, c'est malsain. Comme toute forme d'excès.

— Pourquoi ? Qu'y aurait-il de mal à croire en un amour idéal ?

— Cela dépend déjà de ce que vous entendez par là. Spontanément, je dirais qu'il s'agit d'une croyance mensongère. C'est difficile pour la vraie vie d'entrer en rivalité avec un conte de fées. Mais si vous voulez que je vous aide vraiment, il faut me dire ce qui s'est passé, Mira.

— Je suis désolée. Mais j'ai besoin de garder ça pour moi, dans un premier temps.

— Vous êtes sûre que vous ne voulez pas que je vienne ? Si vous avez besoin de moi, je…

— Non, ça va. Je ne tomberai pas dans de dangereuses extrémités. Pas même dans le Xanax.

— Alors, je veux vous voir demain matin. Je vous recevrai avant le début de mes consultations.

— Ce ne sera pas nécessaire.

— J'insiste. Vous ne pouvez pas affronter les événements seule, Mira. Ce qui se passe est beaucoup trop grave.

— Peut-être que je pourrais m'en sortir seule. Peut-être que je devrais essayer, justement.

— Et si vous me faisiez confiance, tout simplement ?

Un sentiment de panique perçait dans la voix de la psychiatre.

— Voilà des années maintenant que nous travaillons ensemble. Et vous aviez si bien avancé, jusqu'ici. Promettez-moi de venir demain à 8 heures.

— Je vous promets d'essayer.

Mira raccrocha avant que sa thérapeute puisse protester. Elle replaça le combiné et sortit son portable de sa poche, fixant le cadran muet, le cœur battant.

Le moment de vérité. Folle ou pas folle ?

Elle ouvrit son journal d'appels. Et l'évidence fut là, devant ses yeux.

Correspondant inconnu. 23 h 03.

41

Mercredi 17 août, 0 h 10

— Deni ? cria Mira en tambourinant contre la porte. C'est moi. Il faut que je te parle.

Son assistante vivait dans une « shotgun house », une de ces maisons mitoyennes de Mid-City, typique de La Nouvelle-Orléans, avec ses pièces disposées en enfilade. Aucune fenêtre n'était éclairée, mais la Coccinelle rouge de Deni était garée devant la porte.

Elle recommença à frapper à coups redoublés.

La lumière extérieure du voisin s'alluma. Mira avait déjà eu l'occasion de le rencontrer. Il s'appelait Randy et occupait un emploi de boucher dans une grande surface. Un homme, un vrai, avec des mains comme des battoirs assorties à des biceps qui sentaient les injections de stéroïdes à plein nez.

Le genre d'individu qu'il était préférable de ne pas arracher de son sommeil en pleine nuit.

La maison de Deni s'éclaira à son tour. La porte s'entrouvrit et son amie sortit le bout du nez.

— Mira ? Mon Dieu, mais qu'est-ce qui t'arrive ? Il est minuit passé !

— Laisse-moi entrer. S'il te plaît. J'ai besoin de te parler.

Elle entendit tirer un verrou dans la maison voisine.

— Vite, avant que ton voisin gonflé aux hormones n'exerce sa fureur virile sur moi.

Deni ouvrit plus grand et Mira se glissa à l'intérieur.

— Tu es pâle, constata son amie après avoir refermé derrière elles.

Elle serra frileusement les bras autour d'elle.

— Je me sens pâle. Tu aurais un truc à boire ? Alcoolisé ?

— Vin blanc ou bière ?

— Vin blanc. Merci.

Deni lui désigna le canapé.

— Assieds-toi. Je t'apporte un verre.

Mira se laissa tomber sur le canapé. Il était vieux et défoncé. Agréablement défoncé. Elle s'y enfonça avec bonheur, comme jadis sur les genoux de sa grand-mère. Abandonnant la tête contre le dossier, elle entendit parler à voix basse dans la cuisine.

Deni n'était pas seule. Pas un instant elle n'avait envisagé cette possibilité lorsqu'elle s'était précipitée tout droit chez elle à minuit.

Son amie apparut avec un verre de vin. Elle l'accepta avec une pointe de remords.

— Je ne comprends pas comment j'ai pu débouler chez toi comme ça…

— Ne t'inquiète pas. Les amis sont faits pour ça.

— Mais c'est gênant alors que tu es avec Chris. Je n'ai pas réfléchi.

— Chris n'est pas ici.

— Mais je t'ai entendue parler à quelqu'un.

Deni sourit.

— Je discutais avec mon chat. Il se demandait ce que je faisais debout à cette heure-ci.

Comme s'il n'avait attendu que ce signal, M. Costume trottina dans le séjour. Deni l'avait appelé ainsi car les motifs de sa fourrure évoquaient un complet veston avec des chaussettes, des gants et une chemise blanche. Le chat miaula et s'installa d'un bond sur les genoux de Deni.

— Que se passe-t-il, Mira ? Chris m'a dit ce qu'il savait, c'est-à-dire pas grand-chose. Ça a été affreux ? Qu'est-ce qu'ils t'ont demandé ? Cela paraît inimaginable qu'ils puissent penser que tu es liée au meurtre d'Anton, même si c'était vraiment un vieux salopard.

— Je crois que Jeff est vivant.

Deni resta un instant bouche bée.

— Tu viens de me dire que…

— Oui, je viens de le dire.

— Tu ne le penses pas sérieusement ?

— Il m'a appelée ce soir.

Deni la regarda avec des yeux ronds. Mira reposa son verre sur la table basse.

— Je n'en ai parlé à personne d'autre que toi, chuchota-t-elle. J'étais sûre qu'ils ne me croiraient pas.

Elle scruta les traits de son amie.

— S'il te plaît, dis-moi que toi, au moins, tu ne penses pas que je délire.

Deni cligna des yeux.

— Je vais essayer.

— Il m'a appelée. Sur mon portable. Et m'a dit de patienter. Qu'il arrivait bientôt.

— Et qu'est-ce que tu lui as répondu ?

— Sous le choc, j'ai laissé tomber le téléphone. Quand je me suis baissée pour le ramasser, la communication était coupée.

— Tu as vérifié sur ton…

— Mon journal d'appels ?

Mira sortit son mobile de son sac.

— Oui, tiens regarde. Là… A 11 h 03.

— C'est un appel masqué ! Pourquoi ton mari aurait-il choisi l'anonymat ?

— Il ne l'a peut-être pas fait à dessein.

L'expression de Deni devint pensive.

— Attends. Tous ces trucs bizarres qui t'arrivent, ces derniers temps… Les deux fois où quelqu'un s'est introduit chez toi sans qu'il y ait effraction… L'odeur de son after-shave dans ton couloir… Tu crois que c'était lui ?

— Je ne sais plus trop quoi penser. Mais c'est possible.

— Enfin, Mira, pourquoi ton mari jouerait-il à ces jeux-là avec toi ? S'il était vivant et qu'il voulait reprendre contact avec toi, il le ferait ouvertement, au grand jour et sans se cacher !

Mira porta les deux mains à son visage, puis les laissa retomber sur ses genoux.

— Je ne sais pas. C'est une histoire de fous. Ça s'embrouille dans ma tête. Je ne sais quoi faire ni penser…

Deni la rejoignit sur le canapé et prit ses mains dans les siennes.

— Moi, à ta place, j'aurais peur, surtout. Quelqu'un joue avec tes nerfs. Des gens sont entrés chez toi… Et on compte quand même des morts dans l'histoire, Mira ! souligna-t-elle d'une voix lugubre.

— *Des* morts ?

Son amie les énuméra sur les doigts.

— Ton beau-père. Le clochard qu'on appelait le Prêcheur. Le père Girod. Je ne suis pas flic, mais tu étais en lien avec les trois. Tu ne trouves pas ça inquiétant ?

Mira sentit les cheveux se hérisser sur sa nuque. *En effet, c'était tout bonnement terrifiant.*

— Ce n'est pas étonnant si la police s'intéresse tant à moi. Et qu'ils me considèrent comme un suspect majeur.

Comme Deni ne réagissait pas, Mira soutint le regard soucieux de son amie.

— Et si c'était Jeff ?

— Tu poses la question sérieusement ?

Mira fit oui de la tête.

— Si c'était lui, ce serait un dangereux malade mental qui ne mérite pas l'amour que tu lui portes.

— J'ai l'impression d'entendre Connor. Nous nous sommes disputés, ce soir… Il m'a dit qu'il avait pris la tangente à l'époque parce qu'il était amoureux de moi, admit-elle, en tripotant le plaid en laine posé à côté d'elle.

— J'en étais sûre ! Et il t'aime toujours, je parie ?

— C'est ce qu'il affirme, oui.

Deni fronça les sourcils.

— Et vous vous êtes disputés à cause de ça ?

— Non.

Elle fit glisser le bord usé de la couverture entre ses doigts.

— Il a dit aussi que Jeff m'avait menti. Que mon mari savait depuis le début où et pourquoi il était parti.

— Ah bon ?

— Je ne comprends pas qu'il casse du sucre sur le dos de Jeff. C'était son meilleur ami.

— Peut-être que Connor ne débine pas Jeff, mais qu'il raconte les choses comme elles étaient, tout simplement ?

— Je connaissais Jeff mieux que moi-même, Deni. Et toi, le connais-tu ?

Deni soutint son regard quelques instants, puis finit par baisser les yeux.

— Bon, O.K. Tu penses que Connor te raconte des salades ?

— Absolument. Quel intérêt Jeff aurait-il eu à me cacher la vérité ? Et pourquoi aurait-il pris la peine d'appeler la famille de Connor et de jouer toute cette comédie ?

— Parce qu'il y a peut-être encore autre chose derrière que tu ne sais pas ?

Autre chose qu'elle ne savait pas ? Penser à cette possibilité lui donna le vertige.

— Et Connor ? Quel avantage aurait-il à me mentir ?

Deni bâilla bruyamment.

— Je n'en sais trop rien. Et il est tard. Si tu restais dormir ici, cette nuit ? On en reparlera tranquillement demain matin.

— Je ne peux pas laisser Nola toute seule.

— Elle doit dormir, à cette heure-ci. Tu peux toujours te lever tôt demain pour aller lui ouvrir.

Deni plongea son regard dans le sien.

— Je me fais du souci pour toi, Mira.

— Et si Jeff essaie de rappeler ?

— Tu as ton portable. Et je serai là.

— Et si… et s'il était à la maison ?

— Il n'y est pas, Mira. Je suis désolée, mais je préfère être franche. Et si je me trompe et qu'il est rentré, il patientera. Tu l'as attendu pendant six ans, il peut bien t'attendre six heures.

Les yeux de Mira se remplirent de larmes. La fatigue lui tomba dessus comme une pierre. Elle frissonna.

— Entendu. Je reste.

— Saine décision. Je vais te chercher un oreiller et une seconde couverture.

Mira se réveilla en sursaut. Elle roula sur le côté, mais avec difficulté, comme si des bras lourds la retenaient prisonnière. Ni l'obscurité ni le silence ne lui étaient familiers. Où se trouvait-elle ?

Chez Deni, se souvint-elle. Le gros canapé tout mou. Son dernier souvenir conscient s'arrêtait au moment où elle avait posé la tête sur l'oreiller. Tout lui revint alors en bloc : l'assassinat d'Anton, les questions de la police, la déclaration d'amour de Connor, le silence que Jeff aurait gardé à ce sujet.

Salut, ma biche, c'est moi. Encore un peu de patience, j'arrive.

Elle s'était endormie avec son portable allumé sous l'oreiller. L'extirpant de sous sa nuque, elle regarda l'heure. *4 h 20.* Pas de nouveaux appels.

Mira se leva sans bruit et partit à la recherche des toilettes. Se servant de l'écran de son mobile pour s'éclairer, elle suivit le couloir sur la pointe des pieds.

Elle se pétrifia net en entendant prononcer son nom. A quelques mètres de là, une conversation tranquille se déroulait à voix basse.

Troublée, Mira fronça les sourcils. Pourquoi Deni était-elle levée à cette heure ? Et avec qui parlait-elle ?

Son impression de la veille lui revint à l'esprit. Elle avait clairement entendu Deni s'entretenir avec quelqu'un dans la cuisine. Mais son amie avait démenti. « Je parlais à mon chat », avait-elle répondu.

Pourquoi Deni lui mentirait-elle ? C'était impensable. Absurde. Il y avait des années qu'elles étaient amies ; des années qu'elle se reposait sur son assistante. Sa confiance en Deni était totale.

La salle de bains était à sa gauche. Droit devant elle, se trouvait la porte fermée de la chambre de Deni.

Tout en se reprochant d'être une amie ingrate et déloyale, elle se déplaça sans bruit dans cette direction. Les voix se firent plus audibles, sans pour autant qu'elle puisse comprendre ce qui se disait. Elle distingua une voix masculine. Puis une autre, féminine. Celle de Deni.

Elle était presque arrivée à la porte lorsqu'elle crut percevoir son nom, de nouveau. Puis, distinctement, résonna celui de Jeff. Son cœur s'affola. Elle fit un pas supplémentaire pour coller l'oreille contre le battant.

Une latte de plancher craqua bruyamment. Les voix se turent. La main plaquée sur la bouche pour étouffer un cri, Mira se rua dans la salle de bains.

Elle s'effondra sur le siège des toilettes et se prit la tête entre les mains. Comment avait-elle pu agir ainsi ? Espionner une amie ? Une amie qui lui avait ouvert sa maison en pleine nuit. Si Deni avait quelque chose à cacher, lui aurait-elle proposé de rester dormir chez elle ?

Ressaisis-toi, Mira.

On frappa un petit coup à la porte. Puis la voix de Deni s'éleva.

— Mira ? Tout va bien ?

— Oui, oui, ça va. Désolée si je t'ai réveillée.

Deni bâilla.

— Aucun souci. Je retourne me coucher. A demain.

— A demain.

Mira se soulagea, se lava les mains puis se rinça le visage à l'eau froide. En sortant dans le couloir, elle vit que la porte de la chambre de Deni était restée entrouverte.

Le cœur battant, elle s'approcha.

— Deni ? Tu es encore réveillée ?

Comme son amie répondait par l'affirmative, elle passa la tête par l'entrebâillement. Dans la faible lumière du réveil à affichage digital, elle vit que Deni était seule dans son lit. Elle nota également qu'elle avait le cheveu en bataille et qu'elle portait un vieux T-shirt informe. Pas franchement la tenue type pour recevoir un visiteur masculin.

— Encore une fois, je suis désolée de t'avoir réveillée.

— Pas grave, Mira. L'essentiel, c'est que tu sois O.K.

— Je peux te poser une question ?

— Bien sûr.

— Il y avait quelqu'un avec toi, il y a quelques minutes ? Un mec ?

Deni secoua la tête.

— Non, pourquoi ?

— J'ai cru que… j'ai cru entendre une voix d'homme.

De nouveau, Deni répondit par la négative.

— Il m'arrive de parler dans mon sommeil. C'est peut-être ça que tu as entendu.

Elle mentait. Mais pourquoi ? Mira fit un effort pour insuffler une note de légèreté dans sa voix.

— C'est sans doute ça, oui. Dors bien, Deni.

En regagnant son canapé, Mira se demanda pourquoi son amie lui cachait la vérité. Que pouvait-il y avoir de si affreux, dans la vie de Deni Watts, pour qu'elle éprouve le besoin de le dissimuler sous un mensonge aussi flagrant ?

42

Mercredi 17 août, 5 h 17

Aux premières lueurs du jour, Mira quitta les lieux en catimini. Ce fut du moins avec le sentiment de fuir qu'elle griffonna un petit mot de remerciement et le laissa près de la machine à café, avant de sortir sans bruit. Elle ne savait pas pourquoi, mais la dernière chose dont elle avait envie, ce matin, était de se retrouver face à Deni.

Devant la maison, elle marqua un arrêt pour scruter les alentours, guettant Dieu sait quel danger. Mais à l'exception d'un chien errant, fourrageant près d'une poubelle, la rue était déserte. Elle regagna sa voiture et vérifia la banquette arrière avant de démarrer, comme sa mère le lui avait appris. A cette heure plus que matinale, même les Starbucks étaient encore fermés. Elle prit un café dans un distributeur automatique et le sirota pendant le trajet, chantant à fond avec la radio pour essayer de tenir à distance le tourbillon épuisant de ses pensées.

En se garant devant sa maison de Frenchmen Street, elle vit que Mme Latrobe avait laissé sa lumière extérieure allumée. Qui sait combien d'heures la vieille dame avait passées à guetter son retour ? Peut-être s'était-elle endormie à son poste, avec ses jumelles à la main ? Quant à Nola, elle avait des besoins urgents, en effet. Sitôt délivrée, la chienne fila dehors et resta un bon moment en position accroupie sur la pelouse. Lorsqu'elle eut enfin terminé, elle remonta sur la galèrie en affichant son plus beau sourire canin. Mira caressa la chienne derrière les oreilles.

— Alors ? Ça va mieux ?

Nola agita la queue en guise de réponse et entra en trottinant dans la maison. Mira commença à lui emboîter le pas, puis s'immobilisa. Et si Jeff était là ? Elle avait imaginé tant de fois le retrouver, jouant et rejouant des centaines de fois, dans sa tête, le scénario ébloui de leurs retrouvailles. Peut-être même des milliers de fois.

Mais maintenant, étrangement, son esprit était vide, à l'exception du commentaire de Deni, la veille : *un dangereux malade mental qui ne mérite pas l'amour que tu lui portes.*

La réalité de cette affirmation la mit mal à l'aise. Elle posa un pied dans le vestibule. Un bourdonnement sourd résonnait dans sa tête. Elle comprit que c'était le fracas du sang se cognant à ses tempes. Comme si elle percevait son hésitation, Nola se retourna et attendit, tête penchée.

Mira poussa la porte et l'entendit se refermer derrière elle avec un petit claquement sec qui résonna distinctement dans le silence. Elle avança d'un pas. Puis d'un autre. Finit par arriver au pied de l'escalier. Le cœur battant à se rompre, elle leva la tête.

Jeff était-il rentré ?

— Jeff ? appela-t-elle d'une voix étranglée, qui s'éleva à peine au-dessus du murmure. Je suis de retour, Jeff !

Silence. Elle appela de nouveau d'une voix plus forte.

Toujours rien.

Elle déglutit et gravit l'escalier, marche après marche, la main glissant le long de la rampe, avec une sensation de vide qui se creusait dans sa tête. Elle arriva à l'étage et se dirigea vers leur ancienne chambre à coucher.

La porte était close.

Mira chancela. Elle la laissait toujours ouverte.

On compte quand même des morts, dans l'histoire…

Je ne suis pas flic, mais tu es en lien avec les trois… Je m'inquiète pour toi…

Elle tendit la main vers la poignée et la fit tourner. Le battant s'écarta doucement.

Rien. Tout était en ordre. Elle laissa échapper une longue expiration tremblante et se traita d'idiote. Le soleil qui entrait à flots par la fenêtre tomba sur un objet brillant au pied du lit. Du côté de Jeff.

Elle s'en approcha et ramassa une pièce de dix cents qu'elle retourna entre ses doigts. La date d'émission était 2005. *L'année de Katrina.*

Examinant le lit, Mira vit que le couvre-lit était froissé, comme si quelqu'un s'était allongé dessus. L'empreinte d'une tête apparaissait en creux sur l'oreiller. Elle le saisit, le porta à son visage, respira profondément. L'odeur de Jeff lui salua les narines. Son after-shave.

Un dangereux malade mental qui ne mérite pas l'amour que tu lui portes.

Elle sentit un grand froid la pénétrer. Lâchant l'oreiller, elle recula jusqu'à la porte. D'en bas, une voix d'homme s'éleva, appelant son nom. Elle sursauta violemment. *Jeff. Ainsi il était bel et bien vivant.*

Alors qu'elle restait pétrifiée, son nom retentit de nouveau.

— Mira ? Tu es là ? C'est Connor.

Elle porta la main à sa poitrine. Son cœur battait si fort et si vite qu'elle crut qu'il allait éclater. Cherchant à le calmer, elle s'avança jusqu'en haut de l'escalier.

— Je suis là, Connor.

Il leva la tête.

— Bonjour.

— Bonjour… Qu'est-ce que tu fais ici ?

— Je ne pouvais pas rester sur ce qui s'est passé hier soir.

Elle détacha son regard du sien pour porter son attention sur la porte ouverte.

— Tu as sonné ?

— Non. C'était ouvert.

— Pas fermé à clé, tu veux dire ?

— Non. Grand ouvert.

— Mais j'ai refermé la porte en entrant ! J'en suis sûre.

— Tout ce que je peux te dire, c'est que je l'ai trouvée béante, Mira. Peut-être que le pêne ne s'est pas enclenché et qu'une bourrasque de vent l'a rouverte.

Elle avait entendu distinctement le cliquetis de la porte qui se fermait. Le vent, d'ailleurs, ne soufflait pas ce matin, nota-t-elle en regardant les sommets des arbres.

Perdait-elle la tête ?

Ou devenaient-ils tous fous, autour d'elle ?

— Je pense qu'il serait préférable que tu partes, chuchota-t-elle.

Il ne broncha pas.

— Je te laisse libre de croire ce que tu veux, Mira. Si tu dois placer Jeff sur un piédestal, qui suis-je pour vouloir m'interposer ? Je t'ai dit la vérité, hier, mais je suis prêt à tout retirer. Si je ne peux pas obtenir ton amour, j'accepte ton amitié.

Mira le regarda, mue par une sensation des plus étranges. Un mélange de soulagement et de… désir. Désir de le tenir contre elle et d'être tenue par lui. Jeff était à sa portée, plus près qu'il ne l'avait été depuis six ans. Et néanmoins elle était là, face à Connor, à s'interroger sur la sensation que produirait sa bouche si elle devait se refermer sur la sienne.

D'ailleurs… *Oh ! mon Dieu…* Ce n'était pas la première fois. Elle s'était déjà posé la même question. Avant Katrina. Avant la disparition de Connor.

Lorsqu'ils s'étaient embrassés un peu trop longuement, le jour de l'an. Elle s'était précipitée aussitôt après dans les bras de Jeff. Pas par contrariété ou par colère. Mais parce que sa réaction avait été tout sauf platonique.

— Jeff est vivant, lâcha-t-elle pour exorciser ces pensées.

Et pour éviter de dévaler l'escalier et de se jeter à sa tête.

L'expression de Connor se durcit.

— Arrête, Mira. Si tu veux vraiment que je m'en aille, il suffit de me le demander.

— Ce n'est pas ça ! Tu ne comprends pas ! Hier soir, il… Jeff m'a appelée, Connor !

Son regard de pure commisération en disait long sur ce qu'il pensait. Elle tendit vers lui une main suppliante.

— C'était sa voix, au téléphone. Je te le jure.

Il secoua la tête.

— Je suis désolé. Vraiment. Je n'aurais jamais dû aborder…

Elle courut jusqu'en bas de l'escalier.

— J'ai dormi chez Deni, cette nuit. Ce matin, je suis montée. Quelqu'un s'est allongé de son côté du lit. Et il y avait la marque de sa tête, sur l'oreiller. Et son odeur aussi. Viens… Je vais te montrer.

Lui saisissant la main, elle l'entraîna jusque dans la chambre et lui tendit l'oreiller.

— Renifle, tu verras.

Comme il hésitait, elle réitéra sa demande avec insistance. Il finit par porter l'oreiller à son visage, inspira profondément, puis le lui rendit.

— Tout ce que je sens, c'est de l'assouplissant.

— Non, c'est autre chose… Et tiens, regarde, là !

Elle sortit son mobile et le lui tendit.

— Là, à 11 h 03. Il a appelé.

Il regarda l'écran.

— Il a laissé un message ?

— Non, car j'ai pris la communication.

— Et qu'a-t-il dit ?

— Qu'il arrivait bientôt. Tu sais qu'il m'appelait « ma biche », parfois ? C'est ce qu'il a dit. « Salut, ma biche. »

Connor ne la croyait pas. Elle le lisait sur son visage. Il se tourna vers elle et cueillit sa joue droite au creux de sa paume. Son expression lui donna envie de pleurer.

Elle couvrit sa main de la sienne. Et la sentit agitée d'un léger tremblement.

— Tu aimerais à ce point qu'il soit encore en vie, Mira ?

— Ce n'est pas ça, chuchota-t-elle. Je t'assure que ce n'est pas ça du tout.

La main de Connor glissa jusqu'à l'arrière de sa tête et ses doigts se faufilèrent dans ses cheveux.

— Je ne peux pas rivaliser avec un fantôme. Ni avec la perfection du souvenir. Je ne suis qu'un homme.

Il se pencha et pressa ses lèvres contre les siennes, l'embrassant avec rudesse. Elle répondit d'instinct à son baiser, avec avidité, renversant la tête pour mieux s'offrir à l'assaut de sa langue, se pressant sans réserve contre lui.

Leur étreinte prit fin brutalement. Connor la laissa aller et elle recula en vacillant. Pas parce qu'il l'avait repoussée, mais parce que sa vie tout entière semblait soudain partir à vau-l'eau. Pour la seconde fois.

— Un homme de chair et de sang, Mira. Si tu décides que c'est un homme vivant que tu veux, tu sais où me trouver.

Elle le rappela, le cœur battant.

— Connor, non, attends ! Je croyais que nous pouvions être amis.

Il s'immobilisa et se retourna vers elle.

— Nous le pouvons, oui. Mais ce n'est pas mon premier choix…

L'ombre d'un sourire joua sur ses lèvres.

— Et quelque chose me dit que ce n'est pas non plus le tien.

43

Mercredi 17 août, 8 h 5

Mira aurait pu parcourir les yeux fermés le trajet entre Frenchmen Street et son atelier. Il lui était arrivé de le faire en moins d'un quart d'heure. Tellement épuisée, parfois, qu'elle ne conservait même pas le souvenir d'avoir tenu le volant.

Mais aujourd'hui, elle se surprenait à modifier son itinéraire. A emprunter des voies secondaires. Et même à tourner en rond. Après le départ de Connor, elle était restée longtemps debout devant la porte fermée, la tête bourdonnante, à laisser l'écho de leur baiser vibrer en elle. A écouter résonner les paroles qu'il avait prononcées. *Je ne peux pas rivaliser avec un fantôme ou avec la perfection du souvenir... Je ne suis qu'un homme. De chair et de sang... Si tu décides que c'est un homme vivant que tu veux, tu sais où me trouver...*

Elle avait fini par se réfugier sous la douche, dans l'espoir d'y voir plus clair. Mais l'eau tiède n'avait rien effacé de ses nouvelles sensations. Rien effacé de ce qui exultait en elle. *Vivante.* Elle s'était sentie vivante comme elle ne l'avait plus été depuis longtemps. Vivante comme un être normalement doué de sexualité.

Le jet de la douche avait au moins servi à laver son sentiment de culpabilité. Comme si elle avait trompé son mari. Mais comment pouvait-on tromper un mort ?

Un mort qui était peut-être encore en vie ?

Un chat traversa la chaussée et elle enfonça la pédale de freins. A sa droite, une jolie rangée de cottages de style créole bordait la rue. L'un d'eux attira son regard : peint dans un bleu très doux, avec les bords des fenêtres blancs, il avait une véranda de bois qui s'affaissait légèrement sous un immense lagerstroemia en fleur.

Un vitrail était fixé devant l'une des fenêtres. Une fleur de lis et un tournesol. Celui qu'elle avait vendu à l'inspecteur Malone et à Stacy, sa fiancée. Peut-être que Spencer Malone serait de bon conseil ? S'il acceptait de la croire, qui, mieux que lui, pourrait l'aider à retrouver Jeff ?

Jeff ou la personne qui s'ingéniait à lui court-circuiter les neurones.

Derrière elle, quelqu'un klaxonna avec insistance. Elle jeta un regard désolé dans le rétroviseur, fit un signe d'excuse de la main et se rangea sur le côté. De nouveau, elle examina le cottage. C'était sans doute de la folie de penser qu'un flic pourrait l'aider, vu les circonstances. Mais c'était une option, malgré tout. Et de toute évidence, elle n'en avait plus beaucoup d'autres à sa disposition.

Sans se laisser le temps de changer d'avis, elle coupa le moteur, descendit de voiture et alla frapper à la porte. Elle reconnut la femme qui vint lui ouvrir. Blonde. Avec un visage marquant. Un genre d'Angelina Jolie en plus grande. Avec moins de bouche et plus de nez.

Mira sourit.

— Stacy ?

L'expression de la jeune femme se fit plus réservée. Son bras qu'elle avait sur le côté glissa dans son dos.

— Oui ?

— Je suis votre voisine du coin de la rue. Mira Gallier.

Elle désigna le vitrail.

— Vous l'avez acheté chez moi.

La fiancée de Malone parut se détendre.

— Oui, je me souviens, dit-elle en souriant. Je peux faire quelque chose pour vous ?

— Je cherche Spencer… l'inspecteur Malone.

— Je suis désolée. Il n'est pas à la maison.

Mira fit un pas en arrière.

— Ah, d'accord… Désolée de vous avoir dérangée.

— Vous ne m'avez pas dérangée du tout, répondit Stacy, toujours souriante. Je peux lui transmettre un message ?

— Non, non, ce n'est pas la peine. C'était stupide de ma part de sonner à votre porte. Je n'aurais probablement pas dû passer ici, de toute façon.

Mira se détourna pour partir, mais Stacy la rappela.

— Mira, attendez. Vous êtes en difficulté ?

Elle tourna la tête par-dessus l'épaule.

— Je crois que le mot n'est pas trop fort.

— Laissez-moi vous donner ses numéros de téléphone. Il vous appellera, je vous promets.

— Merci, c'est gentil. Mais je les ai déjà. Je passais simplement en voiture, j'ai vu le vitrail et j'ai pensé qu'il pourrait peut-être me conseiller.

Elle secoua la tête.

— Désolée de vous avoir importunée.

— Mais pas du tout.

Stacy sortit de la maison.

— Ecoutez, Mira, vous avez l'air vraiment très retournée. Je peux peut-être faire quelque chose pour vous. Je suis dans la police, moi aussi.

— J'avais oublié. Comment se fait-il que vous soyez chez vous et pas au travail ?

— J'ai été blessée par balles, il y a six semaines. Je suis en convalescence.

— Ma question était impolie, n'est-ce pas ? Excusez-moi. Je ne suis plus tout à fait moi-même.

— Ne vous inquiétez pas pour ça.

Stacy désigna les deux chaises dans la véranda.

— Il ne fait pas encore trop chaud. Asseyez-vous un instant.

Mira accepta sans hésiter. Pourquoi, elle n'aurait su le dire, mais elle ressentait une forme d'apaisement en la compagnie de cette femme. Stacy prit la chaise la plus proche de la porte.

— Ces six semaines de repos forcé ont été longues pour moi, Mira. Je vous avoue même que je pète les plombs, par moments. Mais avec la bénédiction de mon médecin, je reprends mon poste à plein temps à la fin du mois. Le lundi 29, vous imaginez ! Il faut le faire !

La date exacte du sixième anniversaire de Katrina.

— Ça ne vous colle pas un peu la frousse ?

Stacy se mit à rire.

— La frousse ?

— Comme si la date était de mauvais augure, peut-être ?

— Je considère qu'il s'agit d'un jour comme un autre… Spencer m'a parlé de vous, récemment, ajouta Stacy après un temps de silence.

— Ah bon ?

— Il a dit que quelqu'un s'était introduit dans votre atelier.

Leur chair leur sera arrachée jusqu'à l'os, rôtie et offerte en pâture aux démons. Mira frissonna au souvenir de la scène.

— Le Prêcheur. Il s'est passé tellement de choses, depuis, que j'ai l'impression que sa visite remonte à un siècle.

— Il a été assassiné, n'est-ce pas ?

— Oui. Lui et le père Girod. Et Anton Gallier, mon beau-père.

Elle regarda Stacy dans les yeux.

— Je suis dans une telle confusion… Je ne sais plus quoi croire. Ni en qui croire, d'ailleurs.

— Et si vous me racontiez un peu plus précisément ce qu'il en est ?

— Ce qui se passe en ce moment me fait parfois douter de mes facultés mentales. En plus de tous ces meurtres, il y a…

Elle baissa les yeux sur ses mains. Constatant qu'elle avait serré les poings, elle les détendit.

— Je me demande si… Mon mari est mort pendant l'ouragan, mais…

Elle ne put se résoudre à le dire. Stacy insista gentiment.

— Je peux entendre beaucoup de choses, Mira.

— J'en arrive à me demander si Jeff ne serait pas vivant.

— Qu'est-ce qui vous fait penser cela ?

— Je crois qu'il est entré chez nous. J'ai senti l'odeur de son after-shave, j'ai vu la forme de sa tête sur l'oreiller et… il m'a appelée au téléphone. En disant qu'il arrivait bientôt.

Comme Stacy ne faisait aucun commentaire, elle poursuivit, en regardant ses mains :

— Je sais que j'ai l'air d'une folle et que mon histoire paraît pathétique. Après une absence de six ans, cela paraît impossible, et pourtant… les faits semblent être là. Je ne sais plus quoi penser.

Elle regarda Stacy droit dans les yeux.

— Vous croyez que je perds la tête ?

— Je peux vous raconter une histoire ? Il y a six ans, ma sœur Jane était la proie d'un psychopathe qui la suivait en secret. Une personne de son passé. Il a semé le chaos et la terreur dans sa vie. Elle a failli mourir.

— Et que s'est-il passé ? Je veux dire, comment a-t-elle réussi à… ?

— A retourner la situation à son avantage ?

Mira confirma d'un signe de tête.

— Oubliez tout ce que vous croyez savoir. Faites table rase et repartez du début en réévaluant toutes vos hypothèses. C'est ce que font les flics, les vrais, lorsqu'ils se cassent le nez sur un dossier.

— Mais comment ?

— Parfois les enquêtes sont simples. Les éléments sont cohérents et le dossier se construit, petit à petit, conformément à nos attentes. Mais parfois, ce que nous croyons savoir nous conduit dans la direction opposée à celle qu'il faut prendre. Pour faire notre boulot, nous devons faire abstraction de toutes nos certitudes.

Cela paraissait tellement juste, en effet.

— Vous avez du talent dans votre métier, n'est-ce pas ?

Stacy sourit.

— J'aime à le penser… Une question pratique : il y a combien de temps que vous n'avez rien mangé ?

En toute honnêteté, Mira aurait été incapable de le dire. Et elle fit part de son ignorance à Stacy.

— Bon… Et si j'allais nous chercher du thé glacé et des muffins ?

Mira porta la main à son estomac, qui se faisait soudain entendre.

— Franchement, je ne dis pas non. Je meurs de faim.

Stacy se leva en souriant.

— Super. Je reviens tout de suite.

Lorsque Stacy se détourna pour passer à l'intérieur de la maison, Mira découvrit le pistolet logé au creux de son dos. Elle frissonna violemment.

A quel jeu joues-tu, Mira ? Avait-elle complètement perdu la tête ? Stacy était flic et elle suspecte. Et elle était là à déverser ses tripes et à se comporter comme un cas pathologique.

Stacy était probablement en train d'appeler Spencer, en ce moment même.

Se levant d'un bond, elle traversa la véranda ouverte et dévala les marches. Sans se retourner une seule fois, elle regagna sa voiture. Debout sur le pas de la porte, Stacy la suivit des yeux, avec un verre de thé dans chaque main.

44

Mercredi 17 août, 8 h 35

Spencer parcourut la tablée des yeux. Bayle était assise à côté de lui, et son frère à côté de Bayle. L'équipier de Percy et le commandant de district étaient également de la fête. Le capitaine O'Shay, le porte-parole de la police et le chef de police adjoint présidaient la réunion de crise.

Sur les murs et les tableaux blancs étaient affichées des photos des trois victimes ainsi que les particularités de chaque homicide. Richards, nouvellement affecté aux relations publiques, faisait le point.

— Bon, personne ne s'est intéressé à la triste fin du Prêcheur. Ce meurtre est passé sous le radar des médias.

— Parfait. Ça nous arrange, intervint Krohn, le chef de police adjoint. Le commandant et moi tenons à ce que ça reste sous le boisseau. La dernière chose dont nous avons besoin, c'est que le public fasse le lien entre les trois homicides.

Richards poursuivit comme s'il n'avait pas été interrompu :

— Mais les deux autres meurtres ont suscité de vives réactions. D'abord, un prêtre très aimé, et maintenant, Anton Gallier, un ancien roi de la confrérie Rex. Les médias s'en donnent à cœur joie et déchaînent les passions du public.

Le capitaine O'Shay porta son attention sur Spencer.

— L'enquête en est où ?

— Nous avons deux suspects principaux. L'ancienne belle-fille de Gallier, Mira, et son ami Connor Scott. Scott constitue un mystère. Mais Mira Gallier connaissait les trois victimes. Elle a un mobile pour deux d'entre elles. Et un mobile puissant pour son beau-père.

— Vous pouvez préciser ? demanda le capitaine O'Shay.

— Elle le haïssait. Il a tout fait pour essayer d'établir sa responsabilité dans la mort de son fils. Quand Gallier a échoué au pénal, il a remis ça au civil. Il ne la lâchait pas.

Percy prit la relève.

— Quelques jours avant le meurtre, apparemment, il était repassé à l'offensive. Elle s'est disputée en public avec lui à ce sujet au Crescent City Club.

— Scott était avec elle, enchaîna Bayle. La victime a également provoqué cet ancien ami de son fils. D'après les témoins, la colère de Scott était palpable. Scott et Gallier ont peut-être fait le coup ensemble. Je les suspecte d'avoir une liaison.

— Et les messages bibliques ? demanda Krohn. Du nouveau à ce sujet ?

— Pas grand-chose, admit Malone. Les deux premiers sont assez connus. Toutes les personnes que nous avons interrogées en saisissent le sens facilement. Mais le troisième, inscrit sur la porte d'ascenseur, est plus obscur.

— Mira Gallier était la seule à savoir qu'il renvoyait à Marie-Madeleine que le Christ aurait libérée de sept démons, fit remarquer Bayle.

Malone jugea utile de rectifier.

— La seule à avoir *admis* qu'elle savait.

Le capitaine O'Shay se tourna vers lui.

— Qu'en pensez-vous, alors ? Que Scott et elle trempent ensemble dans ces meurtres ?

— C'est possible, même si je suis plutôt porté à soupçonner Scott. Il y a quelque chose qui me turlupine chez ce type. J'ai un peu de mal à avaler que son retour de la guerre coïncide aussi précisément avec le début de la série de meurtres. C'est le genre de hasard qui me laisse hautement perplexe. Pour elle, je ne le sens pas, non. Mes capteurs ne se déclenchent pas.

— Pas ces capteurs-là, en tout cas, marmonna Bayle.

Malone se demanda un instant s'il avait bien entendu.

— Je te demande pardon ?

— Je veux dire que c'est difficile pour toi de concevoir que l'adorable jeune veuve puisse être coupable de quoi que ce soit.

— N'importe quoi ! riposta-t-il, furieux qu'elle se permette cette remarque devant une brochette de gradés. Je ne sais pas d'où tu tires cette idée, mais…

Krohn le coupa d'un ton irrité.

— Vous réglerez ça entre vous. Faites votre boulot, tous les deux.

Le chef de police adjoint jeta deux exemplaires du *Times Picayune* sur la table.

— Ce que j'aimerais savoir, c'est comment la presse a mis la main sur *ça* ?

Un gros titre en première page hurlait « Le Tueur du Jugement dernier ». Un murmure consterné s'éleva dans la pièce. Spencer leva les deux mains.

— En aucun cas, il ne s'agit de l'un d'entre nous. Pas vrai ?

Il porta alternativement son regard sur Percy, puis sur Bayle. Ni l'un ni l'autre ne pipa mot. Pas même un battement de paupières.

Spencer se tourna vers le chef de police adjoint.

— La fuite peut venir d'un primo-intervenant, d'un technicien de scène de crime, ou même d'un des suspects.

Krohn pianota du bout des doigts sur la table.

— Les crimes sont liés, sans l'ombre d'un doute. Mais avons-nous un tueur en série sur les bras ?

— Pas sous sa forme classique, en tout cas, intervint O'Shay. Normalement, le serial killer tue selon un rituel immuable. Ce n'est pas le cas ici. Même le message biblique est différent chaque fois. On ne peut pas parler d'un mode opératoire fixe.

— C'est vrai, admit Spencer. Mais si, au lieu d'un rituel, notre meurtrier racontait une histoire ? On pourrait imaginer que ce que nous avons eu jusqu'à présent n'était qu'un prologue ?

Le visage sanguin de Krohn s'empourpra un peu plus encore.

— Trois victimes, vous appelez ça un « prologue », vous ? Putain, Malone, vous perdez la boule ou quoi ?

— Expliquez-vous, ordonna le capitaine O'Shay.

— C'est le jargon biblique qui me fait penser ça. Le jour du Jugement, les démons exorcisés… Bon d'accord, ça pourrait être un écran de fumée mis en place par un tueur méthodique et parfaitement sain d'esprit. Mais il se peut aussi que nous ayons affaire à un illuminé qui se croit réellement chargé d'accomplir la justice divine.

— Le bras armé de Dieu, compléta Percy. Menant sa petite guerre sainte perso avec la conviction de bien faire.

— Elle ne me plaît pas beaucoup, votre hypothèse.

Krohn se tourna directement vers le capitaine O'Shay.

— Je ne veux pas de nouvelle victime, c'est compris ?

Patty O'Shay hocha la tête.

— Tout à fait, oui.

Spencer et Percy échangèrent un regard. Les galonnés se sentaient toujours obligés de proférer ce genre d'âneries. Comme si le capitaine et ses enquêteurs avaient envie de voir tomber des victimes supplémentaires ! Si un quatrième meurtre se produisait, ils ne seraient pas à la fête. Avec le commandant sur le dos qui leur mènerait la vie dure.

Le capitaine O'Shay se tourna vers Bayle et lui.

— Et pour les preuves matérielles, ça donne quoi ?

Bayle jeta un coup d'œil sur ses notes.

— Pour commencer, nous avons le projectile extrait

du thorax de Gallier. Un calibre 45. Les recherches sur les bases de données balistiques nationales n'ont rien donné.

— Nous avons prélevé quelques belles empreintes sur la dernière scène de crime, enchaîna Percy. Sur les gobelets de café et le sac contenant les viennoiseries. Mais ces dactylogrammes ne sont pas fichés dans les bases de données.

Bayle prit le relais.

— Les empreintes nous permettent de relier avec certitude le meurtre du père Girod et celui de Gallier, en tout cas. Ce sont les mêmes sur les deux scènes de crime.

Spencer confirma d'un hochement de tête.

— Nous avons par ailleurs localisé trois restaurants du Vieux Carré qui utilisent la même combinaison de gobelets, de couvercles, de plateaux et de sacs en papier. Ils vendent également les mêmes croissants et les mêmes scones, tous fabriqués par le même fournisseur, Bakers Dozen.

— Nous avons entendu le propriétaire de la boulangerie industrielle et présenté les photos de Mira Gallier et de Connor Scott dans chacun des trois cafés.

Le cellulaire de Spencer vibra à sa ceinture. Il jeta un œil sur l'écran, vit que c'était Stacy et pria ses supérieurs de l'excuser.

— Stacy ? Tout va bien ? demanda-t-il, inquiet, en s'esquivant de la salle de réunion.

— Oui, ça va. Mira Gallier est venue ici. Elle te cherchait.

— *Quoi* ?

— Elle était tendue, anxieuse et dans un état de nervosité extrême. Elle a dit quelques trucs bizarres et affirme ne pas se souvenir quand elle s'est alimentée pour la dernière fois.

— Et comment as-tu appris tout ça ?

— Je l'ai invitée à prendre le petit déjeuner avec moi.

— Nom de Dieu, Stacy ! Mais cette femme est une suspecte majeure dans une affaire de meurtres en série !

— C'est précisément pourquoi je lui ai proposé de rester. Et que j'ai gardé mon ami M. Glock sur moi.

Stacy était formée au métier. C'était un officier de police d'exception et elle maîtrisait parfaitement la procédure. Mais Spencer n'en avait pas moins des sueurs froides à l'idée que le principal suspect dans une affaire d'homicide se soit présenté à leur porte.

— Elle a dit quelque chose qui pourrait m'être utile ?

— Elle affirme ne plus savoir en qui ou en quoi elle peut croire encore. Elle a également mentionné trois victimes : le père Girod, son beau-père et le Prêcheur.

— C'est tout ?

— Non. Il y a autre chose encore. Elle pense que son mari mort lui rend visite. Elle prétend qu'il l'a appelée hier au téléphone.

— En d'autres termes, elle est folle à lier.

— Ou, en tout cas, menacée de le devenir.

Il poussa un soupir de frustration.

— Elle est repartie, là ?

— Oui. Elle a filé sans un mot lorsque je suis allée chercher du thé et des muffins.

Spencer lui arracha la promesse de l'appeler immédiatement si Gallier se présentait de nouveau, puis il raccrocha et retourna à la table.

— Pas de mauvaise nouvelle, Spencer ? demanda sa tante.

— Je viens d'avoir Stacy. Mira Gallier sort de chez nous. Elle me cherchait.

Personne ne dit mot. Le silence qui tomba était lourd de tension. Tous, ici, appartenaient aux forces de l'ordre. Et certains d'entre eux étaient mariés, avec des enfants. Qu'un criminel découvre leur adresse, se présente chez eux et cherche à se venger à travers leur famille représentait un de leurs pires scénarios d'angoisse.

Percy fut le premier à réagir.

— C'est une sale histoire, ça, frérot.

— Stacy s'est sentie menacée ? s'enquit le capitaine O'Shay.

— Pas vraiment, non. Elle l'a même invitée à partager son petit déjeuner.

Une cascade de rires s'éleva dans le petit groupe.

— Comment a-t-elle su où vous habitiez ?

— Nous sommes à deux pas des Verreries d'Art Gallier. Stacy et moi y avons acheté un vitrail que Mira Gallier a reconnu en passant devant chez nous. Gallier et moi avions évoqué cet achat lorsqu'elle est venue me voir, la première fois, pour me parler des vitraux des Sœurs de la Miséricorde.

Patty O'Shay hocha la tête d'un air songeur.

— C'est toi qui as entendu Gallier lorsque vous l'avez interrogée ?

— Non, c'est Percy. Je me suis chargé de Scott.

— Très bien. Elle te considère comme un voisin, un ami. C'est pour ça qu'elle a fait un « saut » chez toi pour te demander conseil. Il faut que tu fasses en sorte de garder sa confiance. Laisse à Percy ou à Bayle le rôle du mauvais flic. Toi, tu es là pour « l'aider ». S'il existe une chance pour qu'elle se confie à quelqu'un, ce sera à toi.

— O.K., ça marche. Comment aimeriez-vous que nous procédions ?

— Dis-lui que ça t'ennuie, mais que ton capitaine veut procéder à un nouvel interrogatoire. Puis ajoute que, si ça peut la rassurer, tu t'arrangeras pour la questionner toi-même. A mon avis, si elle sait quelque chose, elle finira par te le dire.

— Et moi, capitaine ? demanda Bayle.

— Vous irez en salle vidéo avec Percy et vous suivrez sur écran.

La réunion se terminait. Comme l'assistance se dispersait, Spencer effleura le bras de Bayle.

— Je peux te parler un instant ?

— Bien sûr.

Elle retourna en salle de conférences et l'interrogea du regard.

— Alors ? *Que pasa* ?

— C'est ce que j'aimerais comprendre, justement.

— Je ne te suis pas.

— Ta remarque au sujet de Gallier.

— Quelle remarque ?

— Arrête ton petit jeu, Bayle. Tu mettais mes capacités de jugement en doute, en suggérant que j'étais aveuglé par le charme de Gallier. Je n'ai rien fait qui puisse justifier ce genre d'attaque.

Elle parut sur le point de protester mais se ravisa.

— Tu as raison, admit-elle sèchement. Ma remarque était déplacée.

C'était déjà un premier pas. Mais Spencer ne se satisfit pas de ce mea culpa. Pas cette fois-ci.

— C'est quoi ton problème au juste, Bayle ? C'est moi en particulier ? Les hommes en général ? A moins que tu n'aies un contentieux personnel avec Mira Gallier ?

Elle détourna les yeux puis reporta son regard sur lui.

— Tu ne me poses aucun problème. Et les autres non plus, d'ailleurs. Je fais mon boulot, c'est tout.

— Je ne te crois pas.

Comme elle ne répondait pas, il secoua la tête.

— Bosser à deux, comme on le fait, ça demande une grande franchise réciproque. Et de la confiance, surtout. Je dois pouvoir être sûr que tu me soutiendras quoi qu'il arrive. Et après le coup que tu viens de me faire, je ne me sens que moyennement tranquille de ce côté-là.

— Te soutenir implique-t-il de fermer ma gueule pendant que tu sabotes le travail ? Ce n'est pas comme ça que je fonctionne, Malone.

Il tenta d'endiguer sa colère.

— Je ne sabotais pas le boulot, tout à l'heure, et tu le sais.

Elle soupira.

— Tu as raison. J'ai eu quelques mauvaises expériences par le passé. Mais je n'ai pas à te mettre d'office dans le même panier que tous ces types. Cela ne se reproduira pas.

Bayle passa devant lui et sortit dans le couloir. En la regardant s'éloigner, Malone se demanda s'il n'y aurait pas moyen de convaincre Tony Sciame de renoncer à son départ en retraite.

45

Mercredi 17 août, 9 h 20

La cloche du magasin tinta lorsque Mira poussa la porte des Verreries d'Art Gallier. La Coccinelle de Deni et le camion de Chris étant à leur place sur le parking, elle entra en lançant un salut à la cantonade. Son assistante apparut, les joues en feu.

— Mira ! Où étais-tu passée ? J'étais folle d'inquiétude.

Elle posa son sac derrière le comptoir et se dirigea vers l'atelier.

— Tout va bien, il n'y a pas lieu de s'inquiéter.

— Attends, tu débarques chez moi hier soir en plein délire et…

— Je n'étais pas en plein délire.

— Si. Tu affirmais que Jeff était vivant ! Qu'il t'avait appelée.

— Il *m'a* appelée. C'était sa voix. Je suis sûre de l'avoir entendue, Deni.

— Et ce matin, je me réveille et tu avais disparu !

— Je t'ai laissé un mot.

— Tu ne t'es pas présentée à ton rendez-vous avec le Dr Jasper.

— Le Dr Jasper ?

— Elle t'attendait ce matin à 8 heures. Elle a appelé, elle cherche à te joindre.

Bon sang ! Sous le coup des émotions, elle avait oublié.

— O.K. Je lui téléphonerai.

— Et tu étais censée prendre contact avec Lance ce matin.

Elle regarda Deni sans comprendre.

— Lance Arnold. Ton *avocat*, Mira !

— Zut… Il m'était sorti de la tête, lui aussi. Je m'en occupe tout de suite.

Mira se dirigea vers le vitrail de Marie-Madeleine et Deni lui emboîta le pas.

— J'ai essayé de t'appeler au moins mille fois.

— J'ai laissé mon portable à la maison.

Deni secoua la tête d'un air incrédule.

— Des gens se font assassiner, ton mari décédé te rend ou ne te rend pas visite, tu es suspectée d'homicide, et tu te promènes sans téléphone ? Tu es tombée sur la tête ?

Comme elle ne réagissait pas, Deni poursuivit sa tirade exaspérée.

— Et nous n'avons toujours pas fixé la date pour installer le vitrail. Sœur Sarah Elisabeth a appelé. Elle veut savoir quand nous venons le poser.

— Pas encore. Je ne suis pas prête.

— Le vitrail est terminé, Mira. Tu ne peux pas repousser l'échéance indéfiniment.

Elle tourna la tête par-dessus l'épaule.

— Il faut d'abord que je me sente en état de le faire, Deni. Je n'ai pas la tête à ça et je ne veux pas prendre le risque de commettre une erreur en l'installant.

Mira détourna un instant les yeux avant de se résoudre à regarder son amie bien en face.

— J'ai une question à te poser, Deni. J'espère qu'elle ne te fâchera pas. Je sais que tu n'étais pas seule, hier soir. En allant aux toilettes, je t'ai entendue en conversation avec quelqu'un. Un homme. Pourquoi m'as-tu menti ?

Deni secoua la tête en ouvrant de grands yeux.

— Je ne t'ai pas menti. Tu as peut-être entendu la télé ?

— Pas la télé, non. L'homme a prononcé mon nom. Et celui de Jeff.

— Ecoute, Mira, je ne comprends vraiment pas.

Elle savait ce qu'elle avait entendu. Que pouvait bien lui cacher Deni, qui soit important à ce point ?

Se rapprochant de son amie sur une impulsion, elle lui prit les deux mains et les serra fort entre les siennes.

— Tu peux tout me dire, Deni. Tout. Nous sommes amies. Et je compte sur toi. Pas seulement dans le travail, mais plus que tout pour ton amitié.

Les mots s'étranglaient dans sa gorge. Elle s'éclaircit la voix.

— J'ai vraiment besoin de toi, là. Je ne pense pas pouvoir y arriver seule. D'autant plus que j'ignore ce à quoi je dois arriver, ni où, ni pourquoi, ni comment.

Les yeux de Deni se remplirent de larmes et elle la serra dans ses bras.

— Merci. Il y a quelque chose qu'il faut que je te dise. Cela fait un moment que je…

— Hé, vous deux ! s'exclama Chris en entrant par une porte latérale. Qu'est-ce qui vous arrive ? On se croirait à la grande fête de l'Amour.

— Accès de fraternisation, déclara Deni en la relâchant.

— J'ai oublié ma glacière. C'est O.K. si je prends de l'eau dans la cuisine ?

— Prends tout ce que tu veux, dit Mira. J'ai vraiment apprécié que tu viennes me chercher au bureau de police hier. Je te revaudrai ça, Chris.

— Les amis sont là pour ça, non ? Quelqu'un d'autre veut quelque chose ?

— Un plein de café ? suggéra Mira.

Deni emboîta le pas à Chris.

— Je vais en préparer pour nous trois.

Mira les regarda s'éloigner. Qu'est-ce que Deni avait été sur le point de lui révéler ? La vérité ? Qu'elle lui avait menti en affirmant être seule, la nuit dernière ? Ou ses confidences auraient-elles porté sur tout autre chose ? L'arrivée de Chris les avait interrompues net, en tout cas.

Deni n'avait pas voulu que Chris entende.

Mais pourquoi ? Il y avait un certain temps maintenant qu'ils sortaient ensemble. Quel secret pouvait-elle encore avoir pour lui ? Mira concentra son attention sur le vitrail de Marie-Madeleine. L'inspecteur Malone lui avait demandé si elle savait ce que signifiait « Il a chassé sept démons ». Pour quelle raison lui avait-il posé cette question ? Juste auparavant, il l'avait questionnée sur le meurtre d'Anton. A l'évidence, il devait y avoir un rapport, mais lequel ?

Mira fixa son regard sur le vitrail, sur l'affliction éperdue qui marquait le visage de la sainte. Mais, bizarrement, elle ne se sentait plus aussi reliée à Marie-Madeleine qu'avant. Comme si quelqu'un — ou quelque chose — avait brisé le lien.

Ses amis vinrent la rejoindre et Deni lui tendit son café. Mira entoura le mug de ses mains.

— L'un de vous connaît-il l'histoire de Marie de Magdala ?

— Oui, moi, dit Chris. C'était une prostituée et Jésus l'a sauvée. Enfin, un truc de ce genre, quoi.

— Il l'a sauvée, en effet, en la délivrant des esprits malins qui avaient pris possession d'elle. Ils étaient au nombre de sept. Mais ce n'était pas une prostituée, Chris. Cela n'est dit nulle part dans la Bible. C'est l'Eglise qui lui a forgé cette réputation.

Mira but une gorgée de café, l'esprit déjà entraîné plus avant.

— L'inspecteur Malone m'a interrogée sur les démons que Jésus a chassés. Il m'a demandé si je savais ce que cela signifiait.

— Pourquoi ?

— Il ne l'a pas précisé.

Mira interrogea ses souvenirs et finit par secouer la tête.

— Mais vous ne trouvez pas étrange qu'il me demande ça alors que Marie-Madeleine se trouve justement dans mon atelier ? Les trois meurtres sont en lien avec moi. Et Marie-Madeleine aussi.

— Bon, ça suffit. J'appelle le Dr Jasper, décréta Deni en se levant.

Chris la retint par le bras.

— Elle n'a pas besoin de son psy. Laisse-la parler.

— Chris a raison, dit Mira. Je sens que ma tête est d'aplomb, ce matin. Je traite les informations dont je dispose. Il se pourrait même que je sois en train de démêler quelques fils.

Deni n'avait pas l'air très contente, mais elle hocha la tête et Mira poursuivit :

— Pendant des siècles, les gens ont cru à tort que Madeleine avait été une prostituée. Simplement parce que quelqu'un a affirmé qu'elle l'était.

Elle marqua un temps de silence.

— On pense maintenant qu'elle aurait été la sœur de Marthe et de Lazare.

— La Marie qui a séché les pieds de Jésus avec ses cheveux ? demanda Chris.

— Oui, cette Marie-là. Elle était entièrement dévouée au Christ. D'aucuns affirment même qu'ils étaient mari et femme.

— Ah ouais, comme dans le bouquin, là… *Da Vinci Code*.

— Voilà. Mais bien avant Dan Brown, il y a eu des exégètes pour émettre cette même théorie. Tenez, prenez le premier miracle connu de Jésus : les noces de Cana. Il n'est pas illogique de penser que le mariage en question était celui de Jésus lui-même. Pourquoi, sinon, sa mère lui aurait-elle demandé de fournir du vin aux invités ? C'était à l'hôte de se charger du vin et de la nourriture pour la noce. Et en l'occurrence, l'hôte est forcément le marié.

Chris hocha la tête.

— Or, Jésus l'a fait puisqu'il a transformé l'eau en vin.

— Exactement.

Mira se tourna vers ses deux amis.

— Si j'étais possédée et que quelqu'un venait me délivrer, je lui serais assurément très dévouée. Pas vous ?

— J'imagine que oui, acquiesça Deni.

— Des démons dans ma tête..., murmura-t-elle à mi-voix, réfléchissant pour elle-même plus que pour son auditoire. Est-ce que cela équivaudrait à être frappée de folie ? Au temps de Jésus, une maladie mentale comme la schizophrénie n'aurait-elle pas été considérée comme une possession démoniaque ? Ou est-ce que l'inverse serait vrai ?

— L'inverse ?

— On pourrait imaginer que ce qu'on appelle maladie mentale aujourd'hui est en vérité une possession démoniaque.

— Tu recommences à me faire peur, maugréa Deni.

Elle se faisait peur à elle-même, reconnut Mira. Mais elle poursuivit néanmoins sur sa lancée :

— Et songez que Madeleine a dû assister à la mort par crucifixion de son bien-aimé. C'est ce que dit le vitrail.

— Je ne comprends pas où tu veux en venir, murmura Deni.

— On ne peut pas toujours croire ce que les gens racontent. On m'a dit que Jeff était mort, mais il se peut que ce ne soit pas la vérité. Jeff m'a dit qu'il ne savait pas où était parti Connor, mais j'apprends qu'il m'avait peut-être menti. Nous croyons des quantités de choses, simplement parce que quelqu'un nous affirme qu'elles sont vraies.

Chris descendit de son tabouret, lui prit les mains et la tira sur ses pieds.

— Tu es passée par tant d'épreuves, Mira... Je suis désolé, dit-il en la serrant dans ses bras. Je sais que c'est dur.

Suffoquée par les larmes, elle posa la tête contre sa poitrine.

— Je ne sais plus, Chris… Je ne sais plus ce qui est vrai et ce qui ne l'est pas.

— Tu peux croire en moi, reprit-il simplement. Je suis réel. Tu peux croire en Deni. Nous sommes tes amis, nous t'aimons et nous ferons ce qu'il faut pour qu'il ne t'arrive aucun mal.

Le carillon de la porte tinta. Deni se leva pour passer dans le magasin.

— Je vais voir qui c'est.

Deni revint quelques instants plus tard. Elle apportait une mauvaise nouvelle, à en juger par son expression.

Mira vit alors que la mauvaise nouvelle s'était déplacée en personne : l'inspecteur Spencer Malone entrait sur ses talons.

46

Mercredi 17 août, 9 h 55

Malone songea que si les regards pouvaient tuer, l'assistante de Mira serait déjà recherchée pour meurtre. Même chose pour le menuisier. Gallier, elle, avait l'air plus fragile et plus effarée que jamais.

Il désigna du menton le grand panneau de verre devant lequel elle se tenait.

— De quelle sainte s'agit-il ? demanda-t-il, même s'il soupçonnait déjà la réponse.

— Marie-Madeleine.

Le vitrail pour lequel elle avait fait toutes ces recherches, avait-elle expliqué à Percy. Il se plaça à côté d'elle.

— Il est extraordinaire.

— C'est vrai.

Elle se tourna pour lui faire face.

— J'ai vu votre fiancée, ce matin.

— C'est ce qu'elle m'a dit.

— Elle a été de bon conseil. J'ai beaucoup apprécié Stacy.

— Je lui transmettrai… J'ai une nouvelle un peu désagréable pour vous, en revanche.

Elle se raidit, comme si elle se préparait au pire.

— Mon capitaine veut vous revoir pour vous poser quelques questions complémentaires. Je suis vraiment désolé.

— Ne serait-il pas possible que nous parlions ici ?

— Si seulement… Mais dans le cadre d'une affaire d'homicide, on impose un respect strict de la procédure.

C'était une bonne chose qu'il n'ait pas encore eu à mentir jusqu'ici, car il sentait qu'elle le jaugeait pour déterminer si elle pouvait — ou non — lui accorder sa confiance.

Il tenta de se faire rassurant.

— Souhaitez-vous que je demande la permission de conduire l'audition moi-même, si ça peut vous aider à vous sentir plus à l'aise ?

— Je veux bien, oui, merci. Ce sera long ?

— En principe, non. Parole de scout.

— Vous avez été scout ?

— Non. J'étais une terreur.

Elle rit. D'un rire légèrement forcé, cependant.

— Je devrais prévenir mon avocat.

— Faites-le tout de suite, oui.

Mira passa un coup de fil mais apprit qu'Arnold plaidait ce matin-là au tribunal. Elle laissa un message détaillé puis se tourna vers Deni.

— Je reviens dès que possible. Si Lance appelle, mets-le bien au courant, d'accord ?

— Je peux venir avec toi, si tu veux, Mira ? Ou Chris ?

— L'une de nous doit être présente à l'atelier. Ne t'inquiète pas. Ça va aller.

Malone eut droit à un nouveau regard noir de l'assistante. Et son petit ami semblait tout prêt à lui coller son poing sur la figure. Mira les rassura l'un et l'autre puis le précéda dehors. Il la rejoignit devant l'entrée du magasin.

— Vous savez où nous allons ?

— Si c'est au même endroit qu'hier, oui. Le bureau de police principal, sur Perdido Street.

— Bien. Alors, je vous suis.

Il savait qu'elle verrait un signe de confiance de sa part dans le fait qu'il la laissait libre de prendre son propre véhicule. Ce qui entrait dans sa stratégie. En vérité, le risque qu'elle cherche à fuir lui paraissait minime. Et même si elle essayait, il n'aurait aucun mal à la rattraper.

Bouclant la ceinture de sa Camaro, il se servit de la commande vocale de son téléphone pour appeler Stacy. Elle répondit à la première sonnerie.

— Stacy ? Tu es occupée ?

— Occupée à tourner en rond et à essayer de ne pas péter un câble. Et toi ?

— Je me dirige vers le bureau pour entendre Gallier. Ça te dirait, une petite mission sous couverture ?

Elle rit.

— A ton avis ?

— C'est bien ce que je pensais. J'aimerais que tu files Gallier quand elle quittera le bureau. Elle conduit une Ford Focus bleue. Quand elle se garera, je te préciserai où.

— O.K. Sur quoi veux-tu que je porte plus particulièrement mon attention ?

— Essaie de découvrir où elle va, à qui elle parle. Et autre chose : il se peut que nous soyons sur la mauvaise piste et que Gallier elle-même soit la cible. Auquel cas…

— Je fais gaffe à mes fesses autant qu'aux siennes.

— Voilà.

Un signal lui indiqua qu'il avait un autre appel.

— Il faut que je te laisse. Je te tiens au courant.

Il prit la seconde communication.

— Oui ?

— Où es-tu, ô mon frère ?

Percy.

— Sur Poydras Street. Près du Superdome. Tu as vu les employés de cafés ? Ça a donné quelque chose ?

— Rien, non. Une des femmes du Café Express avait l'impression d'avoir déjà vu Scott quelque part. Mais pas dans son établissement le lundi matin. Tu sais où est Bayle ?

— Elle n'est pas avec toi ?

— Non. J'ai pensé qu'il y avait peut-être eu contrordre.

— Pas que je sache, non.

Le feu passa au vert. Mira franchit le carrefour et Spencer suivit.

— J'arrive dans dix minutes. Si on ne la trouve pas d'ici là, on lâchera les chiens.

Son frère raccrocha sur un éclat de rire.

Exactement dix minutes plus tard, Mira et lui atteignaient le troisième étage du siège du NOPD. Spencer maintenait une conversation nourrie mais légère. Il ne voulait pas qu'elle révèle quoi que ce soit avant qu'il puisse l'enregistrer. Toutes ces petites manœuvres auraient pu lui chatouiller la conscience. Mais il se sentait serein. Si elle était l'auteur de ces meurtres, les scrupules n'étaient pas de mise. Et si elle était innocente, ils le sauraient très vite.

— Hé, Malone ! Y a Bayle qui te cherchait, il y a une minute.

Il se tourna vers ses deux collègues inspecteurs.

— Salut, Waldon ! Salut, Johnson. Dites-lui que j'ai appris qu'elle avait déserté. Et que je me prépare pour l'audition.

— Ils s'appellent vraiment Walton et Johnson ? demanda Mira à mi-voix lorsqu'ils s'éloignèrent. Comme le fameux duo de comiques ?

— C'est Waldon, avec un d, en fait. Mais effectivement, on les appelle les « Walton et Johnson ». C'est leur seul titre de gloire, d'ailleurs.

Il rapprocha sa tête de la sienne.

— Et le pire, c'est qu'ils ne sont pas drôles. Pas drôles du tout, même. Et *ça,* c'est assez marrant, au fond. Un peu fou, non ?

Il s'effaça pour la laisser entrer dans la salle d'interrogatoire puis alla directement mettre la caméra en marche.

— Vous préférez attendre votre avocat ? Cela ne me pose aucun problème.

Elle prit un siège.

— Non, ça ira. Ne perdons pas de temps.

— Si vous changez d'avis, à n'importe quel moment, il vous suffira de le dire. Allez, c'est parti : pourquoi êtes-vous venue chez moi, aujourd'hui ?

— J'ai pensé que vous pourriez peut-être m'aider.

Il s'assit en face d'elle.

— Vous aider à quoi ?

— Il se passe des choses bizarres. J'étais troublée.

— D'après Stacy, vous lui auriez dit que vous ne saviez plus quoi croire. Ni en qui avoir confiance. C'est juste ?

— C'est juste, oui.

— Vos doutes ont-ils un rapport avec Connor Scott ?

Elle parut surprise.

— Pourquoi cette question ?

Il sourit.

— Répondez-moi d'abord, O.K. ?

Elle fit oui de la tête, même si elle paraissait mal à l'aise. Il réitéra sa question.

— Votre perplexité est-elle en lien avec Connor Scott ?

— Partiellement, oui.

— Pouvez-vous préciser ?

— Il a dit certaines choses…

Elle s'interrompit et secoua la tête.

— Cela n'a rien à voir avec ce qui vous préoccupe !

— Laissez-moi le soin d'en décider. Quelles choses ?

— Au sujet de mon mari. Mais c'est personnel.

— Je peux peut-être vous aider… C'est pour cette raison que vous êtes passée chez moi ce matin, souvenez-vous. Pour demander mon aide, lui rappela-t-il lorsqu'elle le regarda fixement, sans répondre.

Elle hocha la tête et finit par soutenir son regard.

— Nous étions amis, tous les trois. Mais…

— Scott était amoureux de vous.

Les joues de la jeune femme s'empourprèrent. Pas tant par gêne, mais parce qu'elle semblait embarrassée qu'il ait deviné si facilement.

— C'est ce qu'il prétend, oui.

— Vous ne le croyez pas ?

Elle baissa les yeux, fixant ses mains sur ses genoux.

— Si. Mais je ne m'attendais pas à… Je n'avais pas… Il m'a dit qu'il s'était engagé dans l'armée à cause de moi.

— D'accord. Jusqu'à présent, rien qui soit de nature à vous plonger dans un état de confusion.

— D'après lui, Jeff était au courant depuis le début.

— Au courant de quoi, madame Gallier ?

— De la destination de Connor. Et des raisons de son départ. Mais Jeff m'a toujours affirmé qu'il ne le savait pas.

— Ce qui, si l'information est exacte, signifierait que votre mari vous a menti. La franchise est importante, pour vous ?

— A l'évidence, oui.

Il tenta une autre approche.

— Lui faites-vous confiance ?

Elle hésita.

— A Connor ? Auparavant, oui. Jusqu'à…

— Jusqu'à ce qu'il vous dise ça.

— Oui.

— C'est un homme très secret.

Elle secoua la tête.

— Pas vraiment.

— Vous croyez ? Il n'a pas de secrets pour vous ?

— Non. Plus maintenant, en tout cas.

— La franchise est importante, madame Gallier. Alors, je vais vous faire une promesse : celle de ne pas vous mentir. Et je vous dis une chose : je n'ai aucune confiance en M. Scott. Et je pense que vous devriez vous en méfier également.

Elle serra les lèvres, en proie à des émotions conflictuelles qu'il n'avait aucune peine à déchiffrer.

— Pourquoi le protégez-vous ?

— Je ne le protège pas.

Il la regarda droit dans les yeux.

— Scott est un mystère. Et je trouve déroutant, très

déroutant, que tout ait commencé au moment où il a resurgi dans votre vie. Pas vous ?

Comme elle ne répondait pas, il poursuivit :

— Cela ne vous paraît pas bizarre que ces « choses étranges », comme vous dites, coïncident avec son retour à La Nouvelle-Orléans ?

Spencer n'attendit pas sa réponse.

— 9 août : une église est vandalisée et le père Girod assassiné. Un message de type « Jugement dernier » est tagué sur les vitraux que vous avez restaurés. 12 août : un prédicateur clochardisé s'introduit dans votre atelier et vous agresse en vous menaçant des affres de l'enfer. Il vous arrache votre croix et s'enfuit. 13 août : votre croix vous est mystérieusement restituée. Le Prêcheur est assassiné. 16 août : Anton Gallier est tué par balles. Chose intéressante, cela se passe alors qu'il venait de mettre Connor Scott au défi de vous dire « la vérité ».

Mira tremblait de nervosité. Spencer attendit quelques instants avant d'en remettre une couche.

— Madame Gallier ? Quand Connor est-il venu vous voir la première fois ?

Elle lui jeta un regard désemparé.

— Le jour où le Prêcheur m'a arraché ma croix, murmura-t-elle après avoir réfléchi quelques instants.

— Le 12 août, donc. Et savez-vous depuis quand il était de retour à La Nouvelle-Orléans ?

— Depuis un jour ou deux, m'avait-il dit. Quelque chose comme ça.

— Seriez-vous surprise d'apprendre que Connor Scott est revenu le matin du 7 ?

— Le 7, répéta-t-elle mécaniquement.

— Deux jours avant le premier incident. C'est assez bizarre, vous ne croyez pas ?

Il vit qu'elle le croyait, en effet.

— Peut-on penser que c'est purement une coïncidence, si ces événements se sont succédé depuis le retour d'Afghanistan de M. Scott ? Et une coïncidence, également, que lesdits événements ramènent tous à vous d'une façon ou d'une autre ?

Comme elle restait muette, il assena de nouveau sa question.

— Peut-on sérieusement le penser, madame Gallier ?

Elle se leva d'un bond.

— Je n'en sais rien ! Cela peut en être une ! Tout aussi bien que…

— Que quoi ?

— Tout comme il se peut que ça n'en soit pas. Je ne comprends rien à ce qui se passe. Pourquoi refusez-vous de me croire ?

— J'aimerais vous croire, Mira. Sincèrement. Asseyez-vous, s'il vous plaît.

Elle s'exécuta et il reprit :

— Parlons maintenant de ce qui vous est arrivé sur le plan personnel… Vous pensez que quelqu'un s'est introduit deux fois chez vous.

— C'est le cas, oui.

— Mais votre maison était fermée et nous n'avons trouvé aucune trace d'effraction. Comment l'expliquez-vous ?

— Je ne l'explique pas.

— Après Katrina, vous avez changé vos verrous ?

Elle fronça les sourcils.

— Pourquoi l'aurais-je fait ?

— J'en déduis que la réponse est non. Et le code de votre alarme ? Vous l'avez conservé aussi ?

— Je ne voyais aucune raison de ne pas le garder…

— Est-ce que Connor Scott, en tant qu'ami de confiance, avait accès aux clés et au code ?

Comme si la question l'avait abasourdie, elle le regarda fixement.

— Madame Gallier ?

Elle soutint son regard d'un air de défi.

— Oui.

— Et votre chienne, Nola, était un cadeau de M. Scott, c'est exact ?

Il vit le vacillement du doute dans ses yeux.

— Vous savez que c'est le cas.

— Nola semble avoir de l'affection pour lui. Je parie qu'elle n'aboierait même pas s'il se présentait à l'improviste.

— Je vois bien où vous cherchez à en venir. C'est absurde !

Malone poursuivit sans se démonter.

— Il savait assurément quelle eau de toilette utilisait votre mari et…

— Arrêtez !

— Que savait-il d'autre, qu'il aurait pu utiliser pour vous déstabiliser ?

Elle se leva, livide et tremblante de colère.

— Avons-nous terminé ou dois-je attendre mon avocat ?

— Vous savez quoi ? Je vais demander à mon capitaine si vous pouvez partir, d'accord ? Je reviens tout de suite.

Spencer rejoignit ses collègues dans la salle vidéo. Personne ne dit un mot ou ne regarda dans sa direction. Ils avaient tous les yeux rivés sur l'écran et observaient les réactions de Gallier.

Elle faisait les cent pas. Serrait et desserrait les mains. Parlait toute seule à voix haute. De temps en temps, elle s'immobilisait pour se recroqueviller sur elle-même, les mains cramponnées à ses propres épaules. Ou pour se passer les doigts dans les cheveux.

Brusquement, elle cessa d'arpenter la pièce. Son expression s'éclaira, comme si quelque chose venait de faire sens pour elle.

— Eureka, murmura Percy.

— Elle vient de faire une découverte importante, commenta Bayle, visiblement excitée. Allons voir de quoi il s'agit.

Spencer était d'un autre avis.

— Je propose qu'on la laisse partir, plutôt. Pour voir ce qu'elle fait. J'ai déjà quelqu'un en place qui l'attend.

Le visage de Percy s'éclaira.

— Pour une filature ? Super idée. Je me range à l'avis de mon frère, là, Karin.

Bayle parut frustrée.

— Mais elle sait quelque chose !

— On ne la perdra pas de vue. D'ailleurs, si on refuse de la laisser partir, elle attendra Arnold et elle ne nous en dira pas plus, de toute façon.

— Bon, d'accord, finit par acquiescer Bayle à contre-cœur. Mais à une condition : laissons-lui une chance de partager sa découverte avec nous.

Ils tombèrent d'accord là-dessus et Malone regagna la salle d'interrogatoire. Mira Gallier était assise, les mains croisées sur les genoux, et le regarda entrer d'un air d'espoir.

— C'est bon. Vous êtes libre de partir, lui apprit-il en souriant. Merci pour votre coopération, Mira. J'apprécie.

Elle attrapa son sac à main sans demander son reste. Il pouvait comprendre qu'elle soit pressée de quitter les lieux. Mais son désespoir semblait avoir cédé la place à une étonnante détermination.

— Y a-t-il autre chose dont vous aimeriez me parler avant…

Elle fit non de la tête.

— Vous en êtes certaine ? Même un petit détail peut parfois être déterminant.

— Je suis d'accord. Et je vous le ferai savoir si un petit détail me revient.

Sous-entendait-elle que s'il lui en revenait un « gros », c'était moins sûr ?

— Etes-vous en état de conduire ? Je pourrais vous raccompagner. Un de mes officiers nous suivra au volant de votre voiture.

De nouveau, elle secoua la tête. Il appela l'ascenseur.

— Je vous raccompagne jusqu'à votre véhicule.

Elle ne répondit pas et ils se dirigèrent en silence vers la Ford Focus de Mira. Malone repéra la Camry argentée de Stacy, garée en épi quelques rangées plus loin. Il attendit que Mira se glisse au volant et se baissa pour placer son visage à hauteur du sien.

— Je suis là pour vous aider. Si vous avez besoin de quoi que ce soit, appelez-moi. Vous pouvez me faire confiance.

Elle soutint son regard un instant puis hocha la tête.

— Merci.

Rebroussant chemin, il prit soin de ne pas regarder du côté de Stacy. Ce qui ne l'empêcha pas de repérer le moment exact où elle quitta sa place de parking pour s'engager derrière la Focus bleue de Mira.

Il avait une totale confiance en Stacy. Elle saurait anticiper les complications et réagir de façon appropriée.

Les complications. Plus ça allait, plus il se demandait s'ils abordaient le problème sous le bon angle. Ils avaient focalisé leurs soupçons sur elle et Scott en considérant qu'ils tenaient leurs coupables. Mais s'ils faisaient fausse route ? Si Mira était la cible du tueur, au contraire ? S'ils avaient réellement affaire à un psychopathe mystique qui considérait qu'il était de son ressort de « juger les vivants et les morts » ?

Quel rôle Mira Gallier serait-elle appelée à jouer dans un tel scénario ?

La réponse à cette question lui donna des sueurs froides. Troublé, il regagna le bureau de la brigade. Bayle l'attendait avec un large sourire.

— Tu as réussi à gagner sa confiance ! C'est du beau boulot, ça, mon petit Malone ! s'exclama-t-elle, presque jubilante, en lui appliquant une bourrade amicale.

— Je n'en suis pas si certain.

Elle ajusta son pas au sien.

— Pourquoi pas ? C'est quasiment du tout cuit, cette affaire.

— *Du tout cuit ?* Sérieusement ? Tu n'as jamais envisagé la possibilité que Gallier puisse être la cible et non l'auteur ?

— Non… A vrai dire, non.

Elle secoua la tête.

— Neuf fois sur dix, ceux que tout désigne comme coupables *sont* effectivement les coupables. C'est quand même une constante dans notre boulot, ça, Malone. Et tu le sais. C'est la réalité quotidienne à laquelle toi et moi nous avons affaire.

Malone reconnut que c'était vrai. Mais son instinct ne lui assurait pas moins qu'ils se trompaient de direction. Et il fit part de son impression à Bayle. Elle haussa les épaules.

— Il se peut que tu aies raison, mais je ne le pense pas.

— Et toi ? Cela t'arrive d'avoir tort ?

Elle eut un large sourire.

— Bien sûr que non. Et toi ?

— Jamais.

Il lui rendit son sourire.

— Que le meilleur gagne, alors.

Comme il s'éloignait en direction de son box, elle le rappela.

— Je te dis que tu te plantes, Malone.

Il lui jeta un regard par-dessus l'épaule.

— Je ne suis peut-être pas le seul. A plus tard. Et prépare-toi à célébrer ma victoire !

47

Mercredi 17 août, 12 h 10

Mira savait ce qu'il lui restait à faire. Stacy Killian lui avait tracé les grandes lignes de son programme le matin même : remettre toutes ses certitudes en question. Faire table rase. Et réexaminer ses croyances les plus profondément ancrées, sans exclure la possibilité que ce qu'elle tenait pour vrai ne le soit pas.

Pour chercher quoi ?

Quelqu'un qui lui voulait du mal. Un menteur. Un traître.

Mira regarda l'heure au tableau de bord. Le cours de Deni venait de se terminer. Elle prit son portable et appela son assistante.

— Mira ? Tout va bien ? Tu appelles d'où ?

— Je suis sur le trajet du retour chez moi. Tout va bien, oui.

— Tu ne reviens pas à l'atelier ?

— Non. J'ai besoin de calme pour essayer de faire le tri.

— Je pourrais t'aider ! Je ne pense pas que tu devrais rester seule. J'ai peur pour toi.

— Ce que j'ai à faire, il faut que je le fasse seule. Mais je te remercie, Deni. Je te suis reconnaissante de ton amitié.

Sauf que cette amitié n'en était peut-être pas une.

Mira secoua la tête pour chasser cette pensée insidieuse. Quelle raison Deni aurait-elle de lui vouloir du mal ?

— Comment ça s'est passé, avec la police ?

— Ils m'ont posé pas mal de questions. La plupart au sujet de Connor.

— *Connor* ? Ils pensent que c'est lui qui a tué tous ces gens ?

— Ils ne l'ont pas dit expressément, mais ils l'ont laissé entendre.

— Qu'est-ce que tu vas faire ?

— Table rase.

— Je ne comprends pas. Table rase de quoi ?

Elle ne répondit pas.

— Il faut que je te laisse. Je passerai à l'atelier plus tard.

— Attends ! Tu as repris contact avec ta psy ?

— Pas encore. Elle a rappelé ?

— Non, mais… J'ai cru la voir passer devant les Verreries.

— Le Dr Jasper ? Ah bon ?

— Je sortais des chutes de verre pour les mettre à la poubelle. Au début, j'ai cru qu'elle allait entrer ici, tellement elle roulait lentement. Mais elle a fini par passer son chemin.

— Tu es sûre que c'était elle ?

— Quasiment, oui. Elle conduit bien une magnifique Jaguar bleu argent ?

— C'est sa voiture, oui.

— Ça va paraître complètement dingue, mais… le Dr Jasper n'était pas seule. Il y avait un homme à côté d'elle.

Mira attendit la suite, se demandant si, après les événements des derniers jours, quelque chose pouvait encore la surprendre.

— Et cet homme… Il ressemblait à Jeff, Mira.

A Jeff ? Un homme en compagnie du Dr Jasper ? Une furieuse cacophonie de klaxons et de crissements de freins la ramena brutalement aux réalités immédiates de la circulation en ville. Elle lâcha son téléphone ; son cœur cognait dans sa poitrine. Comment avait-elle pu passer au rouge sans même s'en rendre compte ? Elle aurait pu se tuer. Ou, pire encore, tuer quelqu'un d'autre.

Elle franchit le carrefour puis se rangea sur le bord du trottoir et coupa le contact. Posant la tête sur le volant, elle prit quelques inspirations profondes. L'horrible sensation s'apaisa. Se souvenant de Deni, elle récupéra son mobile à ses pieds.

— Deni ? Tu es encore là ?

Son assistante était restée en ligne.

— Qu'est-ce qui s'est passé ?

— J'ai… j'ai grillé un feu rouge et j'ai failli causer un accident.

— Oh ! mon Dieu, Mira… C'est ma faute, je n'aurais jamais dû te dire ça. Ce n'était peut-être qu'un effet de mon imagination. L'homme ne ressemblait sans doute que très vaguement à Jeff, mais comme tu m'en avais parlé hier soir, j'ai dû me faire des idées. Vu d'ici, on ne distingue pas très bien les gens qui passent dans la rue…

La phrase de son assistante se perdit dans un murmure. Mira fronça les sourcils. Pourquoi sa psy serait-elle passée devant les Verreries ? Et avec qui était-elle ? Sûrement pas avec Jeff, bien sûr.

Remets toutes tes certitudes en question. Ne prends rien pour argent comptant.

— Je ne sais pas pourquoi je t'ai raconté ça. Elle se fait sans doute un sang d'encre à ton sujet, et elle est passée voir si ta voiture était sur le parking. Et le type, ça pouvait être n'importe qui. Un grand brun parmi tant d'autres…

Mira se força à insuffler du calme dans sa voix.

— N'y pense plus, Deni. Tout va bien. Et j'appellerai le Dr Jasper en arrivant chez moi.

Remettant le contact, elle reprit prudemment la route. Mais elle avait beau se concentrer sur sa conduite, ses pensées recommencèrent très vite à divaguer. Pourquoi le Dr Jasper serait-elle venue jusqu'à l'atelier, alors qu'il aurait été si simple de rappeler ?

Et l'homme à côté d'elle ressemblait à Jeff.

La veille, le coup de fil de la psychiatre avait suivi celui de Jeff de très près. De si près, même, qu'elle avait cru d'abord que c'était Jeff qui rappelait.

Une coïncidence bizarre ? Ou un timing étudié ?

Cette pensée fit passer un frisson dans son dos. Le Dr Jasper, mieux que quiconque, connaissait ses craintes, ses espoirs, ainsi que les détails les plus intimes de sa vie commune avec Jeff. Mais elle ne connaissait pas Jeff en personne. Si tel avait été le cas, elle lui en aurait forcément parlé.

Ou non ?

Elle secoua la tête pour chasser ces soupçons absurdes. Quel intérêt sa psy pourrait-elle avoir à la terroriser ? Non, tout cela n'avait aucun sens. Crispant les mains sur le volant, elle se força à rester attentive à la circulation. Le Dr Jasper lui avait été recommandé par quelqu'un qu'elle connaissait, mais qui ? Pas son médecin traitant. Un ami ? Une relation ? Quelqu'un qui avait connu Jeff, se rappela-t-elle soudain.

Mira s'engagea sur Frenchmen Street. La lumière extérieure était toujours allumée, chez Louise Latrobe. Elle fronça légèrement les sourcils. Etrange. Voilà qui n'était pas du tout dans ses habitudes.

Mme Latrobe ! Mais bien sûr. C'est à elle qu'il faut poser la question !

Mira enfonça la pédale de freins et s'immobilisa net devant la maison voisine. Louise Latrobe n'avait plus qu'une passion dans la vie : espionner son entourage en général et elle, Mira, en particulier. Qu'avait-elle dit, l'autre jour ? *Tous ces hommes qui vont et qui viennent à toute heure*. Louise Latrobe voyait tout. Elle pourrait lui dire qui s'était introduit chez elle et comment. Et elle serait même en mesure de décrire son intrus.

Louise, d'autre part, avait bien connu Jeff. S'il était revenu d'entre les morts, elle l'aurait reconnu.

Mira descendit en hâte de sa voiture et remonta d'un pas pressé l'allée qui menait à la porte d'entrée de Louise. Elle sonna, attendit, s'efforçant d'ordonner le chaos de ses pensées pour préparer son petit discours. Autant adopter une approche subtile. En bonne voisine, elle commencerait par signaler à Mme Latrobe qu'elle avait oublié d'éteindre sa lumière. Puis elle enchaînerait en douceur sur les allées et venues nocturnes chez elle et l'interrogerait sur ce qu'elle avait vu. Questionner Louise était évidemment *la* chose à faire. Si seulement elle y avait pensé plus tôt !

Elle sonna de nouveau, puis frappa vigoureusement.

— Madame Latrobe ? Louise ? C'est Mira Gallier.

Toujours pas de réponse. Mme Latrobe sortait rarement de chez elle, pourtant. Juste le vendredi après-midi, pour sa mise en plis rituelle. Et de temps à autre, pour aller voir son médecin. Même ses courses, elle les faisait livrer à domicile.

Peut-être avait-elle eu un malaise ? Ou une mauvaise chute ? Si elle avait été hospitalisée durant la nuit, cela expliquerait la lumière extérieure allumée. Et cela n'aurait rien eu d'étonnant, compte tenu de son âge.

Mira jeta un coup d'œil par la partie vitrée de la porte. Une lampe était allumée également dans l'antichambre. Pour autant qu'elle puisse voir, tout avait l'air en ordre.

Cette fois, elle alla jusqu'à tambouriner contre le battant clos.

— Madame Latrobe ! C'est Mira Gallier. Il faut que je vous parle !

Ne recevant toujours pas de réponse, elle descendit de la galerie en façade et fit le tour de la maison pour frapper à la porte arrière. Mais sans plus de résultat. Avec l'impression de se comporter comme une voleuse, elle essaya d'ouvrir.

Fermé.

Elle regagna l'avant de la maison. Il faisait une chaleur infernale et l'air était insupportablement lourd et moite. Les charmes de La Nouvelle-Orléans en plein mois d'août. Des gouttes de sueur s'étaient formées au-dessus de sa lèvre supérieure et dégoulinaient dans son dos. Sa chemise en coton était plaquée sur sa peau humide.

Mme Latrobe était manifestement absente. Le mieux était de revenir plus tard et de refaire une tentative. N'importe quelle personne normale se serait rendue à la raison et aurait rebroussé chemin. Mais elle n'était plus en état de se comporter de façon logique.

Quelqu'un la tourmentait. Jouait avec ses nerfs. Et ce harcèlement était peut-être en lien avec les trois meurtres dont la police la soupçonnait d'être l'auteur.

Dans son combat contre la folie, Louise Latrobe était devenue son dernier espoir. La vieille dame serait capable de reconnaître — et d'identifier — la personne responsable. Mira jeta un rapide coup d'œil par-dessus son épaule puis tourna la poignée.

La porte s'ouvrit sans difficulté.

Un pressentiment alarmant la cloua sur place. Elle avait essayé d'ouvrir dans un sursaut de frustration et d'impatience. Mais elle s'était attendue à tout sauf à la trouver déverrouillée. Mme Latrobe était la méfiance faite femme. Que sa lumière soit restée allumée était une chose. Mais qu'elle laisse sa porte ouverte…

Il était arrivé quelque chose de grave.

Mira hésita. C'était un de ces moments critiques où le destin vous plaçait face à un choix cornélien. Battre en retraite ou aller de l'avant ? Les deux solutions comportaient des risques. Et les deux solutions pouvaient engendrer une vie entière de regrets.

— Louise ? appela-t-elle doucement en pénétrant dans le vestibule. C'est Mira Gallier. Je viens juste vérifier que tout va bien.

Pas un son. Seul le tic-tac de l'horloge massive qui se dressait comme une sentinelle le long du mur opposé hantait le silence étouffant. Il faisait chaud à l'intérieur, avec un fond d'odeur pénible qui flottait comme en arrière-plan.

Un relent de nourriture avariée ? Ou une poubelle dont le couvercle aurait été mal fermé ? Incommodée, Mira fronça les narines, luttant contre une sensation d'écœurement. Elle s'avança lentement vers l'antichambre où elle avait vu la lumière allumée. La pièce était située du côté de la maison de Mme Latrobe qui offrait une vue sur la sienne. Un grand fauteuil à oreilles tournait le dos à la porte et faisait face à la fenêtre. Une paire de jumelles reposait sur une petite table juste à côté.

— Louise ? appela-t-elle doucement.

Tout semblait en place, là aussi. Son regard fit le tour du petit salon, puis balaya le sol et s'immobilisa, rivé sur une petite main pâle qui dépassait, juste devant le fauteuil.

Mira sentit le sang se retirer de son visage.

— Madame Latrobe ? chuchota-t-elle. Vous êtes tombée ? Oh ! mon Dieu… Dites quelque chose… s'il vous plaît.

Mme Latrobe ne dit rien. Et ne répondrait plus jamais. Elle était allongée par terre sur le dos, le visage figé en un horrible masque mortuaire.

Sur son front, tracé de la même couleur orange que celle qui teintait ses lèvres, était inscrit le chiffre 4.

Mira resta un instant pétrifiée d'horreur. Elle voulait fuir, mais ses pieds étaient cloués au sol et ses jambes lui refusaient tout usage. Elle s'entendit crier et, pourtant, aucun son ne sortit de sa gorge.

L'énorme horloge sonna 1 heure. *Dong.* Le tintement solennel l'arracha à son immobilité de statue. Elle se détourna et prit ses jambes à son cou en hurlant cette fois à pleins poumons. Sans discontinuer. Un cri après l'autre. La porte était restée ouverte. Elle la franchit comme un boulet de canon, et tomba tout droit dans les bras de Stacy Killian.

48

Mercredi 17 août, 13 h 3

— Au secours ! Faites quelque chose ! C'est ma voisine. Je crois qu'elle… qu'elle est morte.

Stacy la saisit par les épaules.

— Doucement, Mira. Regardez-moi. Voilà… Droit dans les yeux. Prenez une grande inspiration.

Mira obtempéra, son regard rivé à celui de Stacy, luttant pour ralentir sa respiration chaotique. Au début, ses jambes étaient si faibles qu'elle se serait sans doute effondrée si Stacy l'avait lâchée. Mais, petit à petit, alors que la grosse horloge égrenait les secondes, elle sentit ses forces revenir.

Stacy la laissa aller.

— Bien. Maintenant, racontez-moi ce qui s'est passé.

— Mme Latrobe… Louise… Je voulais lui parler. Elle n'a pas répondu… Je suis entrée et… elle était là.

— Où ?

Le souvenir de la scène la fit frissonner.

— Par terre. Dans l'antichambre.

— Vous l'avez touchée ?

Elle secoua la tête.

— Avez-vous touché autre chose ?

— Non.

— Très bien. Il faut que j'aille voir ce qu'il en est. Juste un petit instant. Je veux que vous restiez ici à m'attendre. Ça va aller ?

Mira fit oui de la tête, même si ses dents commençaient à claquer.

Stacy disparut à l'intérieur de la maison. Mira ferma les yeux très fort pour essayer de chasser la vision qui refusait de la lâcher : le visage déformé par la mort et le chiffre 4 tracé au rouge à lèvres sur le front de la victime.

Pauvre Mme Latrobe ! Qui avait pu faire cela ?

Stacy réapparut, son téléphone cellulaire à l'oreille.

— Je suis sur la scène de crime… Oui, elle est avec moi. Voilà… Je t'attends, mon chéri.

L'inspecteur Malone.

Mira tressaillit en prenant la mesure de sa situation. Inutile de préciser à quelle interprétation parviendrait la police en la trouvant sur le lieu du crime.

— Oh non…

Stacy glissa son téléphone dans sa poche.

— Que se passe-t-il, Mira ?

— Ce n'est pas moi qui l'ai tuée !

— Personne n'a dit que c'était vous.

— Mais l'inspecteur Malone… Il m'a interrogée au sujet des autres meurtres… Et maintenant…

Elle porta les mains à son visage.

— Mais qu'est-ce qui m'arrive, mon Dieu ?

Stacy lui posa la main sur l'épaule.

— Pour l'instant, ce qui nous arrive, c'est Spencer. Il est de votre côté et moi aussi. Dites-nous ce que vous savez et nous pourrons vous aider.

Elle laissa retomber ses mains.

— Vous croyez ?

— Je vous le promets, Mira.

Stacy sortit un petit carnet à spirale de la poche arrière de son jean.

— Quels étaient vos rapports avec Mme Latrobe ?

— Nous sommes voisines.

— Vos relations étaient-elles amicales ?

— Pas particulièrement. Mais nous n'étions pas en mauvais termes non plus. Enfin… pas vraiment.

— Qu'entendez-vous par « pas vraiment » ?

Mira replia frileusement les bras sur sa poitrine.

— Elle était plutôt mauvaise langue. Et passait le plus clair de son temps à espionner les voisins. Surtout moi. Elle avait tendance à se plaindre ou à émettre des réflexions acerbes.

En entendant une portière claquer, elle tourna la tête et vit l'inspecteur Malone se hâter dans leur direction. Quelques instants plus tard, des sirènes hurlèrent dans la rue. Une ambulance et deux voitures de patrouille.

Stacy ramena son attention sur elle.

— O.K., Mira, regardez-moi. Laissez-les faire leur boulot et parlez-moi. Comme si nous étions deux copines et que nous nous retrouvions pour le déjeuner.

Elle hocha la tête. Si seulement…

— Il se passe des choses étranges chez moi, depuis quelque temps. Et j'ai pensé que Mme Latrobe pourrait m'éclairer, grâce à son espionnage.

— Son espionnage ? Je ne vous suis pas très bien.

Mira se tordit les mains.

— Hier, je suis allée voir si Louise avait entendu Nola aboyer. Et pour m'excuser, si ç'avait été le cas. Elle m'a dit que ma chienne ne l'avait pas réveillée mais qu'elle était incommodée par les allées et venues masculines chez moi. « A toute heure », a-t-elle souligné. Je pensais qu'elle voulait parler de la police et…

— Les deux fois où vous avez appelé Spencer ?

— L'inspecteur Malone, oui. Et Connor est passé me voir aussi. Donc, je ne lui ai pas demandé de préciser. Ce n'était pas quelqu'un de très bienveillant, vous comprenez.

— Je comprends… Quand nous avons parlé ce matin, Mira, vous m'avez confié que vous en étiez arrivée à douter que votre mari soit vraiment mort. C'est un peu surprenant, non, après tout ce temps ?

L'inspecteur Malone se joignit à elles, mais ne chercha pas à intervenir dans la conversation. Mira lui jeta un rapide coup d'œil avant de reporter son attention sur Stacy.

— Il m'a appelée. Hier soir. C'était sa voix. Il m'a assuré qu'il rentrait bientôt à la maison.

— Et il a dit autre chose ?

— Non. Le… le téléphone m'est tombé des mains et ça a coupé.

— Qu'avez-vous fait, alors ?

— Il n'a pas renouvelé son appel et je… je me suis mise à flipper. Alors je suis allée dormir chez une amie.

Stacy haussa les sourcils.

— Vous ne l'avez pas attendu chez vous, au cas où ?

— Cela aurait été l'attitude logique à adopter, n'est-ce pas ?

Mira porta la main à son front.

— Ma thérapeute a appelé et…

— Comment s'appelle-t-elle ?

— Jasper. Adèle Jasper. Elle a téléphoné sur mon fixe juste après l'appel de Jeff sur mon portable.

— Vous lui avez dit ce qui s'était passé ?

— Non, pas exactement.

— Pourquoi ?

Mira détourna les yeux. Elle se sentait comme une parfaite imbécile.

— Je n'ai pas pu lui dire. Je sais ce qu'elle aurait pensé.

— Qu'aurait-elle pensé, d'après vous ?

— Que je perds les pédales.

Elle serra les lèvres et prit une seconde pour se ressaisir.

— J'avais besoin de parler à quelqu'un. Quelqu'un qui serait susceptible de me croire. Alors, je suis allée chez Deni et elle a insisté pour que je reste dormir chez elle. J'avais mon portable sur moi. Si ça avait vraiment été Jeff, au téléphone, il aurait eu la possibilité de me contacter.

— Cela semble logique, en effet. Pourquoi ne l'avez-vous pas rappelé vous-même ?

— Je ne pouvais pas. C'était un numéro masqué.

— Et avant votre visite chez moi ? Il y a eu autre chose ?

— Je suis rentrée très tôt. A cause de Nola… Et parce que je me demandais si Jeff y serait.

— Mais votre mari n'y était pas.

Elle secoua la tête.

— Pas en personne, non. Mais certains détails donnaient à penser qu'il était venu durant la nuit. Il y avait un creux dans son oreiller… comme s'il y avait posé la tête. Et j'ai retrouvé son odeur.

Elle baissa un instant les yeux sur ses mains crispées, avant de les relever pour soutenir le regard des deux inspecteurs.

— C'est pour ça que je suis venue sonner ici. Et à cause de la lumière extérieure allumée. Je me suis souvenue d'une remarque que Louise m'avait faite sur des allées et venues masculines chez moi.

L'image de Connor s'imposa. Le souvenir de sa bouche sur la sienne. L'afflux de sensations qui en avait résulté. Des sensations qui ne regardaient en rien la police.

— Mme Latrobe connaissait Jeff. S'il était passé cette nuit, elle l'aurait reconnu. Et j'ai pensé qu'elle pourrait me décrire d'éventuels visiteurs nocturnes dont je n'aurais rien su.

— Bien vu. Et la lumière extérieure ?

— Elle est restée allumée toute la journée. Et ce n'était pas le style de Louise. Elle nous faisait la leçon, à Jeff et à moi, parce qu'elle trouvait que nous utilisions trop d'électricité.

Mira vit les lèvres de Stacy frémir.

— Bon. Et pourquoi êtes-vous entrée chez elle ?

— Je n'aurais pas dû. J'ai frappé, j'ai appelé. Je suis même allée voir à l'arrière. Puis j'ai vérifié la poignée. La porte était ouverte. Cela m'a surprise et je suis allée voir.

Un tremblement gagna sa voix.

— Je n'aurais pas dû… c'était cauchemardesque. Je crois que je ne pourrai plus jamais effacer ces images.

Stacy prit ses mains dans les siennes.

— Elles vont s'atténuer petit à petit, Mira, je vous le promets. Quand avez-vous vu votre voisine vivante pour la dernière fois ?

— Laissez-moi réfléchir… Avec tout ce qui s'est passé…

Elle porta les mains à ses tempes.

— Je lui ai parlé mardi après-midi. Hier, donc. C'est là qu'elle m'a reproché vertement les allées et venues chez moi.

— Et vous ne l'avez plus revue depuis ?

— Non… Enfin si, attendez. Le soir même, vers 9 heures, quand je suis rentrée chez moi en sortant du bureau de police.

— Vous êtes certaine que c'était bien elle ?

Elle vérifia mentalement puis hocha la tête.

— Oui, je suis sûre. La lumière extérieure s'est allumée et je l'ai vue apparaître à son poste d'observation habituel. Je lui ai fait signe mais elle n'a pas répondu.

— Merci.

D'un mouvement du pouce, Stacy désigna Spencer.

— J'ai besoin de lui parler un instant. Ne bougez pas d'ici, d'accord ? Je reviens.

Comme le duo s'éloignait, elle fut soudain frappée par le caractère improbable de la situation.

— Stacy ?

La fiancée de Malone tourna la tête.

— Oui ?

— Par quel hasard invraisemblable… Enfin, comment se fait-il que vous ayez été là au bon moment ?

Elle sourit.

— Je me demandais quand vous vous décideriez à poser la question. Spencer m'avait chargée de garder un œil sur vous. Ça nous a plutôt bien arrangées l'une et l'autre, non ?

Les sourcils de Mira se rapprochèrent.

— Je ne comprends pas.

— Moi, ça m'a évité de passer la journée devant la télé. Et vous y gagnez un témoin pour corroborer votre version des faits.

Ainsi, Malone avait demandé à Stacy de la suivre.

C'était uniquement pour cette raison qu'il l'avait autorisée à partir. Et elle était tombée dans le panneau, croyant qu'il lui faisait réellement confiance.

Mais où en serait-elle, maintenant, si Stacy n'avait pas été témoin de la scène ?

Mira frissonna et se tourna vers la grande baie vitrée en façade. En reflet sur le verre, elle vit passer une Jaguar. Une Jaguar bleu argent.

Le Dr Jasper. La rue était pleine de véhicules de secours et de police qui ne laissaient qu'une seule voie libre pour la circulation. Elle ne voyait plus la Jaguar, mais celle-ci pouvait très bien être stationnée un peu plus loin.

Elle dévala les marches, traversa la pelouse en courant pour scruter les deux côtés de la rue. Pas de Jaguar bleu argent en vue. Si sa psy avait effectivement rôdé par là, elle était repartie entre-temps.

49

Mercredi 17 août, 13 h 40

Par la porte ouverte, Malone vit Bayle arriver à grands pas, le visage pincé par la contrariété. Elle consigna son nom sur le registre et gravit les marches au pas de course. Quelques secondes plus tard, elle était devant lui, toutes griffes dehors. Elle salua Stacy d'un simple signe de tête avant de planter son regard dans le sien.

— J'ai deux mots à te dire, Malone. En privé.

Ils trouvèrent un coin tranquille et Bayle passa à l'offensive.

— Comment expliques-tu que tu sois arrivé ici tellement plus vite que moi ?

— Parce que j'ai eu tous les feux au vert ?

— Ou parce que Stacy t'a prévenu le premier ? Et que, une fois en route, tu as pensé à me passer le message ?

— C'est en gros ce qui s'est produit, oui.

Le fait qu'il ne nie pas parut la désarçonner.

— Qu'est-ce que Stacy fait ici, d'ailleurs ?

— Je t'ai dit que j'avais trouvé quelqu'un pour filer Gallier. Tu ne m'as pas demandé qui.

— Bon sang, Malone ! A quel jeu tu joues, merde ?

— Aucun. Tu as un problème avec Stacy, maintenant ?

Les joues de Karin s'enflammèrent.

— N'essaie pas de retourner la situation. Ce n'est pas après Stacy que j'en ai. Mon problème, c'est toi.

— Bienvenue au club. Ecoute, ça m'a paru être une bonne solution. Cela évitait de mobiliser des éléments déjà requis par d'autres tâches. Et Stacy est un excellent flic. Ajoute à ça qu'elle connaît Gallier et que je lui fais entièrement confiance.

— Pour défendre tes intérêts en priorité.

Son expression se durcit.

— Ce ne sont ni mes intérêts ni les tiens qui sont en jeu, là, Bayle. Nous avons un tueur dangereux sur les bras. Et s'il y a des intérêts que je fais passer en premier, ce sont ceux du NOPD. Peux-tu dire la même chose pour toi ?

Elle ne le pouvait pas, manifestement. Il le vit dans ses yeux. Elle tenta de le masquer, mais ses arrière-pensées, quelle que soit leur nature, étaient trop puissantes pour qu'elle parvienne à les masquer complètement. Qu'avait-elle donc en tête qui la hantait à ce point ?

— Alors ? Cette nouvelle victime ? demanda-t-elle d'une voix tendue.

Spencer lui indiqua l'antichambre.

— Viens jeter un coup d'œil... Elle s'appelait Louise Latrobe, précisa-t-il lorsqu'ils eurent rejoint Stacy. D'après son permis de conduire — toujours en cours de validité —, elle avait quatre-vingt-neuf ans. Elle était veuve et vivait seule.

Malone s'essaya à regarder la victime à travers les yeux de Bayle, comme s'il la voyait pour la première fois. Mme Latrobe gisait par terre entre la grande baie vitrée et un fauteuil à oreilles. Elle avait été de petite taille, menue, avec ce côté décharné que l'on voit parfois chez certaines personnes âgées, quand ni la graisse ni le muscle ne viennent plus ancrer la peau sur les os. Son corps était légèrement contorsionné, comme si elle avait tenté d'amortir sa chute. Elle avait une main cramponnée sur la poitrine, l'autre reposait à son côté. Son visage s'était figé en une de ces expressions grotesques qui donnaient toujours une touche d'humour macabre aux scènes de crime.

Mais l'élément le plus marquant restait le chiffre orange inscrit sur son front.

— Qu'est-ce que ce 4 peut bien vouloir dire ? demanda Bayle.

Le coroner finissait d'examiner le corps. Il leva les yeux vers elle.

— Bonne question.

— Tu en penses quoi, toi, Ray ?

— Pas de signes de lutte. Aucune marque visible. A part le 4, bien sûr. Ongles propres, a priori. On ne va pas trouver grand-chose sur elle.

— Comment l'a-t-il tuée, alors ?

— Je ne suis pas certain qu'il ait levé la main sur elle.

— Pardon ? demanda Malone, étonné.

— A priori, elle serait morte d'un arrêt cardiaque.

— Un arrêt cardiaque ? répéta Bayle. Qu'est-ce qui te fait penser ça ?

— Les victimes d'infarctus portent souvent une main à leur poitrine. Elle n'a pas eu le geste de repousser un agresseur.

Bayle haussa les sourcils d'un air sceptique.

— Et avant que son cœur la lâche, elle aurait eu le temps de choisir cet horrible rouge à lèvres orange pour se tracer un 4 sur le front ?

Ray grimaça un sourire.

— Je n'ai pas dit que le tueur n'était pas présent. Je crois juste qu'il ne l'a pas touchée.

— Il l'a fait mourir de terreur, l'enfoiré.

Un silence momentané tomba dans la pièce, que Malone finit par rompre.

— Et le rouge à lèvres ?

Comme personne ne répondait, il se tourna vers l'équipe des techniciens de scène de crime.

— Quelqu'un a retrouvé un bâton de rouge ?

Tous lui répondirent par la négative. Il reporta son attention sur Bayle et Stacy.

— La présence des jumelles corrobore le récit de Gallier.

— Et c'est quoi, son récit ? s'enquit Karin sèchement. Je suis arrivée après la bataille, souviens-toi.

Stacy la mit rapidement au courant.

— ... apparemment, Latrobe avait la passion de l'espionnage, conclut-elle.

— Parce que vous y croyez, vous, à l'histoire de Gallier ? Pour moi, une voisine un peu trop curieuse, ça peut être un bon mobile pour un meurtre.

— Je pense que c'est un mobile, en effet. Mais pas celui de Mira Gallier.

Bayle mit les poings sur les hanches.

— Bon. Une fois de plus, je vais me faire l'avocat du diable. Car il me semble, là encore, que tout désigne notre vitrailliste. Nous en sommes à quatre homicides, tous en lien avec elle. Or, de son propre aveu, cette voisine la surveillait d'un peu trop près. Et Gallier savait que tôt ou tard, nous finirions par questionner Louise Latrobe.

— Je suis d'accord avec ton raisonnement, acquiesça Stacy. Mais n'oublie pas que je filais Gallier. Et que sa version des faits correspond, point par point, à ce que j'ai observé.

Bayle haussa un sourcil sceptique.

— Vraiment ? Et où étais-tu lorsqu'elle s'est garée devant la porte ?

— A un pâté de maisons d'ici.

— Et de cette distance, tu as pu voir son expression ? Et vérifier qu'elle ne jouait pas la comédie ?

Les yeux de Stacy se rétrécirent.

— Bien sûr que non. Mais, comme elle me l'a dit par la suite, elle a tourné sur Frenchmen Street, puis a freiné abruptement. Elle est restée quelques minutes au milieu de la route, puis s'est rangée le long du trottoir. Je l'ai vue alors se hâter vers la porte de Mme Latrobe, sonner, regarder par une fenêtre, faire le tour de la maison. Elle était agitée, mais paraissait déterminée.

— Agitée ? C'est intéressant.

— Lorsqu'elle est entrée illégalement dans la maison, je l'ai suivie. Elle était complètement terrifiée.

— Ah, voilà qui est imparable ! ironisa Bayle. On n'a encore jamais vu de criminel jouer à la perfection la comédie de l'innocence.

Stacy supportait mal le sarcasme. Malone jugea prudent de s'interposer.

— Supposons que ce soit l'œuvre de notre même tueur. Un message accompagnait les trois premières victimes. Un : « Il reviendra en gloire pour juger les vivants et les morts. » Deux : « Le jour du Jugement. » Et le troisième : « Il chassa sept démons. » Là, nous avons juste un chiffre. Qu'est-ce qu'il… — ou *elle,* précisa-t-il en dirigeant ostensiblement son regard sur Bayle — cherche à nous dire ?

Stacy claqua soudain des doigts.

— C'est clair. Le compte à rebours a commencé.

— Le compte à rebours ? Du Jugement dernier ?

— Non. Des sept démons. Le père Girod était le premier. Le Prêcheur, le second, et Anton Gallier le numéro trois. Latrobe est la quatrième. Il en reste encore trois à venir.

50

Mercredi 17 août, 16 h 10

Mira crut que la police n'en finirait jamais de l'interroger. Lorsque l'inspecteur Malone accepta enfin de la laisser repartir, Stacy insista pour la raccompagner chez elle. Même si elle avait argué que ce n'était pas nécessaire, Mira tirait un surprenant réconfort de la présence de cette femme. Lorsque l'inspecteur Bayle l'avait interrogée, elle avait eu la nette impression que si cette dernière n'avait pas été là pour soutenir sa version des faits, elle aurait fini dûment menottée à l'arrière d'une voiture de police.

— Y a-t-il quelqu'un que vous pouvez appeler ? demanda Stacy alors qu'elles traversaient le jardin de Mme Latrobe.

Il avait plu pendant qu'elle attendait sur la galerie, devant chez Louise. Une de ces averses typiques des après-midi d'août, qui laissaient une touffeur moite dans leur sillage.

— Ne vous inquiétez pas pour moi, Stacy. Ça va aller.

— Ce n'était pas ma question.

En effet. Mais elle n'avait pas envie de lui mentir. Et la seule personne qu'elle avait envie d'appeler ne semblait pas être dans les petits papiers de la police.

Connor.

Un nœud se forma dans sa gorge. Pourquoi lui ? A cause de leurs liens passés ? Parce qu'il lui procurait un sentiment de sécurité ? Ou parce qu'il lui avait avoué qu'il l'aimait, et qu'elle avait intensément besoin d'amour dans le furieux tourbillon qu'était devenue sa vie ?

— Mira ? Vous pouvez faire appel à un proche ?

— Oui, bien sûr.

— Qui ?

— Mon assistante, Deni. Ou mon ami Connor. Je n'ai pas encore décidé lequel des deux.

— Vous n'avez aucune famille ?

La question l'anéantit. Elle lutta pour ne rien en montrer.

— Non. Mais mes amis en font office.

Dans la rue, l'ambulance, le break du coroner et quelques voitures de patrouille avaient déjà disparu. Il ne restait plus que la fourgonnette des techniciens de scène de crime, ainsi que quelques voitures banalisées.

— C'est laquelle, la vôtre ? demanda Mira.

Stacy désigna une Camry gris argent garée juste en face.

— Celle-là. Pourquoi ?

— Ainsi, je saurai à qui m'adresser si les ennuis recommencent.

Stacy sourit.

— Espérons que ce ne sera pas le cas. Et puis, je crains qu'après cette petite parenthèse, mon capitaine ne me cloue de nouveau à la maison, devant mon poste de télé.

— Aïe…

Elles se regardèrent et se mirent à rire. Mira trouva à la fois bizarre et réconfortant qu'elles soient capables d'humour en de pareilles circonstances. Elles arrivaient devant chez elle. Stacy lui tendit sa carte.

— Je sais que vous avez déjà celle de Spencer. Mais comme ça, vous aurez mon numéro aussi.

— Merci.

— Considérez-moi comme un flic *et* une amie. Sincèrement, O.K. ?

Nola l'attendait avec impatience derrière la porte d'entrée. Mira ouvrit, la laissa à ses affaires puis la rappela avant d'entrer chez elle. La chienne fila vers la cuisine et elle la suivit à pas lents, l'oreille tendue pour sonder le silence, s'assurant qu'elle était bien seule.

Retrouverait-elle un jour un sentiment de sécurité dans sa propre maison ? Elle ne le saurait qu'avec le temps. Après avoir nourri Nola, elle s'installa à la table de cuisine, munie d'un stylo et du bloc-notes qu'elle gardait près du téléphone. C'était le moment de tout remettre à plat. Et de faire le grand tri. Elle écrivit : *Deni. Chris. Connor. Le Dr Jasper.* Et sa Jaguar bleu argent.

Les mâchoires crispées, elle composa le numéro de sa thérapeute. Adèle Jasper répondit à la première sonnerie.

— Mira ! Où êtes-vous ?

Elle répondit par une question.

— Vous me cherchiez, docteur Jasper ?

— Oui. Nous avions une séance prévue ce matin. Je suis venue plus tôt à dessein. Mais je vous ai attendue en vain.

— Vous conduisez toujours votre berline Jaguar bleu argent ?

— Oui, mais…

— Je viens de voir votre voiture dans ma rue. Et ce matin, Deni, mon assistante, vous a aperçue alors que vous passiez devant l'atelier.

— Je suis dans mon cabinet, Mira. Et je n'en ai pas bougé depuis notre rendez-vous prévu ce matin.

Se pouvait-il que Deni et elle se soient trompées ? Ou la psychiatre lui mentait-elle ?

— Deni a cru voir Jeff assis à côté de vous.

— Excusez-moi… Vous avez bien dit « Jeff » ?

— Oui. Etait-il avec vous ?

— Bien sûr que non ! Jeff est décédé, Mira.

— Il m'a appelée hier soir.

— *Quoi ?*

La thérapeute paraissait abasourdie.

— Jeff a appelé. Il a dit qu'il serait bientôt de retour.

Un long silence tomba. Lorsque Adèle Jasper reprit la

parole, son ton était mesuré, sa voix douce et apaisante. Comme si elle essayait de raisonner une malade mentale.

— Mira, j'aurais aimé pouvoir vous dire que je suis passée devant chez vous en voiture avec Jeff à mon bord. Mais je ne suis pas sortie de mon cabinet, et Jeff n'est plus parmi nous… Il est mort, insista-t-elle. Je suis profondément désolée.

Mira tenait le téléphone rivé à son oreille. Si seulement elle savait ce qu'elle faisait !

— Vous avez vu ce que vous vouliez voir, poursuivit sa thérapeute. Hier soir, vous avez entendu la voix que vous vouliez entendre.

— J'essayais de me souvenir, docteur Jasper : par qui m'avez-vous été recommandée, dans le temps ?

Il y eut un nouveau temps de silence.

— Cela fait si longtemps… Je ne me souviens plus.

— C'était une personne présente à la messe commémorative. Elle était en lien avec Jeff. Ou sa famille.

Brusquement, cela lui revint. Le souvenir la frappa comme la foudre. *Pas quelqu'un de leur cercle, à Jeff et elle. Mais une amie de Charlotte. Une autre ex-reine de la confrérie Rex.* Mira la revit en pensée. Une de ces dames patronnesses conservées à la perfection, qui n'avaient jamais un seul cheveu de travers, jamais un ongle écaillé.

Comme le Dr Jasper.

— Le psychisme a un pouvoir étonnant sur le corps et ses perceptions, Mira. Au-delà de ce qu'on peut imaginer. Songez à ce que l'on appelle une grossesse nerveuse, par exemple. Une de mes patientes voulait tellement être enceinte que son corps a manifesté tous les symptômes : les nausées matinales, les seins douloureux, le ventre rond. Un vrai fœtus grandissait-il dans son utérus ? Non. Mais sa psyché avait convaincu son soma que c'était le cas.

— Pourquoi tenez-vous aussi désespérément à me convaincre que tout est dans ma tête ?

— Parce que *c'est* dans votre tête que cela se passe, Mira. Et je ne choisirais pas le terme « désespéré » pour qualifier mes actes. J'ai toujours eu à cœur de vous aider. Et vous aviez fait un si beau chemin ! Nous étions sur le point de mettre un terme à votre thérapie. Et maintenant... votre état psychologique est plus fragile que lorsque nous avons commencé à travailler ensemble.

— De quel côté êtes-vous, docteur Jasper ?

— Mais quelle question ! Le vôtre, évidemment.

— Pourquoi ne m'avez-vous pas dit que vous étiez amie avec les Gallier et que vous connaissiez Jeff ?

— Je ne suis pas une amie des Gallier, et je ne connaissais pas Jeff. Charlotte et moi, nous nous croisons ici et là dans quelques comités. Mais ça ne va pas plus loin.

— Vous auriez dû être claire là-dessus depuis le début, compte tenu de ce qu'ils m'ont fait subir.

Adèle Jasper lui répondit d'un ton ferme.

— Je l'aurais fait si j'avais estimé que cela pouvait interférer dans mon accompagnement thérapeutique.

— J'avais une totale confiance en vous.

— Vous pouvez me conserver votre confiance, Mira. Je vous le promets.

— Il faut que je vous laisse.

— Vous avez entendu un mot de ce que je vous ai dit ? J'ai peur pour vous. Vous êtes dans une situation très dangereuse.

— J'ai entendu tout ce que vous m'avez dit. Et je pense que le danger, pour moi, ça pourrait justement être vous.

La voix d'Adèle Jasper se fit persuasive.

— Vous savez que ce n'est pas vrai, Mira. Ces pensées sont à la fois fausses et profondément destructrices. Quelqu'un a introduit le germe du doute dans votre esprit. Demandez-vous pourquoi.

— Je raccroche. Au revoir, docteur Jasper.

— Non, attendez ! La police est venue ici. Ils m'ont posé des questions à votre sujet.

— Quel genre de questions ?

— Sur votre traitement. Et votre solidité psychique. Sur les sentiments que vous éprouviez à l'endroit de votre beau-père.

Mira sentit un grand froid la saisir.

— Que leur avez-vous répondu ?

— Que ce que nous abordons en séance relève du secret professionnel. Mais ils m'ont beaucoup interrogée sur vos rapports avec Connor Scott. Si je le connaissais. Si vous en parliez souvent. Je suis inquiète à ce sujet. Ils savent quelque chose. Ne vous fiez pas trop à lui.

Mira se hérissa.

— Vous me mettez en garde contre Connor ? Vous ne le connaissez pas !

— Je sais que tout a commencé avec son retour à La Nouvelle-Orléans. Je sais que vous êtes émotionnellement vulnérable en ce moment. Je sais que lorsque Connor a resurgi dans votre vie, les… les manifestations autour de Jeff ont débuté.

— Est-ce vous, docteur Jasper ?

— Est-ce moi quoi ?

— Est-ce vous qui me terrorisez ? Vous qui, Dieu sait comment, avez réussi à recréer sa voix ? Et son after-shave ? Je vous avais parlé de son after-shave préféré ? Ou est-ce Charlotte Gallier qui vous a donné l'info ?

— Pour l'amour du ciel, Mira ! Arrêtez de vous saborder en vous attaquant à qui vous veut du bien. Venez me voir. Nous avons besoin de parler.

— Au revoir, docteur Jasper.

Elle raccrocha. Presque aussitôt, son portable sonna. C'était sa thérapeute qui la rappelait. Mira mit son téléphone sur le mode silencieux. Quelques instants plus tard, elle reçut un texto. *Je me suis toujours battue à vos côtés. Vous pouvez me faire confiance.* Puis un autre encore : *S'il vous plaît, Mira, soyez prudente.*

Déchirée par le doute, Mira considéra les deux messages. Et si elle faisait fausse route ? Sa thérapeute était peut-être la seule personne fiable qui restait dans sa vie, au contraire ? Elle se laissa choir sur un tabouret de bar. Elles avaient travaillé ensemble pendant quatre ans. Si la psychothérapeute avait eu des desseins hostiles, comment expliquer qu'elle lui ait apporté une aide aussi précieuse durant toutes ces années ?

Comment pouvait-elle être sûre ?

Appelle Charlotte et pose-lui la question.

Son ex-belle-mère accepterait-elle de lui parler ? C'était peu probable. Charlotte avait tout le personnel nécessaire pour filtrer ses appels : majordome, intendante, secrétaire… Pour franchir tous ces barrages, il fallait que la mère de Jeff ait envie de parler à la personne qui cherchait à la joindre. Ou qu'elle en attende quelque chose.

Et si c'était le Dr Jasper qui appelait Charlotte ?

Mira avait toujours ses beaux-parents sur sa liste de contacts. Elle composa un code pour masquer son numéro, puis lança l'appel. Le majordome répondit.

— Bonjour, ici Adèle Jasper. Pouvez-vous me passer Charlotte Gallier, s'il vous plaît ?

Quelques instants plus tard, elle entendit la voix de son ex-belle-mère.

— Adèle ? C'est toi, ma chère ? Comme c'est gentil de ta part de m'appeler.

Mira en savait assez. Elle coupa la communication et glissa le téléphone dans la poche de son pantalon. Le Dr Jasper lui avait caché la vérité. La mère de Jeff et elle ne faisaient pas que se croiser dans des comités.

Etait-ce le Dr Jasper qui s'ingéniait à la terroriser ?

Mais pourquoi maintenant, après presque quatre années ? *L'homme dans la voiture qui ressemblait à Jeff. L'odeur de son after-shave. Sa voix au téléphone.*

Incapable de rester en place, elle arpenta la cuisine. Rien de tout cela ne faisait sens, n'est-ce pas ? Non, répondit-elle à sa propre question. Rien de rien.

Elle cessa de parcourir la pièce de long en large et leva le visage au plafond. Que lui restait-il à faire ? Vers qui pouvait-elle se tourner ?

Connor.

Elle voulait lui faire confiance. Elle le voulait de toutes ses forces. Pourquoi ne pas franchir le pas et aller à lui ? Il lui avait dit qu'il l'aimait. Il la rassurait. Et il lui avait apporté Nola pour la protéger, nom de nom !

Mais il avait aussi traité Jeff de menteur. Et le cauchemar avait commencé juste après son retour. La police le suspectait d'être un meurtrier.

Un meurtrier… Le père Girod. Le Prêcheur. Anton. La pauvre Mme Latrobe. Un long frisson d'horreur la parcourut. Elle revit sa vieille voisine affalée sur le sol, avec cette horrible grimace et le chiffre 4 sur son front. Comme si elle avait été un simple numéro sur une liste.

Une liste.

Mira retint son souffle. Fallait-il entendre ce quatre comme quatrième ? Un cinquième, puis un sixième étaient-ils appelés à suivre ? Et y avait-il un numéro qui l'attendait, elle ?

Un second frisson la parcourut et elle s'assit lourdement sur le canapé. Savoir en qui elle pouvait placer sa confiance devenait soudain plus crucial, et plus urgent encore. Car ce n'était pas seulement du harcèlement moral.

« Il y a des gens qui meurent, dans cette histoire. »

Jusqu'à présent, elle n'avait pas encore fait le rapport entre les meurtres et les va-et-vient nocturnes chez elle. Pas imaginé que les crimes avaient quelque chose à voir avec sa personne. Pas vraiment, en tout cas.

Mais le lien s'imposait maintenant comme une évidence.

Une trahison de la part de Connor l'anéantirait.

Elle avait besoin de lui dans sa vie, mais il fallait d'abord déterminer si elle pouvait lui faire confiance.

Et elle ne trouverait pas la réponse à cette question en restant assise chez elle.

Prenant son sac, ses clés et Nola, elle se hâta vers sa voiture.

51

Mercredi 17 août, 18 h 10

Le regard du capitaine O'Shay glissa de Malone à Bayle en passant par Stacy. Son expression disait clairement qu'elle n'était pas contente du tout de la situation.

— Nous avons déjà quatre victimes, et vous me dites qu'il faut s'attendre à en voir tomber trois de plus ?

— Peut-être, dit Malone. Si notre théorie est la bonne.

— Expliquez-vous.

— Le criminel a laissé un message auprès d'Anton Gallier.

— Oui, je sais. « Il a chassé sept démons. »

— Voilà. Et aujourd'hui nous avons une nouvelle victime. Avec le chiffre quatre tracé sur le front.

— Et vous pensez que cela signifie…

— … que Latrobe représente le « démon » numéro 4. Gallier était le troisième.

— Il s'agirait d'un compte à rebours, précisa Stacy.

Le capitaine O'Shay tambourina des doigts sur le bureau.

— Le père Girod et le Prêcheur seraient le 1 et le 2, dans cette optique. Vous êtes certains que l'auteur des crimes est le même ? Le mode opératoire change chaque fois.

Spencer secoua la tête.

— Pas vraiment, capitaine. Chaque meurtre s'est

passé différemment. Mais il y a une constante dans la façon dont le tueur communique avec nous.

— Une constante aussi dans le lien avec Mira Gallier, se hâta de glisser Bayle.

Le capitaine O'Shay fronça pensivement les sourcils.

— Mais pourquoi ces victimes-là, précisément ? Si votre théorie est correcte, quel est le mobile ? Mira Gallier est une pièce clé du puzzle, à l'évidence. Mais où se place-t-elle ? Là est la question.

— Quelqu'un tue peut-être tous ces gens pour elle ? suggéra Stacy. Anton Gallier était son ennemi. Et la voisine lui pourrissait la vie.

Malone acquiesça.

— Connor Scott, peut-être. Il est amoureux d'elle.

Le capitaine O'Shay fronça les sourcils.

— Et qui serait le suivant ? Le prochain démon sur la liste ?

— Pourquoi ne pas interroger Mira Gallier sur les personnes avec qui elle est en conflit ? suggéra Stacy.

Malone se mit à rire.

— Je pense que nous figurons tous sur la liste. On ferait mieux de surveiller nos arrières.

— Très drôle, protesta Stacy. Je ne suis même pas encore officiellement remise de mes derniers démêlés avec un criminel.

— Peut-être qu'il n'y a plus personne, sur cette liste.

Malone jeta un regard incrédule à Bayle.

— Comment cela ?

— Anton Gallier était la cible de départ. La voisine fouille-merde a vu quelque chose. Les deux autres crimes sont juste un rideau de fumée pour couvrir le meurtre de son beau-père.

— Je la suivais, dit Stacy. Sa version des faits correspond à ce que j'ai vu.

— Il pourrait s'agir d'un stratagème élaboré.

— Ridiculement élaboré, alors… Sérieusement, Karin ! Elle ignorait que je l'avais prise en filature.

— Réfléchis quand même, insista Bayle. Mira Gallier et Scott définissent le scénario ensemble puis le mettent en œuvre. Et elle joue la comédie en temps réel.

Stacy secoua la tête.

— Ce serait une possibilité, oui. Mais je ne le sens pas comme ça. J'avoue que je rejoins Spencer sur ce point.

— Evidemment.

— Pourquoi « évidemment » ?

— Tu le sais très bien. C'est ton mec. Tu ne vas pas t'amuser à le contredire. En tout cas, pas avant d'avoir ton alliance solidement vissée au doigt.

Le capitaine O'Shay la rabroua sèchement.

— Cela suffit comme ça, inspecteur Bayle.

— Je ne suis pas sûre que cela suffise, justement. Qu'est-ce qu'elle fait ici, d'ailleurs ? Non seulement elle n'est pas affectée à cette enquête, mais elle est censée être arrêtée.

Bayle tourna son attention vers le capitaine.

— Bon, vu les circonstances, je ferais mieux de la fermer, bien sûr.

— A quelles circonstances pensez-vous, inspecteur ?

— Tout ceci reste en famille, pas vrai ?

Malone frémit. Attaquer le capitaine O'Shay sur son éthique professionnelle était un exercice à haut risque.

— Je vous conseille de retirer ces paroles, inspecteur. Immédiatement. Si vous avez l'intention de m'accuser de favoritisme, assurez-vous d'avoir des preuves solides.

Bayle rougit.

— J'aimerais vous parler quelques instants en particulier.

— Bonne idée, oui. Accordez-nous un moment, inspecteurs.

Ils sortirent tous deux sans un mot. Malone ferma la porte derrière eux et fit la grimace.

— Qu'est-ce qu'elle veut, Bayle, d'après toi ? Tu as déjà travaillé avec elle. C'est son attitude habituelle ?

— Pas du tout. Ce n'est pas la Karin Bayle que j'ai connue. C'était un excellent flic, avec la tête sur les épaules.

— Et sa dépression ? C'est arrivé comment ?

— Je ne sais pas trop. On ne travaillait plus ensemble.

— Tu te souviens avec qui elle faisait équipe ?

Stacy réfléchit un instant.

— Donna St. Cloud. Elle fait partie de la brigade de la répression de la délinquance routière.

— Tu la connais ?

— Suffisamment pour lui poser une ou deux questions.

La porte du bureau s'ouvrit ; Bayle sortit.

— Elle veut vous voir tous les deux.

Le capitaine O'Shay les attendait, debout devant son bureau, les bras croisés sur la poitrine.

— Asseyez-vous.

Le regard de sa tante cloua Malone sur son siège.

— Bayle vient de lancer une grave accusation contre toi.

— Elle délire.

— Conflit d'intérêts. Manquement au devoir. Trouble du jugement.

— Pff…, marmonna Stacy en levant les yeux au plafond.

— Vous avez quelque chose à ajouter, inspecteur Killian ?

— Oui, capitaine. Que c'est du grand n'importe quoi.

— Reprenons les faits dans l'ordre : Malone, vous avez faussé le déroulement de l'enquête en requérant l'intervention de l'inspecteur Killian, qui se trouve être en congé maladie, et qui est votre fiancée, de surcroît. D'après l'inspecteur Bayle, vous avez procédé ainsi pour l'exclure. Elle vous reproche d'avoir été informé en premier de l'homicide et d'avoir tardé à la prévenir. Elle est arrivée sur la scène de crime alors que vous aviez déjà interrogé le témoin.

— C'est l'interprétation de Bayle. Oui, j'ai demandé à

Stacy de filer Gallier. Pas parce que Stacy est la femme que j'aime, mais parce que je sais qu'elle connaît Mira Gallier. Et qu'elle est capable de faire le boulot tellement mieux que le jeunot en uniforme que vous auriez accepté d'affecter à cette tâche.

— C'est exact, Malone. Que *j*'aurais affecté. C'est moi qui mène le jeu, ici. Pas vous.

— Oui, capitaine.

— Notez que votre initiative malvenue m'a mise dans une position particulièrement inconfortable.

— Je vous présente mes excuses, capitaine.

O'Shay se tourna vers Stacy.

— Et vous ? Vous considérez que vous êtes en état de reprendre vos fonctions, inspecteur ? Très bien. Apportez-moi le feu vert de votre médecin et je vous accueillerai à bras ouverts. En attendant, vous êtes consignée chez vous. Est-ce clair ?

— Limpide, capitaine.

Malone se leva.

— Je demande respectueusement que vous affectiez Bayle sur une autre enquête. Ses intentions ne sont pas claires. Et je ne suis pas sûr de sa loyauté envers moi.

— C'est drôle. Elle se plaint de la même chose à votre sujet.

— Quelle est votre décision, capitaine ?

— Pour commencer, je veux voir vos fesses sur cette chaise, compris ? Vous pouvez vous retirer, inspecteur Killian. Faites entrer l'inspecteur Bayle, s'il vous plaît.

Bayle revint quelques instants plus tard. Malone nota qu'elle évitait son regard.

— Bon, vous deux, je vous donne l'ordre d'oublier ces enfantillages et de vous bouger le cul. Nous avons quatre victimes et j'attends de vous une collaboration intelligente. Débrouillez-vous pour vous entendre, ou je vous retire l'enquête à l'un comme à l'autre, et je vous colle un emploi de bureau pour le restant de vos carrières.

Bayle bondit sur ses pieds.

— Capitaine, avec tout le respect que je vous dois…

— Fermez-la, inspecteur. Tout ce qui m'intéresse, c'est d'éviter qu'une cinquième victime ne tombe entre les mains de cet assassin. Je propose que vous convoquiez Scott ici pour l'entendre de nouveau. Si vous ne l'avez pas déjà fait, établissez une chronologie précise. Je veux savoir quand quelqu'un a vu Latrobe vivante pour la dernière fois. Vous me fournirez l'emploi du temps détaillé de Scott à l'heure supposée du crime. Et fonctionnez ensemble, merde !

— Mais, capitaine…

— Ce sera tout pour le moment. Tenez-moi au courant.

52

Mercredi 17 août, 19 h 20

Scott, cette fois-ci, arriva escorté d'un juriste. Malone le reconnut pour avoir déjà vu son portrait dans les journaux. Phillip Knight était l'avocat des célébrités. L'un des meilleurs de la ville dans sa spécialité : brillant, lisse, glissant comme une anguille. Scott assurait sérieusement ses arrières. Mais les gens riches, il est vrai, prenaient rarement des risques.

Ils s'installèrent dans la salle d'interrogatoire. Malone observa Scott et dut reconnaître qu'il avait l'air parfaitement détendu.

Malone se présenta à l'avocat, puis se tourna vers Scott.

— Merci d'être venu, monsieur Scott. Vous est-il déjà arrivé d'entendre le nom de Louise Latrobe ?

Scott secoua la tête.

— Non.

— Vous en êtes certain ?

— Oui.

— Mira Gallier et vous êtes amis, je crois ?

Scott acquiesça et Malone poursuivit :

— Et lorsque Jeff Gallier était en vie, vous passiez beaucoup de temps chez eux ?

Il acquiesça de nouveau.

— Avez-vous eu l'occasion, au cours de ces années-là, de rencontrer des gens de leur voisinage ?

Scott parut réfléchir un instant puis secoua la tête.

— Jeff et Mira parlaient-ils de leurs voisins ? Etaient-ils liés avec eux ?

— Pas que je me souvienne, non.

— Ils n'ont jamais mentionné une voisine difficile ? Un peu trop curieuse ?

Son expression se modifia légèrement.

— Attendez… cela me revient. Il y en avait une qui les espionnait, oui. La vieille dame qui vivait à droite de chez eux.

Malone nota ce brusque réveil de la mémoire chez Scott.

— Seriez-vous surpris d'apprendre que son nom est Louise Latrobe ?

Scott croisa les mains devant lui sur la table.

— Comme je ne la connaissais pas, cela n'éveille rien de particulier.

— Et si je vous dis qu'elle est morte ? Qu'elle a été assassinée ?

Cette fois, il eut droit à une réaction. A la fois de la part de Scott et de l'avocat. Knight s'interposa d'entrée de jeu :

— Ceci n'a rien à voir avec mon client. Il vous a déjà dit qu'il ne la connaissait pas.

— Où étiez-vous ces dernières vingt-quatre heures, monsieur Scott ?

— Ici et là.

— Pourriez-vous être plus spécifique ?

— Et vous plus précis dans votre question ?

— A partir du moment où vous êtes sorti d'ici hier soir jusqu'à maintenant.

Knight s'insurgea.

— Vous n'exigez tout de même pas de mon client qu'il vous livre un emploi du temps détaillé depuis hier soir ?

— C'est ce que j'attends, si. Avec l'accent sur les temps forts.

Knight tint ferme sur ses positions.

— Si vous avez une victime…

— Nous l'avons.

— Vous devez avoir une heure approximative pour le décès. Je n'apprécie guère que vous fassiez aussi bon marché du temps de M. Scott et du mien.

— L'heure théorique du décès ne dit pas toujours tout. La dernière fois que Mme Latrobe a été vue en vie, c'était hier soir, à cette heure-ci.

L'avocat voulut argumenter, mais Scott l'arrêta.

— Hier, en partant d'ici, je suis allé chez Mira Gallier.

— Pourquoi ?

— Parce que nous sommes amis. Et parce que je voulais qu'elle connaisse la vérité.

— A quel sujet ?

— Mes sentiments pour elle.

— Qui sont ?

— Cela ne vous regarde pas.

Malone décida de laisser passer.

— Combien de temps êtes-vous resté là-bas ?

— Pas longtemps. Peut-être une demi-heure.

— Et ensuite ?

— Je suis rentré chez moi.

— Toujours chez vos parents ?

— Oui. C'était ma dernière nuit chez eux.

— Quelle heure était-il alors ?

— 11 heures, 11 heures et demie.

— Quelqu'un peut-il attester de votre présence là-bas ?

— Non. Mes parents sont à la montagne, en Caroline du Nord où ils passent toujours le mois d'août. Et le personnel était en congé pour la journée.

— Et les caméras de vidéosurveillance ? J'ai remarqué que la propriété était entièrement sécurisée.

Il parut surpris, mais pas autrement affecté.

— En effet, oui. Vous pouvez vérifier aussi l'heure où j'ai entré mon code. Chacun d'entre nous a un code personnalisé.

Malone en prit note.

— Ensuite ?

— J'ai bu une bière. Ou deux. Me suis couché.

— Et quand vous êtes-vous levé ce matin ?

— Tôt. Vers 5 heures. Ou juste avant.

— Vous êtes matinal, pour un homme qui ne travaille pas.

— Depuis la guerre, je ne dors plus comme avant.

— Désolé de l'entendre.

Scott haussa les épaules et Malone poursuivit :

— Et une fois levé ?

— J'ai bu un café. Et je suis parti avant l'arrivée du personnel.

— Parti où ?

Il hésita. Pour la première fois, il manifesta un certain embarras.

— Je suis retourné chez Mira.

Intéressant. Il reconnaissait lui-même que, par deux fois en vingt-quatre heures, il s'était trouvé à proximité de la scène de crime. L'avocat n'avait pas l'air heureux du tout.

— Quelle heure était-il ?

— Je suis arrivé là-bas vers 6 heures.

— C'est un peu tôt pour une visite de courtoisie, non ?

— Elle était levée.

— Pour quel motif êtes-vous retourné la voir ?

Scott modifia sa position sur la chaise.

— C'est personnel.

— Une femme est morte. Et vous, monsieur Scott, vous vous êtes trouvé à quelques pas du lieu du meurtre, non pas une fois mais *deux*, en l'espace de quelques heures.

L'avocat se pencha pour murmurer quelque chose à l'oreille de Scott. Ce dernier hocha la tête puis expliqua :

— Mira et moi, nous nous étions quittés en mauvais termes la veille. Je ne voulais pas rester là-dessus.

— Vous vous êtes disputés ?

— Nous avons eu un désaccord.

— A quel sujet ?

— Son mari. J'ai essayé de lui dire qu'il n'avait pas été un saint. Ce fut une erreur de ma part.

— Pas un saint, répéta Malone. Sur quel plan ?

— Cela ne concerne que Mira et moi.

Là encore, Malone laissa le sujet de côté. Pour le moment.

— Combien de temps êtes-vous resté chez elle ?

— Vingt minutes maximum.

— Et qu'avez-vous fait ensuite ?

— J'ai emménagé dans ma nouvelle résidence.

— Une location ?

— Non. Ma grand-mère maternelle est décédée il y a peu. Et elle m'a laissé sa maison. J'y ai passé la journée.

— Vous aviez de la compagnie ?

— Les déménageurs, oui.

Malone demanda le nom de l'entreprise et le griffonna sur son carnet. L'avocat se leva.

— Ce sera tout, inspecteur ?

Malone feuilleta son carnet à spirale en faisant mine de réfléchir. Puis il le referma calmement.

— Pour le moment, oui.

Ils se levèrent tous les trois. Malone laissa tomber comme en passant :

— C'est Mira, à propos, qui a découvert le corps.

Scott se pétrifia.

— Je vous demande pardon ?

— Elle a trouvé le corps. Et paraissait très secouée.

L'information avait retourné Scott, même s'il cherchait à le cacher. Malone aurait presque eu de la compassion pour ce type — s'il ne l'avait pas soupçonné d'avoir déjà tué froidement et méthodiquement quatre personnes. Sans parler des trois suivantes qu'il avait sur une liste d'attente.

— Ne trouvez-vous pas étrange, monsieur Scott, que ces meurtres aient tous eu lieu depuis votre retour à La Nouvelle-Orléans ? Et que toutes les victimes, sans exception, aient été en lien avec votre amie Mira ?

— Je ne me suis pas penché sur la question.

— Vraiment ? Cela paraît difficile à croire.

— Pourquoi ? Je n'ai rien à voir avec ces gens. C'est une coïncidence.

— Je ne crois pas aux coïncidences.

— Vos opinions vous regardent, inspecteur.

— Mira s'est penchée sur la question, elle. Longuement.

Malone marqua un temps de silence pour bien laisser pénétrer cette information.

— Et elle les trouve étranges, ces « coïncidences ».

Scott tressaillit. Malone mit encore un peu plus la pression.

— On m'a dit que vous disposiez d'un accès permanent à la maison des Gallier ?

— Comment ?

— Vous étiez leur meilleur ami. Ils vous avaient confié une clé de chez eux ainsi que le code de leur alarme.

Scott se justifia hâtivement.

— C'était il y a des années. Quel rapport avec ce qui se passe maintenant ?

— Oui, quel rapport, en effet ?

Malone fit mine de compulser ses notes imaginaires.

— Je vois que vous êtes amoureux de votre *amie* Mira ?

Scott pâlit.

— C'est elle qui vous a dit ça ?

En plein dans le mille.

— L'amour est un des motifs d'action les plus puissants qui soient. L'amour, la haine, l'avidité : c'est ce qu'on appelle la sainte trinité du meurtre.

Knight intervint fermement.

— En voilà assez, inspecteur. Connor, nous partons.

— Je vous reconduis jusqu'à l'ascenseur, dit Malone.

Au moment précis où ils sortirent dans le couloir, Bayle apparut à l'entrée de la salle vidéo. Scott s'immobilisa en la voyant. Ils se regardèrent fixement. Pendant ces quelques secondes, Malone ne put voir l'expression de

Scott. Mais Bayle lui fit penser à une biche affolée saisie dans le faisceau des phares.

L'impression fut fugitive. Déjà, elle avait retrouvé son masque de froide indifférence.

Les sourcils de Malone se rapprochèrent au souvenir de la première fois où Bayle et lui avaient interrogé Scott. Il avait senti entre eux une forte charge négative. Et qu'avait dit Bayle, déjà, lorsqu'il l'avait questionnée à ce sujet ?

Qu'elle avait fait la connaissance de Scott par l'intermédiaire d'un de ses ex. Un homme qu'elle avait aimé et avec qui l'idylle s'était mal terminée.

Mais son explication n'était pas convaincante. Même si Bayle avait été secouée par cette ancienne histoire d'amour, pourquoi tant d'animosité à l'encontre d'un type qu'elle n'avait fait que croiser ? Quelle raison, d'autre part, Scott aurait-il eue pour réagir aussi vivement ?

Et si ce n'était pas avec un autre, mais avec Scott lui-même, que Bayle avait eu une liaison ? Cela expliquerait son obstination à vouloir établir la culpabilité de Gallier à tout prix. Mais cela signifierait aussi, et surtout, que Karin Bayle ne pouvait prétendre conduire des investigations objectives dans le cadre de cette enquête…

Après avoir laissé Scott et son avocat devant l'ascenseur, Malone alla rejoindre Percy et Bayle dans la salle vidéo. Les pensées se bousculaient dans sa tête. Il ne pouvait soumettre ses soupçons au capitaine, alors qu'elle venait de leur ordonner de mettre leurs différends de côté et de se remuer les fesses pour avancer. Il lui fallait quelque chose de plus solide que de simples suppositions, pour convaincre le capitaine O'Shay.

— Qu'est-ce que vous en pensez, alors ? demanda-t-il en entrant.

Son frère réagit le premier.

— Je parie qu'il va se précipiter chez Gallier. S'ils

trempent là-dedans ensemble, leur confiance l'un en l'autre risque d'être sérieusement ébranlée, après tout ce que tu viens de lui balancer.

— Et toi, Bayle ? Ton avis ?

— C'était judicieux de ta part, d'insinuer qu'elle nous avait confié l'information personnelle qu'il a jalousement gardée pour lui.

Malone maintint les yeux rivés sur Bayle.

— Vous avez remarqué qu'il n'a posé aucune question sur la cause de la mort ou l'endroit où le corps a été découvert ? Et il a admis s'être trouvé par deux fois à proximité de la scène de crime. Ça aide.

— Pour moi, cela valide sa version des événements.

Malone inclina la tête.

— Peut-être. Quand je lui ai dit que Mira avait trouvé le cadavre, il a réagi comme si je l'avais frappé. Il ne s'y attendait pas.

— Ou alors ça ne lui a pas plu ? intervint Percy. Il est vraiment très amoureux d'elle. Tu as peut-être vu juste, Karin. Il se peut que le beau-père ait été la vraie cible. Et qu'il l'ait fait pour la femme qu'il aime.

Une nuance de vulnérabilité marqua les traits de Bayle, puis disparut. Elle s'éclaircit la voix.

— Et maintenant ? Qu'est-ce qu'on fait ?

— On va voir ce que raconte le coroner. Et je veux également les enregistrements de vidéosurveillance de la villa des Scott.

— Je m'en occupe, annonça Percy. Dès que j'ai du nouveau, je vous le fais savoir.

Son frère les laissa seuls. Malone se tourna vers son équipière.

— Tu es bien silencieuse.

— Tu trouves ?

— Pas d'idées ?

— J'aimerais réécouter l'audition. Puis j'appellerai l'entreprise de déménagement.

Il la rappela alors qu'elle se détournait pour partir.

— Ce qui s'est passé tout à l'heure, on peut le laisser derrière nous, tu crois ?

— Je ne sais pas. Le pouvons-nous ?

— J'aimerais essayer.

Il lui tendit la main.

— On refait équipe ?

Elle hésita, puis s'empara de sa main.

— On refait équipe.

53

Mercredi 17 août, 20 h 40

Mira n'avait pas trouvé Connor chez lui. Après avoir attendu quelques minutes devant la maison de ses parents, elle avait renoncé. En l'appelant sur son mobile, elle était tombée sur la messagerie. Et elle avait raccroché sans laisser de message. Elle n'avait aucune idée de ce qu'elle voulait lui dire. Qu'il lui prouve qu'elle pouvait lui faire confiance ? Cela n'aurait aucun sens. La confiance, la vraie, se passait de preuves. Et il ne pourrait pas fournir de garanties tangibles.

Que faire, maintenant ? Rentrer chez elle ? Mira frissonna. Non. Ou, en tout cas, pas tout de suite. L'idée de se retrouver entre ses murs familiers la terrassait. Elle n'avait pas envie de rester seule avec le souvenir de ce qui s'était passé dans la maison voisine.

Elle roulait donc sans but particulier, avec Nola à la place du mort, le museau collé contre la vitre entrouverte. Le simple fait de se concentrer sur sa conduite l'apaisa, l'aidant à chasser l'horrible vision de Mme Latrobe et de son front marqué. Et à contenir la terreur née de la menace pesant sur sa propre vie.

Le tueur avait-il un numéro tout prêt pour elle ?

Elle se retrouva, après quelques tours et détours, devant son ancien atelier. Il y avait très longtemps qu'elle n'y était pas retournée. La dernière fois remontait à quelques mois après Katrina. Elle se gara juste en face, baissa la vitre et regarda, revoyant les lieux tels qu'ils avaient été lors de sa première visite, lorsque les eaux venaient juste de se retirer.

La scène avait évoqué un champ de ruines post-nucléaire. Le gris livide de la boue séchée et craquelée uniformisait le paysage devenu lunaire. Les arbres, les buissons, les pelouses, tout était recouvert de la même pellicule sèche, monochrome. Y compris les structures à demi effondrées qui avaient été des maisons, des commerces, des bureaux. Le plus frappant, se souvint-elle, avait été l'absence de bruit. Ni chant d'oiseaux ni cris d'enfants. Ni le moindre son lié à l'activité humaine.

Plus de vie.

Lentement mais sûrement, le quartier renaissait de ses cendres. La dévastation avait été si totale que les maisons qui resurgissaient ici et là lui apparaissaient comme un acte monumental de courage. Et de foi.

Une femme entre deux âges portant un sac-poubelle sortit de ce qui avait été son atelier. En la voyant au volant de sa voiture, la femme l'observa avec curiosité, puis poursuivit son chemin pour aller jeter ses ordures dans un containeur sur le côté du bâtiment. La trouvant toujours présente en revenant sur ses pas, la nouvelle occupante des lieux s'immobilisa et la considéra d'un air interrogateur.

Elle n'avait plus sa place ici. Sa vie était ailleurs.

Toi aussi, dépose tes détritus, Mira. Il est temps de lâcher le passé. Et de passer à autre chose.

Cette évidence coula en elle comme un torrent d'eau claire, nivelant les murs protecteurs qu'elle avait érigés, dispersant les épaisseurs de chagrin, de regret et de culpabilité qui l'avaient tenue prisonnière.

Les détritus... Evacue-les. Laisse-les partir.

Elle voulait s'implanter de nouveau dans la réalité — retrouver la vraie vie avec son désordre et ses complications. Les corvées. Le travail. Les amis. Les amants.

L'amour.

Elle pouvait aimer de nouveau. Et être aimée en retour.

Connor.

Prends le risque, Mira. Vis de nouveau.

La pensée la fit tressaillir. Les détritus : tout ce qui la retenait en arrière, les bons comme les mauvais souvenirs. Le passé. Jeff. Il était temps de les laisser partir. Temps de tourner la page.

A présent, elle conduisait avec un but. Direction le centre-ville, vers Riverbend, en direction d'Oak Street. Elle se gara sur le petit parking situé devant son atelier actuel. Contemplant l'ancienne chapelle, elle ressentit une satisfaction profonde. Tout était bien, au fond. C'était ici, désormais, qu'elle se sentait chez elle.

Elle descendit de voiture et fixa la laisse du chien.

— Viens, Nola.

Les Verreries, comme il se devait, étaient fermées à clé. Mira entra et désactiva l'alarme. C'était la première fois que Nola visitait son lieu de travail. Même si les odeurs nouvelles l'intriguaient, la chienne semblait comprendre que ce n'était pas un endroit où on pouvait batifoler sans retenue.

Mira fit coulisser les portes donnant sur l'atelier. Le vitrail de Marie-Madeleine semblait l'attendre. La sainte posait son beau regard affligé sur le monde, le cœur brisé à tout jamais. Comme elle avait été proche de Marie-Madeleine, pendant toutes ces années ! Porteuse, elle aussi, d'un chagrin irréparable. Séparée du monde et de la vie par un mur de sa propre fabrication.

Cela avait été. Mais cela n'était plus.

Elle rit doucement, se sentant jeune et libre. Et neuve. Au milieu de tout ce sang, de tous ces morts, elle était revenue à la vie.

Brusquement, Nola émit un grognement qui fut suivi aussitôt par un son venu de l'extérieur. *Toc. Toc. Toc.*

Mira se pétrifia et la chienne grogna plus fort.

Toc, toc, toc…

Elle regarda Nola, dont l'attention était fixée sur la porte arrière et les fenêtres. Quelque chose bougeait dehors. Un cri monta dans sa poitrine.

Puis elle vit ce que c'était. *Qui* c'était, plutôt.

Chris. Qui cognait à la vitre. Elle courut lui ouvrir et il entra en titubant, avec une énorme entaille au bras.

— Oh ! mon Dieu, Chris ! Que s'est-il passé ?

— Je travaillais et j'ai glissé.

— Tu travaillais ? Mais sais-tu quelle heure il est, au moins ?

— J'ai des baladeuses pour m'éclairer et j'avais envie de profiter de la fraîcheur. Mais j'ai eu un moment de négligence. Et clac.

— A cause de la fatigue, tiens ! Entre. Je vais examiner ça.

Elle le conduisit jusque dans la cuisine. Dans son métier, plaies, coupures et éraflures étaient monnaie courante. Elle savait déterminer au premier coup d'œil si une intervention médicale s'imposait ou non.

Elle nettoya le plus doucement possible, consciente qu'elle devait le faire souffrir. Chris fit la grimace.

— Ça pique.

— Tu m'étonnes… Je suis désolée.

Elle se pencha sur la plaie.

— C'est moins profond que je ne le craignais.

— Tant mieux.

— A toi de choisir, Chris. Je pense que tu peux te passer de points de suture mais…

— Pas d'agrafes, non. Un pansement suffira.

— Comme tu voudras.

Elle prépara le matériel dont elle avait besoin pour bander la plaie.

— Fini, le travail nocturne, O.K. ? Tu m'as fichu une peur bleue, en plus ! Estime-toi heureux que Nola ne t'ait pas avalé tout cru.

Il sourit d'un air contrit.

— Tu as raison. Plus de travail de nuit. Qu'est-ce que tu fais ici, toi, au fait ?

— Je ne sais pas trop. Je suis là, c'est tout.

Elle découpa des bandes de sparadrap. Comme Chris gardait le silence, elle leva les yeux vers lui.

— Je n'essaie pas d'éluder ta question. Je suis réellement venue ici sans raison particulière… Ou, peut-être, simplement, pour voir Maggie, dit-elle en tournant la tête vers le vitrail. Elle m'aide parfois à me recentrer.

— Ou alors ?

— Pour éviter d'être chez moi.

— Ah bon ? Pourquoi ?

Elle tartina de la crème antibiotique sur le carré de gaze puis l'appliqua avec soin sur la plaie.

— Ma voisine a été assassinée. C'est moi qui ai trouvé le corps.

— Mon Dieu, Mira, c'est horrible… Tu n'es pas trop secouée, au moins ? demanda-t-il en lui touchant la main.

— Ça commence à aller mieux.

Elle hésita à parler à Chris de sa liberté nouvellement recouvrée, mais décida de tenir sa langue.

— Et voilà, dit-elle en fixant le pansement. Essaie de le garder au propre et au sec.

Il sourit.

— Entendu, docteur Gallier.

Elle lui rendit son sourire.

— Rentre vite chez toi, maintenant. Je fermerai en partant.

Il hésita pendant qu'elle rangeait le matériel dans la trousse de premier secours. Mira lui jeta un regard en coin.

— Tu n'as pas besoin de rester. Je sais que tu es fatigué.

— Mais je veux bien attendre un peu, si ça peut t'aider.

Elle eut un léger sourire.

— C'est gentil, mais ça va.

— Que vas-tu faire ?

— Passer un peu de temps avec notre amie Madeleine, puis rentrer chez moi. Il le faudra bien, n'est-ce pas ?

— Je suppose, oui.

Elle sortit pour ranger la trousse de secours. Lorsqu'elle revint, Chris n'avait toujours pas bougé.

— Tu peux y aller, je t'assure.

Il semblait avoir des scrupules à partir, mais il hocha la tête.

— A demain matin, alors ?

— A demain.

Elle le rappela avant qu'il ne franchisse la porte.

— Chris ?

— Oui ?

— Mardi soir, quand j'étais chez Deni, tu étais là ?

— Mardi soir ?

Il secoua la tête.

— Non. Je ne savais même pas que tu étais chez elle.

— J'ai passé la nuit là-bas. Je pensais qu'elle te l'avait dit.

— Non. Qu'est-ce qui t'a fait penser que j'y étais aussi ?

— J'ai cru entendre parler au milieu de la nuit. Ça devait être la télé.

— Probable, oui. Elle la laisse souvent allumée toute la nuit.

— Tout se passe bien entre vous ?

Il hésita un instant.

— Ouais. Ça va.

— Tu n'as pas l'air très convaincu, observa-t-elle en fronçant les sourcils.

— C'est juste que parfois… Mais peu importe.

— Non, dis-moi.

— Des fois, c'est comme si je ne la connaissais pas du tout. Comme si elle était… une autre personne.

La confidence de Chris la glaça. Peut-être parce qu'elle

reflétait ce qu'elle venait d'apprendre sur le Dr Jasper. Et de ce qu'elle éprouvait désormais pour toutes les personnes de son entourage.

Chris la considérait d'un air étrange, et elle se demanda comment il interprétait son expression. Elle s'éclaircit la voix.

— Les femmes ont parfois des sautes d'humeur. C'est peut-être juste ça.

— Peut-être… Ecoute, il commence à se faire tard, et je n'aime pas te savoir seule ici. Surtout avec ce qui se passe en ce moment.

— J'ai Nola.

— Laisse-moi quand même te raccompagner jusqu'à ta voiture. Si tu ne veux pas partir tout de suite, je peux t'attendre dans la cuisine.

Mira se retourna pour jeter un coup d'œil sur le vitrail. Et comprit qu'elle avait déjà récolté tout ce qu'elle espérait glaner en venant à l'atelier.

— Tu as raison, Chris. Il est tard et j'apprécie ton offre. Allons-y.

54

Mercredi 17 août, 21 h 50

En se garant dans son allée, elle vit Connor qui l'attendait, assis sur les marches du perron. Il se leva lorsqu'elle descendit de voiture. Nola se rua vers lui pour lui faire la fête. Il se pencha pour la caresser derrière les oreilles et lui tapota affectueusement les flancs.

— Alors, Nola ? Comment va la vie ?

La chienne manifesta son plaisir en décrivant des cercles surexcités autour de lui, et finit par se laisser rouler sur le dos. Riant de ses pitreries, Connor s'accroupit pour lui frotter le ventre. Mira les rejoignit à pas lents, tirant parti de ce bref moment de répit pour se ressaisir. Connor avait laissé la balle dans son camp. Elle l'avait prise, mais n'était pas certaine de savoir ce qu'elle voulait en faire.

Lorsqu'elle arriva près de lui, il se redressa. Leurs regards se trouvèrent. Son visage déchiré lui serra le cœur.

— Connor ? Qu'est-ce qui t'est arrivé ?

— J'ai appris, pour ta voisine. Je suis désolé.

Il la prit dans ses bras et la tint serrée. Alors même qu'elle se cramponnait à lui, les questions se bousculaient dans son esprit. Pouvait-elle lui faire confiance ? Elle y aspirait de toutes ses forces. Se sentirait-elle aussi profondément rassurée dans son étreinte, s'il représentait un danger pour elle et pour autrui ? Si Connor était un tueur, quelque chose en elle le saurait — lui procurerait un mouvement de recul, même inconscient.

Ou non ?

— J'ai été entendu pour la seconde fois par la police, Mira. L'inspecteur Malone m'a laissé entendre que tu pensais que je… Mira, je n'ai rien à voir avec ces meurtres. Je ne pourrais jamais faire une chose pareille. S'il te plaît, dis-moi que tu me crois.

Il posa son front contre le sien.

— J'ai besoin que tu me croies.

Elle le croyait. D'instinct — corps, cœur et âme. De tout son être, à l'exception du coin minuscule dans son cerveau où les réflexions de l'inspecteur Malone sur les clés, l'alarme et les « drôles de coïncidences » avaient semé les germes du doute.

Ce doute, Mira, le mit entre parenthèses. Elle voulait croire en lui. Quelque part, à un niveau élémentaire, elle avait *besoin* de remettre sa vie entre les mains de Connor.

— Je te crois, dit-elle doucement. Peut-être que je ne devrais pas. Peut-être que je ferais mieux de partir en courant. Mais en ce moment, je ne veux être nulle part ailleurs qu'avec toi. Dans tes bras. Dans ta vie.

Il cueillit son visage entre ses paumes.

— Dieu merci, tu me crois. La police cherche à semer la suspicion entre…

D'un doigt sur ses lèvres, elle lui imposa silence.

— Je ne veux pas parler de ça. Pas maintenant. Ni de l'inspecteur Malone ni des meurtres. Ni du reste. J'ai envie de toi et rien d'autre.

Elle lui prit la main et l'entraîna dans la maison. Une fois seuls, dans le vestibule, avec la porte refermée derrière eux, elle se dressa sur la pointe des pieds et lui effleura les lèvres d'un premier baiser hésitant. Comme il ne fit rien pour l'arrêter, elle colla sa bouche contre la sienne en se pressant contre lui, les bras noués autour de son cou.

Pendant la seconde la plus interminable de toute son

existence, Connor resta immobile et figé, accueillant son baiser avec toute la réceptivité d'une figure de cire. Puis un soubresaut le parcourut, et ses mains, dans son dos, descendirent jusque sur ses reins. Il la ramena plus étroitement contre lui et l'embrassa avec une passion éperdue.

Sans détacher ses lèvres des siennes, il la souleva de terre. Avec un gémissement bref, elle noua les jambes à ses hanches tandis qu'il la portait jusqu'à la chambre. Sa chambre. Pas celle qu'elle avait partagée avec Jeff, mais la pièce où elle dormait seule depuis six ans. La chambre qu'elle ouvrait pour la première fois à un homme.

Ils tombèrent pêle-mêle sur le lit et Mira prit l'initiative. Elle tira, arracha leurs vêtements avec impatience, dévorant, caressant, déterminée à aller jusqu'au bout de son désir et du sien. Chaque fois que Connor tentait de la ralentir, elle le bravait et se déchaînait de plus belle.

Plus tard, viendrait l'occasion de faire l'amour tout à loisir. Maintenant, l'heure n'était pas à la lenteur mais à la lutte ardente. A la gratification animale.

Il y avait six ans qu'elle vivait seule, six ans qu'elle n'avait plus touché un homme. Et, si invraisemblable que cela puisse paraître, c'était comme si elle avait toujours attendu celui-ci. Connor.

Connor, depuis toujours.

Il la pénétra en une seule poussée triomphante, possessive. Elle cria son plaisir et se souleva à sa rencontre. Sans prémices et sans préliminaires. Sans jeux d'avances et de reculs. Il se joignit à elle et hurla son nom.

Par la suite, ils demeurèrent un long moment sans rien dire, bras et jambes mêlés entre les draps humides de sueur. Sous ses paumes, le cœur de Connor battait au même rythme échevelé que le sien. Mira enfouit le visage contre son torse et respira son odeur. Si différente de celle de Jeff. Plus terrienne. Moins douce, plus… masculine. Mais pas agressive. Entêtante. Excitante.

Il s'éclaircit la voix.

— Mira ?

Elle se souleva sur un coude pour le regarder.

— Mmm… ?

Il sourit.

— Que signifie cet assaut, jeune fille ? Non pas que je n'aie pas apprécié, mais… Ouah, ç'a été quelque chose !

Elle en rit de contentement.

— Cela faisait si longtemps…

— Une éternité, à vrai dire.

Mira fouilla son regard et une boule se forma dans sa gorge. Elle se pencha pour l'embrasser.

— Et maintenant ? Qu'est-ce que tu veux faire ?

Il avait attendu des années avant la première fois. Mais dix minutes seulement avant la seconde. Et s'il y eut encore de l'attente, elle fut joueuse, frémissante. De l'espèce qui ralentit et diffère un plaisir qui semblait toujours à portée de main.

Longtemps après qu'ils eurent succombé l'un et l'autre, Mira resta nichée dans ses bras — flottante, détendue. Et heureuse, surtout. Tendrement, délicieusement et ridiculement heureuse.

Elle caressa le dos de Connor et s'immobilisa sur une couture irrégulière, juste sous l'omoplate. Elle l'explora du bout des doigts et suivit la cicatrice, qui descendait le long de son flanc et s'avançait presque jusqu'à l'abdomen.

Connor se figea pendant qu'elle se livrait à son exploration. Jadis, elle l'avait vu torse nu à maintes reprises. Son dos avait été parfaitement lisse.

— Qu'est-ce que c'est ?

— Un petit souvenir de mes folles nuits et de mes joyeuses journées en Afghanistan.

— Que s'est-il passé ?

Il roula sur le dos et fixa les yeux au plafond. Elle se cala sur un coude de manière à voir son visage.

— Si tu n'as pas envie d'en parler, tu n'es pas obligé.

— On patrouillait à pied dans la province de l'Helmand. Un engin a explosé sur le passage de notre escouade.

Il tourna les yeux vers elle. Son expression était dure.

— C'est la guerre. Des hommes meurent. Je n'ai à me plaindre que d'une cicatrice.

Elle soutint son regard.

— Je ne peux même pas imaginer ce que tu as vécu là-bas.

— Tu as raison. Ce n'est pas de l'ordre de l'imaginable. Tu penses que Katrina a été terrible. Mais avec un ouragan, au moins, on sait de quel côté vient le danger. Là-bas, l'ennemi est mêlé à la population. Aux civils innocents. Tu ne sais jamais d'avance si…

Il ravala ce qu'il s'apprêtait à dire et reprit :

— Bon. On marchait en suivant la piste. Je vois devant nous un gamin avec son grand-père, dans un champ. Jones repère le truc, à moitié enfoui…

— Une bombe artisanale, c'est ça ?

— Oui, c'est ça. Un engin explosif improvisé. Jones le repère, donc, se retourne pour nous prévenir, et *boum*. Plus de Jones. Quelqu'un a dû décider de la mise à feu. Ce truc ne s'est pas déclenché tout seul. Etait-ce le grand-père ? Le môme ? Un autre type planqué dans un arbre ? On ne le saura jamais… La fumée se dissipe. Jones et moi gisons dans le fourré. J'entends d'Orazio appeler des secours.

— Et qu'est-il arrivé à Jones ?

— Il est mort.

Mira lui prit la main, entrelaça ses doigts aux siens.

— Je suis désolée.

— Oui, enfin… Ce sont des choses qui arrivent au quotidien, là-bas.

Des larmes retenues lui brûlaient les yeux. Elle cligna des paupières, refusant de les verser. Ils avaient été blessés au combat l'un et l'autre. Mais ils avaient la survie dans le sang.

— Je suis heureuse que tu sois là aujourd'hui.

Il s'éclaircit la voix.

— Moi aussi… J'ai eu de la chance.

De la chance, en effet. Elle en avait eu aussi. Et aujourd'hui seulement, elle se rendait compte à quel point. Pour la première fois depuis longtemps, l'avenir lui paraissait lumineux. Scintillant de promesses.

Son ventre émit un gargouillis sonore et Connor se mit à rire.

— Tu as faim ?

— Pire que ça, je suis affamée. Et toi ?

— Pareil.

Il roula hors du lit et l'aida à se lever. Ils se rhabillèrent sommairement et filèrent vers la cuisine. Elle envoya Connor à la cave, choisir une bouteille de vin pendant qu'elle explorait le réfrigérateur.

— Rouge ou blanc ? appela-t-il d'en bas.

— Tu plaisantes ?

— Bon, d'accord. C'est tout ce que je voulais savoir.

Il revint avec une bouteille de rouge.

— Que dis-tu d'un pinot noir de Sonoma Coast, 2007 ?

— Tu ne pouvais pas trouver mieux. Pour le dîner ce sera omelette ou omelette ? Ou encore omelette ?

— Si la recette comporte du fromage, ça marche pour moi.

Nola, qui reconnaissait le bruit d'une porte de réfrigérateur à plus d'un kilomètre, les avait rejoints dans la cuisine. Mira remplit sa gamelle, puis Connor et elle se mirent au travail ensemble pour battre les œufs, laver et découper les légumes. Sans oublier de déguster une petite gorgée de vin entre les étapes. Ils rirent beaucoup, s'embrassèrent souvent, se taquinèrent sans fin et comparèrent leurs préférences culinaires. Elle dégagea le bar et posa deux sets de table. L'omelette était réussie à la perfection : légère, moelleuse, et malgré tout dorée à point. Mira mangea avec un appétit féroce, terminant avant Connor. Elle faillit même lécher son assiette.

Il la regarda faire avec amusement.

— J'ai l'impression qu'on aurait dû doubler les proportions.

— C'est vrai. J'aurais pu avaler un bœuf.

Elle porta leurs deux assiettes dans l'évier. Connor examina la liste qu'elle avait commencé à établir quelques heures plus tôt sur un carnet. Il leva les yeux vers elle.

— C'est quoi ?

— Rien.

Il fronça les sourcils.

— Ce n'est pas rien. Je vois mon nom. Avec Deni, Chris, le Dr Jasper.

— Ce matin, un flic m'a conseillé de remettre à plat mes certitudes si je voulais découvrir la vérité. Il s'agit de réinterroger tout ce qui est de l'ordre de l'évidence.

— Quel flic ? Malone ? Ou Bayle ?

Le venin dans la voix de Connor la fit tressaillir.

— Ni l'un ni l'autre. L'inspecteur Killian.

— Mon nom est sur cette liste.

— C'est juste. J'y ai inclus toutes les personnes présentes dans ma vie en qui j'ai confiance.

— Tout en remettant ladite confiance en question ?

— Ce n'est pas tout à fait ça.

— Alors c'est quoi ? Tu m'as affirmé que tu me croyais. Pourquoi mon nom sur cette liste ?

— J'essayais de suivre le conseil de l'inspecteur Killian.

Il secoua la tête.

— La confiance, ça ne se décide pas. On l'a ou on ne l'a pas, Mira. C'est comme la foi.

— Tout à l'heure, tu m'as demandé de prendre une décision. Ici, tout de suite. Et je l'ai prise. J'ai suivi mon instinct.

— Ton instinct ! Qu'est-ce que cela signifie ?

— Tu sais ce que ça signifie. Ça veut dire que tu mets tes doutes de côté et que tu suis la voix de…

— Super !

Connor jeta rageusement le carnet sur le bar.

— C'est ce qu'on reproche toujours aux hommes, non ? De raisonner avec le cerveau qu'ils ont entre les jambes !

— Je n'ai pas raisonné avec mon sexe !

— Ah vraiment ?

— C'est mon cœur que je suivais, idiot !

— Demande-moi si tu peux me faire confiance.

Elle leva le menton.

— Puis-je croire en toi, Connor ?

— Tu peux me confier ta vie sans hésiter.

Pendant une fraction de seconde, ses doutes se réveillèrent. Ce vacillement infinitésimal dut se lire sur son visage, car il jura avec force.

— Je n'y crois pas, merde !

La main tendue, elle fit un pas vers lui.

— Tu es injuste.

— Injuste, Mira ? Je t'aime, bon sang ! Je t'ai ouvert mon cœur. Si ce n'est pas de la confiance, j'aimerais savoir ce que c'est.

— Il y a six ans, tu n'as pas eu suffisamment confiance en moi pour me dire la vérité. Tu as préféré prendre la fuite.

— Ce n'est pas la même chose. Tu étais la femme de mon meilleur ami.

— Mais nous étions censés être proches. Tu le lui as dit, à lui. Pourquoi m'avoir exclue de la confidence ? Comment pouvais-tu me mentir si tu m'aimais vraiment ?

— Je te protégeais, Mira.

— Oui, c'est ça. Tu ne crois pas que tu te protégeais toi-même, plutôt ? lança-t-elle, sarcastique.

— Tu la veux, la vérité ?

— Evidemment, que je veux la vérité !

Ils se tenaient presque nez à nez, le regard planté dans

celui de l'autre. Lui avait les poings serrés. Mira était crispée dans une attitude de défi.

— Pourquoi n'as-tu pas ajouté Jeff sur ta liste, Mira ?

— Ne sois pas ridicule !

— Son nom devrait y figurer aussi. Il te trompait.

Elle avait sans doute mal entendu. Connor n'avait pas pu dire ce qu'elle avait cru comprendre.

— Jeff avait des aventures, Mira.

Le souffle coupé, elle fit un pas en arrière, comme s'il l'avait frappée physiquement.

— Tu mens.

— Je n'en pouvais plus de cette situation. Je le lui ai dit.

Elle secoua la tête.

— Je ne te crois pas.

— Rappelle-toi cette période, Mira. Combien de fois ne t'es-tu pas interrogée sur ses retards ? Tu te souviens, quand tu m'envoyais un texto ou que tu téléphonais au Crescent City Club pour leur demander s'ils savaient où il était ?

Mira laissa planer un temps de silence. Au début, cela n'arrivait pas très souvent. Puis, vers la fin, c'était devenu fréquent, en effet. Mais Jeff lui avait toujours présenté des explications parfaitement acceptables.

— Il était avec toi, ces soirs-là. Ou avec des relations d'affaires. Ou Anton le retenait pour une beuverie.

— Il était avec d'autres femmes.

— Je ne veux pas entendre ça, chuchota-t-elle. S'il te plaît.

— Tu voulais la vérité, Mira.

Connor lui prit les mains et les posa contre son cœur.

— Au cours des six dernières années, tu as fait de Jeff un saint et de votre mariage un idéal de perfection.

Il baissa la voix.

— Je ne pouvais rien te dire. Mais je ne pouvais non plus rester là à le regarder faire. Garder le silence, c'était sombrer tous les jours un peu plus dans une complicité nauséeuse.

Elle abandonna la tête contre sa poitrine, trop vidée émotionnellement pour verser ne serait-ce qu'une larme. Comble de l'ironie : la seule chose en laquelle elle avait cru sans l'ombre d'un doute avait été un mensonge.

— J'aurais dû te le dire avant. J'en avais l'intention. J'ai essayé cent fois, à l'époque. Et depuis mon retour. Mais je n'ai pas pu.

Elle leva son visage vers le sien.

— Il vaudrait mieux que tu partes.

— Mira…

— Ne le prends pas contre toi. J'ai… j'ai juste besoin d'être seule un moment. Il faut que ça fasse son chemin.

— Ce flic, l'inspecteur Killian, je pense qu'elle avait raison.

Il scruta son visage avec une expression déterminée.

— Tout est sur la table, à présent.

— Que veux-tu dire ?

— Je crois que les meurtres — et le reste — ont un rapport avec Jeff. Je vais essayer de découvrir lequel.

55

Jeudi 18 août, 0 h 1

Le désespoir lui rongeait la poitrine. Et le doute, surtout, le harcelait — lancinant, comme le *floc floc* obsédant des gouttes s'échappant une à une d'un robinet mal fermé. Et s'il s'était trompé ? S'il avait mal interprété le message de son Père ? Son heure n'était peut-être pas encore venue ? Et si elle ne lui était pas destinée ?

Cette pensée lui coupa le souffle. Il tomba à genoux — prenant la posture qui devait être la sienne. Implorant le pardon et la miséricorde.

Il ferma les yeux et une vision du dernier démon qu'il avait combattu lui revint à l'esprit. Il revit ses yeux écarquillés par la terreur. Elle avait tout de suite compris à qui elle avait affaire. Et su de quoi il était capable. Sa puissance s'était accrue au point que sa présence seule avait suffi à la tuer.

Alors pourquoi Marie ne l'avait-elle toujours pas reconnu ? Il pouvait arracher le mal à la racine, faire tomber les démons d'un seul regard, mais, malgré cela, son aimée ne voyait pas sa vraie nature.

Pire que cela, même. Elle se tournait vers d'autres. Comme une prostituée. Comme une *putain*.

Son cri guttural déchira le silence. Il leva les bras vers le ciel.

— Pourquoi ne voit-elle toujours rien ? J'ai suivi Tes

instructions, j'ai été un bon et fidèle serviteur. Je ne T'ai jamais rien demandé sauf elle.

Comme son Père ne répondait pas, il se déchaîna.

— Tu ne l'as jamais aimée, je le sais ! Mais de là à te détourner de moi maintenant !

Il serra les poings — en colère et en même temps profondément honteux d'être emporté par ses émotions négatives.

— Si seulement tu pouvais la voir comme je la vois !

La colère le quitta et il s'effondra sur lui-même.

— Dis-moi ce que je dois faire, chuchota-t-il. Aide-moi.

Pourquoi te désespères-tu ? Tu es l'Elu.

La voix dans sa tête. Son Père. Des larmes lui montèrent aux yeux.

— Pardonne-moi, mon Père, pour mes doutes et ma colère. Je suis impur. Marie ne me reconnaît pas car j'ai péché.

L'attirance du monde d'en bas est forte. Ce n'est pas Marie qui se détourne de toi. C'est le Malin qui a encore prise sur elle. Ta mission n'est pas achevée.

Il se figea, le cœur battant.

— N'ai-je pas apporté ton Jugement sur les quatre qui lui voulaient du mal ? Quatre démons qui œuvraient à me séparer d'elle ? N'ai-je pas rendu public, à travers l'Ecriture sainte, ce que j'ai accompli pour elle ? Pourquoi n'ouvre-t-elle pas les yeux ?

Les démons sont au nombre de sept, mon Fils. Pourquoi en irait-il autrement qu'en Béthanie ? Elle est encore en leur pouvoir.

Il hocha la tête.

— Oui, mon Père. Je dois les chasser tous.

Sinon, elle restera la proie du Malin. Toi seul peux la sauver.

Lui seul. Comme il se devait. Il leva son visage tremblant vers le ciel.

— Merci, Père. Je Te dois tout et je suis Ton serviteur.

56

Jeudi 18 août, 7 h 40

Malone se demandait quand la caféine ingurgitée entrerait enfin en action. Il avait travaillé une bonne partie de la nuit et n'était rentré chez lui que pour dormir deux heures, prendre une douche et repartir avant le lever du jour. Il avait l'impression d'être passé dans un broyeur. Et savait qu'il avait une tête à faire peur. Il avait rarement atteint un pareil degré d'épuisement.

Il se cala sur un coin de la table de la salle de conférences et balaya le tableau blanc du regard. Une carte de la ville était affichée, avec des punaises de couleur marquant l'endroit où le corps de chaque victime avait été trouvé. Une chronologie détaillée y figurait également, avec la photo de la victime correspondante, le rappel des principaux indices ainsi que l'heure, la cause et la modalité du décès.

Depuis le début, ils passaient clairement à côté d'une évidence, mais laquelle ? Malone jura et se passa la main dans les cheveux. Quatre victimes. Et quatre armes du crime différentes. Aucun point commun entre les quatre morts, sinon leur lien avec Mira Gallier et la citation des Ecritures qui les accompagnait.

Pour la centième fois, peut-être, depuis qu'il avait entendu Connor Scott la veille, Malone reprit le dossier du début. Le père Girod : mort par traumatisme contondant.

Arme du crime retrouvée, empreintes utilisables. Pas de témoins. Le Prêcheur : gorge tranchée à l'aide d'un débris de verre. Pas d'empreintes utilisables. Pas de témoins. Anton Gallier : cause du décès : plaie par balle thoracique. Arme non retrouvée. Empreintes trouvées sur gobelets identiques à celles relevées pour l'homicide aux Sœurs de la Miséricorde. Louise Latrobe : modalité du décès encore inconnue. Résultats d'analyse en attente, pour le rouge à lèvres qui avait servi à tracer le chiffre 4 sur le front de la victime.

— Salut, Malone.

Il tourna la tête au son de la voix de Bayle. Elle paraissait exténuée.

— Salut.

— Ça fait longtemps que tu es là ?

— Quelques heures. A chercher une heureuse inspiration.

— Elle s'est manifestée ?

— Si seulement !

— Tu es déjà en overdose de caféine ou pas encore ?

Elle lui tendit un gobelet de café de chez PJ's.

— Si tu peux encore en boire, je t'ai apporté ça en guise de calumet de la paix.

Il examina la boisson d'un œil faussement suspicieux.

— Qu'est-ce qui me prouve qu'il n'est pas empoisonné ?

— Tu vas devoir me faire confiance.

Il accepta le gobelet en souriant et savoura une gorgée. Bayle chercha son regard et le soutint.

— Et je te ferai confiance aussi, Malone.

Il hocha la tête et ils se tournèrent ensemble vers le mur avec ses documents affichés. Bayle prit la parole la première :

— J'ai pensé une chose, tout à l'heure : et si les visites nocturnes et autres, survenues chez Gallier, n'avaient rien à voir avec les meurtres ?

Il lui jeta un regard surpris.

— C'est un revirement à cent quatre-vingts degrés, par rapport à ce que tu soutenais encore hier soir.

— La nuit porte conseil. Je sais qu'elle est impliquée, d'une façon ou d'une autre. Mais je suis un peu moins sûre qu'elle soit responsable des meurtres.

Perplexe, il rapprocha les sourcils pour scruter ses traits.

— Je ne comprends pas. Qu'est-ce qui a changé pour toi, depuis hier ?

Elle soutint son regard sans ciller.

— Stacy. Et ce qu'elle nous a rapporté.

— Hier, pourtant, ça te laissait sceptique.

— J'ai la réputation d'être têtue.

Malone ne croyait qu'à moitié à ce revirement subit. Il n'était pas rare qu'un collègue revoie ses positions en cours d'enquête. C'était fréquent, même, quand de nouveaux éléments de preuves surgissaient. Mais dans le cas de Bayle, il s'agissait d'une complète volte-face. Qu'aucune percée dans l'enquête ne semblait justifier.

— Et tous ces trucs bizarres qui arrivent à Gallier ? Qu'est-ce que tu en penses, Karin ?

— Ces manifestations évoquent plutôt un état de perturbation mentale. Ou alors, elle les met en scène pour attirer l'attention. Ce qui, là encore, serait le signe d'un déséquilibre psychique.

— C'est tout à fait possible. Nous n'avons aucun élément matériel qui prouve que ce qu'elle nous rapporte s'est effectivement passé.

— Voilà. Tout à fait.

D'un geste large du bras, Bayle engloba le tableau.

— Quant à notre criminel, il cherche à communiquer directement avec nous à travers ses messages. Il est clair qu'ils revêtent une importance cruciale à ses yeux.

Malone acquiesça.

— Il veut nous faire comprendre quelque chose.

— Au risque de se faire prendre, même. Cela lui

demande du temps et de l'organisation, de laisser chaque fois ces inscriptions.

Malone alla se placer devant la photo des vitraux couverts de graffitis.

— Reprenons le premier texte : « Il reviendra en gloire pour juger les vivants et les morts. » Quel est le mécanisme de pensée de notre homme, là ? Pourquoi veut-il nous communiquer cette « vérité » ?

— Parce qu'il y croit, je suppose.

— Nous aurions affaire à un fanatique religieux ?

Elle pencha la tête sur le côté.

— Peut-être.

— Même si le père Girod n'avait pas été assassiné, la façon dont ce type s'en est pris aux vitraux va plus loin que le simple plaisir de taguer et de vandaliser.

Bayle se croisa les bras sur la poitrine.

— Qui est le « Il », dans le message ? Dieu ?

— Non, son fils, en l'occurrence. Jésus-Christ.

— Notre criminel pense que c'est la fin du monde ? Il veut nous annoncer la suite du programme ?

— Que le Jugement dernier se profile, tu veux dire ?

— C'est en tout cas le thème de son second « billet doux ».

Le regard rivé sur les photos, Malone assembla soudain les pièces du puzzle.

— En fait, il ne nous rappelle pas la suite du programme. Il énonce ce qui, pour lui, est déjà arrivé.

— Je ne saisis pas.

En proie à une excitation croissante, il se tourna vers Bayle.

— C'est lui-même qui est venu juger les vivants et les morts !

— Juger les vivants et les mettre à mort, plus exactement... Notre gars serait atteint d'un complexe christique ?

— Cela y ressemble, oui. « Le jour du Jujement »,

annonce-t-il ensuite. Il nous dit que ça y est, que ça commence.

Bayle eut une moue pensive.

— Alors pourquoi ces sept démons à chasser, tout à coup ? Il aurait pu continuer comme pour le Prêcheur.

Malone balaya les différents panneaux des yeux pour chercher la réponse à cette question.

— Si je me souviens bien de mes cours de catéchisme sur le Nouveau Testament, Jésus a accompli un certain nombre de miracles. Les sept démons en font partie.

— Et sept est un chiffre clé, dans la Bible. Pense aux sept sceaux, aux sept péchés mortels, au repos du septième jour…

— Mais il n'existe qu'une seule référence aux sept démons.

— Ceux qui possédaient Marie-Madeleine ?

Malone arpenta la pièce de long en large.

— Marie-Madeleine, oui. Mais faut-il ou non le prendre au pied de la lettre ? Nous surestimons peut-être ses connaissances, en supposant que notre tueur fanatique connaît la Bible comme sa poche… J'ai séché autant de cours de caté que j'en ai passé à somnoler. Mais j'avais entendu parler des sept démons. J'ignorais qu'ils avaient rapport à Marie-Madeleine, en revanche. Et lui ne le sait peut-être pas non plus.

Elle hocha la tête.

— Bon… On essaie de se mettre dans la tête de notre tueur. Il considère qu'il est le Christ réincarné et brandit son glaive vengeur. Il tue les démons et élimine la mauvaise graine.

— Ça collerait, oui. Mais il manque juste un élément dans cette théorie.

— Mira Gallier ?

— Pas loin. Je pensais au fait qu'elle restaure un vitrail représentant Marie-Madeleine. Et si le lien entre les meurtres, ce n'était pas elle, mais le vitrail ?

Il venait d'avoir une de ces illuminations subites qui élèvent l'investigation policière du rang de fastidieuse routine à celui d'œuvre créatrice. Il arrivait que ces glorieuses inspirations tournent court et s'enlisent dans d'irrémédiables impasses. Mais elles n'en contribuaient pas moins à rendre leur travail fascinant.

Malone se frotta les mains et explora son hypothèse.

— Revenons à nos débuts : la scène initiale aux Sœurs de la Miséricorde. Pourquoi cette église-là plutôt qu'une autre ?

— Parce qu'il la connaît ? Qu'il la fréquentait ou la fréquente toujours ?

— Exactement ! Tu as raison. Cette église, c'est *son* église. Avons-nous reçu la liste complète des paroissiens, au fait ?

— Pas complète, non. Nous nous sommes focalisés sur les quelques personnes qui étaient en conflit ouvert avec le père Girod.

— Je propose qu'on aille récupérer leurs fichiers.

— La liste risque d'être longue.

— Nous procéderons par élimination.

— De quelle manière ? s'enquit Bayle, sourcils froncés.

— En recoupant avec un second critère : nous ne retiendrons que les paroissiens en lien avec Mira Gallier. Ou avec le vitrail de Marie-Madeleine.

— Excellent. Je m'en charge. Et toi ?

— Je crois que je vais explorer la piste du vitrail. Essayer de découvrir comment il a atterri dans l'atelier de Gallier.

— Bonne initiative. Je te tiens au courant, lança Bayle par-dessus l'épaule en quittant la salle de conférences.

Elle avait à peine tourné les talons lorsque le mobile de Malone sonna. *Stacy.*

— Spencer ? J'ai appelé Donna Saint-Cloud et j'ai eu les infos que tu m'as demandées. Bayle et elle ont fait équipe plusieurs années, de 2003 à 2006, jusqu'à ce que

Bayle intègre le service des homicides. D'après Donna, Bayle vivait une grande histoire d'amour avec un type. Plus qu'un amour, c'était une passion si intense qu'elle confinait au tragique. Elle ne vivait, ne respirait que par lui.

— Et ça s'est terminé comment, cette affaire ?

— Mal. Bayle est arrivée un jour, complètement décomposée. En annonçant qu'il l'avait quittée.

— Tu as le nom du gars ?

— Bayle l'a toujours gardé pour elle. Mais c'était quelqu'un d'important, apparemment. Grande famille. Grosse fortune.

Connor Scott. Le nom s'imposa avec la force de l'évidence. Comme un coup dans l'estomac.

— Donna a fouiné un peu. Elle pensait qu'en reliant les quelques éléments dont elle disposait, elle finirait par découvrir l'identité du type. Mais Katrina a soufflé là-dessus et ç'a été le bazar total. Y compris dans la tête de Bayle, d'ailleurs. D'après Donna, ses performances professionnelles ont souffert de ce drame privé. Elle était sujette à des sautes d'humeur et son travail s'en ressentait. Donna a admis s'être sentie soulagée lorsque Karin a été promue. Et elle n'a pas été surprise d'apprendre qu'elle s'était effondrée par la suite.

— Que Bayle ait été promue quand même n'a rien d'étonnant. Elle avait fait un magnifique début de carrière. Et elle s'est comportée en véritable héroïne, pendant l'ouragan.

Malone se souvenait des récits de sauvetage qui avaient circulé au NOPD, à l'époque. Le courage dont Bayle avait fait preuve frisait le défi suicidaire. Elle avait volé au secours d'autrui en ne se souciant que très peu de sa propre sécurité. Ce qui, rétrospectivement, ne s'expliquait pas uniquement par son courage. Elle était terriblement déprimée, et sa survie lui importait peu.

— Personne ne s'est rendu compte qu'elle était au bord du gouffre, commenta-t-il pensivement.

— Quoi d'étonnant, en plein Katrina ? Nous vivions dans une ambiance de fin du monde. En pleine apocalypse, on ne se soucie pas trop des états d'âme des uns et des autres.

— Et comment expliquer qu'elle n'ait pas craqué plus tôt ? s'interrogea-t-il à voix haute.

— Son psy pourrait nous le dire. Pour ma part, je vois quelques hypothèses. Tout de suite après l'ouragan, elle a été prise dans un maelström médiatique. C'était l'héroïne du jour. La tête d'affiche du NOPD. Les interviews se succédaient, on la voyait et on l'entendait partout.

— Et puis il a fallu nettoyer, reconstruire. Elle a mis le paquet, comme tout le monde. Ça a pu la distraire temporairement de son désespoir amoureux.

— Quand tout a commencé à se calmer, en revanche, elle s'est retrouvée face au vide.

Malone hocha la tête.

— Oui, tout à fait. C'est quelque chose que je peux comprendre. Son histoire d'amour ne me regarde pas. Je me sentirais concerné, en revanche, si l'amoureux en question se trouvait être Connor Scott. Car si c'est lui, Bayle n'a pas sa place dans cette enquête.

Stacy garda le silence un instant.

— Tu m'as dit que Bayle était très hostile à Gallier. Qu'elle te reprochait d'être dupe de son personnage de pauvre petite victime.

— Oui, un truc de ce style.

— Si c'est effectivement de Scott qu'elle était amoureuse…

— … elle doit haïr Gallier. Cela fait des années que Scott en pince pour Mira. Et sérieusement.

— Qu'est-ce que tu vas faire ? demanda Stacy.

— Je n'en sais rien, c'est ça le problème

— Un petit conseil, mon amour : tu es en territoire ultra-sensible. Procède avec la plus grande prudence.

57

Jeudi 18 août, 9 h 20

Malone suivit le conseil de Stacy. Il centra ses investigations sur le vitrail de Marie-Madeleine et mit ses doutes au sujet de Bayle en veilleuse, dans un coin de son cerveau. Cette technique lui permettait de laisser son subconscient faire son travail d'un côté, pendant que son moi conscient agissait de l'autre.

Un simple coup de fil aux Verreries d'Art Gallier lui apporta une première piste. Mira n'était pas encore arrivée, mais son assistante l'avait renseigné sans se faire prier. Le vitrail venait de l'église de Notre-Dame des Douleurs, à Chalmette, dans la paroisse Saint-Bernard. L'église — ainsi que ses superbes vitraux — avait été détruite par Katrina. Une religieuse du nom de sœur Sarah Elisabeth se démenait pour remettre les uns et les autres en état. C'était elle qui avait fait appel à Mira Gallier pour restaurer les vitraux.

Il avait obtenu un rendez-vous par téléphone avec la sœur et se dirigeait vers Chalmette. En route, il appela Bayle et l'informa de ses projets.

— Beau travail, Malone. J'avance aussi, de mon côté. Le père McLinn, des Sœurs de la Miséricorde, a accepté de nous fournir la liste complète des paroissiens.

— Cela prendra combien de temps ?

— Il faudra compter la journée et peut-être même un

peu plus. Recenser les paroissiens actuels est facile. Ce sont les non-actifs et les renégats qui posent problème. Ils ont perdu de nombreuses archives, durant la tempête. Ils doivent retrouver les données et reconstituer leurs fichiers.

— Pas évident, en effet. Tu leur as demandé de remonter à combien d'années en arrière ?

— Dix. J'ai pensé que ça nous donnerait un recul confortable.

— Impeccable.

Dans des moments comme celui-ci, Malone se demandait s'il n'était pas complètement à côté de la plaque en soupçonnant Bayle de dissimulation. Elle paraissait objective, carrée, et sur la même longueur d'onde que lui.

Et s'il lui posait la question, tout simplement ? Histoire de lever le doute une fois pour toutes ?

Pas maintenant, cela dit. Pas au téléphone. Il voulait voir son visage lorsqu'elle lui répondrait. Et déchiffrer son langage corporel.

— Tu retournes quand au QG ?

— Avant toi.

— O.K. On se retrouve là-bas.

Malone coupa la communication et poursuivit le trajet en silence. Il y avait une éternité qu'il n'avait pas mis les pieds dans la paroisse Saint-Bernard. Située près du lac Borgne, le quartier avait eu le triste privilège de devenir à cent pour cent inhabitable suite à l'ouragan.

Même maintenant, après six ans, il avait toujours du mal à saisir l'ampleur de la destruction. Les chiffres lui donnaient le vertige. La communauté, qui avait été en pleine expansion, ne comptait plus qu'un tiers de sa population pré-Katrina. Un signe encourageant, cependant : des maisons étaient de nouveau en cours de construction. Les lourdes cheminées des raffineries de pétrole Murphy dominaient le paysage.

Un panneau annonçait l'embranchement de Notre-Dame des Douleurs. Le nom était tragiquement adéquat, vu ce qui s'était passé. Malone se demanda s'ils avaient envisagé de le changer, mais rejeta cette pensée. Les paroissiens de Saint-Bernard s'y seraient refusés. Pour eux, c'était une question de fierté communautaire. Ce lieu de culte restait le leur, pour le meilleur et pour le pire.

L'église elle-même était moins grande qu'il ne l'avait imaginé. Les travaux n'étaient pas encore terminés, à en juger par l'intense activité qui régnait tout autour du bâtiment. Un écriteau, sur la porte, indiquait les horaires des messes.

Il se présenta au bureau d'accueil où une dame se leva en souriant à son entrée.

— Sœur Sarah Elisabeth m'a prévenue que vous viendriez. Suivez-moi, je vous en prie.

Ils empruntèrent un petit couloir qui les mena jusqu'aux cuisines. Plusieurs religieuses s'y activaient dans une bonne odeur de pain frais.

— Ma sœur, votre visiteur est arrivé.

La femme qui vint le saluer était petite, avec un visage marqué par l'âge et des yeux proéminents. Elle lui faisait irrésistiblement penser à une version féminine de Yoda, le grand maître Jedi de *La Guerre des Etoiles*.

— Merci d'avoir accepté de me recevoir, ma sœur.

— Comme si j'allais refuser, grand bêta !

Sa voix le surprit. Jeune et dynamique, elle était assortie à l'expression de son regard. Il ne put s'empêcher de rire.

— Il y a quelques années que personne ne m'a plus appelé « grand bêta ».

— Venez, je vais vous montrer l'emplacement réservé à notre belle dame.

— Votre belle dame ?

— Le vitrail de Marie-Madeleine. Venez.

Malone emboîta le pas à son guide, qui lui fit visiter l'église au passage, montrant les rénovations en cours et ce qui restait à faire. Dans sa voix, il perçut beaucoup d'amour mais, étonnamment, ni peine, ni regret, ni même lassitude.

Il lui en fit la remarque.

— Dieu a ses raisons et un projet pour toute chose. Qui suis-je pour juger de sa volonté ?

Sœur Sarah Elisabeth poussa les portes du sanctuaire et désigna les fenêtres fermées avec des planches.

— Bientôt, cette pièce sera baignée d'une lumière colorée, annonça-t-elle fièrement.

Malone remarqua l'état de sa main, petite et déformée. *Arthrite rhumatoïde*. Ce n'était pas la première fois qu'il voyait les ravages que causait cette maladie.

Elle sourit en voyant la direction de son regard.

— Nous avons tous notre croix à porter. Tout est dans la façon de l'assumer. Et ma foi m'est d'un grand secours.

— Désolé si vous avez eu l'impression que je regardais votre main avec insistance. Ma grand-mère souffrait de cette maladie. Et je sais à quel point c'est difficile.

— « Je peux toute chose en Celui qui me fortifie », cita-t-elle. Philippiens 4 :13. Et pour ce que je ne peux plus faire, il trouve un ange qui s'en charge pour moi.

Il s'éclaircit la voix.

— Et pour le vitrail de Madeleine, vous avez eu un ange ?

— Bien sûr, vous le savez déjà. Mira Gallier.

Elle se dirigea vers une rangée de bancs, fit une génuflexion, puis s'assit. Il suivit son exemple.

— Mais vous ignorez sans doute, inspecteur, comment Il nous a réunies, elle et moi. Par la voie du miracle.

Malone trouvait sa foi émouvante et l'incita à poursuivre.

— Je vois que vous ne croyez pas aux miracles, inspecteur ?

— Je suis transparent à ce point ?

— Vous vous ferez une opinion quand je vous aurai raconté.

Elle sourit et se lança dans son récit.

— Comme vous le savez déjà, Katrina nous a tout pris, par ici. Pas seulement l'église, mais aussi nos fidèles. Tout a été emporté, brisé, puis tristement souillé. Car nous n'étions pas seulement envahis par les eaux, mais engloutis sous une monstrueuse marée noire.

L'insulte portée à son comble, songea Malone. L'un des réservoirs de la raffinerie Murphy Oil s'était ouvert et avait déversé des millions de litres de pétrole. Tout avait été recouvert à des kilomètres à la ronde.

— Le temps a passé. Nos paroissiens étaient partis. Même le père Clémentine a été forcé de s'en aller. Et notre belle Madeleine n'était plus qu'éclats de verre brisés et salis. Une année a passé. Puis deux. Je priais jour après jour, inspecteur, dans l'espérance du miracle. Je croyais envers et contre tout que notre église et nos beaux vitraux se relèveraient. Un jour, alors que j'étais en prière devant l'église, une soudaine rafale de vent a projeté une page déchirée du *Times Picayune* contre mes jambes. Je me suis penchée pour la ramasser et mon ange était là.

— Mira Gallier.

— Oui.

Sœur Sarah Elisabeth fit le signe de la croix.

— L'article que j'avais sous les yeux traitait de la restauration des vitraux de La Nouvelle-Orléans. Et j'ai su que Dieu l'avait envoyée à moi.

— C'est une belle histoire.

Elle sourit sereinement.

— Pas une histoire, non. Un miracle.

Malone songea qu'il aurait aimé croire comme elle. Accepter l'idée d'un Dieu juste et bon dispensant ses miracles. Il fit part de ce sentiment à la vieille religieuse, qui posa sur la sienne sa main fragile et déformée.

— Il n'existe qu'une seule différence entre le croyant et l'incroyant.

— Et c'est ?

— Vous le savez déjà, dit-elle doucement. La foi.

Il aurait aimé lui répondre que ce n'était pas aussi simple. Qu'il était difficile de se raccrocher à l'idée d'un Dieu de bonté, alors que son métier le confrontait quotidiennement à l'atrocité du mal sous ses formes les plus ignobles.

Au lieu de quoi, il demanda :

— Ma Sœur… Une autre personne que vous a-t-elle contribué à ce que le vitrail parvienne entre les mains de Mira Gallier ?

Elle secoua la tête.

— Non. Juste moi et le Tout-Puissant.

— Quelqu'un s'est intéressé à ce vitrail récemment ?

— Non. Je suis désolée.

— Et pour le transport des pièces ?

— C'est Mira qui a pris tous les arrangements.

— Je vais vous lire une liste de noms. Si vous connaissez l'une de ces personnes ou si elle a un rapport quelconque avec le vitrail, dites-le-moi.

Sur la liste, il avait couché les proches de Mira, les victimes, ainsi que d'autres personnes liées au dossier. Il commença par Scott et enchaîna sur Deni Watts.

— Ah, elle, je la connais. C'est l'assistante qui est venue prendre les mesures. Je l'ai eue au téléphone la semaine dernière.

— A quel sujet ?

— La date d'installation des vitraux.

— Elle a été fixée ?

Sœur Sarah Elisabeth secoua la tête.

— Elle dit que Mira préfère attendre que la saison des ouragans soit passée.

Il reprit sa liste, nomma Chris Johns, Adèle Jasper, Anton Gallier.

— Je suis désolée. Je ne connais aucun d'entre eux.

— Avez-vous entendu parler d'un prédicateur des rues qu'on appelait le Prêcheur ?

Elle répondit de nouveau par la négative. Il passa à Latrobe, puis, se surprenant lui-même, mentionna Bayle.

— Vous pouvez me répéter ce dernier nom, mon garçon ?

— Bayle. Karin Bayle.

— Cela me dit vaguement quelque chose. Mais… non. Je regrette.

— Vous êtes certaine ?

— Je crois, oui.

Il lui tendit la liste ainsi que sa carte professionnelle.

— Tenez, prenez-les. Et si quelque chose vous revient à la mémoire, appelez-moi sans faute, promis ?

58

Jeudi 18 août, midi

De retour au bureau, Malone regagna son service. Le troisième étage du NOPD lui fit l'effet d'une ville fantôme. Tout le monde était occupé à l'extérieur ou parti déjeuner. Sauf Bayle, qu'il trouva à son bureau.

— Salut, mon équipière. La liste des Sœurs de la Miséricorde est arrivée ?

— Tu rêves ? Pas avant demain au plus tôt, je t'ai dit.

— Oui, c'est vrai.

Il se percha sur un coin de table.

— C'est quoi, ce document ?

Elle le fit pivoter pour le lui montrer.

— Le rapport d'autopsie de Latrobe. Tu as vu la cause du décès ? Mort naturelle. Elle a succombé à un arrêt cardiaque.

— Sans déconner ?

— Sans déconner. Hollister avait déjà évoqué cette possibilité quand nous étions sur la scène de crime. L'autopsie a révélé un terrain prédisposant. Elle n'en était pas à son premier infarctus.

— Donc, notre gars l'a littéralement fait mourir de peur.

— Ou il l'a trouvée déjà morte, et s'est contenté de lui inscrire un chiffre sur le front.

— Possible.

Il feuilleta le rapport.

— Pas de marques sur le corps, aucun signe de trauma. Pas de plaies défensives. Ongles propres.

— Autrement dit, rien à nous mettre sous la dent.

— On a les résultats des analyses, pour le rouge à lèvres ?

Bayle fit glisser un second rapport sur la table.

— Estée Lauder. *Soleil de corail*. La couleur ne se fait plus, au fait. Les techniciens ont trouvé trois autres tubes identiques à l'étage. Flambant neufs.

Malone fronça les sourcils.

— Bizarre, non ?

— Pas vraiment. Son esthéticienne a dû la prévenir que cette référence allait disparaître du marché. Alors, elle a pris tout le stock. On fait bien ça, nous, les filles.

— Ah ouais ? Tu crois que Stacy a aussi cette habitude ?

— Demande-lui. Mais je parie que oui, répondit Bayle en se renversant contre son dossier. Comment ça s'est passé, à Chalmette ?

Il chercha son regard.

— Tu connais Notre-Dame des Douleurs ? Ou sœur Sarah Elisabeth ?

Elle ne cilla même pas.

— Non. Pourquoi ?

— Oh ! juste parce que c'est un personnage amusant, cette femme. Elle vaut le déplacement.

— Tu en as retiré quelque chose d'utile pour notre enquête ?

— Rien du tout, non.

— Tu crois qu'elle pourrait être notre tueur ?

Imaginant sœur Yoda-Elisabeth revolver au poing, Malone éclata de rire. Bayle parut irritée.

— Il est permis de partager ton hilarité ?

— Désolé. Il aurait fallu que tu sois là pour comprendre. Pour trancher la gorge du Prêcheur, elle aurait été obligée de lui demander de se mettre à genoux. Avec ça, elle doit avoir dans les mille ans.

Bayle se rembrunit.

— J'ai une question à te poser : Donna Saint-Cloud m'a appelée, tout à l'heure. Il paraît que Stacy s'est renseignée à mon sujet. Sur mon histoire. Ma dépression. Tu étais au courant ?

Il ne s'était pas attendu à ça. Surtout après ce que Donna avait confié à Stacy. Mais il ne se laissa pas désarçonner.

— Tu le sais, que je suis au courant

— Putain, mais c'est quoi ce bordel, Malone ? Qu'est-ce que tu cherches, au juste ?

— Je m'interroge à ton sujet.

— Si tu avais des questions, tu pouvais me les poser directement, merde !

— C'est vrai ? Alors, je te la pose maintenant. Pourquoi as-tu pété les plombs ?

— Stress post-traumatique, suite à Katrina.

— Aucun rapport avec un homme des beaux quartiers ?

Le regard assuré de Bayle vacilla.

— Cela n'a rien à voir avec quoi que ce soit, merde ! De quel droit te mêles-tu de ma vie privée ?

— C'est mon droit de m'en inquiéter, si cette histoire peut avoir une incidence sur ta façon de conduire cette enquête.

— Elle n'en a aucune. C'est du grand délire !

— As-tu vécu une histoire d'amour avec Connor Scott ? C'est lui, l'homme qui t'a brisée ? C'est ça que j'ai perçu, la première fois que je vous ai vus ensemble ?

— Cette fois, j'en ai assez entendu !

Elle se leva pour sortir, mais il la retint par le bras.

— C'est pour cette raison que tu continues envers et contre tout à voir en Mira Gallier notre principal suspect ? Parce qu'il était amoureux d'elle alors, et qu'il l'est encore aujourd'hui ?

— Lâche-moi le bras.

— Quand tu m'auras répondu.

— C'est non ! Il n'y a jamais rien eu entre Scott et

moi. Il est juste ce que je t'ai dit depuis le début : un collaborateur de l'homme qui m'a brisée, en effet. Tu as raison sur ce point : la rupture m'a fait plonger et Katrina a achevé de me faire basculer.

— Son nom ?

— Mais ça ne te regarde pas, merde !

— Son nom ?

— James, répondit-elle en se dégageant. James Sterling. Va le voir, je suis sûre qu'il sera ravi de bavarder avec toi. Maintenant, si tu veux bien m'excuser, je sors déjeuner.

Elle passa devant lui la tête haute, puis se retourna.

— C'est sympa de m'avoir fait confiance, Malone. J'apprécie, vraiment. Dès que nous aurons bouclé ce dossier, je demanderai à changer d'équipier.

59

Jeudi 18 août, 14 h 5

Malone était prêt à reconnaître ses torts : il avait foiré sur toute la ligne, avec Bayle. Il n'aurait jamais dû manœuvrer dans son dos comme il l'avait fait. De telles pratiques allaient à l'encontre de tout ce que représentait l'idée d'équipe, où franchise et confiance étaient de règle. Tout comme la certitude indéfectible que, même si le monde entier se retournait contre vous, votre équipier, lui, prendrait toujours votre parti.

Bayle l'avait plutôt bien pris, à la réflexion. Si les rôles avaient été inversés, il aurait été nettement plus féroce. Aurait-il attendu la fin de l'enquête avant de mettre fin à leur partenariat ? Sûrement pas, non. Il aurait exigé qu'on retire le dossier à son collaborateur indélicat. Et qu'on lui assigne un nouvel équipier sur-le-champ.

Il est temps de te fendre d'un mea culpa, mon vieux Malone. Le moins que tu puisses faire, c'est de lui présenter tes excuses.

Comme elle n'était pas encore rentrée après son déjeuner, il l'appela sur son mobile. Et ne fut pas vraiment surpris lorsqu'il tomba sur le répondeur.

— O.K. Je suis un parfait abruti. Je reconnais que j'ai eu tort ; je suis désolé. Rappelle-moi.

Contre toute attente, son téléphone fixe sonna presque aussitôt après sur son bureau.

— Oui ?

— Inspecteur Spencer Malone ?

C'était une voix féminine.

— C'est moi, oui.

— Mon nom est Adèle Jasper. Je suis la psychothérapeute de Mira Gallier. Je me demandais si nous pourrions nous rencontrer ?

Il attrapa son calepin et son stylo.

— Ce serait par rapport à… ?

— Je pense que vous le savez, inspecteur.

— Cela m'aiderait si vous pouviez me donner quelques précisions.

— Ecoutez, oubliez que je vous ai appelé. Ce n'était sans doute pas une bonne idée.

Malone se hâta d'essayer de récupérer le coup.

— Quand ? Je peux vous retrouver tout de suite, si vous voulez.

— Non, j'ai une séance à 14 h 30. Avec un nouveau patient. A 15 h 45, ça vous irait ?

Il acquiesça aussitôt, et elle lui donna son adresse.

60

Jeudi 18 août, 15 h 35

Malone se gara devant une coquette propriété du centre-ville, juste à l'écart de la célèbre avenue Saint-Charles, sur Soniat Street. Agréablement ombragée par de grands arbres centenaires, la maison était solide, pleine de charme, sans entrer pour autant dans la catégorie des habitations outrancièrement luxueuses. Le Dr Jasper avait installé son cabinet dans l'ancienne remise à calèches, juste derrière sa résidence principale.

Percy l'attendait sur place. Mais pas de Bayle, en revanche. Malone marmonna un juron. Il l'avait recontactée pour laisser l'heure et l'adresse sur sa boîte vocale. Et même si elle ne lui avait pas retourné son appel, il s'attendait à la trouver au rendez-vous. Bayle lui en voulait à mort, mais elle lui avait clairement indiqué qu'elle ne renonçait pas à l'enquête.

Il regarda sa montre et vit qu'il avait quelques minutes d'avance. Elle était peut-être encore en route.

— Et ton équipière ? demanda Percy.

— A priori, elle devrait arriver. Enfin… j'espère.

Son frère haussa les sourcils.

— Pourquoi ? Il y a un problème ?

— Ça a frité entre nous. Je n'étais pas sûr de son intégrité et j'ai posé des questions dans son dos. Elle est furax.

Percy le connaissait suffisamment pour éviter de faire des commentaires.

— Mmm… On y va ou on l'attend ?

Malone regarda de nouveau sa montre et secoua la tête.

— Elle est débrouillarde. Elle nous rattrapera.

Ils suivirent l'allée qui menait au cabinet et déclenchèrent une discrète sonnerie en pénétrant dans la salle d'attente. Meublée avec élégance mais dans un évident souci de confort, la pièce, décorée dans une palette de teintes apaisantes, baignait dans une atmosphère feutrée. Il y avait là quelques fauteuils, une table basse avec un assortiment de magazines de luxe, un petit secrétaire avec une chaise et un téléphone. Un écriteau était accroché à la porte. « En séance. Ne pas déranger. »

— Pas de secrétaire. La porte ouverte. C'est risqué, vu la criminalité du secteur, commenta Percy.

Malone regarda autour de lui et désigna la caméra braquée sur la porte.

— Pas si risqué que ça. Je parie qu'il y en a une aussi à l'entrée.

Il se pencha sur les magazines de prestige. Quelques revues d'art, un exemplaire de *Vogue*, du déco-design de grand luxe. Pas l'ombre d'un *Chasse et Pêche* ou d'un *Sports Illustrés*. Cela donnait une idée assez précise du type de clientèle de la psychiatre. Il regarda sa montre et fronça les sourcils.

— Elle a dit qu'elle avait un rendez-vous à 14 h 30. Et il est déjà 16 h 50.

— Et alors ?

— Une séance, ça dure une heure, normalement, non ?

— Dans les séries télé, oui. Son client était peut-être en retard ?

L'attention de Malone se dirigea sur la porte fermée, puis sur la caméra.

— Ça ne me plaît pas trop, cette histoire. Elle sait

que nous sommes là. Même en admettant que sa séance ait débordé, elle serait…

— … sortie pour nous le dire.

Tirant leur arme, ils se dirigèrent vers la porte. Malone frappa.

— Docteur Jasper ? C'est l'inspecteur Malone.

Elle ne répondit pas. Il actionna la poignée pendant que Percy le couvrait. Le battant céda sans difficulté. Le cabinet était lumineux, avec de grandes baies lumineuses donnant sur les arbres, des sols de bois de cyprès et de hauts plafonds.

Un environnement qui avait dû être plaisant pour travailler.

Avait dû. Au plus-que-parfait. Ce passé révolu valait également pour Adèle Jasper.

61

Jeudi 18 août, 16 h 10

Jasper s'était défendue bec et ongles. Malone balaya la scène du regard. Des meubles renversés, des babioles brisées, une grande trace de sang sur un mur, un poster encadré de la course du Crescent City Classic dont le verre avait éclaté. Jasper était allongée devant son bureau, les mains serrées comme des griffes, le visage ensanglanté.

Sur son front, figurait un simple « 5 », tracé en noir d'une main hardie.

La nouvelle d'un cinquième meurtre avait fait accourir les gradés, et le véhicule du coroner avait surgi en un temps record. Ray Hollister et son photographe avaient déjà investi la scène. La seule à manquer à l'appel était Bayle.

Mais qu'est-ce qu'elle fabriquait, bon sang ?

Le capitaine O'Shay lui posa la même question quelques instants plus tard. Et sa réponse ne parut pas être à son goût.

— Comment ça, inspecteur Malone ? Dois-je comprendre que votre équipière a disparu ?

— Ça y ressemble, oui.

— Pourriez-vous être plus précis, inspecteur ? Je ne suis pas d'humeur à plaisanter.

— Elle ne répond pas sur son mobile. J'ai essayé trois fois.

— Quand l'avez-vous vue pour la dernière fois ?

— Vers midi. Nous avons eu un différend.

— Expliquez-moi.

— J'ai mis son intégrité en doute dans cette enquête. Elle n'a pas apprécié.

— Je suppose qu'il s'agit de la version abrégée de l'histoire. Et le dernier message que vous lui avez adressé ?

— C'était juste après la découverte de Jasper.

— Là, je ne vous comprends vraiment plus, Malone ! Vous êtes sans nouvelles de votre équipière depuis plusieurs heures, et c'est maintenant que vous m'en avisez ?

— Je pensais qu'elle faisait juste un peu la tête.

Le capitaine O'Shay était furieuse. Il l'avait rarement vue aussi remontée.

— J'attends la version non abrégée de l'histoire, inspecteur. Et dans l'intervalle, faites votre boulot. Et sans traîner.

— Je préfère que ce soit toi que moi, marmonna Percy.

— Ah ouais ? Sans rire ?

Les photographes avaient fini leur travail, et Hollister examinait le corps. Il avait l'air de mauvais poil, lui aussi.

— Salut, les Malone un et deux, dit-il sans relever la tête. La poisse vous colle à la peau, on dirait.

— C'est tout ce que tu trouves d'encourageant à nous dire ?

— Je croyais qu'aucun tueur ne vous résistait, à vous, les Malone… Bon, enfin, on a quand même touché le jackpot, les gars, ajouta Hollister en examinant une main de la victime. Elle s'est bien défendue et elle a réussi à placer quelques coups. Il y a du sang et des tissus sous ses ongles.

— Cela nous aidera à éliminer des suspects, fit remarquer Spencer. Elle est morte comment ?

— Je ne sais pas encore.

A l'aide d'un scalpel, Hollister explora les lacérations sur sa joue droite.

— Des fragments de verre sont logés sous la peau.

Le regard de Malone se posa d'abord sur le poster, puis sur Percy.

— Tu crois que le meurtrier lui a fracassé le visage contre le verre ? Ou qu'elle est tombée et qu'elle a rencontré le tableau dans sa chute ?

— Dans les deux cas, ça a pu suffire, maugréa Hollister.

Percy fronça les sourcils.

— A la tuer ?

— A la mettre K.O. suffisamment longtemps pour que son agresseur lui place les mains autour du cou... Regardez, les ecchymoses. L'os hyoïde est brisé. Et on voit des pétéchies au visage et sur la conjonctive des yeux.

Malone secoua la tête.

— Signe de mort par asphyxie ? Donc, il a fait dans l'étranglement, cette fois ? Histoire de varier un peu ?

— Elle est morte depuis combien de temps ? demanda Percy.

— Pas longtemps. C'est du tout frais. Deux heures maxi.

Malone regarda sa montre.

— Je l'ai eue au téléphone à 14 heures. Et quand nous sommes arrivés, à 15 h 40, l'acte était commis et le tueur avait filé.

Il tourna la tête vers Percy.

— Elle a dit qu'elle avait un nouveau patient. A 14 h 30.

— Il serait intéressant de savoir s'il est venu ou non.

— Et si le patient était l'assassin ?

— Voyons les enregistrements de vidéosurveillance, proposa Percy.

— Inutile d'y compter, intervint un technicien de scène de crime. Les caméras sont reliées à un simple écran de contrôle. Sans enregistrement.

Malone hocha la tête.

— Consultons son agenda, alors. J'imagine que pour un premier rendez-vous, il y a aussi pas mal de papiers à remplir.

Ils laissèrent Hollister et trouvèrent le bureau de Jasper,

à l'arrière du bâtiment. La porte fermait à clé mais elle était restée ouverte. Le carnet de rendez-vous de la psychiatre était ouvert sur la table. La page correspondant au 18 août avait été arrachée.

— Parfait.

Malone feuilleta l'agenda.

— Regarde ça. Les mardis et les jeudis, elle ne prend jamais de rendez-vous après 14 h 30.

Il désigna la page correspondant au jeudi de la semaine précédente. Puis remonta à quinze jours.

— Elle suit un cours de Pilates à 17 heures, dans un club de sport.

Percy plissa les yeux.

— Si c'est notre tueur, il sait que la séance dure une heure. Et que Jasper est seule dans son cabinet.

— Donc, qu'il peut l'avoir pour lui une heure entière. Plus de temps qu'il n'en faut pour la tuer et se tirer de là.

— Mais elle le voit venir. Et du coup, nous avons une vraie scène de crime. Bourrée d'indices.

Malone fronça les sourcils.

— Je me demande s'il a conscience que la donne a changé ? Auquel cas, il risque de vouloir mettre les bouchées doubles.

— Et prendre des risques qu'il n'aurait pas pris avant, acquiesça Percy. Il ne pensera plus qu'à achever sa « mission » avant d'être pris.

Ils se regardèrent, traversés par une même pensée. *Il chassa sept démons.* Déjà cinq. Il en restait deux.

— Nom de Dieu, marmonna Percy. Il faut qu'on chope ce salopard au plus vite.

Le téléphone sonna sur le bureau de Jasper. Malone regarda l'appareil et sourit.

— Qu'on chope ce salopard, tu dis ? Je crois que nous venons de nous rapprocher d'un pas.

Griffonné sur le carnet, près du téléphone, figurait en grosses lettres le nom de Connor Scott.

62

Jeudi 18 août, 17 h 20

Il se tenait nu devant le miroir de la salle de bains, sa silhouette déformée par la couche de buée. Mais lorsqu'il essuya la glace, l'image resta distordue. Qui était cet homme ? se demanda-t-il. Celui qui avait du sang sur les mains ?

Le sang des agneaux.

Ce n'était pas ainsi que sa tâche était censée se dérouler. Pas ainsi qu'il était censé être.

Il recula pour échapper à ce qu'il voyait de son reflet. Se heurtant au mur, il tomba assis sur le carrelage détrempé et replia les genoux contre sa poitrine. Son cœur battait à se rompre, et il avait mal à la tête. Les choses avaient mal tourné, tout à l'heure. Très mal tourné.

Il baissa les yeux sur ses bras, sur les profondes entailles où le sang recommençait à perler. La femme l'avait combattu, avait planté ses ongles dans sa chair. En se débattant, elle avait pleuré et supplié. Et invoqué le nom sacré de son Père.

Il ne comprenait pas. Les autres avaient été si simples à éliminer.

Un violent frisson le parcourut. Il ferma les yeux, plissant les paupières de toutes ses forces pour repousser le souvenir.

Un autre se présenta à sa place. Un souvenir violent,

aussi. Il avait huit ans. Sa mère et sa grand-mère, debout en haut de l'escalier, se disputaient en hurlant. Et chacune le tirait par un bras.

— Tu es complètement délirante ! hurlait sa mère. Et tu l'entraînes dans ta folie avec toi ! C'est mon fils, et tu es en train de le rendre cinglé !

Leurs valises les attendaient à côté de la porte. Sa grand-mère lui lâcha le bras. Sur un signe de sa mère, il courut l'attendre près de leurs bagages.

— Ce n'était pas une conception immaculée, maman ! J'ai fait l'amour avec cet homme, mais il ne m'aimait pas et il m'a quittée. Mon petit garçon est un enfant ordinaire, conçu comme n'importe quel autre enfant. Je sais que tu ne veux pas l'entendre, mais il faudra que tu te décides à regarder la réalité en face !

Le rugissement de rage de sa grand-mère lui emplit le crâne. Il vit sa mère basculer en avant et dégringoler l'escalier, tête la première. Elle atterrit en bas, sur le carrelage, et son cou craqua avec un bruit atroce.

Tu vas le rendre aussi délirant que toi… Entraîné dans ta folie… cinglé… cinglé… cinglé !

— Je ne peux plus le supporter ! hurla-t-il, les mains pressées sur les oreilles. Père où es-tu ? Fais que cela s'arrête, je t'en supplie, fais que ça s'arrête…

Mais cela ne s'arrêta pas. Et le souvenir continua de se dérouler. Sa grand-mère lui intimant l'ordre de l'aider à tirer le corps dans le jardin. Puis le trou qu'il avait fallu creuser.

Pousse, avait-elle ordonné*, hors d'haleine. Plus fort.*

Le corps de sa mère atterrissant dans la fosse avec un bruit sourd.

— Stop ! hurla-t-il, terrassé.

Enfin son Père répondit.

Ta grand-mère n'a fait que son devoir. Ta mère était impie. Elle niait ta nature divine.

— Mais c'était ma maman ! Je l'aimais !

Elle t'aurait emmené, sinon. Tu aurais été élevé dans l'ignorance de ta vraie nature…

C'était vrai. Pour ne pas le perdre, sa grand-mère avait dû arrêter sa mère par le seul moyen à sa disposition. Il leva les yeux vers le plafond.

— Où étais-tu, aujourd'hui, quand elle s'est dressée contre moi ? Les autres sont partis vite, mais ce démon-ci…

Oublies-tu la force du Malin ? Il rusera, biaisera et se battra jusqu'à son dernier souffle. Ne te leurre pas, mon Fils. Notre ennemi est puissant.

— Mais c'est ton nom qu'elle a invoqué pour sa protection ! Comme si la force du Mal, c'était moi !

Le Serpent, le Menteur a plus d'un tour dans son sac. Achève ta mission. Expulse les derniers démons. Une fois que Marie sera purifiée et à ton côté, tu connaîtras la paix.

La paix, oui. Il y aspirait de toute son âme. Et le but était si proche… Encore deux démons, c'était tout ce qu'il lui restait à affronter.

63

Jeudi 18 août, 17 h 55

Mira ouvrit les yeux. Il lui fallut un moment pour se situer. Elle s'était endormie dans son petit salon, sur le canapé. La tête cotonneuse et les membres ankylosés, elle se dressa péniblement sur son séant.

Quelle heure était-il ? Secouant la tête, elle chercha à dégager son cerveau embrumé. Elle avait l'impression de se réveiller d'un sommeil comateux après un excès de boissons et de cachets. Mais elle n'avait pas cherché refuge dans l'alcool ou la drogue. Pas même bu un verre de vin.

Connor, se remémora-t-elle. Ses révélations au sujet de Jeff.

Elle les avait affrontées en état de complète sobriété.

C'était une victoire immense. Mais elle ne se sentait pas d'humeur à la célébrer.

Car Jeff lui avait été infidèle.

Après le départ de Connor, elle était venue s'asseoir là, et avait passé en revue ses années de mariage à la lumière de ce qu'elle venait d'apprendre : que son grand, son parfait amour n'avait été qu'un faux-semblant.

Elle n'en avait strictement rien su. Elle n'avait pas simplement « choisi » de ne rien voir. Ni détourné les yeux par lâcheté, ni pour se raccrocher à une illusion.

Par moments, bien sûr, elle s'était demandé où Jeff était passé. Pourquoi il rentrait si tard à la maison. Mais il n'y avait pas eu d'autres indices. Et elle n'avait jamais envisagé sérieusement qu'il puisse être avec une autre femme. Jamais été inquiète au point de lui poser la question.

Et pourtant, il l'avait trompée. Pas une fois. Plusieurs.

A condition qu'elle puisse ajouter foi à ce que disait Connor ?

Oui, elle le croyait. Sans hésiter. Ce qui n'aurait pas été le cas une semaine plus tôt. S'il lui avait dit d'entrée de jeu la vérité au sujet de Jeff, elle l'aurait combattu, repoussé.

Mais plus maintenant. Elle se sentait tellement idiote ! Pour avoir été aussi ingénue, aussi fleur bleue. Pour son aveuglement, à l'époque, et pour les six années passées à pleurer son « parfait amour » perdu.

Qui d'autre encore avait été au courant ? Sa famille ? Probablement. Quoi d'étonnant si les Gallier n'avaient aucun respect pour elle ? Elle comprenait mieux, à présent, pourquoi ils s'étaient mis en tête qu'elle avait tué leur fils. Mira imaginait sans peine les scénarios que les parents de Jeff avaient dû élaborer. « Elle découvre ses frasques — ou il confesse et demande le divorce. Dans un accès de rage, elle tourne son fusil sur lui et tire. »

Et si l'une de ces femmes était devenue plus pour lui qu'une simple passade ? Et si Jeff avait eu l'intention de la quitter ?

Mira ferma les yeux tandis que douleur et colère ricochaient en elle, en salves conflictuelles. Elle avait tout donné à Jeff, s'était investie corps, cœur et âme dans leur couple. Et lui ? Il lui avait concédé un petit bout de sa vie. Une petite portion à grignoter alors qu'il partageait le reste avec d'autres.

Et maintenant ? Qu'allait-elle faire, concrètement, de sa découverte ? Mira se mordit la lèvre. Il était trop tard pour le confondre, trop tard pour lui jeter la vérité à la figure. Elle ne pouvait ni crier, ni l'insulter, ni le marteler de ses poings. Et encore moins exiger que ce salaud lui accorde le divorce.

Il ne lui restait plus qu'une seule possibilité, en fait : passer à autre chose. Ce qu'elle aurait dû faire des années plus tôt. *Connor.* S'il lui pardonnait d'avoir douté de lui et lui accordait une seconde chance. S'il *leur* accordait une seconde chance.

Elle entendit sonner son mobile dans la cuisine. Dégringolant du canapé, elle courut répondre en espérant que ce serait Connor. Espoir non exaucé, constata-t-elle en attrapant le téléphone.

— C'est toi, Deni ?

— Je voulais juste prendre de tes nouvelles et m'assurer qu'il ne t'était rien arrivé.

— Je suis sur pied et je respire encore. Quelle heure est-il ?

— 6 heures passées.

— Oh ! mon Dieu ! Du *soir* ?

Tournant la tête par-dessus l'épaule, Mira regarda la pendule.

— J'ai dormi toute la journée ? Je n'arrive pas à y croire… Je suis désolée que tu te sois inquiétée.

— Ce n'est pas grave. Si tu vas bien, c'est l'essentiel.

— Il s'est passé quelque chose de particulier, aujourd'hui ?

— Chris m'a dit que tu étais à l'atelier, hier soir. Et que tu lui as bandé le bras.

— Comment va-t-il, au fait ? Il était bien amoché, le pauvre.

— Tu sais comment sont les mecs. Ils n'aiment pas trop qu'on touche à leurs bobos. Il a repris la scie et le marteau comme si de rien n'était. Et ça a fini par ressaigner.

— Il est rentré chez lui ?

— Je l'ai envoyé aux urgences pour faire poser des points de suture. Mais je ne pense pas qu'il y soit allé.

Mira changea de sujet.

— Adèle Jasper s'est manifestée, aujourd'hui ?

— Non. Mais Lance Arnold a rappelé.

Mira prit note mentalement de passer un coup de fil à son avocat.

— Merci, Deni, à demain matin, alors. Cette fois, je serai à pied d'œuvre aux premières heures, je te le promets.

— Attends, Mira. Je voudrais te dire quelque chose.

Deni s'éclaircit la voix.

— Quand tu es venue chez moi, la nuit dernière, je t'ai menti. Je n'étais pas seule, en fait.

Mira s'en était aperçue, même si elle avait tenté de se convaincre du contraire. Ne sachant quoi dire, elle garda le silence.

— S'il te plaît, ne sois pas fâchée, plaida son assistante. J'ai menti parce que… parce que ce n'était pas Chris. J'étais hyper gênée. Je n'ai pas su affronter la situation.

Ce n'était pas Chris ? Mira fronça les sourcils.

— Hier soir, il m'a dit que tout allait bien entre vous.

Le silence de Deni en disait long.

Mira songea à Jeff, au mal que lui avaient fait les révélations de Connor.

— Ce n'est pas très chouette, ce que tu fais à Chris. Tu vaux mieux que cela, Deni.

Des accents larmoyants passèrent dans la voix de son assistante.

— Je sais. Et je l'aime beaucoup, Chris. C'est un type super et je peux me projeter dans l'avenir avec lui. Mais…

— Mais quoi ?

— Il est un peu bizarre.

— De quel point de vue ?

— Déjà, il porte son anneau de pureté.

— Il m'en a parlé, oui.

— Et puis, il ne veut jamais sortir, s'amuser. J'aime bien faire la fête, moi. C'est comme ça que j'ai rencontré Bill. Chris était trop fatigué pour venir, alors je suis allée boire un coup, j'ai rencontré Bill… et ça s'est fait un peu tout seul.

Mira se demanda si les incartades de Jeff avaient débuté de la même façon. Une part de hasard, une part d'ennui ? Une insatisfaction par rapport à leur vie de couple ? Ou une forme de faiblesse en lui ?

— Chris est un garçon adorable, Deni. Mais si ça ne colle pas entre vous, cela ne sert à rien d'insister. Il faut que tu sois franche avec lui.

— Il dit qu'il te connaît.

— *Qui* me connaît ?

— Bill. Via Jeff. Ils étaient amis.

Les bras de Mira se couvrirent lentement de chair de poule.

— C'est qui, cet homme, au juste ? Tu le sors d'où ?

— Il est barman. Je l'ai rencontré au Daiquiri&Creams.

Jeff lui avait-il parlé d'un ami travaillant dans un bar ? Elle n'en avait pas le souvenir. Mais cela ne voulait pas dire que le dénommé Bill mentait pour autant. Jeff avait eu quantité d'amis. Et une vie parallèle dont elle ignorait tout.

— Tu lui as parlé de moi, à ce Bill ?

— Un peu… Avec tout ce qui se passe en ce moment, comment faire autrement ? demanda Deni, sur la défensive.

— Et la nuit dernière, quand je suis arrivée, tu lui as tout dit ? Au sujet de Jeff ? Que je pensais qu'il était vivant ?

— Tu ne m'avais pas demandé de garder le secret.

— Evidemment ! Tu m'avais assuré que tu étais seule !

— Il était là ! Je n'y peux rien. Il fallait bien que j'explique la situation !

Un inconnu qui affirmait les connaître, Jeff et elle. Un inconnu qui s'immisçait secrètement dans sa vie par le biais de son assistante. Un homme qui savait tout à son sujet — où elle était, ce qu'elle faisait, ce qu'elle ressentait.

Et si c'était lui ?

— Tu l'as rencontré quand, cet individu, Deni ?

— Je ne sais pas. Il y a une semaine ou deux.

— C'est important, Deni. *Quand* ?

Il y eut un temps de silence sur la ligne.

— Le jour où le Prêcheur t'a agressée.

Oh ! mon Dieu ! C'était lui, l'assassin. Forcément lui.

— Son nom de famille ?

— Qu'est-ce que son nom change à l'affaire ?

— Deni ! Son nom !

Son amie hésita.

— Bill Smith.

— Bill Smith ! Mais enfin, Deni, ce n'est pas possible !

— Comment ça, ce n'est pas possible ?

— Ce n'est pas un nom, c'est un stéréotype ! Tu es sûre qu'il s'appelle vraiment comme ça ?

— C'est le nom qu'il m'a donné, et je ne vois pas pourquoi il m'aurait menti. Mira, pourquoi est-ce que tu piques une crise, tout à coup ?

— Parce que quatre personnes sont mortes, merde ! Tu savais qu'il y avait eu une quatrième victime ?

Le silence terrassé de Deni était une réponse en soi.

— Louise Latrobe. Ma vieille voisine. C'est moi qui l'ai trouvée. Ça a été horrible. Le tueur avait tracé le chiffre 4 sur son front.

— C'est affreux, mais Bill n'est pas un tueur, je te le jure. C'est un mec adorable. S'il te plaît, fais-moi confiance, implora Deni, manifestement en larmes. Il m'a dit qu'il t'aimait bien. Qu'il t'avait rencontrée et…

— La nuit dernière, tu avais peur pour moi. Tu te souviens ? Et maintenant, tu fais aveuglément confiance à Dieu sait quel type sorti de… d'un bar quelconque ! Tu ne le connais ni d'Eve ni d'Adam !

— Mais si, je le connais ! C'est ce que je me tue à t'expliquer mais tu ne m'écoutes pas !

— Tu ne veux vraiment pas comprendre, Deni ? Et s'il a le projet d'inscrire un chiffre sur *mon* front ?

— Mon Dieu, quelle horreur ! Qu'est-ce qui te fait penser une chose pareille ?

— Parce que le seul point commun entre toutes les victimes, c'est *moi* !

— Bill ne jure pas et il est très poli, très respectueux. Il est croyant, même, c'est te dire ! Mercredi dernier, il n'a pas voulu venir parce qu'il avait promis d'emmener sa grand-mère à la messe.

Il reviendra en gloire pour juger les vivants et les morts. La peur la saisit au ventre.

— Tu es où, en ce moment, Deni ?

— A la maison, pourquoi ?

— Promets-moi de ne pas bouger de chez toi. N'ouvre ta porte sous aucun prétexte et ne réponds pas au téléphone.

— Bill doit m'appeler. On sort ensemble ce soir.

— Non ! S'il te plaît, Deni, ne prends pas le risque. C'est peut-être une question de vie ou de mort.

— Ecoute, je suis désolée de te dire ça, mais franchement, tu débloques, là, Mira. Tu es sûre que tu n'as rien avalé ?

Mira l'implora presque.

— Deni, je t'en supplie. Ne le laisse pas entrer chez toi avant que je te rappelle. Promets-le-moi.

— Non. Je regrette de t'avoir menti et je suis désolée pour tous ces morts. Mais ça n'a rien à voir avec Bill et moi. Essaie de décompresser, O.K. ? Il faut que je te laisse.

— Deni, ne…

Son assistante coupa la communication. Mira rappela mais Deni ne répondit pas. Sans prendre le temps de laisser un message, elle composa le numéro de Malone. Il répondit à la première sonnerie. Le son rassurant de sa voix lui arracha un sanglot.

— Dieu merci, vous êtes là… Je crois savoir qui est l'assassin.

— Doucement, madame Gallier. Essayez d'articuler.

— Le tueur. Je pense que c'est un type avec qui mon

assistante couche en secret. Il lui a dit qu'il me connaissait, qu'il connaissait Jeff. Elle lui a tout raconté… Je me fais un sang d'encre pour elle.

— Racontez-moi tout, dit-il simplement. N'omettez aucun détail.

— Deni m'a appelée, expliqua-t-elle aussi calmement que possible. Et elle a admis que la nuit dernière, lorsque j'ai débarqué chez elle à minuit, il y avait un homme. Un type qui se fait appeler Bill Smith.

— Bill Smith, répéta-t-il. Vous le connaissez ?

— Non. Alors qu'il prétend me connaître, moi. Et qu'il affirme avoir été un ami de Jeff ! Et…

Elle fit un effort pour modérer l'agitation de sa voix.

— Comme par hasard, il a surgi dans sa vie le jour où le Prêcheur m'a arraché ma croix. Et elle lui raconte tout.

— Calmez-vous, tout va bien se passer. L'a-t-il menacée ?

— Non. Elle pense que je panique pour rien et que je ne sais plus ce que je dis. Mais je n'arrive pas à croire qu'il puisse s'agir d'une coïncidence. Si c'est lui le meurtrier, et qu'il apprend que j'ai des soupçons, il va tuer Deni, n'est-ce pas ?

— Pas d'anticipations hâtives, O.K. ? Bill Smith, vous dites ? Que savez-vous d'autre à son sujet ?

— Il semblerait qu'il soit barman.

— Où ?

— Deni a dit qu'ils s'étaient connus au *Daiquiri*. Mais il y en a plusieurs et j'ignore s'il travaillait ce soir-là.

— Je vérifierai. Où êtes-vous ?

— Chez moi.

— Vous avez votre chien avec vous ?

— Oui, bien sûr, pourquoi n'aurais-je pas… ? Euh, si vous essayez de me rassurer, inspecteur, ça ne marche pas…

— Ecoutez-moi bien, madame Gallier : j'aimerais que vous restiez tranquille chez vous. Je vous envoie une voiture de patrouille. Pour vous tenir compagnie.

— Une voiture de patrouille ?

Mira passa par un moment de confusion. Puis la vérité se fit jour et un grand froid la saisit.

— Il s'est passé quelque chose… Quoi ?

— Il y a eu un nouveau meurtre.

— Qui ? réussit-elle à demander d'une voix étranglée.

— Le Dr Jasper. Je suis désolé, Mira.

64

Jeudi 18 août, 19 h 10

Sa thérapeute. Morte. Mira peinait à assimiler la nouvelle. Adèle Jasper était tombée à son tour sous les coups de ce fou, même si elle ignorait comment il l'avait assassinée. Elle se demanda, en frissonnant, si le tueur avait inscrit le chiffre 5 sur son front.

Elle avait soupçonné le Dr Jasper de duplicité, l'avait même accusée de la terroriser. Et voilà que maintenant, la pauvre femme était morte. Une boule cruelle de regrets vint se loger au creux de sa poitrine. Regrets nourris d'une énorme dose de culpabilité. La voix dévorante du remords lui hurlait que si Louise Latrobe et Adèle Jasper ne l'avaient pas connue, ces deux femmes seraient encore en vie. C'était cette même voix accusatrice qui l'avait harcelée après la mort de Jeff.

Ne ferait-elle pas mieux d'appeler toutes ses relations encore en vie, de les avertir qu'elles étaient en danger ? Connor et Chris ? Ses voisins restants ? Sam, du Bar du Coin ?

Ou fallait-il d'abord sauver Deni ?

Une vision de Louise Latrobe lui martelait l'esprit : le masque grotesque de la mort, le chiffre inscrit en orange criard sur son front, tel un point d'exclamation obscène. Elle ferma les yeux, paupières serrées, pour se défendre de cette image obsédante. *Oh ! mon Dieu, non…* Elle n'avait pas le droit d'abandonner Deni entre les mains de ce psychopathe.

Tant pis si l'inspecteur Malone lui avait ordonné de ne pas bouger de chez elle. Elle avait pris la bonne décision en venant ici. Si ce Bill Smith était un tueur et que Deni lui confiait qu'elle avait des soupçons, il l'éliminerait à coup sûr pour se protéger.

Deni risquait sa vie par sa faute.

Mira embrassa la maison mitoyenne du regard et poussa un soupir de soulagement en voyant la Volkswagen rouge de son assistante garée dans l'allée. Sans laisser à la peur le temps d'exercer son action paralysante, elle descendit de voiture et se hâta vers la porte d'entrée, réfléchissant à ce qu'elle allait dire. Elle supplierait Deni de différer sa prochaine sortie avec Bill Smith, d'attendre au moins que la police l'ait interrogé.

Parvenue sur le perron, Mira s'immobilisa net : la maison de Deni était ouverte. La porte bâillait de quelques centimètres. Juste assez pour lui donner la chair de poule.

Terrifiée, Mira s'enjoignit de regagner sa voiture et de rappeler Malone. Ou le 911. Puis d'attendre l'arrivée des secours. Mais si les secours, c'était elle ? Si Deni avait besoin d'elle maintenant et pas dans dix minutes ?

Le cœur battant à se rompre, elle brava l'instinct impérieux qui lui commandait de fuir, et poussa le battant pour glisser la tête dans l'entrebâillement.

— Deni ? C'est moi, Mira.

Pas de réponse.

Elle se revit la veille, dans la même attitude, devant chez Mme Latrobe, s'entendit appeler le nom de sa voisine de ce même ton, faussement optimiste. Elle se sentait au bord de la nausée. Une interminable litanie de « Mon Dieu, non, s'il vous plaît, pas Deni… » se déroulait dans sa tête. Elle pressa la main sur son estomac. Trouverait-elle son amie dans le même état que Louise ? Non, ce serait au-dessus de ses forces.

Attends la police, Mira. Ne t'inflige pas l'impossible.

Personne, après tout, n'attendait d'elle qu'elle se comporte en héroïne. Et pourtant, sa peur pour Deni fut la plus forte, et elle pénétra avec précaution dans l'appartement.

— Deni ? chuchota-t-elle. Tout va bien ?

Un silence absolu lui répondit. Elle parcourut des yeux la pièce à vivre : tout semblait y être à sa place. Dans la mesure, du moins, où les choses pouvaient être à leur place avec quelqu'un comme Deni. Des journaux, des magazines et des croquis encombraient toutes les surfaces disponibles. Sur le sol gisait un assortiment de canettes et de bouteilles d'eau vides, des coussins, des chaussures éparpillées. Au moins une douzaine de paires. Dans un coin, posé sur un chevalet, un très beau dessin au fusain représentait un ange ; des pastels, des crayons, des pinceaux couvraient la table la plus proche.

Simple désordre créatif, a priori. Au travail, Deni semait le même chaos.

Mira prit une grande inspiration. L'absence de meubles renversés et de signes de lutte la rassurait, mais pas complètement. Elle n'en avait pas vu non plus chez Mme Latrobe, le jour précédent. La bouche sèche, la gorge nouée par la peur, elle s'avança sur la pointe des pieds jusque dans la cuisine, et jeta un coup d'œil à l'intérieur.

Elle soupira de soulagement. *Dieu merci, pas de cadavre.*

— Hep ! Vous êtes qui, vous ?

Mira se retourna en sursaut. L'armoire à glace qui venait d'entrer dans la maison avait l'intention de la mettre en pièces, à en juger par son attitude féroce. Elle recula d'un pas, laissant échapper un cri strident qui se réverbéra sur les murs de la minuscule cuisine. L'armoire à glace pâlit. Il leva les mains en signe de reddition.

— Stop ! Je ne voulais pas vous faire peur. Ne recommencez pas, d'accord ?

Mira balaya les lieux d'un regard affolé, à la recherche

d'une arme potentielle. Mais la bouilloire sur la cuisinière, même remplie d'eau, ne lui serait que d'un piètre secours.

— Qui êtes-vous ? demanda-t-elle faiblement. Bill ?

— Je m'appelle Randy. Je suis le voisin de Deni.

Le voisin gonflé aux stéroïdes. Si elle n'avait pas été aussi terrifiée, elle l'aurait reconnu.

— Hé, mais nous nous sommes déjà rencontrés… Vous êtes l'employeuse de Deni.

— Son employeuse et amie, Mira Gallier. Que faites-vous ici, Randy ?

— Je vous ai vue entrer en catimini et j'ai décidé d'aller jeter un œil… Que se passe-t-il, au juste ? Où est Deni ?

— J'espérais la trouver chez elle.

Il se gratta la tête.

— Elle était encore là il n'y a pas très longtemps. Je l'ai entendue qui se disputait avec quelqu'un.

— Avec qui ?

Il haussa les épaules.

— Je n'en sais rien. Mais ça gueulait fort, en tout cas.

— Savez-vous à quel sujet ils se querellaient ?

— Je n'ai pas trop saisi, non. Mais j'ai entendu beaucoup de mots grossiers. Et puis il l'a traitée de menteuse.

— « Il » ? C'était un homme, alors ?

Randy réfléchit un instant.

— Je ne suis pas complètement sûr. Mais ça m'a semblé, oui. Elle avait deux mecs dans sa vie, depuis quelque temps.

— L'un d'eux s'appelait-il Bill Smith ?

— Je ne sais pas. Elle ne me les a jamais présentés. Je les voyais passer, c'est tout.

— Et ils ressemblaient à quoi ?

— Il y en a un avec des cheveux longs en broussaille qui tirent sur le blond roux. Genre dépenaillé.

— C'est quoi, dépenaillé, pour vous ?

— Vous savez, comme les jeunes s'habillent. Un pantalon baggy, avec un vieux T-shirt et des tongs.

Cela ressemblait à Chris.

— Et l'autre ?

— Il a l'air pas mal, celui-là. Regard intelligent. Cheveux courts. Plus âgé.

— Agé comment ?

— Je l'ai juste aperçu comme ça, ce type. Dans la trentaine, je pense.

— Et sa voiture ? Vous l'avez repérée ?

— Non, désolé.

Des larmes lui montèrent soudain aux yeux. Qu'allait-elle faire, maintenant ?

— Hé ! Qu'est-ce qui vous arrive ? Ça va ?

— Pas trop, non. J'ai peur que ce type — celui qui a les cheveux courts — ne soit dangereux pour Deni.

Il parut alarmé.

— Vous avez regardé partout dans la maison ?

Elle secoua la tête.

— Je devrais, vous ne croyez pas ?

— Vous voulez que je vienne avec vous ?

Elle le souhaitait, oui. Ensemble, ils firent le tour complet des lieux. Et ne détectèrent rien d'anormal. A en juger par la serviette mouillée et la pile de vêtements abandonnés sur une chaise, Deni avait dû prendre une douche et se changer. Rien d'alarmant, a priori.

Randy détourna pudiquement les yeux de la lingerie exhibée.

— C'est un peu gênant, non ? Je ne sais pas si Deni apprécierait qu'on fourre notre nez chez elle comme ça. Surtout moi.

Mira hocha la tête mais resta sur place.

— Où peut-elle être, selon vous, Randy ?

— Sortie faire la fête. C'est rare qu'elle reste chez elle, le soir.

— Mais pourquoi la porte ouverte ?

Il réfléchit un instant.

— Elle était peut-être en retard et elle l'aura mal fermée en partant ?

— Sans donner un tour de clé ? Cela paraît bizarre, non ?

— Si elle a le même système que moi, on verrouille de l'intérieur, avant de partir, et il suffit ensuite de faire claquer.

Elle ne répondit pas et ils regagnèrent la cuisine. Il désigna un objet sur la table.

— Ah, tiens… Elle n'a pas pris son téléphone, on dirait.

Mira regarda fixement l'appareil. Une sensation pénible lui parcourut tout le corps, comme un fourmillement. Plus qu'aucune autre personne de sa connaissance, Deni était attachée à son téléphone. Elle l'utilisait pour ses courriels, pour communiquer sur les réseaux sociaux, pour jouer en ligne. Elle regardait la météo sur son smartphone et s'en servait pour lire les journaux. Si on lui posait la moindre question à laquelle elle ne savait pas répondre, elle avait recours à son appareil miracle.

Depuis qu'elle connaissait Deni, elle ne l'avait pas vue une seule fois sans son téléphone.

Randy dut voir la consternation se peindre sur son visage.

— Ça arrive, qu'on oublie son portable à la maison…

Mira aurait aimé le croire. Elle jeta un dernier coup d'œil dans la cuisine. A côté du micro-ondes, il y avait un emballage vide de lasagnes « Cuisine Minceur ». Elle ouvrit la porte du four : à l'intérieur, le plat cuit était resté intact.

Réprimant une exclamation de désarroi, elle referma. Deni aurait-elle mis ses lasagnes à cuire pour les laisser ensuite au micro-ondes ? Ne les aurait-elle pas au moins recouvertes avec du papier d'alu et placées au réfrigérateur ?

Randy lui tapota maladroitement l'épaule.

— Je suis sûr qu'elle a dû partir casser la croûte à

l'improviste avec l'un de ses amoureux. Dommage que vous ne puissiez pas l'appeler pour lui demander.

Appeler et demander... Bien sûr.

— Vous pouvez me passer le téléphone ?

Il le lui tendit et elle le glissa dans sa poche.

— Vous vous souvenez à quelle heure vous avez entendu cette dispute ?

Il leva le visage au plafond.

— Euh... Je regardais le jeu télévisé. Je dirais il y a trois quarts d'heure. Une heure, tout au plus.

Peu après leur conversation téléphonique, donc. Mira ignorait si ce détail avait de l'importance, mais elle préférait glaner le maximum d'informations.

— Je pense que vous avez raison, Randy. C'est gênant, d'envahir comme ça l'espace de Deni. Et nous ne pouvons rien faire de plus ici.

Dehors, Mira le remercia pour son aide puis se hâta vers sa voiture. Elle démarra, mit la clim à fond et sortit le téléphone de Deni. Dans son journal d'appels, après le coup de fil que Deni lui avait passé, son propre nom s'affichait. Normal, puisqu'elle avait essayé de la rappeler. Ensuite venait un numéro non répertorié. Puis le nom de Chris apparaissait. Et de nouveau, par deux fois, le numéro inconnu.

Utilisant son propre téléphone, elle appela Chris. Il répondit à la première sonnerie.

— Tiens, salut, Mira. Qu'est-ce qui se passe ?

— Deni n'est pas avec toi, par hasard ?

— Deni ? Non. Je l'ai juste eue au téléphone tout à l'heure.

— Tu te souviens de l'heure exacte ?

— Non. Mais je peux regarder, si tu veux. Je l'ai appelée pour lui proposer d'aller manger une pizza ensemble. Mais elle m'a dit qu'elle n'était pas d'humeur.

Qu'elle avait d'autres projets, surtout.

— Ça n'a pas l'air d'aller, Mira ? reprit Chris.

— Pas trop, non. J'ai une mauvaise nouvelle. Adèle Jasper a été assassinée.

Il poussa une exclamation sourde.

— Oh ! bon sang…

— Et maintenant, je suis malade d'inquiétude au sujet de…

Mira se mordit la lèvre. Elle ne pouvait pas parler de Bill Smith à Chris. Pas au téléphone, en tout cas.

— Tu fais quoi, en ce moment, Chris ?

— J'attends une végétarienne à emporter chez New York Pizza. Mes papilles s'étaient préparées à l'idée. Tu sais ce que c'est.

Mira réfléchit fébrilement. Peut-être Chris pourrait-il l'aider à retrouver Deni ? Il en savait peut-être plus qu'elle ne le pensait au sujet de la vie secrète de son amie ? Mais il fallait qu'elle le voie en tête à tête.

— Elle est grande comment, ta pizza ?

— Méga. Pourquoi ?

— Je propose qu'on la partage, O.K. ? On pourrait se retrouver à l'atelier ?

L'idée plut à Chris. Ils convinrent de se rendre directement aux Verreries et raccrochèrent. Mais Mira n'avait pas tout à fait terminé. Cette fois, elle appela avec le smartphone de Deni, composant le dernier numéro que son amie avait utilisé.

Au bout de quelques sonneries, un message automatique annonça que « *le correspondant que vous cherchez à joindre n'a pas activé sa boîte vocale* ».

Mira jeta le téléphone sur le siège passager. Elle ferait une seconde tentative plus tard pour joindre M. Bill Smith.

65

Jeudi 18 août, 20 h 5

Mira se gara sur le parking des Verreries à côté du seul autre véhicule présent : le camion de Chris. Elle se hâta vers l'entrée du magasin, convaincue qu'il l'attendrait sur la galerie. Mais ce n'était pas le cas. Elle se dirigea vers la porte et la trouva fermée.

Une porte fermée, était-ce possible ?

Elle entra et fut saluée par une odeur de pizza. Son estomac gargouilla.

— Chris ? Je suis là.

La porte coulissante donnant sur l'atelier était à moitié ouverte. Un flot de lumière s'en échappait, éclairant partiellement l'aire de vente.

— Chris ? appela-t-elle de nouveau en se dirigeant vers l'atelier.

Il surgit de l'atelier, les traits déformés par une expression bizarre — il était manifestement en état de choc. Mira s'immobilisa.

— Qu'est-ce que c'est ? s'enquit-elle dans un souffle.

Il referma derrière lui. Le bois était ancien. Fissures et interstices laissaient passer des saignées aiguës de lumière.

— Reste ici, Mira. Ne va pas à côté.

— Oh ! mon Dieu, non…

Elle porta une main tremblante à sa bouche.

— C'est… c'est Deni ?

— Deni ?

Il parut désorienté.

— Le vitrail de Marie-Madeleine. Il est parti.

Pendant un instant, Mira se demanda si elle n'avait pas cessé de respirer pour de bon.

— Comment ça, parti ? Déplacé ?

Il secoua la tête.

— Il n'est plus ici. J'ai regardé partout. C'est la seule pièce qui manque. Tous les autres panneaux sont encore là.

— Deni l'a peut-être emballé en vue du transport ?

— Cela m'étonnerait. La date d'installation n'est même pas encore fixée.

Elle fit un pas dans sa direction.

— Laisse-moi jeter un coup d'œil.

Il hésita, puis s'écarta. Mira s'arma de courage puis écarta la porte coulissante. Rien n'aurait pu la préparer au vide qui lui fit face.

— Tu trembles, commenta Chris doucement. Ça va ?

— *Qui* a pu voler ce vitrail ? C'est absurde ! A quoi peut bien leur servir un… ?

Elle ravala le reste de sa question. *Il a chassé sept démons. Marie-Madeleine.*

— Oh ! mon Dieu… Je sais qui l'a en sa possession.

— Qui ?

— Le Tueur du Jugement dernier. Je…

— Mira, il faut que je te dise quelque chose.

La gravité du ton de Chris lui fit l'effet d'un coup de poignard dans la poitrine.

— C'est au sujet de Deni. Quelque chose que la voisine a vu.

Le cœur battant à grands coups désordonnés, elle attendit qu'il précise.

— Quand j'ai compris que le vitrail avait disparu, j'ai traversé la rue pour questionner les voisins. Carol, en face, m'a dit qu'elle avait vu Deni entrer ici, plus tôt dans la soirée. Elle était accompagnée d'un homme. Il portait quelque chose de volumineux qu'ils ont chargé dans une camionnette. C'était dans une caisse à claire-voie de la taille d'une grande fenêtre.

Elle porta la main à son front pour essayer de dégager la signification de cette nouvelle énigme.

— Carol était certaine qu'il s'agissait de Deni ?

— Complètement.

— Il était quelle heure, à peu près ?

Chris paraissait sur le point de se sentir mal.

— Autour de 19 heures, à ce qu'elle m'a dit.

Mira tenta de reconstituer une chronologie approximative. A quelle heure Deni avait-elle appelé ? Vers 18 heures, bien sûr, puisqu'elle avait regardé la pendule, surprise de découvrir qu'elle avait dormi toute la journée.

— Et l'homme ? Carol l'a reconnu ?

— Non, mais... Mais elle a dit qu'il avait l'air militaire.

Sourcils froncés, elle le regarda droit dans les yeux.

— Il était en uniforme ?

— Non. Mais il avait une coupe en brosse. Des cheveux clairs.

Elle secoua catégoriquement la tête.

— Non, Chris. Je sais ce que tu penses. Mais ce n'est pas lui.

— Si ce n'est pas lui, de qui s'agit-il ? Je me fais du souci pour elle. Deni n'aurait jamais cherché à te nuire de son plein gré. Ni à toi ni à quelqu'un d'autre, d'ailleurs. Si elle a pris le vitrail, c'est que quelqu'un l'a forcée. Connor a dû lui raconter une craque pour qu'elle lui ouvre l'atelier. Puis...

— Son nom est Bill Smith.

Mira prit ses deux mains dans les siennes.

— Deni avait quelqu'un d'autre dans sa vie. C'est avec ce Smith qu'elle a pris le vitrail. Je suis désolée. Je viens juste de l'apprendre.

Il la fixa un instant sans rien dire avant de secouer la tête.

— Tu te trompes, je crois. Nous nous voyons tous

les jours et presque chaque soir. Il n'y a aucun nuage entre nous.

— Je suis désolée, insista-t-elle en serrant ses mains plus fort.

Chris s'éclaircit la voix.

— Depuis combien de temps ?

— Le jour où j'ai été agressée par le Prêcheur.

Il dut visiblement faire un effort pour assimiler l'information.

— C'est aussi le jour où ton ami Connor s'est pointé ici.

Mira déglutit. C'était exact. Elle n'avait pas fait le lien.

— Peut-être. Mais Deni m'a dit que le nom de son ami était Bill Smith. Qu'il s'agit d'un barman qu'elle a rencontré en faisant la fête.

Mais Deni lui avait soutenu aussi — pas à une, mais à trois reprises — qu'elle avait été seule chez elle la nuit où elle avait frappé à sa porte. Si elle lui avait déjà menti une fois, rien ne prouvait qu'elle lui ait dit la vérité ce soir.

Mira porta les doigts à son front. *Connor et Deni* ? Deux conspirateurs unis dans le crime ? Mais dans quel but ? Non, cela ne tenait pas debout.

Elle laissa retomber les bras le long de ses flancs et soutint calmement le regard de Chris.

— Ce n'était pas Connor. J'en ai la certitude. Et si Deni a effectivement aidé à voler le vitrail de la Madeleine, c'est que quelqu'un l'a contrainte à le faire.

— O.K., acquiesça Chris. Je suis avec toi. Qu'est-ce qu'on fait, maintenant ?

— Bonne question.

— Prévenir la police ? suggéra-t-il. L'inspecteur Malone, non ? Il saura comment procéder.

— D'accord. Mais avant, réfléchissons encore une fois pour essayer de comprendre dans quel but le tueur a volé le vitrail.

Le faisceau aigu de deux phares sur le parking vint

percer le calme de la nuit. Ils se tournèrent d'un même mouvement dans cette direction. Chris chuchota :

— Je ne voudrais pas être alarmiste, Mira, mais si ce type passe son temps à tuer tout ce qu'il croise, nous ne sommes peut-être pas en sécurité ici.

A l'extérieur, une portière claqua.

Il était trop tard pour éteindre les lumières. Trop tard pour vérifier qu'elle avait bien refermé la porte d'entrée. La peur lui coupa le souffle.

Chris lui saisit la main et la tira en courant vers les étagères d'angle. Entre le mur et les rayonnages subsistait un espace minuscule, juste assez grand pour qu'ils puissent s'y dissimuler. Elle s'y glissa la première et Chris la suivit de près. Dans l'obscurité totale, ils restèrent collés l'un contre l'autre. Chris trouva sa main et entrelaça ses doigts aux siens. Quelques instants plus tard, des coups furent frappés à la porte, puis on entendit quelqu'un essayer d'ouvrir. Mira serra les lèvres pour étouffer un cri. Chris lui pressa les doigts plus fort.

Quelques secondes s'écoulèrent, puis on entendit des pas contourner le bâtiment, et la poignée de la sortie de secours fut secouée à son tour. Le rayon d'une lampe torche zigzagua follement, explorant les murs, le sol, le plafond. Mira sentit un étourdissement la gagner. Elle se força à inspirer et à expirer aussi lentement, aussi silencieusement que possible, se concentrant sur sa respiration et sur le son rassurant des rapides battements de cœur de Chris.

Ils demeurèrent ainsi sans bouger, longtemps après que le calme fut retombé dans l'atelier. Chris finit par lui lâcher la main.

— Ne bouge pas, chuchota-t-il. Je vais voir s'il est parti.

Il se glissa sans bruit hors de leur cachette. Elle compta dans sa tête tout en suivant mentalement sa progression. A quatre-vingt-dix-huit, il réapparut.

— C'est bon, dit-il en lui tendant la main.

Mira la prit et s'extirpa de derrière les étagères.

— Tu as regardé sur le parking ?

— Oui. Il y a juste mon camion et ta voiture. Mais je propose qu'on s'en aille d'ici.

Elle était d'accord à cent pour cent.

— Mais pour aller où ?

— J'ai un lieu à moi. Même Deni ne le connaît pas. Nous y serons en sécurité.

66

Jeudi 18 août, 20 h 10

Les yeux rivés sur les documents étalés sur son bureau, Malone ressassait les données dont il disposait. Tout allait de mal en pis, sur ce dossier. Comme promis, il avait délégué un agent de patrouille chez Gallier, mais l'homme avait trouvé porte close. Et la voiture de Mira Gallier avait également disparu. Du coup, il avait envoyé un second agent à son atelier. Mais ce dernier n'avait pas encore donné de nouvelles pour l'instant. Et, comme par hasard, pas moyen de joindre Gallier sur son portable. Pour couronner le tout, Scott leur avait filé entre les doigts. Malone craignait le pire. Scott n'était pas un criminel de rue inculte, avec un QI limité. S'il était leur tueur, il savait pertinemment qu'après le meurtre d'Adèle Jasper, il était grillé. La scène de crime offrait un filon presque inépuisable de preuves matérielles : enregistrements téléphoniques, ADN, empreintes. Et même son nom écrit de la main de la victime.

Dans ces conditions, de deux choses l'une : soit Scott était en fuite, soit il s'acharnait à terminer son œuvre — autrement dit, éliminer ses deux victimes restantes, l'une d'entre elles étant probablement Mira Gallier.

Et Bayle qui ne répondait toujours pas à l'appel…

Percy se présenta à l'entrée de son box et lui fit signe.

— Tu viens ? Le capitaine nous attend.

Malone hocha la tête et se leva. L'expression de son frère reflétait son propre dépit exaspéré. Comment avaient-ils pu se laisser déborder aussi radicalement, dans le cadre de cette enquête ?

O'Shay leur fit signe d'entrer dans son bureau.

— Des nouvelles de Bayle, j'espère, Spencer ?

Comme il faisait non de la tête, elle jura avec force.

— Que s'est-il passé entre vous, nom d'un chien ? La version longue, inspecteur !

— Rien qui soit de nature à…

Il ravala le reste de sa phrase et s'éclaircit la voix :

— Je savais qu'elle avait vécu une grande passion qui s'était mal terminée. Tellement mal qu'elle avait précipité son entrée en dépression. Je lui ai demandé si l'homme qu'elle avait aimé était Connor Scott, et je lui ai laissé entendre qu'elle manquait d'objectivité dans son approche du dossier.

— Connor Scott ? Qu'est-ce qui vous a mis cette idée en tête ?

— J'ai été frappé par l'inimitié qui a transparu entre eux, la première fois que nous avons questionné Scott. Et puis, il y avait son inexplicable parti pris contre Mira Gallier. Son ancienne équipière a confié à Stacy que l'ex de Bayle était issu d'une des grandes familles de La Nouvelle-Orléans. Cela paraît un peu tiré par les cheveux maintenant, mais sur le coup, ça m'a semblé lumineux.

— Comment Bayle a-t-elle réagi ?

— En gros, elle m'a rétorqué que je me plantais sur toute la ligne et que je n'avais pas lieu d'être fier de moi. Après réflexion, je lui ai donné raison et je lui ai présenté mes excuses sur la messagerie de son portable. Elle ne m'a jamais retourné mon appel.

— Et Scott est aussi aux abonnés absents, donc ?

— Pas moyen de mettre la main sur lui, en tout cas.

Le regard du capitaine se posa sur lui, glissa un instant sur Percy, puis revint se river sur le sien.

— Existe-t-il une possibilité pour que Scott et Bayle trempent là-dedans ensemble ?

Spencer réfléchit un instant.

— Je ne crois pas, non. C'est de l'animosité qui transpire entre eux. Pas de la complicité.

— Il est arrivé quelque chose à Bayle, j'en suis sûre. Sinon, elle serait venue me présenter ses doléances, elle m'aurait demandé à changer d'équipier. Je connais ses qualités professionnelles. Elle ne se serait pas défilée sans prévenir.

— Sauf si j'avais visé juste, pour Connor Scott.

— Ou si elle a rechuté ? suggéra Percy.

— Autre chose, capitaine : nous avons une nouvelle piste.

Voyant l'expression de sa tante, Malone se hâta de l'informer au sujet de Bill Smith. Lorsqu'il eut terminé, elle pinça les lèvres.

— Votre opinion, inspecteur ?

— Gallier a peut-être mis le doigt sur quelque chose. Son idée se tient. En s'introduisant dans l'intimité d'une proche de Gallier, le tueur peut suivre le déroulement de l'enquête. Il se tient également informé des faits et gestes — et de l'état d'esprit — de Mira. Sans compter que, par l'intermédiaire de Deni Watts, il a accès aux clés ainsi qu'aux codes d'alarme de la maison de Gallier comme de son atelier.

Percy intervint.

— Mais ce n'est pas le nom de Bill Smith que nous avons trouvé, sur la scène de crime. Cela dit, le dénommé Smith doit savoir aussi que Scott est notre suspect principal. Il a pu se servir de son nom plutôt que du sien, lorsqu'il a pris rendez-vous avec Jasper.

— J'ai dit à Gallier de se tenir tranquille et j'ai envoyé une unité pour la protéger. Mais elle a choisi de s'enfuir.

Le capitaine O'Shay fronça les sourcils.

— Et à votre avis, elle est partie où ?

— Dans mon idée, elle a dû se précipiter chez Deni Watts pour essayer de la mettre en garde. Si elle n'est pas chez Watts, je dirais qu'elle est soit chez Scott, soit dans son atelier.

— Commençons par envoyer une voiture de patrouille chez Watts. Ensuite, je veux savoir plus précisément qui est ce Bill Smith, où il travaille, s'il a un casier judiciaire, etc. Puis amenez-le ici pour qu'on l'entende. Trouvez ce que fabrique Watts, où elle traîne et avec qui. N'y avait-il pas un autre petit ami, au fait… ?

— Si, Chris Johns. Menuisier, charpentier, homme à tout faire. Il travaille aussi pour Gallier.

— Allez lui parler. Si Watts l'a plaqué, il saura quelque chose et se fera un plaisir de nous aider. Et prenez Jackson et Phillips en renfort. Avec un nom aussi courant que Bill Smith, les recherches risquent d'être compliquées.

Ils hochèrent la tête, se levèrent et sortirent l'un derrière l'autre. Malone se sentait d'humeur sombre.

— Ça me ronge, cette histoire. Nous passons forcément à côté d'une évidence, mais laquelle ?

— Si je le savais…, marmonna Percy, dépité.

Malone s'aperçut qu'ils s'étaient immobilisés devant le box de Bayle. Il regarda fixement le bureau de sa collègue. Quelque chose — un souvenir vague — lui titillait la mémoire.

— Ho hé, frangin ? Tu redescends sur terre ?

Brusquement, le déclic se fit. La fois où il avait surpris Bayle en larmes. Et qu'elle s'était hâtée de cacher quelque chose dans un tiroir.

Il entra dans le box et passa derrière son bureau.

— Hé ! Qu'est-ce que tu fais ?

— Quelque chose que je risque de regretter.

Il ouvrit le tiroir du haut et fouilla rapidement. Rien. Des formulaires, un calepin, quelques reçus, deux barres énergétiques.

— Tu m'angoisses, là. C'est carrément pas cool, Spencer.

Il ne répondit pas. Tout en sachant que Percy avait raison, il s'attaqua quand même au tiroir du bas. Rien, là non plus. Il se redressa et jeta un regard penaud à son frère.

— Bon. Je ne suis pas fier de moi. Sortons vite d'ici avant que…

Il se tut, les yeux rivés sur un trait orange vif qui dépassait sous une chemise cartonnée. Un orange d'une teinte hideuse qu'il aurait reconnu n'importe où. *Soleil de corail.*

Ce qu'il cherchait se trouvait sur la surface du bureau, placé presque en évidence. Percy suivit la direction de son regard.

— Oh ! putain…, chuchota-t-il.

— Tu as des gants ?

Percy lui tendit la paire qu'il avait dans sa poche. Spencer les enfila puis sortit le papier avec précaution. Sur la feuille blanche, imprimés en majuscules, figuraient les mots « JE SAIS ».

Et dessous, dessiné avec le bâton de rouge à lèvres corail, un visage souriant. Un *smiley.*

67

Jeudi 18 août, 21 h 15

Malone attendait dans sa voiture, devant la petite maison de Bayle, dans le bayou Saint-Jean, un faubourg qui portait le nom du cours d'eau qui le limitait à l'ouest. Il plia et déplia les doigts, pressé que le mandat de perquisition arrive pour qu'ils puissent se mettre à la tâche.

Ils avaient comparé le visage souriant tagué sur un vitrail des Sœurs de la Miséricorde avec celui trouvé sur le bureau de Bayle. Ils étaient presque identiques : juste un cercle avec deux yeux et un sourire, et une petite pointe caractéristique au sommet du cercle. Le *smiley* figurait parmi les informations du dossier qu'ils avaient délibérément omis de communiquer à la presse, au cas où il s'agirait d'un élément important. Une importance qui semblait à présent se confirmer. Avec un énorme bémol, cependant : cet élément incriminait Bayle, un de leurs propres officiers.

Malone se creusa la mémoire. Qui avait vu les graffitis sur les vitraux ? Les flics qui étaient intervenus sur la scène. Les ambulanciers et les techniciens de la police scientifique. Quelques religieuses des Sœurs de la Miséricorde. Mira Gallier et les deux personnes qui l'avaient assistée pour nettoyer les vitraux. Deni Watts et Chris Johns, sans doute ?

Et le tueur.

Il fronça les sourcils. Quelle place Bayle occupait-elle dans cette affaire ? Avait-elle créé elle-même le message avec le dessin, puis renoncé à l'envoyer ? Ou en était-elle la destinataire ? Et si oui, que « savait » la personne qui lui avait fait parvenir cette mise en garde énigmatique ?

Une voiture de patrouille s'immobilisa derrière lui. Puis un autre véhicule encore. Probablement un technicien de scène de crime venu ouvrir la maison. Contrairement à ce qu'aimait représenter Hollywood, ils n'enfonçaient les portes à coups de pied que lorsqu'ils n'avaient aucune autre solution. Deux policiers en uniforme descendirent de la voiture de patrouille. L'un d'eux tenait le mandat qu'il lui tendit. Malone le parcourut pour s'assurer qu'il était complet et formulé de manière à restreindre le moins possible leurs recherches : photos, journaux intimes, lettres, courriels, pistolet de calibre 45, rouge à lèvres *Soleil de Corail*, des tickets de caisse, stylo-feutre permanent avec pointe large, couleur noire. La liste continuait à se dérouler sur le même mode.

Malone hocha la tête.

— Parfait, tout y est. On y va ?

Ils se dirigèrent d'un même pas le long de l'allée en brique jusqu'à la porte d'entrée que le technicien se chargea d'ouvrir. Ses compagnons en uniforme se servirent de leurs lampes torches pour balayer l'intérieur de la maison, plongé dans l'obscurité. Puis ils s'écartèrent pour le laisser entrer.

Malone alluma la lumière du vestibule. Aucun d'eux ne pipait mot. C'était moche, ce qu'ils faisaient. Comme une violation. Bayle était l'une des leurs, un officier décoré, à l'héroïsme reconnu, quasiment une amie. Et ils se préparaient à forcer son intimité, comme s'ils avaient affaire à une étrangère.

Et pourtant… Etrangère, elle l'était, à sa manière. La femme chez qui il s'apprêtait à perquisitionner n'était pas tout à fait celle qu'elle prétendait être. Karin Bayle avait, dans l'hypothèse la plus favorable, dissimulé des pièces à conviction relatives à l'enquête en cours. Et, au pire, il s'agissait d'une meurtrière.

— Par où on commence ? demanda l'officier de police qui lui avait remis le mandat.

Malone lui indiqua le séjour.

— Attaquez par là et continuez par la cuisine. Je me charge de la chambre à coucher. Vous avez en tête la liste des éléments de preuve que nous sommes mandatés pour rechercher ?

Le policier acquiesça et ils se séparèrent. Malone enfila ses gants en se dirigeant vers la chambre et alluma le plafonnier en entrant. Il prit connaissance des lieux. Pour une dure à cuire comme Bayle, la pièce était étonnamment féminine. Des couleurs douces, un couvre-lit à volants. Des coussins avec des petites perles et des pompons décoratifs.

Il s'approcha de la table de chevet encombrée. Une seule photo encadrée y tenait la place d'honneur. Il la prit pour la placer sous la lumière. *Bayle avec un homme, assis dans ce qui semblait être un bar.* La prise de vue était assez floue, l'éclairage faible, la résolution mauvaise. L'homme à côté d'elle n'était pas Connor Scott, c'était certain. Mais ce visage lui disait quelque chose. Belle tête, cheveux courts, sourire engageant.

Sourcils froncés, Malone l'examina un instant puis inventoria rapidement le reste : un brumisateur, un chargeur de portable, un tube d'aspirine, un roman en collection de poche.

Son frère était arrivé. Spencer l'entendit saluer les deux autres policiers puis se diriger vers la chambre. Il tourna la tête.

— Percy ? Jette un coup d'œil sur le type de la photo, tu veux ? Vois si tu le reconnais.

Percy prit le portrait et siffla entre ses dents.

— Oh ! bon sang ! Pour le connaître, je le connais, oui.

Malone croisa le regard sidéré de son frère.

— C'est qui, alors ?

— Jeff Gallier.

68

Jeudi 18 août, 21 h 40

Mira avait réussi à convaincre Chris de faire un rapide crochet par son domicile pour qu'elle puisse sortir Nola et récupérer des vêtements de rechange, plus un nécessaire de toilette. Chris, pour sa part, n'en menait pas large, et il aurait préféré filer directement en lieu sûr. Mais elle avait insisté. D'autant plus qu'elle ignorait combien de temps cela pouvait durer, et quand elle rentrerait chez elle.

La halte sur Frenchmen Street dura plus longtemps que prévu. Elle avait nourri Nola et l'avait promenée. Puis il avait fallu rassembler quelques effets personnels. Alors qu'elle croyait avoir tout pris, elle venait de s'apercevoir qu'elle avait laissé son portable Dieu sait où dans la maison.

Chargé de faire le guet, Chris l'attendait sur la galerie. Nola lui tenait compagnie en agitant gaiement la queue. Mira lui apporta son sac de voyage.

— Tu n'as pas vu passer de voiture suspecte ?

— Non, rien. Pas une âme. Tout est calme.

— Ouf… Accorde-moi juste encore une minute, le temps de récupérer mon téléphone.

Comme s'il n'avait attendu que ce signal, son mobile sonna.

— Je reviens tout de suite.

Chris lui attrapa la main.

— Ne réponds pas. Partons tout de suite. J'ai un sale pressentiment.

Elle dégagea ses doigts.

— Tu exagères, Chris ! J'en ai pour une seconde. Et c'est peut-être l'inspecteur Malone qui a du nouveau.

C'était effectivement lui, découvrit-elle en prenant l'appel.

— Tout va bien, madame Gallier ?

Elle reprit son souffle.

— Oui, ça va. J'ai couru pour répondre, c'est tout.

— Où êtes-vous ?

— Chez moi, pour l'instant.

— L'enquête progresse ; nous avons de nouveaux éléments. J'envoie immédiatement une voiture de patrouille pour vous récupérer. Jurez-moi d'attendre qu'elle arrive, cette fois.

Elle eut un sursaut d'anxiété.

— Quels nouveaux éléments ? Deni ?

— Votre assistante ? Elle va bien, pour autant que je sache. Les nouvelles sont plutôt positives. Nous croyons tenir l'assassin.

— Dieu merci. C'est ce Bill Smith qui s'était acoquiné avec Deni ?

— Il ne m'est pas possible de vous fournir plus de précisions pour l'instant. Mais je peux vous assurer d'ores et déjà que ce n'est pas Bill Smith, ni une personne que fréquentait votre assistante.

— En êtes-vous bien certain, inspecteur ? Je ne l'ai pas trouvée chez elle, lorsque j'y suis allée. Et son voisin l'a entendue se disputer violemment avec un homme. Autre élément inquiétant : elle est partie en laissant son portable.

— Des disputes entre amoureux, ça arrive. Ils ont dû se réconcilier et oublier le téléphone en sortant.

— Et que faites-vous du vitrail de Marie-Madeleine ? Quelqu'un l'a volé.

— Hein ?

— Il a disparu. C'est Chris qui l'a constaté le premier. Il a interrogé la voisine d'en face, qui lui a dit qu'elle a vu Deni en compagnie d'un type en train de charger ce qui ressemblait à une fenêtre emballée à l'arrière d'une camionnette.

— Nous verrons de quoi il retourne. Mais si elle a effectivement emporté le vitrail, ce vol n'est pas en lien avec les meurtres.

— Qu'est-ce qui vous permet de l'affirmer ? Qui vous dit qu'il ne l'a pas tuée ? Peut-être que…

— Mira, l'interrompit-il, je dois vous laisser. La voiture de patrouille est en route. Je vous demande instamment de rester où vous êtes. N'ouvrez aux agents James et Fosse que lorsqu'ils se seront identifiés. Et ne partez avec personne d'autre. Pas même avec l'inspecteur Bayle, compris ? Je serai bientôt en mesure de vous fournir plus de précisions.

Il mit fin à la communication et Mira demeura, interdite, son téléphone à la main. Elle aurait dû se sentir rassurée, mais sa confusion ne faisait qu'augmenter, au contraire. Quelque chose n'allait pas, dans cette histoire. Et pourquoi cette mise en garde au sujet de l'inspecteur Bayle ?

— Tu parlais avec qui ? lança la voix de Chris dans son dos.

— L'inspecteur Malone. Deux policiers vont venir me chercher afin de me mettre en lieu sûr. Apparemment, ils auraient identifié l'assassin.

— Nous avons un endroit sûr où aller, toi et moi.

Il avait un ton de voix bizarre. Peiné, presque. Elle se retourna en glissant le téléphone dans sa poche.

— Je ne t'abandonne pas, Chris. Tu viendras avec moi au…

La fin de sa phrase se perdit dans un murmure. Du sang coulait le long de sa manche de chemise et gouttait de son poignet.

— Oh ! mon Dieu, tu es blessé !

Elle se retourna pour attraper un torchon afin de le bander.

— Qu'est-ce qui…

Il ne lui laissa même pas le temps de terminer sa phrase. Elle se retrouva soudain le visage plaqué contre le réfrigérateur, les bras tordus dans le dos. Quelque chose vint lui entourer les poignets.

Mira passa par un temps de sidération totale avant de commencer enfin à se débattre. Lorsqu'elle essaya de se défendre à coups de poing et de pied, il lui attrapa l'arrière de la tête et la tint comme dans un étau. La douleur aiguë lui coupa le souffle.

— Arrête, Marie. Je ne veux pas te faire du mal.

— Lâche-moi, Chris. Tu es fou ? S'il te plaît !

Mais où était donc Nola ? Pourquoi sa chienne ne lui venait-elle pas en aide ? Au même moment, elle l'entendit dans la cour qui aboyait et s'acharnait contre la porte.

— Tu es possédée par les démons. Je vais achever ce qu'il y a à faire, puis nous serons unis.

Elle se mit à hurler, en une suite de sons stridents qui lui déchirèrent la gorge. Nola réagit par un crescendo de jappements et se déchaîna contre la porte en se jetant contre le battant de toutes ses forces. Rien n'avertit Mira de ce qui allait suivre, hormis une sorte de soubresaut dans la main qui lui maintenait la nuque. Un quart de seconde plus tard, sa tête explosa contre le réfrigérateur et elle vit trente-six chandelles.

Ses genoux se dérobèrent sous elle. Elle s'effondra sur le sol, pliée en deux par une douleur atroce.

— C'est presque terminé, Marie. Tout va bien se passer, maintenant. Nous serons ensemble pour toujours.

Il sortit son téléphone de sa poche, le jeta par terre puis l'écrasa d'un coup de talon avec sa chaussure de chantier. Le cerveau de Mira lui commandait de fuir. Elle se mit à ramper, priant pour que la police soit proche, pour que quelqu'un ait entendu ses hurlements ou les aboiements furieux de Nola…

Il l'immobilisa, d'un pied posé au creux de son dos.

— Pas de ça, chérie. Nous n'avons pas de temps à perdre.

Elle entendit le bruit sec d'un tissu qui se déchire. Son torchon, comprit-elle. Celui qu'elle avait pris pour le soigner. Il le plaça sur ses lèvres et l'attacha serré derrière sa tête. Elle sentit le goût du sang dans sa bouche et des larmes lui montèrent aux yeux.

Le visage de Chris se crispa sous l'effet du remords lorsqu'il la vit pleurer. Un instant, elle crut qu'il allait la libérer. Puis son expression se durcit.

— Les démons, marmonna-t-il. Je te libérerai, je te le promets. Bientôt, tu seras redevenue toi-même.

Il la souleva et la porta dehors jusqu'à son pick-up. Pour éviter que le tueur ne s'avise de leur présence chez elle, ils avaient délibérément laissé toutes les lumières extérieures éteintes. Mira sentit monter quelque chose qui ressemblait à un fou rire hystérique. Le tueur était dans la place depuis le début. Et il avait attendu son heure.

Elle entendit des sirènes au loin. Mais la porte passager du pick-up était ouverte et le moteur tournait déjà.

La police ne sera pas là à temps.

Dans un ultime effort pour déjouer le sort, elle se tortilla dans son étreinte. Chris resserra ses bras autour d'elle, si fort qu'il lui coupa la respiration. Elle crut que ses côtes allaient se briser.

Il la jeta sur le siège et referma la portière. Puis il bondit au volant et sortit en trombe de l'allée. Mira songea qu'il n'y avait plus personne alentour pour assister à la scène. Sa plus proche voisine était morte, assassinée par ce même monstre qui la tenait à présent en son pouvoir.

69

Jeudi 18 août, 22 heures

Malone n'en croyait pas ses oreilles.

— Mais qu'est-ce que vous me chantez, là ? Gallier n'ouvre pas ? Je l'ai eue au téléphone il y a cinq minutes !

— Sa voiture est dans l'allée. Son chien hurle à la mort mais les lumières sont éteintes.

— Vous lui avez bien dit qui vous étiez ?

— Sur tous les tons et tous les modes. J'ai même pris ma grosse voix. Qu'est-ce qu'on fait, maintenant ?

Mira avait des antécédents. Ce n'était pas la première fois qu'elle disparaissait alors qu'il lui intimait l'ordre de rester. Mais là, c'était différent. Et sachant que Bayle restait introuvable, il n'était pas rassuré sur son sort.

— Une seconde, Fosse.

Il claqua des doigts pour attirer l'attention de Percy.

— Appelle Gallier sur son portable. Elle ne réagit pas quand on frappe à sa porte.

Percy s'exécuta puis secoua la tête.

— Je tombe direct sur sa messagerie.

Elle aurait coupé son téléphone ? Non. Pas délibérément, en tout cas. Pas dans un moment comme celui-ci.

Les nerfs tendus à se rompre, Malone lança :

— Fosse ? Faites le tour de la maison, regardez si quelque chose vous paraît suspect. Et tenez-moi au courant.

Son collègue le rappela avant même qu'il ait eu le temps de replacer son téléphone dans son holster.

— Inspecteur, nous avons ce qui ressemble à des traces de sang sur l'escalier. Qu'est-ce qu'on fait ? On entre ?

— Bon sang, oui ! Allez-y. Je prévois les renforts et j'arrive.

Lorsque Malone et Percy débouchèrent, sirène hurlante, sur Frenchmen Street, trois voitures de patrouille étaient déjà sur place et Fosse et James fouillaient la maison.

— Gallier n'est pas chez elle, annonça Fosse. Et tout semble indiquer qu'elle a été enlevée de force.

Malone suivit les deux policiers dans la cuisine. Du sang par terre et devant le réfrigérateur. Un torchon déchiré et ensanglanté. Et les restes d'un Iphone. Celui de Mira, selon toute vraisemblance.

Il en aurait hurlé d'inquiétude et de frustration. Et maintenant ? Où chercher ? Quelle piste suivre ?

— Les techniciens de scène de crime arrivent, annonça Percy. J'ai délégué deux de nos hommes pour procéder à l'enquête de voisinage. Peut-être que quelqu'un a vu ou entendu quelque chose.

Le mobile de Malone sonna. L'appel venait de sa hiérarchie. Et plus précisément, du capitaine O'Shay.

— Où êtes-vous, tous les deux ?

— Chez Mira Gallier. Mauvaise nouvelle : elle a disparu et nous avons trouvé des traces de lutte avec violence.

— L'inspecteur Bayle a été repérée.

— Où est-elle ?

— En centre-ville. L'hôtel InterContinental.

— J'y vais direct avec Percy. Avec votre permission, j'aimerais être le premier à l'interroger.

— Désolée, Spencer, mais ce ne sera pas possible.

Une tension inhabituelle marquait la voix de sa tante.

Il posa la question même s'il n'était pas certain de vouloir entendre la réponse.

— Pourquoi ? Qu'est-ce qui se passe ?

— Elle est morte. Il semble qu'elle ait mis fin à ses jours.

70

Jeudi 18 août, 22 h 55

Malone et Percy traversèrent le superbe hall d'entrée de l'hôtel InterContinental, conscients des regards anxieux des employés. Le gérant vint en hâte à leur rencontre. Il était accompagné d'un individu d'allure effacée, que Malone supposa être le responsable de la sécurité.

Il les salua à voix basse.

— Merci de vous être déplacés aussi vite, inspecteurs. Nous espérons que cette affaire pourra être réglée dans la plus grande discrétion, avant que nos clients ne s'aperçoivent qu'il y a eu un problème dans notre hôtel.

— Nous comprenons votre inquiétude, dit Malone.

— Je vous présente mon responsable de la sécurité, Hector Tabor. Il vous accompagnera au douzième étage, chambre 1212. Le règlement de l'hôtel exige qu'un membre de notre personnel reste présent en même temps que les forces de l'ordre.

Malone acquiesça d'un signe de tête et Tabor les précéda jusqu'à l'ascenseur. Pendant que la cabine s'élevait, Malone s'appliqua à se recentrer sur lui-même, à canaliser le chaos de ses pensées. S'il voulait être opérationnel, il devait rester concentré sur la scène — sur l'ici et le maintenant — en faisant abstraction du passé et de sa relation avec Bayle.

Il faut que tu laisses tes remords au placard, Malone. C'est absolument nécessaire.

Les portes de l'ascenseur s'écartèrent avec un léger bruit d'air soufflé. La chambre 1212 se trouvait droit devant eux, sur la droite. Il n'eut pas besoin de compter ou de vérifier les numéros sur les portes. Le flic du NOPD qui faisait la sentinelle dans le couloir constituait un indice suffisant. L'air que Malone avait retenu dans ses poumons s'échappa sous la forme d'un soupir résigné. Il entendit Percy émettre un son similaire de son côté. Le policier tourna les yeux dans leur direction et les salua d'un signe de tête. Joey Petron. Un chouette type. Un flic solide.

Il n'y aurait pas de blagues lancées dans la chambre 1212. Pas de sourires ni d'échange de piques. Juste un lourd silence.

Malone s'immobilisa devant la porte.

— Nous sommes les premiers ?

— Oui. Les techniciens arrivent. Le coroner est prévenu. Et son officier supérieur a été avisé.

Malone ne prit pas la peine de préciser que « l'officier supérieur » de Bayle était aussi le sien. Il consigna son nom et celui de Percy sur la liste des intervenants ayant accès à la scène.

— D'autres informations qui pourraient nous être utiles ?

Petron secoua la tête.

— Triste affaire. Ça me fout en l'air de voir l'une d'entre nous en arriver là.

« Bienvenue au club », songea Malone.

Percy et lui franchirent la porte, Tabor sur leurs talons. Bayle avait pris une suite. Ils traversèrent un salon élégamment meublé et passèrent dans la chambre. Son équipière avait utilisé son arme de service pour se tirer une balle dans la tempe droite.

Il s'immobilisa au pied du lit et chercha à reprendre sa respiration, luttant contre une nausée difficile à contenir.

Une réaction qu'il ne connaissait plus depuis des années. Bizarrement, il fut reconnaissant de cette nausée — il lui restait encore assez d'humanité pour se sentir malade devant le corps sanglant de son équipière.

Un coup d'œil sur le visage livide de son frère lui confirma qu'il ne brillait pas plus que lui.

Percy fut le premier à parler.

— Ils nous ont dit, en bas, qu'elle avait pris sa chambre vers 13 h 30. Qu'elle a demandé cette suite pour une nuit.

— A-t-elle quitté la chambre depuis ?

— Ils l'ignorent, mais ont proposé les enregistrements des caméras de surveillance de l'ascenseur.

Malone vit la table roulante du service d'étage placée près du lit. Elle avait commandé du champagne et des fraises trempées dans du chocolat. Une seule flûte, nota-t-il. Il en fit la remarque à Percy, qui sortit son calepin.

— Je vérifierai l'information auprès du service d'étage.

— Sait-on à quelle heure elle a passé sa commande ?

— A 15 heures, intervint Tabor. Vingt-cinq minutes plus tard, elle a signé pour accepter la livraison.

Malone jeta un coup d'œil à Tabor. Debout dans l'encadrement de la porte, il tenait les yeux rivés sur le mur à l'opposé du lit. Deux évidences le frappèrent simultanément : Bayle avait pris sa décision tout de suite après leur dispute. Elle n'avait donc pu tuer Jasper. Et encore moins enlever Gallier.

Il reporta son attention sur elle. Elle avait pris une douche et ses cheveux étaient encore enroulés dans un drap de bain noué en turban. La serviette avait glissé au moment de l'impact, quand sa tête avait été violemment soulevée, avant de retomber contre la tête de lit en velours. Elle portait un peignoir blanc en éponge douce de l'hôtel. Le peignoir et le drap de bain étaient trempés de sang et tachés d'un pointillé de matières cérébrales. La tête de lit était dans un état similaire.

Sa main était encore posée sur l'arme. Malone se pencha.

— Elle a des résidus de poudre sur les doigts. Il ne fait aucun doute qu'elle a tiré elle-même.

Sur la commode, Bayle avait soigneusement posé ses clés, son insigne, son badge et son portefeuille. Le tout accompagné d'un petit carnet relié de cuir.

— Elle n'a pas laissé de message en évidence, dit Percy. Je vais jeter un œil dans la salle de bains.

Malone enfila des gants en vinyle et prit le carnet. Un journal intime, découvrit-il en l'ouvrant. Bayle avait commencé à le rédiger en février 2004, et l'avait tenu presque quotidiennement jusqu'en novembre 2006. Sa rencontre avec Jeff Gallier avait eu lieu au bar du Columns Hotel. Au début, il lui avait caché qu'il était marié. Et elle était déjà si irrémédiablement amoureuse, lorsque la vérité avait fini par transpirer, qu'elle avait avalé les mensonges éculés de Gallier sur la « mort » de son couple.

En progressant dans sa lecture, Malone découvrit que Bayle avait détesté être « l'autre femme », et qu'elle avait rompu à plusieurs reprises. Mais Gallier avait réussi chaque fois à la récupérer.

Malone aurait dû se sentir flatté d'avoir vu juste en ce qui concernait son équipière. Mais l'autosatisfaction n'était pas au rendez-vous. Et il s'en fallait de beaucoup. Il se sentait très mal pour sa collègue. Furieux contre Jeff Gallier de s'être comporté comme un stupide don Juan — le genre de type dont le comportement rejaillissait sur la réputation du sexe masculin. Et il en voulait à Bayle de s'être laissé manipuler aussi bêtement.

Dans la suite du journal, il devenait évident qu'elle avait aimé de façon obsessionnelle, malsaine, et que sa haine pour la femme de Jeff avait crû en proportion.

Malone feuilleta le journal jusqu'aux pages qui avaient suivi Katrina. Bayle avait négligé son travail de diariste et ne rédigeait plus, ici et là, que quelques lignes sporadiques. Au début, sa prose exprimait son inquiétude au sujet de son amant et retraçait ses tentatives frénétiques pour le joindre. Puis venait l'annonce définitive : disparu, présumé décédé.

Sidéré, Malone apprit que l'imagination malade de Bayle avait échafaudé le scénario suivant : Jeff aurait confessé sa liaison à Mira, qui, dans un accès de jalousie rageuse, l'aurait abattu avant de jeter son corps à l'eau. Malone tourna la page et demeura un instant interdit : Bayle était allée trouver Anton Gallier pour lui exposer ses soupçons. C'était elle qui avait été à l'origine de la campagne que Gallier avait menée contre sa belle-fille.

Mais ce n'était pas la dernière entrée du journal.

— Percy ? J'ai trouvé son message d'adieu. Elle l'a écrit directement dans ce carnet.

— Jésus, Marie, mère de Dieu ! lança soudain une voix connue.

Tante Patti. Il se leva en voyant son expression affligée.

— Mon Dieu, tante Patti. Tu n'aurais pas dû venir ici !

Le capitaine O'Shay fixa sur lui un regard d'acier.

— Rétractez vos propos, inspecteur. J'étais son officier supérieur. Ma présence ici va de soi.

Malone reconnut son erreur.

— Naturellement, capitaine. Ma réaction était déplacée.

— Vous avez trouvé son message d'adieu ?

Il hocha la tête et montra la dernière page écrite du journal.

— Je viens de tomber dessus. Je ne l'ai pas encore lu.

O'Shay le rejoignit et ils se penchèrent tous trois sur la page.

A qui trouvera ces quelques lignes en premier — je mise sur Malone mais si ce n'est pas lui, faites-lui passer le message, s'il vous plaît.

Tu sais que tu es loin d'être bête, l'animal ? Tu as vu à travers mon jeu dès le début. Et pour cela, je te tire mon chapeau. C'était cuit pour moi, tu sais. Ne va pas t'imaginer que tu as la moindre part de responsabilité dans ce que tu as sous les yeux. C'est mon histoire et j'ai eu ma dose. Ma dose de tristesse et de colère. Ma dose de haine. De minables manœuvres. Et ma dose de la vie aussi, sans doute. Marre de toute cette putain de comédie humaine.

Je me suis juste amusée à jouer avec la santé mentale de Gallier : la lotion après-rasage, l'appel téléphonique — une brillante utilisation d'un message enregistré (je dis ça en toute modestie, bien sûr). Je voulais la punir, la rendre folle. De la même manière que je me sentais devenir folle moi-même. Je la voulais ravagée comme moi par le manque et les regrets. Et au bout du compte, j'ai obtenu l'effet contraire : il apparaît qu'elle a réussi à laisser le passé derrière elle. Alors que je suis restée en rade. C'était elle, pourtant, qui vivait encore dans sa maison... Il m'arrivait d'imaginer que... Nous nous retrouvions parfois là-bas, lui et moi et... Oh ! et puis, assez de ces conneries.

Ciao, mon équipier.

Ils finirent de lire en même temps et relevèrent simultanément la tête. Aucun d'eux n'ouvrit la bouche. Peut-être parce que Bayle avait déjà tout dit. Mais surtout parce que cet impitoyable gâchis les laissait sans voix. Un flic brillant. Une femme jeune, belle et intelligente. Le monde marchait sur la tête.

Les techniciens de scène de crime entrèrent en silence. A leur arrivée, ils sortirent sans un mot. O'Shay fut la première à se ressaisir.

— O.K. Reprenez-vous en main, tous les deux. Nous avons un tueur sur les bras. Il a déjà fait cinq victimes et se prépare à en éliminer deux autres. Que faisons-nous ?

Avant que Malone puisse répondre, son mobile sonna.

— Inspecteur Malone ? Ici sœur Sarah Elisabeth, de Notre-Dame des Douleurs.

Surpris, Malone regarda sa montre.

— Tout va bien, ma sœur ?

— Oui, je sais, il est déjà bien tard. Mais j'étais en prière et le Seigneur m'a parlé.

— Pardonnez-moi, ma sœur. A quel propos ?

— Vous m'avez dit de vous appeler s'il me revenait quelque chose au sujet d'une personne de votre liste. Notre bon Seigneur a dû me donner un petit coup de pouce, mais je connais effectivement l'une d'entre elles.

Malone vit Percy et le capitaine O'Shay donner des signes d'impatience. Et songea à Mira Gallier, dont la vie dépendait peut-être de leur rapidité d'action.

— Je ne voudrais pas vous bousculer, ma sœur. Mais le temps presse. Qui connaiss… ?

— Christopher, répondit-elle. Chris Johns. Sur le coup, son nom ne m'a pas parlé, car pour moi, c'était Christopher.

Elle émit un rire attendri.

— C'est un garçon si gentil, si serviable. Je l'appelais toujours « mon saint Christophe ». C'est lui qui a installé tous les bancs du sanctuaire.

Chris Johns.

En cet instant, Malone crut au miracle.

— Il faut que je vous laisse, mais je vous remercie, ma sœur. Vous n'imaginez pas à quel point cette information nous sera précieuse.

71

Vendredi 19 août, 1 h 40

La douleur fut le premier élément de réalité dont Mira prit conscience. Une douleur lancinante à l'arrière de la tête. Elle gémit et tenta de rouler sur le côté. Mais son corps refusa de coopérer. Ses membres étaient lourds comme du plomb, ses mains et ses pieds semblaient anesthésiés.

Pas anesthésiés, se souvint-elle. Attachés. Serrés. Ses poignets dans son dos. Ses chevilles l'une contre l'autre. Seul le bâillon lui avait été retiré.

Elle ressentit une terreur viscérale — abyssale. Qui se mua en explosion de panique. Elle se débattit contre ses liens malgré les pointes de douleur qui lui poignardaient la tête, les épaules et le dos.

Au bout de quelques minutes, elle s'effondra, hors d'haleine, en larmes. Elle ne pouvait se résoudre à y croire, mais l'évidence était là : Chris — le gentil Chris — était le tueur du Jour du Jugement. Et il l'avait conduite dans son « lieu sûr ». Dieu sait où, autrement dit. Un sanglot força le passage de ses lèvres.

Ressaisis-toi, Mira. Respire. Si tu paniques, tu es perdue.

Elle ferma les yeux en crispant les paupières. Il fallait qu'elle se sorte de là. Il devait exister un moyen. Elle se força à regarder autour d'elle. L'obscurité était totale. On devinait juste la lumière de la lune à travers les interstices des volets — ou des caches qui obscurcissaient les fenêtres. Une chose était certaine : elle n'était pas chez elle. Ni dans un autre endroit connu, d'ailleurs. L'air était vicié. L'odeur propre aux endroits poussiéreux et confinés lui brûlait les yeux et les narines.

— Tu es réveillée.

— Chris ?

Elle tourna la tête dans la direction d'où venait la voix, mais ne discerna pas sa silhouette dans le noir.

— Je ne te vois pas.

— Je vais me rapprocher.

Elle entendit le bruit de ses pas. Des semelles souples avaient remplacé les chaussures de chantier. Lorsqu'elle distingua ses traits, il était déjà presque sur elle. Un visage qu'elle connaissait mais qu'elle était soudain impuissante à reconnaître. La sensation était étrange, irréelle. Terrifiante.

Qui était cette personne ?

— S'il te plaît, détache-moi.

— Je ne peux pas, dit-il d'une voix tremblante d'émotion. Je suis désolé.

Elle aurait voulu hurler, sangloter, se débattre. Mais elle réprima stoïquement toute réaction ouverte de panique.

— Les liens me font mal, Chris. Je n'ai plus de sensations dans les pieds et dans les mains. Je te promets que je ne m'enfuirai pas.

— Il m'a dit que je ne pouvais pas te faire confiance. A cause des démons.

— Qui t'a dit cela, Chris ? Ce n'est pas vrai. Il faut que tu me croies !

Il leva les yeux vers le plafond.

— Père, que dois-je faire ?

Chris marqua une pause, comme s'il écoutait une voix invisible. Puis il protesta faiblement :

— Mais elle me promet de ne pas s'enfuir !

De nouveau, il y eut un temps de silence. Puis il baissa les yeux sur elle, le visage plissé par la contrition.

— Je suis désolé. Mais il dit que c'est trop tôt.

Elle se débattit pour essayer de se libérer les bras.

— Trop tôt pour quoi ? Détache-moi, Chris. S'il te plaît.

Il parut inquiet.

— S'il te plaît, Marie, ne rends pas les choses encore plus difficiles qu'elles ne le sont déjà. Tu crois que c'est facile pour moi ?

Ne craque pas. Tâche de découvrir ce qu'il veut et donne-lui ce qu'il attend de toi.

— J'ai vraiment très mal, Chris, chuchota-t-elle. Tu peux me faire confiance. J'ai confiance en toi.

Il scruta ses traits d'un air d'espoir. Et elle comprit qu'il avait envie de la croire. Qu'il en mourait d'envie, même. C'était déjà quelque chose.

— S'il te plaît, insista-t-elle en le regardant avec de grands yeux innocents.

— Qui es-tu ?

La question la déconcerta.

— Tu le sais, Chris. Tu me connais.

— Oui, je te connais, répondit-il avec douceur, en s'accroupissant devant elle pour lui caresser la joue du bout des doigts. Mais je veux que tu me le dises.

Tout, en elle, se rétractait d'horreur à son contact, mais elle réussit à n'en rien laisser paraître.

— Je suis ton amie, Mira Gallier.

Son expression se ferma. Il retira sa main d'un mouvement brusque et se leva.

— Dors, maintenant.

— Non… S'il te plaît, Chris, supplia-t-elle, sa voix se brisant sur un sanglot.

— Ce n'est pas ta faute. C'est le Malin. Tu ne sauras qui tu es que lorsque les démons seront expulsés.

Sur ces mots, il se détourna et la laissa seule dans l'obscurité.

72

Vendredi 19 août, 6 h 5

Un jour blanchâtre filtrait à travers les caches qui obscurcissaient les fenêtres. Des éclairs, par moments, apportaient un surcroît de lumière et donnaient à Mira de brefs aperçus de la pièce qui était devenue sa prison.

La prison où elle vivait peut-être ses derniers instants.

Mira ferma les yeux pour juguler cette pensée. Si son esprit partait dans cette direction, c'était fichu. Elle devait mobiliser toute son énergie pour se donner une chance de s'en sortir.

Un éclair puissant illumina un instant la chambre. Deux fenêtres, vit-elle. Vieilles. Encadrées de larges dormants. Des moulures comme on en voyait à peu près partout dans la ville. Elle leva les yeux vers le plafond, avec son grand médaillon au centre.

Le tout en mauvais état, avec des fissures, des moisissures, des marques d'infiltrations d'eau.

C'était cela, l'odeur qui lui parvenait ? Celle du plâtre détrempé et verdissant ?

Elle ne s'était pas rendormie après le départ de Chris. Juste quelques minutes, par intermittences, lorsqu'elle sombrait contre son gré dans de courtes somnolences hagardes. Ces heures de veille, elle les avait passées à réfléchir, à chercher des solutions. Il lui fallait convaincre

Chris de la laisser partir. Et pour cela, elle devait le mettre en confiance.

Comment ?

Plaider, implorer, supplier ne la mènerait à rien. Et le raisonner encore moins. Elle ne devait pas essayer de l'amener sur le terrain de la « normalité ». C'était à elle d'entrer dans sa réalité. De le rejoindre dans ce lieu, en lui, où ces histoires de meurtre et de démons obéissaient à une logique imparable.

Tâche de te souvenir, Mira. Reprends les éléments un à un.

Il l'avait appelée Marie. Il s'était montré peiné de ne pas pouvoir la détacher. Mais son « père » le lui avait interdit. Un Père céleste, apparemment, puisqu'il avait tourné les yeux vers le ciel.

Chris... le Christ. Il se prenait pour le fils de Dieu. Revenu en gloire pour juger les vivants et les morts. Voilà pourquoi il avait tagué le Credo sur les vitraux des Sœurs de la Miséricorde. Et inscrit « Jour du Jugement » près du cadavre du Prêcheur.

Et il voyait en elle Marie-Madeleine. Sa servante dévouée et son grand amour. Voilà pourquoi il l'appelait Marie. A cette pensée, une montée de bile lui procura un haut-le-cœur. C'était d'*elle* qu'il cherchait à expulser les esprits malins. Qu'avait-il dit, déjà ? Que les démons l'empêchaient de voir qui elle était réellement. Et que c'était à lui de les extirper.

Des démons. C'était donc pour la « purifier » qu'il avait tué son beau-père. Sa voisine. Sa psy.

Et peut-être, bientôt, Deni et Connor. Un vent de panique menaça de la submerger, aussitôt suivi d'une puissante vague de désespoir. Et s'il les avait déjà tués ? Ou s'il était occupé à le faire maintenant ? Qui étaient, à ses yeux, les deux démons manquants ? Elle n'avait aucun moyen de le savoir. Dans l'esprit malade de Chris, n'importe qui pouvait les incarner.

Arrête, Mira, ne laisse pas vagabonder ton imagination. La seule chose que tu puisses faire concrètement, c'est essayer de sortir d'ici. Montre-toi conforme à celle qu'il voit en toi. Ça peut marcher.

Elle serra les lèvres, luttant contre la peur, l'incertitude croissante. Aucune erreur ne lui serait permise. Il n'était pas dit qu'elle aurait une seconde chance. Elle entendit du bruit derrière la porte. Le verrou tourna et le battant s'ouvrit en grinçant.

Fais ton entrée en scène, Mira. Ne te plante pas.

Les yeux clos, elle feignit de dormir. Elle l'entendit traverser la pièce et poser quelque chose par terre à côté d'elle. De la nourriture. Une odeur grasse d'œufs et de bacon lui chatouilla les narines.

— Marie ? appela-t-il doucement. C'est moi. Tu es réveillée ?

Elle ouvrit les yeux. Le seul fait de le voir lui retourna l'estomac. Mais elle réussit à lui adresser un sourire de bienvenue.

— Je t'ai apporté ton petit déjeuner.

— Tu es si bon pour moi…

— Parce que je t'aime. Je sais qui tu es réellement.

— Moi aussi, je le sais. Et toi, je te connais en vérité… Mon doux sauveur, ajouta-t-elle après une pause, ménageant ses effets.

Il fit comme s'il ne l'avait pas entendue.

— Tu as faim, Mira ?

— Pas Mira. Marie. Et je suis affamée, oui.

Elle le sentit trembler lorsqu'il l'aida à se redresser.

— Quelle heure est-il ?

— Presque 6 heures et demie.

La police devait être informée de sa disparition, à présent. En trouvant porte close, les officiers envoyés par l'inspecteur Malone avaient dû enfoncer sa porte. Et trouver le sang dans la cuisine et son téléphone piétiné.

— Détache mes mains, que je puisse manger.

— Je suis désolé, Marie. Mais je ne peux pas.

— Mais j'ai tellement faim !

— Je vais te nourrir.

Elle le laissa lui donner la becquée, luttant à chaque bouchée pour réprimer sa nausée. Lorsqu'il eut terminé, il lui essuya les lèvres avec une serviette, puis se pencha pour l'embrasser. Tout se rebellait en elle, hurlant une protestation horrifiée. Mais elle ferma les yeux et s'imagina qu'il était Connor.

Lorsqu'il s'écarta, elle le regarda d'un air d'adoration — elle espérait du moins qu'il lirait ainsi son expression.

— Demande-moi qui je suis, chuchota-t-elle.

— Qui es-tu ?

Elle décida de rester d'abord dans le vague, pour essayer de jauger sa réaction. Si elle se trompait — et c'était une possibilité —, cela lui laisserait une chance de rectifier le tir.

— Ta servante dévouée. La femme qui te doit la vie. Je t'aime, chuchota-t-elle, se faisant violence pour prononcer ces mots.

Il ne parut pas convaincu. Elle sentit les larmes lui emplir les yeux.

— Tu ne me reconnais pas ? Je suis ta Marie de Magdala. J'ai lavé tes pieds avec mes cheveux et t'ai oint de mon parfum le plus précieux. Je t'ai vu mourir et j'ai souffert, en te voyant sur la croix, comme si mon propre cœur m'était arraché.

Chaque mot prononcé sonnait comme un blasphème. Une part d'elle-même se faisait horreur. Ses larmes redoublèrent.

— Mais aujourd'hui, tu m'es revenu. Un homme de chair et de sang.

— Marie, chuchota-t-il d'une voix tremblante d'émotion. Il y a si longtemps que j'attends ce moment… Si longtemps.

Il posa la tête sur ses genoux.

— J'ai été si seul…

— Plus maintenant, mon amour. Plus jamais. Je suis là.

Il pleura dans son giron. Comme un enfant. Et le son de ses sanglots était à briser le cœur. Mais elle ne pouvait pas se permettre de se soucier de lui, dans sa situation. Elle ferait n'importe quoi pour lui échapper. Quitte à le tuer, s'il le fallait.

Mira murmura de tendres paroles de réconfort, tout en réfléchissant frénétiquement à l'étape stratégique suivante. Elle ne voulait pas aller trop vite en besogne, mais il ne s'agissait pas non plus de s'endormir sur sa victoire. Devait-elle lui demander de la détacher ? Lui dire qu'elle désirait le tenir contre elle ? Le réconforter de ses mains, de ses bras ?

Il leva la tête de ses genoux et approcha son visage du sien. L'expression de son regard déclencha une vague aiguë de peur.

— J'ai une surprise pour toi.

La terreur lui scella la gorge. Elle essaya de répondre, mais ne parvint pas à émettre une syllabe.

— Je veux te présenter quelqu'un.

Tout, en elle, se refusait à cette nouvelle épreuve. Elle aurait voulu plaider qu'elle n'était pas prête. Le supplier de différer.

— Qui ? s'enquit-elle d'une voix étranglée.

Il ne répondit pas, se contentant de la mettre sur ses pieds. Avec la circulation coupée au niveau des chevilles, elle vacilla, puis bascula en avant. Il l'attrapa, la souleva dans ses bras et la porta comme s'il tenait un agneau destiné au bûcher.

L'agneau du sacrifice. Lié et attaché. Prêt pour l'autel.

Mira se mit à pleurer. Elle ne voulait pas mourir. Après tous ces jours, ces mois, ces années passées non seulement à souhaiter la mort mais à contribuer activement à se détruire, elle priait aujourd'hui de toute son âme pour que la vie, la précieuse vie, lui soit conservée.

— Ne pleure pas, ma douce Marie, ma Magdaléenne. J'en aurai bientôt fini. Et personne ne pourra plus nous séparer.

73

Vendredi 19 août, 7 h 10

Mira se tenait debout dans une petite salle de bains désuète aux murs décrépis. Chris l'avait laissée là pour qu'elle puisse se « préparer », même s'il avait refusé de préciser dans quel but. Il l'avait détachée pour l'occasion et lui avait laissé tout le nécessaire : une brosse à dents, du dentifrice, une serviette et un gant, du savon, du papier hygiénique et un peigne. Et une simple chemise droite en lin avec une culotte en coton.

Il lui avait annoncé qu'elle disposait de trente minutes, puis il l'avait laissée seule en fermant la porte à clé.

Trente minutes avant quoi ?

Son regard glissa tout autour de la pièce pour ce qui lui parut être la centième fois. Un lavabo sur colonne, une vieille baignoire sur pied. Une seule petite fenêtre de verre dépoli. Hermétiquement fermée par une couche de peinture.

Aucun moyen de s'échapper.

Mais elle était vivante. Et c'était déjà énorme. Il lui restait une chance. Un espoir.

Consciente que le temps passait, elle se soulagea, se déshabilla et, avec un sentiment terrifiant de vulnérabilité, procéda à une toilette rapide au gant. Puis elle se sécha et enfila la chemise. Elle aurait aimé défier l'autorité de son geôlier et remettre ses propres vêtements. Mais elle était déterminée à ne rien faire qui puisse contrarier Chris.

Son personnage de Marie-Madeleine devait rester cohérent. Plus il lui ferait confiance, plus il baisserait sa garde. Soumise, voilà donc ce qu'elle serait. L'image même de la dévotion aveugle.

Après s'être peignée et lavé les dents, Mira ferma le couvercle des toilettes et s'assit. Combien de minutes s'étaient écoulées ? Il lui semblait que la demi-heure avait passé. Depuis longtemps, même.

Et s'il ne revenait pas ? Que deviendrait-elle ?

Mira secoua la tête, comme pour chasser physiquement cette pensée. Il s'agissait d'une forme de torture psychologique, en fait. Il la maintenait dans l'incertitude, la privait de ses repères. C'était une façon de la tenir à sa merci.

Elle commença à se lever, puis s'immobilisa lorsqu'elle perçut un léger bruit de sanglots. Quelque part dans la maison, une femme pleurait tout bas, des larmes désespérées.

D'où cela venait-il ? Du mur derrière les W.C. ?

Elle se leva, se glissa derrière le siège et colla l'oreille contre la cloison. Oui, c'était bien cela. Quelqu'un se trouvait là, à pleurer ! Mira tapa prudemment trois petits coups.

Les pleurs cessèrent, aussitôt suivis d'un *toc, toc, toc* en écho.

— Salut, chuchota-t-elle tout bas en espérant être audible.

Toc. Toc. Toc.

Qui était-ce ? Une autre captive ? Une seconde Madeleine ?

Elle colla les lèvres contre le mur :

— Vous avez besoin d'aide ?

Toc. Toc. Toc. Telle fut la réponse.

Un bruit de pas se fit entendre et Chris introduisit la clé dans la serrure.

— Chut… Il arrive.

Juste au moment où il entrait, elle se laissa tomber sur le siège des toilettes. Il fronça les sourcils.

— Qu'est-ce que tu faisais ?

— Je t'attendais.

— Je t'ai entendue parler.

— Je priais. Je récitais une action de grâces.

Son visage s'éclaira.

— Comme tu es belle, ainsi, Marie…

— Merci, Rabbi.

Rabbi, qui signifiait « mon maître », était un titre donné aux docteurs de la loi juive. Le terme était souvent utilisé par les apôtres du Nouveau Testament en référence à Jésus. Elle prenait un risque, en l'appelant ainsi. Mais s'il connaissait son usage, cela pourrait achever de le convaincre de sa sincérité.

Le visage de Chris s'éclaira, et elle sut qu'elle avait visé juste. Il lui tendit un sac en papier marron.

— Regarde. Je t'ai apporté quelque chose.

Il avait l'air affreusement content de lui. Elle jeta un coup d'œil sur le sac puis leva les yeux sur son visage. Il pouvait y avoir n'importe quoi, là-dedans. Un pistolet ou un couteau. Un marqueur indélébile pour son front. De la corde pour lui rattacher les chevilles et les poignets. Elle cligna rapidement des paupières pour chasser les larmes qui lui montaient aux yeux.

— Elle s'est trompée à ton sujet.

— Qui ?

— Ma grand-mère.

Il vint à elle, lui caressa l'arrondi de la joue, puis laissa retomber son bras.

— Regarde dans le sac, Marie.

Elle hésita et il répéta son ordre en lui tendant le paquet. Elle le prit, jeta un coup d'œil à l'intérieur. Des cheveux… *Une tête* ?

Avec un cri étouffé, elle lâcha le paquet.

— Hé ! Qu'est-ce qui t'arrive ?

Il récupéra le sac et en sortit le contenu. Une perruque. Couleur cuivre avec une longue chevelure bouclée.

— Tu n'aurais jamais dû couper tes cheveux.

— Non, acquiesça-t-elle mécaniquement.

— Pourquoi l'as-tu fait ?

— Je ne sais pas.

— Les démons, conclut-il simplement.

— Les démons, répéta-t-elle, ne sachant quoi dire d'autre.

Il lui ajusta la perruque sur la tête, lissa les longues mèches qui lui tombaient sur les épaules, puis se recula pour juger de l'effet. Son expression se modifia et Mira entendit sa respiration s'accélérer.

Il était excité.

D'un geste réflexe, elle porta la main à sa tête pour arracher la perruque. Mais il l'en empêcha.

— Pourquoi veux-tu que je la porte ? Tu sais qui je suis.

— Mais elle ne saura pas.

— Qui ?

— Ma grand-mère. Viens.

Il lui tendit la main et elle la prit. Contre la paume chaude et moite de Chris, elle sentait la sienne semblable à de la glace. Il la guida sur le palier. L'escalier était tout proche. Elle pourrait se dégager d'un mouvement brusque et dévaler les marches. Il suffirait qu'elle ait le temps d'atteindre le vestibule et de déverrouiller la porte. Une fois hors de la maison, il y aurait forcément quelqu'un pour l'entendre crier.

Mais si elle échouait, il n'y aurait pas de seconde fois. Il était plus sage d'attendre. De guetter *le* moment vraiment favorable. Il finirait tôt ou tard par se présenter.

Comme s'il avait lu dans ses pensées, il resserra la pression de ses doigts.

— Tout va bien se passer, Marie. N'aie pas peur.

Chris s'immobilisa devant une nouvelle porte. Derrière, s'élevait un second escalier qui remontait au temps où les domestiques étaient encore logés à l'étage des combles. Il lui fit signe de monter, et la suivit de si près qu'elle sentait son haleine collante dans sa nuque. A chaque marche, l'air devenait plus lourd, plus épais, plus chargé. Qu'y avait-il donc là-haut ?

Deux portes. Il s'immobilisa devant celle de droite et frappa un coup bref.

— Grand-mère ? C'est moi, annonça-t-il en poussant le battant. Je suis venu te présenter Marie.

Sans attendre la réponse, il pénétra dans la chambre en la tirant sans ménagement derrière lui. Une lumière grise filtrait à travers les rideaux couverts de moisissures. Mira résista, se cachant à moitié derrière lui.

— Regarde-nous, grand-mère.

La figure sur le lit n'émit pas un son. Chris se tenait pourtant en position d'écoute, la tête penchée sur le côté. Après quelques instants de silence concentré, il parla de nouveau :

— Donne-lui au moins une chance !

A qui s'adressait-il ? Toujours cachée derrière le dos de Chris, Mira risqua un coup d'œil. Il n'y avait personne, dans la chambre, à part eux deux et cette forme vague dans le lit.

— J'en ai marre que tu sois toujours aussi négative ! cria-t-il soudain. Puisque je te dis que ce n'est pas une putain !

Il se retourna pour la saisir par le bras et la força à se montrer.

— Regarde ! Ma Marie est revenue ! Et nous nous aimons, elle et moi !

Mira découvrit alors ce qu'il y avait sur le lit. Un hurlement lui emplit les poumons tandis qu'elle risquait un second regard, refusant de croire ce qu'elle avait sous les yeux. *Un cadavre*. Comme une scène de film d'horreur. Ou de train fantôme. De ce qui avait été une vieille femme, ne restait plus qu'un squelette avec des plaques de chair en décomposition — muscles ou tendons.

Etait-ce une plaisanterie macabre ? Non. De toute évidence, non. Elle ferma les yeux pour échapper à la sinistre vision. Chris la tira jusqu'au lit. Elle se débattit, le griffa, mais il ne semblait même pas s'en apercevoir. Il s'avançait comme s'il était en transe.

— Grand-mère, s'il te plaît… Tu as été la seule à croire en moi. Tu m'as parlé de ma naissance virginale… tu m'as montré le vrai chemin, tu m'as soutenu et encouragé.

Mira écoutait, le cœur battant à se rompre, l'estomac soulevé. Chris tourna vers elle un regard opaque.

— Ma mère était Marie, mais elle ne croyait pas à ma nature réincarnée. Et Dieu a dû la frapper de son glaive.

— Qu'est-ce que tu dis ? balbutia-t-elle, consciente qu'elle était à deux doigts de perdre le contrôle de ses nerfs.

— C'est ma grand-mère qui m'a tout appris : que la voix qui parle dans ma tête est celle de mon Père, que sa Parole est vérité et que je dois agir selon Sa volonté.

— Je voudrais m'en aller d'ici… S'il te plaît.

— Non, Marie. Agenouille-toi près du lit, prends sa main.

Mira secoua la tête.

— Non… Non, je ne peux pas. S'il te plaît.

Il commença à insister, puis se tourna brusquement vers le lit.

— Arrête de dire des méchancetés ! Cela ne prouve rien du tout ! Mets-toi à sa place !

Dans un sursaut d'horreur, Mira réussit à se dégager et courut vers la porte. Il la rattrapa avant même qu'elle ait eu le temps d'agripper la poignée. Encerclant sa taille de ses bras, il la tira en arrière.

— Il n'y a aucune raison de fuir, Marie. Je ne lui permettrai pas de te faire du mal.

La panique prit le dessus. Tous ses projets de comédie et de manipulation s'évaporèrent.

— Elle est *morte*, Chris ! Tu ne peux pas ne pas le voir !

— Non, mon cœur. Elle est vieille et très malade. Mais cela fait partie de la vie. Personne ne peut y échapper.

— Non, elle est morte. Tu as besoin de soins. Besoin d'aide.

— Arrête de déraisonner, Marie. Viens t'agenouiller près d'elle.

Ses bras se durcirent autour de sa taille. Mira se débattit, supplia, implora. Mais en vain. Il l'amena contre le lit, la força à se mettre à genoux, s'asseyant pratiquement sur elle pour la maintenir dans la posture. Elle sanglotait, à présent.

— Je ne peux pas. Je ne peux pas…

Il lui saisit le poignet. Ses doigts étaient comme des serres qui s'enfonçaient dans sa chair.

— Prends-lui la main, Marie. Et embrasse-la. Témoigne-lui le respect que tu lui dois.

— Non !

Rassemblant ses forces, elle le repoussa et se rejeta en arrière. Chris tomba contre le lit, s'affalant à demi sur le cadavre. Le crâne se sectionna sous le choc et roula par terre.

Les traits déformés par la rage, il se mit à hurler :

— Regarde ce que tu as fait ! C'est foutu. Elle ne te pardonnera plus jamais, tu m'entends ? Jamais !

— Je suis désolée, chuchota-t-elle. Je ne l'ai pas fait exprès.

Clouée sur place par une fascination horrifiée, elle le vit remettre avec soin la tête semi-décomposée en place, sur l'oreiller, arranger les quelques maigres mèches grises tout en murmurant des mots d'adoration et d'excuses.

Lorsqu'il eut terminé, il tourna les yeux vers elle. Alors seulement, Mira prit conscience de sa stupidité : elle venait de laisser passer *le* moment idéal pour fuir.

— Tu n'es pas responsable, Marie. C'est ma faute.

Elle fit un pas en arrière. Lui un pas en avant.

— Je voulais tellement y croire que j'ai précipité les choses. Tu n'y peux rien.

Il sortit une cordelette de sa poche.

— Les démons te tiennent encore en leur pouvoir. Je dois finir de les expulser.

Il chassa sept démons.

Elle secoua la tête.

— Non. Il n'y a pas de démons. Tu es malade, Chris. Tu as besoin d'aide…

— Il n'en reste plus que deux. Mais ce sont eux qui exercent la plus forte emprise sur toi.

— Chris, je veux que tu m'écoutes. Je suis Mira Gallier, ta patronne. Et ton amie. Pas Marie-Madeleine.

Elle recula d'un premier pas. Puis d'un second.

— Tu es Chris Johns et tu as besoin d'aide. Je ferai ce qu'il faut pour que tu l'obtiennes. Je…

Pivotant sur les talons, elle attrapa la poignée de la porte. Il se jeta sur elle et l'écrasa contre le battant, lui coupant la respiration sous le choc.

— Je ne voulais pas te faire du mal, Marie. J'espère que tu le sais.

Il la projeta par terre avec force et son menton heurta le sol avec un craquement sinistre. La douleur explosa dans sa tête, comme une myriade d'étoiles. Un feu d'artifice multicolore qui s'estompa, s'affaiblit et s'éteignit dans un ciel uniformément noir et vide.

74

Vendredi 19 août, 8 h 40

Mira revint à elle avec un mal de tête lancinant. Une douleur insoutenable lui broyait la mâchoire, et elle avait un affreux goût de sang dans la bouche. Avec un gémissement de souffrance, elle tenta de rouler sur le dos. Mais pas moyen. Elle entrouvrit un œil.

— Mira, Dieu merci, tu es réveillée… C'est moi, Deni.

Deni ? Mira cligna des yeux et réussit à y voir plus clair. Son amie, en pleurs, était agenouillée à côté d'elle.

— Où suis-je ?

— C'était Chris, Mira. C'est lui, le tueur. Pas Bill.

Sa voix se brisa, mourut dans un sanglot.

— Il est venu chez moi pour m'emmener de force et… Il croit que tu es Marie-Madeleine, murmura-t-elle tandis que ses larmes ruisselaient de plus belle.

Mira cligna des yeux. Et brusquement, tout lui revint. Le cadavre dans la chambre du haut. Le regard curieusement vide de Chris. La violence avec laquelle il l'avait jetée à terre. La douleur qui avait explosé dans sa tête.

— Moi, je suis Marie, et lui se prend pour Jésus Christ.

Revenu en gloire juger les vivants et les morts.

— Voilà, chuchota Deni. Tu sais que c'est lui qui a pris le vitrail de Marie-Madeleine ? Il me l'a dit lui-même.

Logique, bien sûr. Chris avait inventé l'histoire de la voisine qui aurait vu Deni, accompagnée d'un homme, emporter le vitrail, afin d'orienter ses soupçons sur Connor et sur son assistante. Et, comme une idiote, elle avait avalé son histoire sans se poser de questions.

Comme si Deni lisait dans ses pensées, elle se remit à pleurer.

— C'est ma faute… Je croyais que c'était quelqu'un de bien. Avec de hautes valeurs morales, même. C'est à cause de moi qu'il a pu s'introduire dans ta vie.

— Tu n'es pas responsable, Deni. Je le croyais aussi.

Mira fit le bilan de sa situation. Elle avait les mains attachées, mais pas les pieds. Avec l'aide de Deni, ne pourrait-elle pas au moins s'asseoir ?

— Tu m'aides à me redresser ?

— Je ne peux pas. J'ai les poignets attachés.

— Sers-toi de tes jambes et de tes pieds.

— Mais j'ai peur de te faire mal !

— Regarde-moi. Tu crois que ça peut être pire ?

Deni se mordit la lèvre d'un air désolé.

— D'accord. Je vais essayer.

Se conformant à ses instructions, Deni réussit à caler les pieds sous ses hanches. Puis elle compta jusqu'à trois et son amie tenta de la soulever. Après quelques essais infructueux, Mira se retrouva sur le dos. Usant de la même technique, Deni finit par la propulser en position assise.

Physiquement, la douleur était à la limite du supportable. Emotionnellement, elle se sentait beaucoup mieux.

— Je me demande ce qu'il compte faire du vitrail.

— Il est tellement atteint, Mira… Tout est possible.

— Allez, on sort d'ici.

Mira inspecta la pièce d'un regard circulaire. Même pas une fenêtre.

— Enfin… On essaie.

— L'inspecteur Malone devrait finir par nous retrouver, non ?

— Tôt ou tard, oui. Mais je ne pense pas que nous ayons beaucoup de temps devant nous.

La lèvre inférieure de Deni se mit à trembler. Ses yeux se remplirent de larmes.

— Alors, c'est fichu. Nous allons mourir.

— Hé ! On ne va pas s'avouer vaincues, fillette. On sortira d'ici.

L'assurance pleine de bravoure, dans sa voix, était presque comique, vu les circonstances.

— Qu'est-ce qu'il t'a dit exactement, Deni ?

— Il pense que je suis une sorte d'esprit malin. Et que tu es en ma possession.

Elle pinça les lèvres, prit une inspiration, puis poursuivit :

— C'est lui qui a tué tous ces gens, Mira.

— Je sais.

— Et il a l'intention de me tuer, moi aussi. Et Connor. Devant toi.

L'estomac de Mira se souleva, mais elle réussit à se contrôler.

— C'est tout ? Il n'a pas précisé quand ou comment...

Elles l'entendirent à la porte et se regardèrent. Le visage de Deni avait pris une teinte blafarde. Chris entra dans la pièce et referma derrière lui. Il portait une caisse à outils qu'il posa sur le sol, près de la porte.

— Je suis heureux que tu sois réveillée, Marie.

La bouche sèche comme du carton, elle gardait les yeux rivés sur la boîte à outils.

— Ce n'est pas à toi que je dois d'avoir repris connaissance, en tout cas.

Sans tenir compte de sa pique, il souleva le couvercle et en sortit une paire de gants de travail en cuir. Il les enfila avec un sourire bienveillant.

— Qu'est-ce que tu fais ?

Il ne répondit pas, se contentant de sortir un second objet de la caisse. Lorsqu'il s'approcha pour se tenir devant elle, Mira comprit pourquoi il avait besoin des gants.

— Tu reconnais ceci ?

Il avait à la main un long éclat de verre déchiqueté.

Mais ce n'était pas n'importe quelle pièce de verre. Il s'agissait d'un détail de son vitrail, où figurait le haut du visage de la sainte — yeux compris.

Elle avait travaillé des jours durant pour reconstituer le regard de Marie-Madeleine, en s'efforçant de rendre l'affliction et le désespoir qui l'habitaient. Face à l'acte de destruction de Chris, elle réprima un cri d'incrédulité et de désespoir. Le salaud ! Elle ne lui ferait pas le plaisir de montrer à quel point elle était affectée.

Elle le regarda droit dans les yeux.

— Tu le sais, que je le reconnais.

— Ce vitrail avait une emprise malsaine sur toi. Je t'ai libérée de son pouvoir.

Il sourit, manifestement très content de lui.

— Maintenant, j'ai une surprise pour toi.

— Encore ? répliqua-t-elle.

Elle n'avait aucune stratégie, aucun plan. Rien. A sa disposition, elle n'avait plus que des sarcasmes, nés d'une terreur sans fond.

— Tu es plein de surprises, comme garçon, dis-moi.

— Ça, ce sont les démons qui parlent.

— Non, Chris. C'est moi. Il n'y a pas de démons.

— Si. Il reste deux esprits malins, affirma-t-il gravement en se tournant vers Deni. Elle et Connor.

Elle aurait voulu hurler, l'insulter, le frapper à coups de pied. Ou même lui cracher à la figure pour essayer d'atteindre la part saine qui subsistait en lui — si tant est qu'il y en eût une. Mais cela ne marcherait pas. Tout ce qui n'allait pas dans le sens de son délire ne faisait que le renforcer.

Tirant sur les liens qui lui retenaient les poignets, elle chercha à gagner du temps.

— Pourquoi les Sœurs de la Miséricorde ? Parce que j'avais restauré les vitraux ?

Il lui jeta un regard étrange.

— Parce qu'ils illustraient la vie du Christ, bien

sûr. Ma première vie. Et parce que c'est là que tout a commencé. C'est l'église de ma mère, où j'ai été conçu et où j'ai reçu le baptême. La cérémonie était conduite par le père Girod.

— Et tu l'as tué !

— J'ai fini par comprendre qu'il faisait partie des démons. Sinon, cet homme qui se disait de Dieu, ne m'aurait-il pas reconnu ?

Deni se mit à pleurer sans bruit. Mira aspirait à la consoler, mais elle resta concentrée sur Chris.

— Et le Prêcheur ?

— Je l'ai trouvé et j'ai récupéré ta croix.

Chris secoua la tête.

— Le Prêcheur était un faux prophète. Et ton second démon.

Il s'accroupit devant elle pour mieux la regarder, tête penchée.

— J'imaginais que tu me remercierais.

Te remercier d'avoir tué un homme ? D'être entré par effraction chez moi ?

— Comment es-tu entré chez moi ?

— J'ai volé ta clé une fois, pendant que tu étais à l'atelier. En moins d'une demi-heure, j'avais fait faire un double.

La peau de ses poignets était en feu, écorchée par ses efforts pour venir à bout de ses liens. Peut-être se faisait-elle des idées, mais elle avait l'impression que la corde s'était desserrée.

— Et le code de l'alarme ?

— C'est Deni qui me l'a donné.

— Je suis désolée, Mira, chuchota celle-ci.

Chris la foudroya du regard.

— Ne l'appelle pas comme ça ! Son nom est Marie.

— Laisse-la partir, ordonna doucement Mira. S'il te plaît, Chris…

— Je ne peux pas, Marie. Je suis désolé. Tu me remercieras plus tard.

— Non. Jamais. Je te haïrai pour toujours.

— Ta surprise, maintenant.

Il quitta la pièce et revint quelques instants plus tard, tirant quelque chose de lourd derrière lui. Pas quelque chose. Quelqu'un.

Mira pâlit.

— Connor !

Il était inerte, avec tout un côté de la tête en sang, le visage bleui et enflé. Du sang perlait de son flanc.

— Qu'est-ce que tu lui as fait ?

Chris ne répondit pas, mais ses yeux se dirigèrent vers le plafond.

— Tu es le Père, je suis le Fils. Ce que je fais, je le fais en ton nom. Que ta volonté soit faite pour toujours, en ceci et pour toute chose.

— Tout ça n'est que mensonge ! tonna-t-elle en se précipitant vers Connor. Telle n'est *pas* la volonté de Dieu ! Et si tu étais réellement le Christ, tu n'agirais pas par la violence et le meurtre ! Sa parole était de paix et d'amour ! Pas de destruction. La voix dans ta tête te ment !

Chris parut se pétrifier. Une lueur d'espoir se fit jour en elle. Peut-être pouvait-elle l'atteindre à travers l'histoire même qu'il croyait si bien connaître ?

— Le démon, c'est la voix, Chris ! Ce n'est pas Deni. Ni Connor.

Il se tourna vers elle et elle vit qu'il n'avait pas lâché le morceau de verre. Sa main tremblait.

— Tu te trompes, tu verras… Ces yeux… Mon Père m'a promis… Je te sauverai…

— La voix dans ta tête est démoniaque !

Elle était si près, à présent, qu'elle aurait pu toucher Connor, si seulement elle libérait ses poignets. Elle tira sur ses liens si frénétiquement qu'elle sentit l'épaisseur gluante du sang sur ses mains.

— Tu te souviens du serpent, dans le Jardin, lorsqu'il a piégé Eve ? Et la tentation dans le désert ? Le Malin se sert des mots de Dieu pour mieux nous tromper… La voix, c'est le diable. Et elle ne cesse de te mentir.

Il cligna des paupières, marmonna quelque chose et fit un pas en arrière. Elle vit s'inscrire sur ses traits une expression qui ressemblait à de la confusion.

— En es-tu certain, Père ? Mais les yeux… Elle était censée…

Le fragment de vitrail lui glissa des doigts. Il tourna le regard vers elle.

— Il m'a dit de faire vite, plutôt. De prendre le revolver, celui que j'ai utilisé pour le troisième démon.

Son beau-père.

— Non ! Chris, écoute-moi ! La voix est…

— Non.

Il se précipita vers la caisse à outils et commença à fourrager à l'intérieur. Elle reprit d'une voix aussi ferme qu'elle le put :

— Tu dois m'écouter. Si tu étais le Christ, tu tendrais l'autre joue. Tu te souviens, quand les soldats romains sont venus t'arrêter et que Pierre s'est servi de son épée contre eux ? Que lui as-tu dit, alors ?

Il releva les yeux. Elle vit qu'il tremblait.

— « Quiconque se sert de l'épée, périra par l'épée. »

— Oui. Et tu sais ce que cela signifie. Tu sais que ce que tu fais n'est pas l'œuvre du Seigneur.

Son visage se tordit, comme sous l'effet d'une extrême souffrance. Il se plia en deux, comme s'il avait reçu un coup, puis tomba à genoux, le visage renversé vers le ciel.

— Les esprits malins… Ils m'attaquent, Père… Je suis débordé. J'ai mal… Aide-moi !

Connor poussa un gémissement et revint à lui. Mira le regarda un instant, puis reporta son attention sur Chris.

— Je te parle en vérité et tu le sais, Chris. Tu sais que c'est vrai !

Il pressa les mains sur ses oreilles.

— Aide-moi, Père… Dis-moi ce que je dois… Le pistolet, oui. En finir au plus vite.

Connor gémit de nouveau. Ses yeux s'ouvrirent et ils se regardèrent. Si Mira avait pu douter encore de son amour, la seule force de son regard dissipa ses interrogations à tout jamais. Chris se leva, son arme à la main, le visage étrangement dépourvu d'expression, le regard comme tourné vers l'intérieur.

Terrifiée, elle cria à pleins poumons, luttant pour ne pas perdre son attention.

— Tu as été trompé. Tuer n'est pas juste, tuer est un péché ! Ces meurtres sont…

— Non ! hurla-t-il.

Pas en réponse à ce qu'elle affirmait, comprit Mira, mais en s'adressant à la voix dans sa tête.

— Elle *est* Marie. Ma Madeleine. Tu l'as envoyée pour qu'elle se tienne à mon côté. Tu m'as dit que c'était elle… Quoi ?

Il secoua la tête.

— Dieu le Père ne peut pas avoir été trompé. Il est omniscient et tout-puissant !

Mira redoubla ses efforts pour venir à bout de ses liens. Le sang ruisselait le long de ses poignets, la douleur était atroce, mais elle ne sentait rien.

— L'Elu… Je croyais…

Il se tourna vers Connor.

— Le menteur et l'esprit malin…

— Non ! cria-t-elle. Ne lui fais pas de mal. Je l'aime !

Chris ne sembla pas l'entendre. Il était pris dans une conversation torturante à laquelle il était seul à avoir accès.

— Ma mère… Elle avait raison… Un mensonge.

Son corps se convulsa. Des larmes roulaient sur ses joues.

Elle libéra une première main. Puis une seconde. Trop tard.

Chris leva son arme, la tourna contre lui-même. Et fit feu.

75

Vendredi 19 août, 9 h 50

La maison, soudain, se remplit de cris. L'inspecteur Malone, comprit Mira. Et toute la cavalerie derrière. Elle rampa jusqu'à Connor.

— Ça va ?

— Tu plaisantes ? murmura-t-il péniblement, d'une voix enrouée. Je ne me suis jamais senti mieux.

Devant son air interdit, il esquissa un sourire qui oscilla, à mi-chemin de la grimace.

— Tu viens de dire que tu m'aimais, Mira.

— C'est vrai. Je l'ai dit et je le répéterai.

A bout de forces, elle fondit en larmes.

— Jusqu'au dernier moment, j'ai pensé que c'était sur toi qu'il tirerait…

— Tu as réussi à lui parler, à l'atteindre au cœur même de sa folie. Tout est fini, maintenant.

Elle tourna la tête vers Chris, allongé dans une mare de sang, et regretta aussitôt d'avoir regardé. C'était une vision qu'elle porterait en elle à tout jamais. Elle détourna hâtivement son attention sur Connor et but des yeux son visage meurtri.

— Hé, vous deux !

Spencer s'accroupit à côté d'eux, et libéra les poignets et les chevilles de Connor avant d'examiner rapidement ses blessures.

— J'ai l'impression qu'il vous a sérieusement amoché. Il a réussi à placer quelques coups vicieux.

— Il m'a pris par surprise, le petit salopard. Il a cogné à ma porte en pleine nuit et m'a raconté que le vitrail de Marie-Madeleine avait été volé et que Mira était complètement « flippée ».

Il toussa, émettant un son mouillé.

— Il disait qu'elle était en pleine crise d'hystérie, qu'elle ne voulait parler à personne sauf à moi. Et comme un idiot, je l'ai cru, et je me suis précipité pour jouer le noble chevalier prêt à secourir sa dame en détresse.

Son rire se mua très vite en une quinte douloureuse. Il fit la grimace.

— Finalement, c'est la « dame en détresse » qui nous a sauvé la vie à tous, grâce à son sang-froid et sa culture biblique.

— Connor, tu saignes ! s'écria Mira avec inquiétude. Sur le côté.

— Ce n'est pas… grand-chose. Après m'avoir assommé, il m'a enfoncé un morceau de verre dans le flanc.

— Cela fait beaucoup de sang, dit Spencer en faisant signe à l'intervenant de premier secours, qui venait d'arriver sur la scène.

Mira s'écarta pour laisser la place à l'auxiliaire médical, et le regarda examiner ce qui lui apparut comme une plaie redoutable.

— Désolé que nous ayons été si longs à arriver, expliqua Spencer, détournant son attention de Connor. Vers minuit, nous savions que Chris était notre tueur. Mais nous avons mis un temps fou à trouver où il habitait. Sa maison était la propriété de sa grand-mère, qui portait un autre nom de famille que le sien. Nous avons fini par la retrouver grâce aux archives des Sœurs de la Miséricorde… Une idée de votre serviteur, précisa-t-il avec l'ombre d'un sourire.

Un officier de police se présenta à l'entrée de la pièce.

— Inspecteur Malone ? Il faut que vous veniez voir ça. Ce type était vraiment ravagé.

Spencer se leva.

— Vous deux, je ne veux pas vous voir bouger avant que les secouristes vous donnent le feu vert. Et il nous faudra une déclaration complète dès que vous vous sentirez prêts à déposer.

Comprenant qu'ils avaient trouvé la grand-mère de Chris, Mira frissonna violemment, puis concentra son attention sur Connor. Le secouriste avait nettoyé et pansé la plaie.

— Bon. Ça devrait aller, dans un premier temps. Ils vous examineront cela de plus près à l'hôpital... Voyons ces poignets, maintenant, madame.

Elle n'avait même plus eu une pensée pour ses mains depuis qu'elle avait réussi à les détacher. Portant son attention sur elles, elle sentit la tête lui tourner. Connor se redressa et l'attira contre lui, son dos calé contre sa poitrine. Elle s'abandonna contre lui avec un petit soupir et ferma les yeux, laissant l'auxiliaire médical lui soigner les poignets, puis la tête.

— Tout va bien, chuchota Connor. C'est fini, maintenant.

Fini, oui. Tout était fini et bien fini. Et pas seulement les soins apportés à ses plaies physiques, mais un long cauchemar, passé et présent. Elle laissa reposer sa joue contre le torse de Connor, rassurée par les battements réguliers de son cœur. Ils étaient hors de danger. Vivants. Et ensemble. Elle leva son visage vers le sien.

— Je t'aime, Connor Scott. Merci de m'avoir attendue.

Epilogue

Samedi 7 avril 2012, 15 heures

— Je vous déclare à présent mari et femme. Vous pouvez embrasser la mariée.

Spencer se pencha sur les lèvres de Stacy. Il ne se contenta pas de les effleurer. Ils échangèrent un vrai baiser, long et profond, qui témoignait à la fois d'une passion et d'un engagement. Mira glissa sa main dans celle de Connor. Il tourna les yeux vers elle, et elle vit le bonheur rayonner dans son regard. Elle savait qu'une même émotion brûlait dans le sien.

En regardant le couple nouvellement marié, Mira songea à Chris et aux dernières pièces du puzzle que l'enquête policière avait mises en lumière.

La mère de Chris avait été assassinée lorsqu'il n'était encore qu'un enfant. Ses restes avaient été retrouvés enterrés dans le jardin, avec sa valise à son côté. D'après les anciens des Sœurs de la Miséricorde, la dernière fois que Mary Johns avait été vue vivante remontait au jour où elle était venue chercher Chris à l'école, pour les informer qu'elle partait vivre au Texas avec son fils.

Ces mêmes paroissiens se souvenaient de la grand-mère de Chris comme d'une femme très étrange, qui refusait d'admettre que sa fille unique ait pu tomber enceinte par les voies ordinaires, et qui soutenait haut et fort que la conception de Chris avait été virginale. Lorsqu'elle s'était heurtée à l'incrédulité des autres fidèles, elle avait claqué la porte et quitté l'église de façon définitive.

Quoi d'étonnant, au fond, si Chris s'était construit une réalité délirante où des « démons » pouvaient être exterminés en toute impunité ? D'abord témoin du meurtre commis par sa grand-mère, il avait été soumis, par la suite, à un régime de folie quotidien. L'anthropologue médico-légal avait établi que la grand-mère de Chris était décédée depuis déjà un certain temps. Et son décès avait également été classé comme homicide. L'os hyoïde de la vieille dame était brisé, et l'expert en avait conclu à une mort probable par strangulation.

Chris avait vécu dans l'adoration de cette grand-mère, pourtant. Mais ses sentiments pour elle avaient forcément été teintés d'ambivalence. Sans doute l'avait-il tuée dans un accès de folie, vengeant inconsciemment le meurtre de sa mère. Puis, incapable de composer avec cette perte, il l'avait « ramenée à la vie » à sa façon.

Mira regarda le jeune couple. Elle aussi avait été ramenée à la vie. Mais pour de bon. Et les démons du passé étaient désormais derrière elle. D'aucuns auraient trouvé étrange qu'elle se remémore ces événements en cet instant, le jour du mariage d'un homme et d'une femme devenus ses amis. Mais elle n'y voyait rien de surprenant. Sans ces événements, elle ne serait pas ici. Pas physiquement. Ni émotionnellement. Elle aurait peut-être fini comme Karin Bayle, tellement accrochée à la mort et au passé qu'elle y aurait sacrifié son avenir. Connor, en l'occurrence.

Elle entrelaça ses doigts aux siens et les serra fort, heureuse et en paix comme elle avait cru ne plus jamais l'être. Les nouveaux mariés se mirent en marche dans la travée centrale, et se dirigèrent vers les portes ouvertes en grand sur une journée — et un futur — magnifique. Sa main logée dans celle de Connor, Mira leur emboîta le pas et prit la même direction.

Remerciements

L'idée originelle de ce roman a jailli d'une coupure de journal : une vitrailliste spécialisée en restauration d'art déploie des efforts héroïques pour sauver les verrières abîmées après l'ouragan Katrina. Cette artiste, Cindy Courage, des Verrières Attenhofer, a eu la gentillesse de m'ouvrir la porte de son atelier. Elle a témoigné pour moi de ses restaurations passées, verbalement et à travers une documentation visuelle. Elle a tenté de « m'enseigner » le processus complexe de son art, son histoire et sa terminologie — allant même jusqu'à me prêter de précieux exemplaires de ses ouvrages de référence épuisés. Et c'est son expérience de Katrina, de surcroît, qui m'a inspiré Mira Gallier, le personnage principal de ce livre. Merci, Cindy !

Tout le monde, à La Nouvelle-Orléans et dans le golfe du Mexique, a essuyé des pertes dans le sillage de Katrina, mais les vies de quelques-uns, comme celle de Mira Gallier, ont été tout spécialement marquées par la tragédie. Je voulais rendre hommage à ceux qui ont été durement éprouvés, en décrivant le cyclone et ses suites dramatiques de façon aussi exacte que possible. Grâce aux personnes qui ont accepté de revivre le cauchemar avec moi, et aussi grâce à celles qui m'ont mise en contact avec ces témoins directs. Je cite : Eva Gaspard, Beth Wolfarth, Linda Weissert, Andi et Patrick Cougevan et Karelis Korte.

Un thriller ne serait pas complet s'il n'offrait pas un aperçu de l'univers policier. Merci au NOPD et à l'officier de police Garry Flot pour avoir répondu à mes questions.

Un immense merci aussi à mon ex-assistante, Evelyn Marshall, pour toute l'aide, le soutien et l'éclairage apportés (et pour avoir subi mes « râlages » occasionnels). Tu me manqueras.

Une dernière mention spéciale pour tous les suspects habituels : mon agent, Evan Marshall, ma correctrice, Jen Weis, toute l'équipe de St. Martins Press, les conseillers en publicité de Hoffman/Miller, mon Dieu pour sa bénédiction, et ma famille et mes amis pour toute leur affection.

A paraître le 1er novembre

Best-Sellers n°585 • suspense

Jamais je ne t'abandonnerai - Antoinette Van Heugten

Son enfant est innocent. Elle le sait comme seule une mère peut en avoir la certitude. Pour défendre Max, elle aura tous les courages.

Que se passe-t-il ? Danielle Parkman ne reconnait plus son fils. Plus du tout. Pourtant, elle n'imagine pas un instant que la terrible maladie dont Max souffre ait pu transformer le petit garçon tendre et attentionné qu'il était en adolescent au comportement inquiétant. Certes, l'autisme est un mal étrange mais, quoiqu'en disent les médecins, elle seule connaît le cœur de son enfant. Et elle a confiance en lui.

Jusqu'au jour où Max est accusé du meurtre d'un patient hospitalisé dans le même établissement que lui. Sous le choc, Danielle est aussitôt assaillie par un terrible doute : se pourrait-il qu'elle se soit trompée ? Non, c'est impossible. Max n'a fait de mal à personne. Par chance, l'avocat Tony Sevillas, le seul qui semble la croire, fait tout pour défendre sa cause : avec lui, Danielle est prête à braver la peur et le doute pour que la vérité triomphe. Et jamais, jamais, elle n'abandonnera Max.

Best-Sellers n°586 • suspense

L'inconnu de Home Valley - Karen Harper

Une famille à chérir, un champ de lavande à cultiver, et la prière pour la guider. Ella connaît son bonheur de vivre auprès des siens, dans la paisible communauté amish de Home Valley, Ohio. Aussi est-ce avec une certaine inquiétude qu'elle voit arriver chez elle un *ausslànder*, un étranger que ses parents ont accepté d'héberger à la demande du FBI. Cible de dangereux criminels contre lesquels il va témoigner, Andrew devra vivre caché sous l'identité d'un amish jusqu'au jour du procès.

Face à cette intrusion dans son univers, Ella se sent perdue. Car si elle est prête à aider Andrew, elle pressent aussi que ce dernier représente une menace pour sa communauté. Pour sa communauté, et pour son cœur, si elle en croit le trouble qui s'empare d'elle chaque fois qu'elle pose les yeux sur lui. Une crainte qui ne fait que se confirmer, lorsque la violence fait soudain irruption dans la vallée, la contraignant à fuir en compagnie du seul homme qu'il lui est interdit d'aimer…

Best-Sellers n°587 • thriller

Le couvent des ombres - Lisa Jackson

La cathédrale de La Nouvelle-Orléans… Au pied de l'autel gît le corps sans vie d'une jeune novice vêtue d'une robe de mariée jaunie. Autour de son cou, un collier de perles écarlates…

Camille, sa petite sœur adorée, est morte. Si seulement Valerie avait pu convaincre sa cadette de quitter ce couvent austère et angoissant, Camille serait vivante aujourd'hui !

Bouleversée, révoltée par ce meurtre, Valerie Renard, une ex-policière, décide de mener sa propre enquête, parallèlement à celle de Rick Bentz et Ruben Montoya, les inspecteurs chargés de l'affaire. Car Valerie le sait : le couvent Sainte-Marguerite n'est pas la paisible retraite que tout le monde imagine, et tous ceux qui y résident, du séduisant père Frank O'Toole à la sévère mère supérieure, semblent avoir quelque chose à cacher. Camille elle-même avait une vie secrète, des zones d'ombre que Valerie ne soupçonnait pas.

Une découverte qui pourrait faire d'elle, si elle découvrait la vérité, la prochaine proie du tueur.

Best-Sellers n°588 • roman

Retour au lac des Saules - Susan Wiggs

A présent que sa fille a quitté la maison, Nina Romano s'apprête à réaliser son rêve de toujours : racheter et rouvrir l'auberge du lac des Saules. Aussi est-elle furieuse d'apprendre que le domaine vient d'être vendu à Greg Bellamy, qu'adolescente elle aimait en secret. En secret, car Greg, le fils de riches propriétaires de la région, était d'un autre monde que le sien. Inaccessible et hautain, il l'avait fait souffrir, et à présent, de retour après un divorce mouvementé, il parvenait encore à lui voler sa part de bonheur…

Pourtant, quand il lui propose de s'associer avec lui, Nina hésite, déchirée entre sa méfiance envers ce rival déloyal, et son attirance pour un Greg encore plus séduisant qu'autrefois…

Best-Sellers n°589 • roman

Le parfum du thé glacé - Emilie Richards

Alors qu'une tempête menace les rivages coralliens de la presqu'île de Happiness Key, cinq femmes vont mettre à l'épreuve leur amitié et, en chemin, découvrir l'amour.

La vie amoureuse de Tracy Deloche, ancienne jet-setteuse, traverse une sérieuse zone de turbulences… Mais heureusement pour elle, elle a le soutien complice de quatre de ses amies, qui louent les petits pavillons qu'elle possède en bord de mer. Il y a la pétulante Wanda, toujours prête à rire, qui régale tout le monde de ses pâtisseries décadentes. Mais aussi Janya, la jeune et superbe Indienne qui, malgré un mariage arrangé compliqué, rêve de devenir mère. Ainsi qu'Alice, la courageuse Alice, qui élève seule sa petite-fille bientôt adolescente. Sans oublier Maggie, l'ex-policière et discrète fille de Wanda, dont la vie sentimentale chaotique n'a rien à envier à celle de Tracy.

Et tandis qu'histoires d'amour et de famille s'enchevêtrent avec tumulte, une tempête tropicale se prépare, rabattant en rafales secrets et surprises vers les rives de Happiness Key. Pour les cinq amies, c'est l'occasion de découvrir qu'elles ont plus que jamais besoin les unes des autres…

Best-Sellers n°590 • roman

Coup de foudre à Icicle Falls - Sheila Roberts

Avec consternation, Samantha découvre que la chocolaterie familiale, installée à Icicle Falls depuis des générations, est au bord de la faillite : la gestion fantaisiste et les dépenses mirobolantes du précédent directeur ont eu raison des finances de l'entreprise à laquelle elle est passionnément attachée. Pour l'aider à redresser la situation, Samantha ne peut guère compter sur ses deux sœurs, certes aimantes mais totalement incompétentes en la matière, ni sur sa mère, incapable d'accepter la réalité. Aussi n'a-t-elle qu'un seul espoir : convaincre le directeur de la banque de la soutenir. Sauf que le directeur en question, Blake Preston, est un arrogant play-boy totalement insensible. Et bien trop beau pour se donner la peine d'aider une jeune femme comme elle…

Best-Sellers n°591 • historique

Les secrets d'une lady - Nicola Cornick

Londres, novembre 1814.

Lady Merryn Fenner mène une double vie. Aux yeux de tous, elle est une lady comme les autres, une femme délicate et raffinée qui fréquente les salons et les salles de bal. Qui pourrait croire que sous ses dehors fragiles se cache une femme bien différente qui ne craint pas de travailler en sous-main pour le détective Tom Bradshaw, un homme au passé louche ? Ce travail, elle ne l'a accepté que pour une seule raison : trouver les preuves qu'elle cherche. Douze ans plus tôt, en effet, son frère a été tué en duel par Garrick Farne, un homme qu'elle aimait en secret. Or, elle a aujourd'hui toutes les raisons de croire qu'il s'agissait en réalité d'un assassinat. Un crime qu'elle veut absolument voir puni.

Best-Sellers n°592 • historique

Le clan des MacGregor - Nora Roberts

Glenroe, Ecosse, 1745.

Dix ans se sont écoulés depuis que, par une nuit glacée, Serena a vu les soldats anglais faire irruption dans le fief des MacGregor à la recherche de Ian MacGregor, son père, injustement accusé de meurtre. Dix ans qui n'ont rien effacé de la terreur qu'elle a éprouvée alors, et de l'horrible humiliation subie par Fiona, sa mère, violée par un officier lâche et cruel. Lors de cette nuit tragique, Serena est devenue une autre : la petite fille douce et innocente qu'elle était a brusquement connu la haine et la soif de vengeance, et s'est juré de ne jamais pardonner…

Depuis dix ans, pas un Anglais n'a franchi le seuil du manoir familial. Aussi est-ce avec une hostilité farouche que, sur ordre de son père, Serena accueille Brigham Langston, le fier et impétueux comte d'Ashburn, à qui son frère aîné doit la vie. Un aristocrate anglais qu'elle considère comme son pire ennemi, mais qui va la contraindre à un impossible choix…